Anja Langrock wurde 1980 in Trier geboren und lebt heute mit ihrem Mann und zwei Kindern in Bayern. Seit ihrer Kindheit hat sie große Freude daran sich Geschichten auszudenken und sich in Träumen zu verlieren. Sie liebt es, bei einer Tasse Cappuccino und guter Musik, ihren Gedanken und Emotionen freien Lauf zu lassen.
2019 hat sie ihren Debütroman veröffentlicht und mittlerweile sind zahlreiche Romane dazugekommen.

ANJA LANGROCK

Hotel HOHEN STETTEN

Im Schatten des Glücks

Überarbeitete Neuausgabe September 2024

Copyright © 2024 dp Verlag, ein Imprint der
dp DIGITAL PUBLISHERS GmbH
Made in Stuttgart with ♥
Alle Rechte vorbehalten

Im Schatten des Glücks

ISBN 978-3-98998-176-8
E-Book-ISBN 978-3-98998-019-8

Copyright © 2021, Anja Langrock
Dies ist eine überarbeitete Neuausgabe des bereits 2021 bei Anja
Langrock erschienenen Titels Hotel Hohenstetten – Als das Glück zu
leuchten begann (ISBN: 978-3-75433-043-2).

Covergestaltung: ArtC.ore Design / Wildly & Slow Photography
Umschlaggestaltung: ARTC.ore Design
Unter Verwendung von Abbildungen von
shutterstock.com: © BK666
stock.adobe.com: © Michal, © D85studio, © karina_lo
Lektorat: Katrin Ulbrich
Satz: dp DIGITAL PUBLISHERS GmbH
Druck und Bindung: Books on Demand GmbH, Norderstedt

Was bisher geschah:

Emily steht vor einem Wendepunkt in ihrem Leben und kann die Enttäuschung darüber nicht verkraften, dass sie sich in Valerie derart getäuscht hat. Ihr fehlt die Kraft, weiter für ein erfülltes Leben zu kämpfen.
Zwischen Simon und Helena herrscht Funkstille, seit Helena sich in seine Erziehungsmethoden eingemischt hat. Simon verwirren seine Gefühle und er geht ihr seitdem aus dem Weg. Yannick versucht die Wogen zu glätten.
Valerie hat das Hotel fluchtartig verlassen, nachdem Justine Zweifel in ihr an Timurcin gesät hat. Timurcin setzt alles daran, um sich endlich gegen Justine zur Wehr zu setzen.
Henriette geht es zunehmend schlechter. Die Sorgen um Timurcin, Valerie und Justine sind ihrem Gesundheitszustand nicht zuträglich.

Viel Spaß beim Weiterlesen.

Kapitel 34

Ein ernstes Gespräch

Diese furchtbare Schwäche, die sie zunehmend überfiel, bereitete Henriette immer größere Schwierigkeiten.

Sie stützte sich müde und kraftlos auf ihren Gehstock, zu dessen Nutzung sie in den letzten Wochen gezwungen worden war. Mittlerweile überkam sie schon bei leichter Anstrengung Schwindel. Zuletzt hatte sie ihre Suite gar nicht mehr verlassen. Besucher bat sie zu sich, aber es gab ohnehin nicht mehr viele Personen, die sich an sie erinnerten. Neben Timurcin war lediglich Valerie in regelmäßigen Abständen zu Besuch gekommen. Seitdem sie abgereist war, war es wieder sehr einsam geworden. Lediglich ihren Hausarzt empfing sie mittlerweile fast jeden zweiten Tag. Viel konnte er ohnehin nicht mehr für sie tun, aber er konnte zumindest ihre Schmerzen weitgehend lindern. Leider führte die hohe Dosis Morphium zu schwerwiegenden Nebenwirkungen. Es war ihr zuwider hinzunehmen, dass ihr reger Verstand regelmäßig im dichten Nebel versank. Erinnerungslücken häuften sich, und es fiel ihr immer schwerer, sich auf ihren Gesprächspartner zu konzentrieren.

Deshalb hatte sie heute auf die tägliche Ration verzichtet, um sich einem ernsten Gespräch mit ihrer Tochter zu stellen.

Da sich Justine nicht gerade durch Rücksichtnahme auszeichnete, war Henriette gezwungen sie aufzusuchen. Ihre Bitte bei ihr vorbeizukommen, hatte Justine rigoros abgelehnt und ihre Mutter kühl darauf hingewiesen, falls diese sie zu sehen wünschte, müsste sie zu ihr kommen.

Henriette legte den kurzen Weg durchs Hotel in den anderen Trakt, in dem ihre Tochter lebte, mühselig zurück. Völlig erschöpft musste sie sich für einen Augenblick im Flur an die Wand lehnen und ein paar Mal tief Luft holen, um wieder zu Atem zu kommen. Danach zwang sie sich zu klingeln.

Justine wusste über den bevorstehenden Besuch Bescheid. Immerhin hatte Henriette sich der Höflichkeit halber rechtzeitig bei ihr angemeldet, um ihre wertvolle Zeit nicht über Gebühr zu beanspruchen.

Trotzdem ließ sich Justine unverschämt viel Zeit, bevor sie ihre Mutter hereinbat.

Henriette zwang sich, die einzelnen Schritte zu zählen, bis sie sich endlich erleichtert und zutiefst ausgelaugt auf der Couch niederlassen konnte.

„Mach es dir ruhig gemütlich, fühle dich ganz wie zu Hause, Mutter", klang Justines spöttische Stimme wie durch Watte an ihr Ohr. Das Rauschen in ihren Ohren war derart penetrant, dass es ihr unglaublich viel Mühe bereitete, ihre Tochter überhaupt zu verstehen. Vor ihren Augen verschwamm der Raum und sie überfiel ein panisches Gefühl, wie sie sich in diesem unbekannten Terrain zurechtfinden sollte. Justine stand plötzlich in zweifacher Ausgabe vor ihr und diese Sehstörungen beunruhigten Henriette zutiefst.

„Hättest du die Güte, mich nun endlich über den Grund deines Besuches aufzuklären? Ich bin nicht gewillt, mich ewig hinhalten zu lassen. Es handelt sich wohl kaum um einen reinen Freundschaftsbesuch." Justines ungeduldiger Tonfall drang in Henriettes Bewusstsein. Sie hatte keine Ahnung, ob Justine ihr eine weitere Frage gestellt hatte, es fiel ihr schwer, ihre Gedanken in Worte zu fassen.

„Wärst du so freundlich, mir ein Glas Wasser zu reichen?", brachte sie schließlich ein wenig undeutlich, fast lallend hervor.

Justine betrachtete sie eingehend. Dann kniff sie die Augen zusammen und antwortete abfällig: „Mutter, kann es sein, dass du heute Morgen schon das eine oder andere Glas Cognac zu dir genommen hast? Schaffst du es nicht, deiner Tochter nüchtern gegenüberzutreten?"

Sie schien ehrlich beleidigt zu sein, als würde sie ernsthaft glauben, dass ihre Mutter sich erst einmal Mut antrinken müsste, um die Anwesenheit ihrer Tochter zu ertragen.

Henriette unterließ es, ihre Tochter über deren Irrtum aufzuklären, da sie unter keinen Umständen Justines Misstrauen wecken wollte. Ihre Tochter hatte bemerkt, dass mit ihr etwas nicht in Ordnung war. Wenn nicht Alkohol der Grund für ihre mangelnde Wahrnehmung und Artikulation war, dann müsste es einen anderen gewichtigen Umstand geben, der dazu geführt hatte. Und Henriette wollte auf jeden Fall vermeiden, dass ihre Tochter das herausfand.

Justine hatte ihr zeitlebens keine wohlwollenden und liebevollen Gefühle entgegengebracht, nun würde sie Mitleid und vielleicht auch einen Hauch von Bevormundung und Schadenfreude nicht ertragen. So weit war es schon gekommen, dass sie ihrer Tochter solch niedere Reaktionen auf ihren herannahenden Tod unterstellte, dachte sie traurig.

Nachdem sie einen Schluck Wasser getrunken hatte, fühlte sie sich etwas wohler und sie antwortete: „Justine, du wirst dir denken können, welche Ursache meinem Besuch zugrunde liegt."

Justine setzte sich endlich in einen Sessel ihr gegenüber, betrachtete sie kühl. „Wenn du meinst, ich werde mich auf dein Ratespiel einlassen, dann lass dir gesagt sein, du irrst dich. Entweder kommst du zum Punkt oder du musst mich entschuldigen. Denn ich habe noch wichtige Telefonate zu führen." Ablehnend verschränkte sie die Arme vor der Brust.

„Warum hast du das getan?", hauchte Henriette nach einem Moment der unheilvollen Stille fast tonlos.

Justine sprang wütend auf und lief rastlos durch das Zimmer. Henriette schrak über diesen Gefühlsausbruch zusammen, denn das war völlig untypisch für ihre Tochter. Unvermittelt blieb sie vor Henriette stehen und rief aufgebracht: „Mutter, bitte sag mir endlich, wovon du sprichst! Meine Geduld ist erschöpft. Ich gebe dir noch fünf Minuten."

„Ich rede von deiner Dreistigkeit, deiner Arroganz und zuletzt deiner Skrupellosigkeit, mit der du dir anmaßt mit deinen Mitmenschen umzugehen. Wie konntest du es wagen, Valerie in der Öffentlichkeit dermaßen bloßzustellen? Was bringt es dir, die Menschen um dich herum ins Unglück zu stürzen? Ich kann einfach nicht nachvollziehen, warum du zu solch hinterhältigen Maßnahmen greifst." Henriette erhob ihre Stimme und hoffte, sie würde durchhalten, während sie sich bemühte, ihre gerade Position aufrechtzuerhalten.

Die Macht über ihre Gesichtszüge hatte Justine komplett verloren. Sie war blass, fast schon fahl geworden und ihre Augen hatten sich unnatürlich geweitet. Sie schluckte krampfhaft und Henriette wappnete sich innerlich vor Justines wütender Hasstirade, die unweigerlich folgen würde.

Plötzlich sprach Justine mit sachlicher und leiser Stimme, deren unnatürliche Ruhe Henriette mehr ängstigte, als es eine lautstarke Auseinandersetzung vermögen würde.

„Hast du dir jemals die Mühe gemacht, dich mit der Frage zu beschäftigen, warum ich so geworden bin?" Sie hob fragend die Arme und sah ihre Mutter verächtlich an. „Wer hat mich zu dem gemacht, was ich nun bin? Du bist daran nicht ganz unschuldig und das kannst du nicht einmal in deinem Altersstarrsinn komplett abstreiten."

Justine funkelte ihre Mutter mit kalten Augen boshaft an und ihre unverhohlene Verbitterung durchdrang die aufgesetzte Fassade. Der Hass, den sie in sich trug, war für Henriette sichtbar. Obwohl es sie schmerzte, versuchte sie, es sich nicht anmerken zu lassen.

Als Henriette nicht antwortete, fuhr Justine fort: „Mutter, du hast mich schon als kleines Mädchen niemals so akzeptiert, wie ich war. Du hast mich niemals um meiner selbst willen geliebt. Vielleicht war ich ein willkommenes Druckmittel in Bezug auf meinen Vater. Aber wenn du ehrlich bist, du wolltest doch niemals Kinder." Der Satz hing einen Moment im Raum und raubte Henriette beinah den letzten Atem. Wieder einmal verstand es Justine vortrefflich, die Tatsachen zu ihren Gunsten zu verdrehen. „Die bedingungslose Liebe deines Mannes hat dir vollkommen ausgereicht. Er war dein Lebensmittelpunkt, auf den deine vollkommene Aufmerksamkeit fokussiert war. Ich war für dich doch nur störendes Beiwerk in eurer Ehe. Du warst maßlos eifersüchtig auf mich, weil ich dir die Liebe deines Mannes abspenstig gemacht habe. Was bist du nur für eine Mutter, die mit ihrem Kind um die Liebe und Gunst ihres Mannes kämpft?" Henriette schnappte nach Luft und wollte sich gern erheben, da Justine mittlerweile direkt vor ihr stand und sie von oben herab erbarmungslos traktierte. Aber dafür fehlte ihr die Kraft.

„Und wenn du dich für ein Kind hättest entscheiden können, dann wäre dein Entschluss zugunsten eines Jungen, eines Stammhalters gefallen. Ich war doch mein gesamtes Leben lang eine unglaubliche Enttäuschung für dich. Ich habe so lange vergeblich versucht, es dir recht zu machen. Aber egal was ich tat, es war nie richtig. Als junges Mädchen war ich dir zu dick und zu unsportlich. Als ich dir einen Gefallen tun wollte und mich dir zuliebe geändert habe, war ich mit einem Mal zu dünn und unnatürlich süchtig nach sportlicher Betätigung. Ich war zu wenig liebenswert, zu wenig herzlich, zu wenig mitfühlend. Andererseits war ich zu dominant, zu ehrgeizig, zu karrieresüchtig. Du konntest nie Gutes in meinen Charaktereigenschaften sehen." Justines Verzweiflung war beinah greifbar. „Was hätte ich tun sollen?", rief sie hysterisch.

Henriette schlug grenzenloser Hass entgegen, der seit Ewigkeiten unter dem Deckmantel von Justines reservierter Fassade gefährlich vor sich hin geschwelt hatte. Henriette musste all ihre Willenskraft aufbringen, um weder Ekel noch Entsetzen oder gar Mitleid in ihren Gesichtszügen aufkommen zu lassen.

„Jetzt weißt du, warum ich keine Kinder wollte. Nicht in dieser vergifteten Atmosphäre. Du hast in mir etwas unwiderruflich zerstört, was es mir unmöglich macht, ein eigenes Kind zu lieben. Ich war von der Angst beherrscht, genauso wie du meinem Kind jegliches Selbstwertgefühl zu nehmen, indem es meinen Ansprüchen nie gerecht werden würde. Ich wollte es keinem Kind antun, in den Augen seiner Mutter dieselbe Enttäuschung und Desillusion sehen zu müssen, die du für mich empfindest, sobald du mich erblickst." Justines Brustkorb hob und senkte sich heftig, als ob sie einen Dauerlauf hinter sich hätte. Sie hatte sich so vollständig in der Rolle des hilflosen, gekränkten Kindes verloren, dass es ihr unmöglich war, einen realistischen Bezug zu ihrer tatsächlichen Vergangenheit zu finden.

Henriette schüttelte bedauernd und zugleich fassungslos den Kopf. Justine hatte es schon als Kind verstanden, die Schuld immer bei anderen zu suchen. Sie schaffte es durch ihre perfide und verdrehte Darstellung der Situation perfekt bei ihrem Gegenüber, unvermittelt Schuldgefühle zu wecken.

„Ich habe niemals bestritten, dass ich keine Schuld an unserem schlechten Verhältnis trage", sagte Henriette in die aufkommende Stille. „Aber du musst irgendwann aufhören, immer nur die Fehler bei anderen zu suchen. Du bist eine erwachsene, intelligente Frau, die für ihre Entscheidungen die Verantwortung übernehmen muss. Du bist dir über die Tragweite deiner Entschlüsse sehr wohl bewusst und trotzdem setzt du sie skrupellos und ohne schlechtes Gewissen in die Tat um. Irgendwann ist ein Punkt erreicht, an dem einen nicht einmal die bedingungslose Liebe zu seinem Kind für dessen Fehler und Schwächen blind machen kann." Henriette fing Justines Blick auf, den sie nicht deuten konnte. „Auch eine liebende Mutter kann sich irgendwann nicht mehr blenden lassen." Justines spöttisches Prusten erklang, aber Henriette ließ sich nicht beirren und legte so viel Bestimmtheit in ihren Ton, wie ihr möglich war. „Es tut mir aufrichtig leid, dir als Kind nicht die Mutter gewesen zu sein, die du dir gewünscht hast. Lass mich dir dennoch sagen, ich liebe dich und habe es immer, aber ich kam nicht gegen deinen über alles geliebten Vater an. Alles, was ich getan habe, alle Entscheidungen, die ich getroffen habe, waren doch nur zu deinem Besten, oder das, was ich für das Beste hielt. Wenn ich Fehler gemacht habe oder dir meine Liebe nicht zeigen konnte, dann bitte ich dich heute dafür um Verzeihung. Aber dennoch sprechen dich meine Verfehlungen nicht von deiner Schuld frei. Ich habe dich nicht gezwungen, dich zu einer derart hartherzigen Persönlichkeit zu entwickeln." Henriette hoffte und bangte, dass Justine sich in ihrer Unversöhnlichkeit ihr gegenüber zumindest den ehrlichen Worten ein wenig zugänglich zeigte.

Justine erhob sich und lief mit verschränkten Armen erneut auf und ab. „Es ist wirklich überaus großzügig von dir, dass du dir Fehler eingestehst. Aber du kannst dich doch nicht im Entferntesten in mich hineinversetzen, wie es mir als Kind ging. Ich musste mit dieser furchtbaren Erkenntnis zurechtkommen, dass meine eigene Mutter mich nicht mag." Justine sagte es im Brustton der Überzeugung eines Menschen, der sich immer falsch verstanden fühlte.

„Justine, nun beginnst du das Ganze zu dramatisieren." Henriette straffte die Schultern. „Es wirkt nicht sehr überzeugend, du übertreibst maßlos. Eigentlich bin ich nicht zu dir gekommen, um eine Grundsatzdiskussion über meine Erziehungsmethoden mit dir zu führen. Du hast es wieder einmal verstanden, vom eigentlichen Thema abzulenken, indem du mich ins Hintertreffen gebracht hast. Jetzt ist Schluss damit, du beantwortest mir jetzt meine Frage, warum du Valeries und Timurcins Liebe zerstören wolltest."

Justine blieb steif stehen und nahm eine verletzte und gekränkte Haltung an.

„Ach, du wusstest ebenfalls von ihrer Affäre und hast es nicht für nötig befunden, mich, deine Tochter darüber in Kenntnis zu setzen? Nun weiß ich endgültig, was ich von deinem leeren Geschwätz halten kann. Mutter, du bist wirklich das Allerletzte." Justine spie den letzten Satz aus.

Henriette versuchte sich vor dem jäh erfolgten Schmerz zu verschließen.

„Du weißt genau, warum ich es dir nicht erzählt habe. Dir liegt überhaupt nichts an Timurcin, weder liebst noch schätzt du ihn. Dein einziger Beweggrund, diese irrsinnige Ehe aufrechtzuerhalten, ist dein hochgeschätztes Ansehen in der Presse, das in deinen Augen einen empfindlichen Knacks erhalten würde. Das ist lächerlich. Wie lange glaubst du, bist du für die Öffentlichkeit interessant? Ein paar Wochen? Wohl eher lediglich ein paar läppische Tage, du hast dich schon immer wichtiger genommen, als du wirklich bist. Und dafür würdest du dein eigenes Glück, aber auch das von Timurcin und Valerie ohne Bedenken aufs Spiel setzen? Das ist einfach nur total irrsinnig. Ich zweifle wirklich an deinem gesunden Verstand.“

Justine erhob die Hand und zeigte mit dem Finger auf ihre Mutter. „Ich weiß genau, was ich tue, da brauche ich keine Belehrungen seitens meiner senilen Mutter.“ Verächtlich schüttelte sie den Kopf. „Du bist doch nur um das Wohl deines geliebten Timurcin besorgt. Seine sensible Künstlerseele könnte irreparablen Schaden davontragen. Weißt du was? Das ist mir scheißegal. Timurcin ist ein Versager, ein Säufer, ein Niemand, der in seinem Leben nichts auf die Reihe bringt. Ich habe keinen Respekt vor ihm. Warum sollte ich auf seine Gefühle Rücksicht nehmen?“

„Rücksichtnahme?“ Henriette funkelte sie aufgebracht an. „Du weißt doch überhaupt nicht, was das bedeutet. Es gab und gibt für dich immer nur Justine und sonst niemanden. Aber lasse dir in deinem freudetrunkenen Triumphgefühl von einer alten Frau gesagt sein,

Valeries und Timurcins Liebe ist groß genug, um deinen kleinen intriganten Vorstoß zu überwinden. Du glaubst doch nicht ernsthaft, dass Valerie wirklich von Timurcins Schuld überzeugt ist? Falls doch, dann verstehst du wirklich nichts von dem großartigen Gefühl namens Liebe. Liebe überwindet jede Grenze und alle unüberwindbaren Schwierigkeiten. Es tut mir wirklich leid, dass es dir nicht möglich ist, wahre Liebe für jemanden zu empfinden. Ich würde dir von ganzem Herzen gönnen, dass dir dieses reine, unverfälschte Gefühl der Liebe irgendwann doch einmal zuteilwird."

Mit diesem endgültigen Appell erhob sie sich so würdevoll wie möglich, griff nach ihrem Gehstock und ging – ohne auf Justines giftige und keifende Reaktion zu achten – zur Wohnungstür. Ein letztes Mal drehte sie sich noch einmal um und ihr Blick ruhte nachdenklich und sehnsüchtig, aller Hoffnung auf Versöhnung beraubt, auf ihrem einzigen Kind. Justine stand weiterhin im Wohnzimmer. Deren hässliche Worte blendete Henriette komplett aus. Sie sah nur das schöne, hochmütige Gesicht ihrer Tochter und bedauerte ihre eigene Unfähigkeit, jemals zu Justine vorgedrungen zu sein.

Sie bereute zutiefst ihre in der Vergangenheit gemachten Fehler. Sie wünschte sich nichts sehnlicher, als dass Justine nur ein wenig Bereitschaft zeigte, sich ihr anzunähern. Aber das Gegenteil war der Fall. Justine schien sich in ihrer Eifersucht auf Timurcins und Valeries Glück nun erst recht in einen gärenden Hass hineinzusteigern.

Henriette löste sich aus ihrer Starre und schloss die Wohnungstür hinter sich, ohne noch einmal die vielleicht letzte Chance zu ergreifen, zu Lebzeiten ein versöhnliches Wort mit ihrer Tochter zu wechseln.

Kapitel 35

Justines Rache

Justine kam es vor, als strömte durch ihren gesamten Körper nichts als Hass, gnadenlos und kalt. Wahrscheinlich war dieses Gefühl für sie so lebensnotwendig wie für andere Menschen Luft zum Atmen und eine gesunde Blutzirkulation.

Warum schaffte es ihre Mutter immer noch, nach all den Jahren, die sie in Misstrauen, Neid und Abscheu nebeneinander gelebt hatten, sie derart zu verletzen? Falls sie bis zu diesem Zeitpunkt noch einen winzig kleinen Tropfen schlechten Gewissens in sich getragen hatte, so hatte es ihre Mutter gerade vortrefflich verstanden, ihr das letzte bisschen Anstand und Moral endgültig zu nehmen.

Schon vor geraumer Zeit hatte Justine begonnen, ein gehöriges Misstrauen gegenüber Timurcins plötzlichem Sinneswandel zu entwickeln. Wo einst ein heruntergekommenes, ungepflegtes Wrack zu bedauern war, hatte mit einem Mal ein attraktiver Mann gestanden, der etwas für Geist, Seele und nicht zu verachten für seinen Körper tat.

Eines Tages war es glasklar in Justines Bewusstsein gedrungen, dass Timurcin seit Wochen zumeist aus dem Bett aufstand, bevor sie die Wohnung verließ. Ein unglaubliches Ereignis, das seit Jahren nicht mehr vorgekommen war. Als ob das nicht schon seltsam genug wäre, ging er noch vor dem Frühstück eine Stunde joggen. Im Tenniscenter hatte er ebenfalls einige Privatstunden genommen.

Alkoholexzesse in der Bar gab es ihren zuverlässigen Informationsquellen zufolge auch nicht mehr. Überhaupt hatte sie in ihrer Wohnung in der letzten Zeit weder leere Bierflaschen noch benutzte Cognac- oder Whiskeygläser gefunden. Und um dem Ganzen noch die Krone aufzusetzen, beschäftigte er sich in seiner Freizeit mit dem Lesen von klassischen Werken der Weltliteratur. Das war nicht normal, nein, das war schlichtweg unfassbar.

Ab diesem Zeitpunkt hatten Justine die schlimmsten Befürchtungen geplagt. Timurcin war seit Jahren nicht zu bewegen gewesen, sein jämmerliches Selbstmitleid aufzugeben. Also musste etwas Bedeutendes vorgefallen sein, das ihm wieder zu neuem Lebensmut und Tatkraft verhalf.

Justine schwante Böses, sämtliche Indizien hatten darauf hingedeutet, dass Timurcin eine Frau kennengelernt hatte, die ihm mehr bedeutete. Als sie ihn damals vor der Wohnungstür angetroffen hatte, war sie davon ausgegangen, dass es sich um einen unbedeutenden One-Night-Stand gehandelt hatte. Justine lachte bitter auf. Es wirkte, als habe sich ihr Mann mit seinem unerfüllten Leben ausgesöhnt. Während ihrer gesamten

Ehe hatte Timurcin niemals Anstalten gemacht, sich einer anderen Frau zuzuwenden. Justine wusste nicht genau, ob es daran lag, dass er die Ehe nicht aufgeben wollte, oder ob er einfach Angst vor ihrer Reaktion hatte. Vielleicht war er auch schlichtweg zu lethargisch und bequem gewesen. Egal, was auch immer ihn dazu bewegt hatte, ihr war es gelegen gekommen.

Plötzlich hatte sie heiße, unfassbar große Wut auf diese unbekannte Frau überkommen. Wenn diese Person es geschafft hatte, Timurcin in diesem kurzen Zeitraum gravierend zu verändern, was würde sie zukünftig noch bewegen können?

Wahrscheinlich würde sie sich nicht ewig damit begnügen, heimliche Geliebte zu bleiben, und eines fernen Tages würde sie von Timurcin eine Entscheidung verlangen. Entweder sie oder seine Frau! Erstmals konnte sich Justine vorstellen, dass Timurcin für seine neue Liebe alles riskieren würde. Sie wusste aus eigener Erfahrung, dass Timurcin, wenn er wirklich und wahrhaftig liebte, alles gab, um seine Herzdame glücklich zu machen. Er hatte auch sie in den ersten Jahren ihrer Beziehung auf Händen getragen, denn sie allein war die Quelle seines Lebens gewesen. Schlussendlich hatte er alles, was ihm wichtig war, aufgegeben, um sie zufriedenzustellen.

Dass sie irgendwann nur Hohn und Verachtung für seinen nicht vorhandenen Kampfgeist verspürte, konnte er damals nicht ahnen.

Justines Hände zitterten, als sie sich einen Drink einschenkte. Ihr bitteres Lachen klang selbst in ihren Ohren schaurig. Nun flüchtete sie sich schon ins selbige

Vergessen wie ihr Mann. Trotzdem trank sie das halbe Glas leer, aber ihre Gedanken ruhten nicht.

Seitdem ihre Befürchtungen immer größere Ausmaße annahmen, plagten sie beängstigende Albträume. Ein unangenehmes Gefühl, das sie zweifelsohne nicht gewohnt war und sie in dieser Intensität beunruhigte. Sie hatte all die Jahre die Oberhand in allen Belangen ihres Lebens behalten und verschwendete keinen Gedanken daran, jemals die Führung aus den Händen zu geben. Keinesfalls würde sie sich in der Öffentlichkeit von ihrem Ehemann bloßstellen lassen. Dieses Weichei, dieser Versager hatte wohl immer noch nicht begriffen, mit wem er sich da anlegte. Sie hatte beschlossen, ihn und seine Schlampe fertigzumachen. Er würde es noch bitter bereuen, sich mit ihr angelegt zu haben.

Ihr war damals klar gewesen, dass sie so schnell wie möglich in Erfahrung bringen musste, wer die Unbekannte war. Unter den Angestellten gab es einige Personen, die gegen ein geringes Entgelt bereit waren, Ohren und Augen für sie offen zu halten. Sie hatte ihre Informanten zu diesem Thema befragt und auf umgehende Ergebnisse gehofft.

Justine schreckte aus ihren Gedanken auf und starrte das halb volle Glas in ihrer Hand an. Sie hatte sich völlig in ihren Erinnerungen verloren.

Sie hatte wieder einmal eine Glanzleistung vollbracht. Höhnisch lachte sie auf, als sie sich ihre Intrige noch einmal genüsslich auf der Zunge zergehen ließ.

Justine hasste es, zur Untätigkeit verdammt zu werden, und so hatte sie die Angestellten unter Druck gesetzt, ihr innerhalb eines Tages Erkenntnisse zu liefern.

Am Abend desselben Tages saß Justine triumphierend im Büro. Gerade hatte sie von Henriettes persönlichem Dienstmädchen erfahren, dass es sich bei Timurcins Geliebter allem Anschein nach um Valerie Greifenwald handelte. Das Mädchen hatte Timurcin schon zweimal beobachtet, als er Valeries Räumlichkeiten zu abendlicher Stunde verließ oder wie heute betreten hatte. Wie praktisch, dass die Suiten auf derselben Etage lagen. Es sah Timurcin ähnlich, dass er jegliche Sorgfalt und Vorsicht vergaß. Offensichtlich unterschätzte er seine Frau auch nach den vielen gemeinsamen Jahren noch immer. Ausgerechnet diese alte Schachtel machte ihr Konkurrenz. Anscheinend war Timurcin nicht allzu wählerisch. Immerhin musste Valerie fast zehn Jahre älter sein als er. Wie konnte Timurcin ihr das nur antun? Er zog ihr eine deutlich ältere Frau vor.

Justine hatte Valerie gezwungenermaßen zugestehen müssen, sich für ihr Alter recht gut gehalten zu haben. Aber sie spielte keineswegs in ihrer Liga. Für die Presse wäre diese Neuigkeit ein gefundenes Fressen. Jeder würde sich entsetzt fragen, was mit ihr nicht stimmte. Wie konnte sie von einer Frau um die Fünfzig ausgestochen werden? Schlimmer hätte es für Justine nicht kommen können. Wenn es sich bei seiner Liebschaft wenigstens um ein blutjunges Ding handeln würde, dann hätte sie die Medien im Falle einer Veröffentlichung seiner Affäre auf ihrer Seite. Aber in diesem speziellen Fall würde sie zum Gespött der Öffentlichkeit werden. Justine war sofort klar gewesen, dass sie das verhindern musste. Dabei spielte es ihr in die Karten, dass es sich bei Valerie um eine Person des öffentlichen Interesses handelte. Nun hatte sie in ihrer makellosen Ver-

gangenheit nur noch einen schwarzen Fleck finden müssen, um Valerie bloßzustellen und aus Timurcins Leben zu vertreiben.

Justine lächelte bei dem Gedanken, wie sie Miguel so unter Druck gesetzt hatte, dass er sich schließlich des Lebens von Valerie angenommen hatte. Sie erinnerte sich, wie Miguel sich gewunden hatte. Der Schlappschwanz und sein dämliches Gewissen. Regelrecht überraschend hatte er sogar versucht, sich gegen Justine zur Wehr zu setzen. Aber so ließ sie nicht mit sich umgehen und hatte ihm zu verstehen gegeben, was er schon längst für sie war: ein speichelleckender Handlanger und nicht mehr. Triumphierend hatte sie zugesehen, wie er darunter zusammengebrochen war und ihr seine Unterstützung zugesagt hatte. Das Versprechen auf Sex als Entlohnung hatte sie ihm dann zugestanden, sie hatte nicht so sein wollen.

Ihre skrupellosen Machenschaften waren schlussendlich nach ihren Vorstellungen aufgegangen. Wie ein Puzzle hatten alle Teile gepasst. Timurcin wusste von dem Schwangerschaftsabbruch und Miguel hatte eine Freundin Valeries ausfindig gemacht, die alles darüber ausgeplaudert hatte. Geld gewann immer, dachte Justine lächelnd und es war alles so wasserdicht, dass Valerie niemals dahinterkommen würde, wer wirklich ihr Geheimnis preisgegeben hatte.

Der Artikel war ein voller Erfolg, wie sie sofort realisiert hatte, als Valerie vor ihrer Tür gestanden hatte und auch da hatten alle Rädchen perfekt ineinandergegriffen.

Blieb nur noch Timurcin, aber davor fürchtete Justine sich nicht. Allerdings wunderte es sie, dass er bisher noch nicht auf sie zugekommen war.

Dafür ihre Mutter. Aber auch davon ließ Justine sich nicht beirren. Sie war auf Erfolgskurs und würde es bleiben.

Kapitel 36

Zwei bemitleidenswerte Gesellen

Simon schalt sich einen Egoisten, der nur seine eigenen Probleme sah. Jeder verstand, dass seine Kinder an erster Stelle standen. Aber dieser völlige Rückzug und die Tatsache, dass er seine Freunde sogar absichtlich von sich fernhielt, waren äußerst untypisch für ihn.

Irgendwann wurde es selbst einem geduldigen Freund wie Yannick zu blöd. Immerhin sorgte Yannick dafür, dass sein bester Kumpel sich nicht vollständig abkapseln konnte, so wie er es auch nach der Flucht seiner Frau getan hatte. Simon war froh, dass dieser es jedes Mal schaffte, ihn wieder ins soziale Leben einzubinden.

Ohne Yannicks stoische Gelassenheit und sein Verständnis hätte er es wahrscheinlich irgendwann geschafft, alle Freunde aus seinem Leben zu verbannen. Es gab schließlich genügend Bekannte, die sich nach der Geburt seines Sohnes unter fadenscheinigen Begründungen von ihm abgewandt hatten.

Bei Timurcin sah es ein wenig anders aus. Er war ein nachdenklicher, in sich gekehrter Charakter, der seine Probleme wie Simon zumeist mit sich selbst ausmachte und dabei sein Heil im Alkohol suchte.

Simon hatte natürlich nicht ahnen können, dass sich Timurcins Beziehung zu Valerie gravierend verändert hatte. Die Geschehnisse hatten sich in den letzten Tagen überschlagen. Wenn er nicht so verbissen versucht hätte, das Leben um sich herum auszublenden, hätte er mit Timurcin telefoniert und eher davon erfahren. Jetzt wollte er so schnell wie möglich mit ihm sprechen.

Es sträubte sich zwar alles in ihm, Helena für die Betreuung seiner Kinder in Erwägung zu ziehen, aber was blieb ihm schon anderes übrig? Seine Eltern waren mit dem regelmäßigen Aufpassen hoffnungslos überfordert. Ab und zu nahmen sie die Kinder gerne zu sich, aber nicht jeden Tag. Außerdem konnte er Helena nicht ewig von Leon und Laura fernhalten. Beide hatten in der letzten Woche ständig nach ihr gefragt und es war ihnen gegenüber nicht gerecht, sie aufgrund seiner persönlichen Differenzen aus deren Leben zu verbannen.

Deshalb überwand er seinen Stolz und rief sie an, bevor er es sich noch einmal anders überlegen konnte.

„Hallo Helena, hier ist Simon. Ich hoffe, ich störe gerade nicht. Ich wollte nur fragen, ob du morgen Abend Zeit hättest, auf die Kinder aufzupassen? Wenn es nicht geht, finde ich eine andere Lösung", nahm er Helena eine eventuelle Absage vorweg, um ihr zu zeigen, dass es für ihn keinerlei Schwierigkeiten bedeutete, auf sie zu verzichten.

„Das ist überhaupt kein Problem. Ich muss bis sechzehn Uhr arbeiten. Wann soll ich vorbeikommen?"

Sie vereinbarten, dass Helena um achtzehn Uhr zu Simon nach Hause kam, um mit den Kindern zu Abend zu essen.

Somit konnte er Timurcin hoffentlich abfangen, bevor er sich zu nächtlicher Stunde mit seinem Lieblingsfreund namens Alkohol zu trösten begann.

Simon zeigte sich erleichtert, dass Helena nicht auf ihre Auseinandersetzung einging und völlig normal wirkte.

Es stand ihm momentan nicht der Sinn danach, eine weitere Diskussion auszulösen. Vielleicht war er feige, aber manchmal war Schweigen besser als offen über Probleme zu sprechen. Er würde sowieso nicht die richtigen Worte finden und dann würde die Situation wahrscheinlich wieder im Desaster enden.

„Hallo Timurcin, schön, dich zu sehen." Simon hatte sich vorab nicht angekündigt, damit Timurcin keine Gelegenheit bekam, eine Ausrede zu erfinden. Er klopfte ihm freundschaftlich auf die Schulter und betrat unaufgefordert dessen Wohnung. „Ich gehe mal davon aus, dass sich deine reizende Gattin nicht zu Hause befindet."

Timurcin verdrehte die Augen und bemerkte anschließend: „Sie scheint mir aus dem Weg zu gehen. Wahrscheinlich wundert sie sich, dass ich sie noch nicht mit dem Artikel konfrontiert habe, den sie vermutlich in Auftrag gegeben hat. Du hast bestimmt schon davon gehört, wie sie Valerie verraten hat." Timurcin fuhr sich aufgebracht durchs Haar. „Natürlich steckt Justine hinter dieser feigen Intrige. Das Schlimmste ist, dass sie es geschafft hat, mir die ganze unschöne Geschichte in die Schuhe zu schieben und Valerie zu vertreiben."

Timurcin ließ sich am Esstisch auf einem Stuhl nieder und sah Simon bedrückt an. „Ich weiß weder, ob Valerie wirklich glaubt, dass ich hinter dem Artikel stecke, noch ob sie unserer Beziehung noch eine Chance geben wird. Sie ist ohne ein Wort zu verlieren, abgereist und ich kann sie nicht erreichen. Andererseits möchte ich zuerst meine Unschuld beweisen. Dafür muss ich etwas gegen Justine in der Hand haben. Ich habe Kontakt zu einem der Journalisten des Klatschblattes aufgenommen und bin gerade dabei, diesen auf die Geschichte anzusetzen. Noch ist er unschlüssig, ob er mir helfen wird." Timurcin seufzte und Simon ging zur Küche, um sich beiden ein Glas Wasser einzuschenken. Stumm reichte er eines der Gläser seinem Kumpel, bevor er sich zu ihm setzte.

„Sonst sehe ich mich gezwungen, Justine unter Druck zu setzen. Ich habe genügend Material über ihre ungewöhnlichen Vorlieben und Gewohnheiten, die einen hervorragenden Artikel abgeben würden. Aber eigentlich ist es mir zuwider, mich derselben skrupellosen Methoden, von denen Justine regelmäßig Gebrauch macht, zu bedienen."

„Du bist wirklich der Letzte, der Skrupel zeigen sollte", warf Simon endlich ein. „Sie hat dir im Laufe eurer Ehe genügend Gründe geliefert, die es rechtfertigen, dass du sie mit ihren eigenen Waffen schlägst."

Timurcins Schultern sackten nach vorn, als er Simon dankbar ansah. „Danke, dass du mich dafür nicht verurteilst."

„Natürlich nicht. Wie könnte ich, nachdem ich jahrelang zugesehen habe, was diese Frau mit dir macht?" Für einen Moment schwiegen beide.

„Nun zu einem anderen Thema." Simon beschloss, es wäre an der Zeit für einen Themenwechsel. „Yannick hat nächsten Donnerstag Geburtstag und veranstaltet eine kleine Party in der Hotelbar. Ich hoffe, du wirst auch kommen."

Timurcin zögerte einen Moment und Simon konnte nachvollziehen, dass es ihm schwerfiel, an eine unbekümmerte Party zu denken. „Jetzt gib dir einen Ruck. Du musst mal wieder unter Leute gehen. Sonst fällt dir irgendwann die Decke auf den Kopf", versuchte Simon ihn zu überreden.

„Okay, ich werde kommen. Es bringt ja nichts, sich immer zu verstecken."

„Das wollte ich hören." Simon hob erleichtert die Hand und Timurcin klatschte ihn ab. Sie beschlossen, ein Fußballspiel im Fernsehen anzugucken, um sich von ihren schwermütigen Gedanken ein wenig ablenken zu lassen.

Kapitel 37

Yannicks Geburtstag

Zur Feier des Tages hatte Yannick beschlossen, seine Freunde auf einen Umtrunk in die Hotelbar einzuladen. Da er bis einundzwanzig Uhr arbeiten musste, hatte er keine große Lust mehr, sich noch außer Haus zu begeben. Anscheinend kam er langsam, aber sicher in die Jahre. Früher wäre dieser Umstand kein Grund für ihn gewesen, nicht die gesamte Nacht durch zu feiern. Aber er wurde heute fünfunddreißig Jahre alt und war nun wirklich kein Jungspund mehr. Dass einige seiner Freunde ebenfalls im Hotel arbeiteten, kam seinem Plan nur entgegen.

Neben seinen stressigen Dienstzeiten blieb wenig Zeit, um soziale Kontakte, außerhalb des Hotels, zu pflegen.

Yannick hatte neben Simon noch sporadisch zu zwei weiteren ehemaligen Schulfreunden Kontakt, die in der Nähe von Oberstdorf in Kempten lebten. Beide hatten ebenfalls zugesagt, heute Abend vorbeizukommen. Darüber freute Yannick sich sehr, da er sowohl seinen Kumpel Sebastian als auch seine Schulfreundin Anna seit Monaten nicht mehr gesehen hatte.

Er freute sich auf die Feier, denn sein bevorstehender Geburtstag hatte ihm in letzter Zeit manch nachdenkliche Stunde beschert. Er musste sich langsam Gedanken über seine weitere Zukunft machen. Früher war er der Überzeugung gewesen, mit Mitte dreißig wären seine wilden, unruhigen Zeiten längst Vergangenheit und er würde ein gesetztes Familiendasein führen. Mittlerweile war er zu der Ansicht gelangt, nicht der Typ für ein geselliges Familienleben zu sein. Er konnte sich nicht einmal vorstellen, jahrelang monogam in einer Beziehung zu leben. Eigene Kinder, dieser Gedanke war ihm so fremd wie eine Reise zum Mond.

Nun arbeitete er schon geraume Zeit beständig am selben Ort im gleichen Betrieb, für seine Verhältnisse grenzte dies schon an einen Rekord. Langsam machte sich in ihm die gewohnte Unruhe breit, die ihn jedes Mal ab einem gewissen Zeitpunkt überfiel, sollte er zu lange im gleichen Hotel arbeiten. Eigentlich hatte er gehofft, mit der Rückkehr in seinen Heimatort würde ihn dieses vertraute Gefühl, das er mit Oberstdorf in Verbindung brachte, dazu verleiten, endlich an einem Ort sesshaft zu werden. Über Monate hinweg sah es ganz danach aus, als könnte sein Plan aufgehen. Er hatte zwar keine Familienangehörigen mehr vor Ort, aber es gab genügend Freunde, die er in sein Herz geschlossen hatte, die ihn dazu verleiten könnten, hier glücklich zu werden.

Nun musste er die Wahrheit erkennen. In den letzten Wochen wurde er zunehmend von großem Fernweh geplagt. Er träumte von fernen Ländern, die er noch nie bereist hatte. Er sehnte sich nach neuen, großartigen Herausforderungen, nach anderweitigen Impulsen und Denkanstößen. Dieses eintönige Leben, welches tagein, tagaus seinem gewohnten Lauf nachging, dafür war er einfach nicht geboren. Seine Freunde hatte er noch nicht über seine Pläne in Kenntnis gesetzt. Er wollte keine Pferde scheu machen, bevor es nicht wirklich ernst wurde.

Vor allem Helena und Simon würde es hart treffen, ihren besten Freund zu verlieren. Ihm wurde schon ganz mulmig bei der Vorstellung, ihnen seine Zukunftspläne zu gestehen. Jetzt aber wollte er alle Gedanken an zukünftige Veränderungen erst einmal ruhen lassen und ausgelassen den Geburtstag im Kreis seiner Freunde genießen.

***

Eigentlich müsste Helena sich auf die gemeinsame Geburtstagsfeier ihres besten Freundes freuen, aber wenn sie ehrlich war, verspürte sie ein mulmiges Bauchkribbeln, sobald sie nur daran dachte, dass Simon ebenfalls anwesend sein würde. Sie hatte ihn in den letzten drei Wochen zwar gesehen, als sie seine Kinder betreut hatte, aber sie hatten es beide unterlassen, ihren vorangegangenen Streit noch einmal zu erwähnen. Stillschweigend waren sie übereingekommen, das leidige Thema vorsichtshalber ruhen zu lassen. Ob es ihrem angespannten Verhältnis zugutekam, blieb allerdings zu bezweifeln.

Simon blieb kurz angebunden und sprach nur das Nötigste mit ihr. Sie fühlte sich äußerst unwohl in seiner Gesellschaft, da sie spürte, wie unwillkommen sie war. Helenas Sensibilität zeigte ihr deutlich, dass Simon sie lediglich seinen Kindern zuliebe in seinem Heim duldete.

Sobald er nach Hause kam, verabschiedete sie sich möglichst bald von den Kindern, um keine Minute länger als nötig in seiner Anwesenheit zu verbringen. Sie hoffte so sehr, dass ihre Gefühle für ihn sich irgendwann verflüchtigen würden, dass sie in der Lage wäre, einen normalen Umgang mit ihm zu pflegen. Aber zu ihrer Verzweiflung wuchsen das Verlangen und die Sehnsucht mit jeder Begegnung, und sei diese auch noch so kurz und schmerzlich, stetig an.

Dennoch war es für Helena undenkbar, Yannicks Einladung nicht zu folgen. Sie musste ihre eigenen Befindlichkeiten hintanstellen. Heute ging es weder um sie noch um Simon, sondern einzig und allein darum, Yannick einen schönen, geselligen Abend zu bescheren. Zumal er ausgerechnet heute Abend arbeiten musste.

Aber Frau von Hohenstetten hatte ihn höchstpersönlich darum gebeten, da sich heute ein ausnehmend wichtiger Geschäftspartner zu einem gemeinsamen Dinner angemeldet hatte. Helena lachte ironisch auf, sie konnte sich schon vorstellen, wie diese Bitte aussah. Wahrscheinlich hatte sie ihrem Chefkoch indirekt mit Kündigung gedroht, sollte er auch nur Anstalten machen, sich ihren Wünschen nicht zu beugen.

Da Helena davon überzeugt war, dass Yannicks Dienstschluss sich hinauszögern würde, hatte sie keine besondere Eile, sich für die Party fertigzumachen. Denn sie wollte nichts weniger, als sich gezwungen zu sehen, mit Simon Small Talk zu betreiben.

Während sie einen Blick in den Kleiderschrank warf, stöhnte sie frustriert auf. Natürlich befand sich nicht ein passendes Kleidungsstück darin. Sie probierte ein Outfit nach dem anderen an, aber sie fand sich in jedem unvorteilhaft gekleidet. Wahrscheinlich war sie einfach zu dick. Sie fühlte sich schon seit geraumer Zeit nicht mehr wohl in ihrem Körper, was vor allem der Trennung von ihrem Verlobten und auch Simons unübersehbarer Ablehnung ihr gegenüber zuzuschreiben war.

Eigentlich war Helena einmal ein selbstbewusstes Mädchen gewesen. Noch nie hatte sie sich mit ihrem Äußeren so kritisch beschäftigt, wie in den vergangenen Monaten. Wie konnte ihr das Aussehen mit einem Mal so viel bedeuten? Früher hatte sie keinerlei Bedenken gehegt, Männer könnten sie für unattraktiv halten. Helena gehörte zu einer der wenigen glücklichen Frauen, die weder schon einmal eine Diät gehalten noch jemals mit ihrer Figur gehadert hatten. Im Gegenteil, obwohl sie keine Traummaße besaß, war sie zufrieden gewesen. Nun war von ihrem Selbstwertgefühl nichts mehr übriggeblieben. Marc hatte sie kurz vor der Hochzeit für eine schlanke 36 verlassen und Simon bevorzugte Emilys Modelmaße 32/34. Wie in Gottes Namen sollte man unter diesen Voraussetzungen keine Komplexe erleiden?

Sie war beileibe nicht dick. Sie trug normale Standardgröße 40. Vielleicht war diese Kleidungsgröße bei ihrer Körpergröße ein wenig zu hoch. Trotzdem hatte sie einen wohlgeformten, sehr weiblichen Körper. Ihre schöne Oberweite passte zu ihren breiteren Hüften und einem gut gepolsterten Hinterteil. Außerdem hatte sie ein hübsches Gesicht mit großen, wachen Augen. Aber Simon hatte anscheinend keinerlei Blick für ihre Vorzüge übrig.

Jetzt hatte sie schon zehn verschiedene Kleiderkombinationen ausprobiert und hatte immer noch nicht das Passende gefunden. Ihr Zimmer befand sich mittlerweile in einem katastrophalen Zustand. Überall lagen die Anziehsachen auf dem Boden und den Sitzgelegenheiten verstreut.

Nach einer Stunde gab sie auf. Sie musste sich eingestehen, dass es in ihrer desolaten Gemütsverfassung überhaupt nicht möglich war, etwas zum Anziehen zu finden, in dem sie sich hundertprozentig wohlfühlte. Sie musste wohl damit leben, sich mit einem der zahlreichen Outfits zu arrangieren. Deshalb entschied sie sich für das geringste Übel.

Eine dunkle Röhrenjeans, die ihren Hintern sehr vorteilhaft betonte. Dazu ein silbrig schimmerndes Oberteil, welches weich und weit über ihre etwas zu ausladenden Hüften fiel und diese somit geschickt kaschierte. Ihren Busen hingegen betonte es auf herausragende Art und Weise.

Dazu trug sie weiße Stiefel mit fast zehn Zentimeter hohen Absätzen, die ihre kleine gedrungene Gestalt in die Länge streckten und sie schlanker erscheinen ließen.

Nachdem sie sich geschminkt hatte, fühlte sie sich viel wohler. Ihre Haare trug sie zu einem streng zurückgebundenen Pferdeschwanz hoch oben am Hinterkopf. Als sie nun einen weiteren Blick in den Spiegel riskierten, atmete sie erleichtert auf. So konnte sie sich sehen lassen.

Sie reckte ihr Kinn in die Höhe, straffte die Schultern, zog den Bauch ein und nahm sich fest vor, sich ihre wiedergefundene gute Stimmung nicht von Simon ruinieren zu lassen. Im Vorbeigehen griff sie nach einer farblich passenden Handtasche und wollte gerade die Tür zuziehen, als sie sich die Hand an die Stirn schlug.

„Vielleicht solltest du Yannicks Geschenk auch noch mitnehmen."

Im zweiten Anlauf konnte sie sich nun endlich auf den Weg machen. Dort begegnete sie Andrea. Sie überkam ein Gefühl wohltuender Erleichterung, nicht allein die Party betreten zu müssen. So konnte sie Simon aus dem Weg gehen, indem sie vorgab, in ein Gespräch mit Andrea verwickelt zu sein.

„Hast du heute noch etwas anderes vor?" Helena sah skeptisch, wenn auch neidisch an Andrea auf und ab. „Du siehst wirklich großartig aus. Aber dein Outfit ist eher geeignet für den Besuch eines Opernballes, als einer privaten Geburtstagsfeier im lockeren, ungezwungenen Rahmen."

Andrea warf mit einer eleganten Handbewegung ihre blonden Locken zurück. „Meinst du? Ich fühle mich dem Anlass entsprechend gekleidet", gab sie mit einem Augenzwinkern selbstbewusst zurück. Sie trug ein eng anliegendes mit Goldpailletten besticktes feingeripptes Wollkleid. Zwar verfügte Andrea nicht über Idealmaße, die das Tragen eines derart figurbetonten Kleides rechtfertigen würden, aber ihr natürlich angeborenes Selbstbewusstsein ließ jeden über das eine oder andere Pölsterchen hinwegsehen. Dazu trug sie Stilettos, in denen sie kaum laufen konnte.

„Ich hoffe, Yannick hat ein paar wohlhabende, allein-
stehende Freunde eingeladen. Ich bräuchte bei meinem
Lebensstil langsam, aber sicher finanzielle Unterstützung", gab Andrea mit vollem Ernst zu.

„Ich würde dir raten, dich umgehend nach einer gemütlichen Sitzgelegenheit umzusehen, denn ich befürchte, du wirst nicht länger als ein paar Minuten in
diesen grässlichen Dingern stehen können", tat Helena
ihre Befürchtung kund.

„Grässliche Dinger? Spinnst du? Die haben fast drei-
hundert Euro gekostet." Andrea sah ihre Freundin verständnislos an. „Der Schönheit wegen lohnt es sich
doch immer, ein wenig zu leiden."

Helena trug gewöhnlich Sneakers und im Sommer
Ballerinas. Selten hatte sie Schuhe mit Absätzen an.
Deshalb fühlte sie sich mit ihren Stiefeln schon auf un-
sicherem Fuß. Aber das war überhaupt nichts im Vergleich zu Andreas hauchdünnen Stilettos, die aussahen, als würden sie bei der geringsten Belastung ausei-
nanderbrechen.

Helena hakte sich freundschaftlich bei Andrea unter
und sie begaben sich auf die Feier.

Nachdem sie sich um fast eine Stunde verspätet hatten, war mittlerweile auch das Geburtstagskind anwesend.

Natürlich befand er sich im anregenden Gespräch mit
Simon und seinem neuerdings weiteren besten Kumpel Timurcin. Helena nannte die Freunde im Geist
gerne die drei Musketiere. *Einer für alle, alle für einen*,
schien ihre Freundschaftsdevise zu lauten.

Andrea zerrte Helena etwas unsanft in Yannicks
Richtung. Da diese sich zierte, ihr zu folgen, ließ Andrea

sie einfach stehen und stürzte sich in eine übertriebene Umarmung mit Yannick. Helena musste sich zwingen, einen Fuß vor den anderen zu setzen, um ihrem Freund ebenfalls zu gratulieren. Aber es war ihr, als würde sie eine unsichtbare Macht von der Kleingruppe um Yannick fernhalten. Sie wurde immer langsamer und beschloss kurzerhand, die eingeschlagene Richtung zu ändern, und drehte sich um fünfundvierzig Grad, den hoffnungsvollen Blick in Richtung rettender Bar gerichtet. Sie war sich sicher, sobald ein oder zwei Gläser hochprozentigen Alkohols durch ihre Adern flossen, würde sie sich imstande sehen, Simon souverän gegenübertreten zu können.

Während ihr Santino den gewünschten Gin Tonic reichte, nachdem sie es sich auf einem Barhocker bequem gemacht hatte, umarmte sie plötzlich jemand von hinten. Helena drehte sich überrascht um und sah in Yannicks Gesicht. Er lächelte und sagte einfühlsam: „Ich dachte, ich nehme dir die quälende Entscheidung ab, ob du es über dich bringen kannst, Simons Anwesenheit zu ertragen. Nun kannst du mir in Ruhe gratulieren." Helena war gerührt von Yannicks offensichtlicher Sorge, die er hinter seiner saloppen Art zu verstecken versuchte. Sie stand auf, umarmte ihn herzlich und gab ihm zur Feier des Tages einen dicken Kuss auf die Wange.

Yannick war durch die Feierlichkeiten ein wenig übermütig geworden, vielleicht war auch der Alkohol schuld daran, dass er Helena überraschend auf den Mund küsste.

Auf ihren verblüfften Blick hin, erklärte er treuherzig: „Ich habe heute schließlich Geburtstag, da wirst du mir doch diesen einen Kuss gestatten."

Helena grinste ihn ein wenig verlegen an und erwiderte mit strenger Miene: „Aber das mir das nicht zur Gewohnheit wird, mein Lieber. Ich möchte unsere Freundschaft nur ungern aufs Spiel setzen."

„Dein Wunsch sei mir Befehl", salutierte er und küsste sie umgehend noch einmal.

„Yannick!", rief sie entrüstet.

Reumütig blickte er sie an. „Wahrscheinlich habe ich doch schon mehr getrunken, als ich angenommen hatte."

Helena platzte fast vor Lachen. „Sollte das jetzt als Kompliment für mich gedacht sein? Du warst auch schon mal charmanter. Aber da du heute Geburtstag hast, werde ich dir ein letztes Mal verzeihen."

Sie sahen sich einen Augenblick lächelnd an, sie verstanden einander auch ohne Worte. Dann legte Helena ihre Hand auf seinen Arm. „Ich habe dir noch gar nicht unser Geschenk gegeben. Es ist von Andrea und mir." Sie wühlte eine Weile erfolglos in ihrer Handtasche.

Yannick betrachtete sie bei ihren Bemühungen spöttisch und konnte nicht unterlassen, ihr Unterfangen zu kommentieren: „Das Geschenk muss wirklich winzig sein, wenn du es in deiner kleinen Handtasche nicht mehr findest. Die Tatsache an sich, dass es überhaupt in dieses Miniding passt, macht mich sehr skeptisch."

„Ha." Mit einem triumphierenden Ausruf hielt Helena ein Briefkuvert in der Hand. Als Yannick ihr das Geschenk gierig aus der Hand reißen wollte, versteckte sie es hinter ihrem Rücken. „Wenn du kein Interesse daran hast, opfert sich bestimmt jemand anderes auf. Ich finde bestimmt jemanden, der das Geschenk zu würdigen weiß."

„Bitte, bitte, ich bin jetzt auch ganz lieb." Treuherzig legte Yannick den Kopf schief.

„Wie könnte ich diesem Blick widerstehen?", erwiderte Helena lächelnd.

Yannick beachtete sie überhaupt nicht und begann wie ein kleines Kind das Kuvert aufzureißen. Als er den Inhalt überflogen hatte, riss er Helena mit einem Freudenaufschrei an sich und vollführte eine Drehung mit ihr. „Das wollte ich schon immer mal machen. Wie bist du nur darauf gekommen? Kannst du Gedanken lesen?", fragte er sie ratlos.

Spöttisch betrachtete sie ihn und antwortete: „Du hast es gefühlte hundert Mal unauffällig erwähnt, dass ein Fallschirmsprung dein großer Traum ist. Nachdem du Bungee-Jumping schon hinter dir hast, suchst du eine neue Herausforderung. Das waren deine eigenen Worte. Es war jetzt nicht besonders schwer, diese dezente Andeutung zu verstehen."

„Das muss ich gleich den anderen erzählen und bei Andrea muss ich mich auch noch bedanken." Damit setzte er Helena ab und ließ sie stehen.

Sie blickte Yannick kopfschüttelnd und zugleich amüsiert hinterher.

Als sie ihren Blick abwandte und ihn neugierig durch den Raum wandern ließ, bemerkte sie zu ihrer Überraschung, dass Simons Blick auf ihr ruhte. Wie lange beobachtete er sie schon, fragte sie sich erschrocken.

Sie konnte dem Blickkontakt keinen Augenblick länger standhalten. Obwohl er sich mindestens zehn Meter von ihr entfernt befand, brannte lichterloh ein Feuer in ihr, sobald sie nur an ihn dachte. Seufzend wandte sie sich ab und widmete sich eingehend ihrem Gin Tonic.

Wahrscheinlich saß sie annähernd eine halbe Stunde allein an der Theke, als sich ihr ein unbekannter Mann näherte.

Er war nicht wirklich als gut aussehend zu bezeichnen, trotzdem wirkte er durch sein offenes Lächeln sehr sympathisch und nicht unattraktiv.

„Du siehst nicht gerade so aus, als würdest du dich blendend amüsieren", stellte er trocken fest, nachdem er sich vorgestellt hatte. Sebastian war ein ehemaliger Schulkamerad von Yannick.

„Sieht man mir das etwa an?", frage Helena schockiert.

„Ich beobachte dich schon eine geraume Weile und du hast in dieser Zeit nichts anderes getan, als dich gelangweilt im Raum umzusehen und einen Drink nach dem anderen zu schlürfen."

„Ertappt." Helena zupfte gedankenverloren an ihrem Pferdeschwanz. „Aber vielleicht habe ich nur auf Ablenkung gewartet. Du wirst es bestimmt schaffen, mich im Handumdrehen aufzumuntern", flirtete Helena. Wie lange hatte sie schon nicht mehr ein lockeres Gespräch mit einem Unbekannten geführt? Etwas Bestätigung tat ihr sicherlich gut.

„Dann spendiere ich dir als Erstes einen weiteren Drink. Bleibst du beim Gin Tonic oder darf ich dich auf einen Cocktail einladen?", fragte Sebastian.

„Cocktail klingt gut“, stimmte Helena sofort zu.

„Wie wäre es mit Sex on the Beach?“, hauchte Sebastian dicht an ihrem Ohr.

Helena richtete sich auf und straffte die Schultern. Das versprach noch ein interessanter Abend zu werden.

„Klingt gut, aber leider verfügt das Hotel über keinen Strand. Wie wäre es mit Sex on the Table?“, scherzte Helena ungewohnt locker.

Zu ihrem Erstaunen wurde Sebastian unversehens rot und schluckte hastig. Sie konnte seinen Adamsapfel vor Nervosität auf und ab hüpfen sehen.

„Ich glaube, wir haben uns missverstanden. Ich habe von dem Cocktail geredet“, entgegnete er gepresst, als er seine Stimme wiedergefunden hatte.

„Entschuldige bitte, ich habe nur einen Scherz gemacht. Mir sind meine zahlreichen Gin Tonics wohl schon zu Kopf gestiegen. Am besten halte ich mich jetzt an alkoholfreie Cocktails“, bemühte Helena sich, die Wogen zu glätten.

Sebastian nahm es mit Humor und bestellte ihr das Gewünschte. Nachdem sie sich eine Weile ausgetauscht hatten, nahm er sie an den Händen und zog sie energisch von ihrem Barhocker.

„Was wird das jetzt, wenn ich fragen darf?“, entgegnete Helena verwirrt.

„Reden wird auf die Dauer langweilig. Wie wäre es, wenn wir für ein wenig Stimmung in der Bude sorgen und tanzen?“ Schon schlang er einen Arm auffordernd um ihre Taille.

„Wir haben überhaupt keine Tanzfläche“, wiegelte Helena ab.

„Ich brauche keine Tanzfläche. Mir reicht ein Stückchen freier Boden und schon geht es los." Er duldete
keine Widerrede und wirbelte Helena zu einem Pop-
song übers Parkett. Ihr blieb überhaupt nichts anderes
übrig, als sich ihrem Schicksal zu beugen, denn es
würde sehr merkwürdig aussehen, wenn sie sich aus
seiner festen Umarmung losriss. Helena war es schon
immer höchst zuwider gewesen, im Mittelpunkt zu stehen. Natürlich blieb es sämtlichen Anwesenden nicht
verborgen, dass sie eine heiße Nummer hinlegten,
denn der Raum war nicht sonderlich groß und geräu-
mig.

Sebastian war ein hervorragender Tänzer, der es verstand, auch Helenas Qualitäten in einem günstigen
Licht erscheinen zu lassen. Sie begann sich nach dem
ersten Tanz zu entspannen und genoss es, sich von einem derart begabten Tänzer führen zu lassen.

Das dritte Lied war sehr ruhig und melancholisch an-
gehaucht. Sebastian zog sie eng zu sich heran und sie
wiegten sich im Rhythmus der Musik harmonisch im
Einklang. Als die letzten Takte verklangen, löste Helena
sich abrupt aus der vertrauten, intimen Umarmung. Es
fühlte sich nicht gut an. Sie war weder an Sebastian interessiert, noch sollte sie in ihm Hoffnungen wecken.

Die anderen Gäste spendeten ihnen für die gelungene
Darbietung spontan Applaus. Mit verlegenem rotem
Gesicht zog sie sich an die Bar zurück. Sebastian folgte
ihr.

„Habe ich etwas falsch gemacht?", fragte er und Helena seufzte innerlich, weil er ihren Rückzug so deutlich gespürt hatte.

„Sebastian, du bist ein wirklich total sympathisch. Ich weiß nicht, was du in mir siehst, aber ich bin momentan nicht bereit, mich auf eine neue Beziehung oder auch nur auf einen One-Night-Stand einzulassen“, sprach sie klare Worte.

Er sah sie einen Moment an und Helena hielt unwillkürlich die Luft an, weil sie keine Lust auf eine Diskussion hatte.

„Danke für deine Offenheit. Aber es spricht dennoch nichts dagegen, uns einen schönen Abend zu machen“, sagte er und Helena entspannte sich. Er schien keineswegs beleidigt zu sein, dass sie ihn abwies, und Helena beschlich der leise Gedanke, ob Yannick seinen Freund auf sie angesetzt haben könnte. Sie wollte für Klarheit sorgen und fragte Sebastian unverzüglich aus.

Er wandte sich einen Moment verlegen und sagte dann entschieden: „Es stimmt, Yannick hat mich gebeten, dass ich mich ein wenig um dich kümmern soll. Aber ich habe dir keine Komplimente gemacht, die ich nicht wirklich so meinte. Ich sollte dich nicht nur aufmuntern, sondern Yannick hätte sich aufrichtig gefreut, wenn sich zwischen uns mehr als nur ein wenig Interesse entwickelt hätte. Insofern habe ich dir nichts vorgespielt. Ich würde mich wirklich freuen, wenn du mich wiedersehen möchtest“, besänftigte er Helena.

Diese war ein wenig beruhigt, dennoch ärgerte es sie, dass Yannick sich als Kuppler aufspielte. Eigentlich müsste er sie so gut kennen, dass sie für keinen anderen Mann als Simon Augen hatte. Wahrscheinlich sollte sie diesen Verkupplungsversuch als Zeichen deuten, dass auch Yannick keinerlei Chancen für eine gemeinsame Zukunft mit Simon sah.

Trotzdem war sie Sebastian aufrichtig dankbar für seine Bemühungen, sie in eine heitere Stimmung zu versetzen.

Kurze Zeit später verabschiedete Sebastian sich mit einem freundschaftlichen Wangenkuss von ihr, da er sich auf den Heimweg machen wollte.

Helena durchquerte ausgelassenen und beschwingten Schrittes den Saal, um Andrea von ihrem aufbauenden Erlebnis mit Sebastian zu erzählen. Nur konnte sie diese nirgends sehen. Helena blieb mitten im Raum stehen und sah sich um. Nicht weit von ihr entfernt befand sich das dreiblättrige, scheinbar unzertrennliche Kleeblatt. Sie sah schnell weg, bekam aus dem Augenwinkel jedoch mit, dass Simon sich in Bewegung setzte. Vielleicht wollte er nach Hause gehen. Als sie einen vorsichtigen, verstohlenen Seitenblick riskierte, stellte sie zu ihrem Erschrecken fest, dass er geradewegs auf sie zukam.

Seine gewitterumwölkte Miene versprach nichts Gutes. Helena verspürte den wohlbekannten Kloß im Hals, als sie ihn auf sich zukommen sah.

Da ihr jegliche Fluchtmöglichkeit fehlte, blieb sie einfach an derselben Stelle stehen. Sie hätte es sowieso nicht fertiggebracht, sich der magischen Anziehungskraft seines intensiven Blickes zu entziehen.

Unmittelbar vor ihr blieb er stehen. Sie schwiegen für einen Moment und Helena stellte bedauernd fest, dass sie nur ihren Arm ausstrecken müsste, dann könnte sie ihn berühren. Ihr Herz stach fürchterlich, als sie wieder einmal vor Augen geführt bekam, wie nahe Simon ihr war, und zugleich doch so unfassbar fern.

Als Simon endlich zu sprechen begann, wurde der Schmerz, der Helena in seiner unmittelbaren Nähe überfallen hatte, schnell zur Nebensache.

„Was willst du mit dem Theater, das du den gesamten Abend konsequent betreibst, eigentlich erreichen?"

Helena sah ihn nur mit verständnislosem Gesichtsausdruck an, sie hatte überhaupt keine Ahnung, von was Simon sprach.

„Schämst du dich denn gar nicht? Zuerst hängst du dich permanent Yannick an den Hals, lässt dich von ihm trösten, nützt seine Gutmütigkeit gnadenlos aus und weckst in ihm Hoffnungen. Andererseits hast du überhaupt keine Skrupel, dich an seinem Geburtstag mit einem anderen Mann derart dreist und unverschämt zu amüsieren. Du hast dich Sebastian förmlich an den Hals geworfen. Und das direkt vor Yannicks Augen."

Helena verschlug es aufgrund Simons selbstgerechter und unverschämter Anklage den Atem. Sie hatte Mühe, Luft zu bekommen, und sie überfiel ein panisches Gefühl, ersticken zu müssen. Dann setzte sich aber eine unfassbare Wut auf diesen ignoranten Idioten durch und half ihr, sich ein wenig zu fassen.

„Was fällt dir eigentlich ein, dich in meine Angelegenheiten einzumischen? Ich bin dir doch keine Rechenschaft über mein Verhalten schuldig", fauchte sie wütend zurück.

Simon kam noch einen Schritt auf sie zu, und sie musste sich mit aller Macht beherrschen, stehen zu bleiben und vor seiner bedrohlichen Gestalt nicht zurückzuweichen. Diese Blöße wollte sie sich keinesfalls geben.

Seine Augen funkelten wutentbrannt und er erwiderte so laut, dass es sämtliche Umstehende hören mussten: „Es geht mich aber etwas an, wenn du meinen Freund ausnützt und noch schlimmer ihn sogar verarschst. Du führst ihn derart vor, dass ich mich schon beim Zuschauen für dich schämen muss. Anscheinend habe ich mich in dir gründlich getäuscht. Ist es schon immer deine Art gewesen, mit jedem Typen ins Bett zu springen, egal ob du mit dieser Verhaltensweise einen anderen Menschen verletzt? Weißt du, wie ich das nenne? Schlampe!"

Er hatte Helena einen derartigen Schlag versetzt, dass sie nur noch rot sah. Sie holte aus und versetzte ihm im Affekt eine schallende Ohrfeige. Von der Heftigkeit des Schlages tat ihr die Hand ungemein weh. Sie hielt seinem wutentbrannten Blick stand, zitterte aber dermaßen am gesamten Körper, dass sie sich wunderte, warum ihre Zähne nicht klapperten. In ihren Augen schwammen Tränen, die sie unter größter Anstrengung unterdrückte.

„Dann weiß ich jetzt wenigstens, was du wirklich von mir denkst, und befreie dich von meiner furchtbaren Gesellschaft." Sie machte auf dem Absatz kehrt und ging hastig aus dem Raum. Kaum war sie aus dem Sichtfeld der Gesellschaft verschwunden, begann sie zu rennen. Sie wollte nur noch fort von hier, fort von diesem ungehobelten Kerl, der sie so verletzt hatte wie noch kein Mensch zuvor.

***

Simon bekam keine Gelegenheit, sich über sein Verhalten Gedanken zu machen, denn Yannick kam wütend auf ihn zugeschossen.

„Verdammt noch mal, Simon. Was sollte das? Wie kannst du Helena derart schlecht behandeln und sie vor versammelter Mannschaft so bloßstellen? Das wird sie dir nie verzeihen. Diesmal bist du einfach zu weit gegangen." Yannick stand direkt vor ihm und hatte die Hände in die Seiten gestemmt.

„Yannick, ich habe nur ausgesprochen, was ich durch meine Beobachtungen für einen Eindruck von ihr erhalten habe", versuchte er sich zu rechtfertigen.

„Was hat sie denn Schlimmes getan? Ach, ich vergaß, sie hat es gewagt, sich ein wenig zu amüsieren. Das ist wirklich verboten. Und was sind das für Hirngespinste, die du immer noch bezüglich Helena und mir hegst? Wir sind nur gute Freunde, mehr nicht. Ich weiß nicht, wie oft ich dir das noch erklären muss, bis es endlich bei dir angekommen ist." Yannick klopfte Simon mit seinem Fingerknöchel nicht gerade sanft gegen die Stirn.

Simon sah ihn perplex an und erwiderte dann langsam: „Ich habe euch in den letzten Wochen ständig in vertrauten Umarmungen gesehen, heute habt ihr euch geküsst. Was soll ich denn anderes glauben, als dass ihr ein Paar seid?"

Yannick atmete tief durch, wahrscheinlich um sich zu beruhigen. „Vielleicht hättest du einfach mal nachgefragt. Darf man gute Freunde nicht umarmen und ihnen einen rein freundschaftlichen Kuss geben? Simon, manchmal frage ich mich, bist du so blöd oder tust du nur so? Helena ist nicht in mich, sondern in dich verliebt und das schon seit Langem. Und du verdammter Idiot behandelst sie bei jeder sich bietenden Gelegenheit wie einen Haufen Dreck", schimpfte Yannick und stieß Simon heftig gegen die Brust, sodass er einen Schritt zurücktaumelte.

***

Yannick war zwar nicht wohl bei dem Gedanken, Helenas Geheimnis ausgeplaudert zu haben, andererseits hatte sie es ihm nie erzählt. Es waren lediglich seine eigenen Beobachtungen und Vermutungen, die er hier kundtat.

Simon erblasste schlagartig. Seine Arme, mit denen er gerade noch lebhaft gestikuliert hatte, sanken herab und baumelten schlaff an seinem Körper. Reglos schien er am Boden festgewachsen zu sein.

„Möchtest du dich zu diesem Thema vielleicht auch mal äußern? Wenn du dir die Ehre geben könntest, wäre ich dir sehr verbunden", höhnte Yannick sarkastisch.

Simon hingegen beachtete ihn überhaupt nicht, sondern lief ohne ein weiteres Wort von sich zu geben einfach davon.

„Des gibts doch net, lässt der mich hier einfach so deppert stehn." Yannick blickte ihm fassungslos hinterher und vor lauter Aufregung verfiel er in einen Dialekt, den er sich fast vollständig abgewöhnt hatte.

***

Als Simon das Foyer des Hotels erreichte, irrte sein Blick erst einmal unschlüssig und ziellos umher, bis er an der Rezeption hängenblieb. Mit wenigen Schritten erreichte er den Tresen. „Guten Abend, können Sie mir bitte behilflich sein und mir sagen, wo ich die Unterkunft von Frau Brückner finde?"

Herr Steigenberger betrachtete ihn eingehend über den Rand seiner Brille. Der Rezeptionist war Simon natürlich bekannt, genauso wie seine Diskretion, daher wunderte es ihn nicht, dass er kein Wort darüber verlor, warum Simon mitten in der Nacht nach einer Angestellten fragte.

„Das tut mir wirklich leid, aber ich kann Ihnen nicht weiterhelfen", entgegnete er schließlich.

Simon musste sich eisern beherrschen, um seinem Frust nicht freien Lauf zu lassen, indem er den älteren Mann anbrüllte.

„Wären Sie dann so freundlich, sie auf ihrem Zimmer anzurufen?", fragte er schließlich halbwegs freundlich.

„Um ein Uhr morgens?" Herr Steigenberger sah ihn entsetzt an.

„Sie war bis eben noch auf einer Party, da müssen Sie sich keine Sorgen machen, sie aus dem Schlaf zu reißen. Ich muss nur wissen, ob sie da ist, das ist alles. Bitte, es ist wirklich wichtig", fügte er eindringlich hinzu.

„Dann will ich mal nicht so sein. Möchte dem jungen Glück ja nicht im Wege stehen", feixte Herr Steigenberger und lachte, als er Simons verstörte Miene sah, während er den Hörer abnahm und wählte.

Er ließ es mindestens zwei Minuten klingeln, aber es hob niemand ab.

„Sie scheint nicht da zu sein. Tut mir leid, dass ich Ihnen nicht weiterhelfen konnte“, sagte er bedauernd, als er aufgelegt hatte.

„Danke für Ihre Bemühungen“, brachte Simon enttäuscht hervor. Er hob kurz die Hand und verließ das Hotel nachdenklich. Es war undenkbar, jetzt einfach nach Hause zu fahren, anstatt sie zu suchen. Simon begann die Wege rund um das Hotel abzulaufen. Leider gestaltete sich seine Suche alles andere als leicht, da sich in unmittelbarer Nähe ein kleiner Wald befand und das Gelände nicht gerade klein war. Nachdem er zuerst den Hotelpark durchkämmt hatte, begab er sich auf einen angrenzenden Waldpfad.

Die Bäume verdunkelten die Nacht noch zusätzlich. Der Mond schaffte es kaum, den Weg zu erhellen, und Simon musste aufpassen, nicht über eine Wurzel zu stolpern. Beinah wollte er schon aufgegeben, als er in der Düsternis Umrisse ausmachte, die aussahen wie jemand, der auf einem Baumstamm saß. Kurz stockte er und hoffte, sich nicht zu täuschen, und trat langsam näher heran. Und tatsächlich, da saß jemand, und je näher er kam, desto sicherer war er, dass es sich um Helena handelte. Eine Wolke gab den Mond frei und erhellte die kleine Lichtung. Als er erkannte, wie unfassbar verloren und verzweifelt Helena aussah, brach es ihm schier das Herz. Immerhin war er schuld an ihrer Verfassung. Sie hielt den Kopf gesenkt und schien ihn nicht zu bemerken, da der Waldboden seine Schritte dämpfte. Als er fast vor ihr stand, rief er leise, um sie nicht zu erschrecken: „Helena, ich habe dich gesucht.“

Sie sah auf und ihre Augen weiteten sich vor Überraschung und – wahrscheinlich wenig schmeichelhaft für ihn – vor Schrecken. Sie sprang auf und verschränkte ablehnend ihre Arme vor dem Körper, als wollte sie sich vor weiteren Gemeinheiten schützen.

„Was machst du hier? Kannst du mich nicht einfach in Ruhe lassen? Oder hat es dir noch nicht ausgereicht, mich fertigzumachen? Willst du mich komplett am Boden sehen?", brach es unvermittelt aus ihr heraus.

Simon sah sie hilflos an und hob beschwichtigend die Hände. „Es tut mir so schrecklich leid, was heute passiert ist. Wenn ich könnte, würde ich alles zurücknehmen. Ich wünschte mir, ich hätte die Worte niemals ausgesprochen. Leider kann ich meine Gemeinheiten nicht ungeschehen machen. Aber das Ganze war ein Missverständnis."

„Was gab es denn an deinen Äußerungen misszuverstehen?" Sie schnaubte und ihre starre Körperhaltung drückte Ablehnung aus. „Du hast doch deinen Standpunkt klar und deutlich zum Ausdruck gebracht", fuhr Helena ihn an.

„Ich habe die ganze Zeit gedacht, zwischen dir und Yannick hätte sich mehr als nur Freundschaft entwickelt. Und weil ich ein Feigling war, der sich vor der Antwort gefürchtet hat, habe ich Yannick nicht darauf angesprochen."

Simon zwang sich, ehrlich mit Helena zu sein. Nichts anderes hatte sie verdient. Selbst im fahlen Schein des Mondes erkannte er, wie ungläubig sie ihn anstarrte, und sein Herz zog sich zusammen.

***

Helena stockte der Atem und ihr Herz pochte viel zu schnell. Sie wagte nicht zu glauben, was seine Andeutungen bedeuten könnten. Zu groß war ihre Angst vor einer weiteren Verletzung. Deshalb sagte sie kühl: „Und vor welcher Antwort hast du dich gefürchtet? Dass dein bester Kumpel sich für eine unpassende Frau entscheidet? Eine gewöhnliche Frau, die du nicht ausstehen kannst, für die man sich schämen muss? Eine Schlampe?"

Simon zuckte unter ihrem unversöhnlichen Tonfall zusammen.

Dann trat er einen Schritt näher und Helena erkannte, dass seine Züge weicher wurden. „Ich habe dir nie gezeigt, was du mir bedeutest, weil ich mir das selbst nicht eingestehen wollte. Warum auch immer ..." Er seufzte und sah sie um Verständnis bittend an. „Ich hatte Angst davor, dich zu verlieren", erwiderte er leise. „Solltest du dich in meinen besten Freund verliebt haben, dann wärst du für mich tabu gewesen. Und diesen Gedanken konnte ich nicht ertragen."

Helena schüttelte den Kopf und hob abwehrend die Hände. Wie sollte sie ihm das glauben? Er hatte sie in den letzten Monaten so oft verletzt. Er ging noch einen weiteren Schritt auf sie zu. Vorsichtig nahm er ihre kalten Hände in seine, blickte ihr tief in die Augen. Auf seiner Wange zuckte ein Muskel und ihr wurde schlagartig bewusst, dass Simon nervös war. Der Kerl, den nie etwas aus der Fassung brachte und der immer souverän und so unfassbar selbstbewusst auf sie gewirkt hatte.

„Helena, ich habe mich in dich verliebt. Ich war so schrecklich eifersüchtig auf Yannick und heute auf diesen Idioten Sebastian, der es den gesamten Abend nicht unterlassen konnte, dich ununterbrochen anzufassen. Ich hielt es kaum aus, als ich dich in seinen Armen eng umschlungen tanzen sah. Diese bohrende Eifersucht hat mich nicht mehr klar denken lassen. Nur deshalb war ich so fies zu dir. Es tut mir so leid. Bitte glaube mir.“

Helena war fassungslos. So lange hatte sie darauf gewartet, dass er endlich begriff, was sie ihm bedeutete, aber wie konnte sie ihm glauben, nach allem, was in den letzten Wochen vorgefallen war? Sie wünschte sich nichts sehnlicher, als dass er die Wahrheit sagte, aber dennoch empfand sie seine Rede als Hohn. Ihr Innerstes glühte und die Wut stieg ihr zu Kopf. Was bildete er sich eigentlich ein? Abrupt schubste sie ihn von sich und brachte einige Schritte Abstand zwischen sich und Simon. Sie musste sich endlich vor seinen unüberlegten Verletzungen schützen.

„Hörst du dir eigentlich selbst zu?“, fauchte sie und ignorierte ihren rasenden Puls. „Bist du von allen guten Geistern verlassen? Warum sollte ich dir plötzlich glauben, dass ich dir etwas bedeute?“ Sie schluckte hart und versuchte sich nicht anmerken zu lassen, dass sie den Tränen nahe war. „Verstehst du unter ‚sich lieben‘, den anderen derart zu verletzen? Entschuldige bitte, aber unter diesen Voraussetzungen verzichte ich gerne auf deine Liebe.“ Helena war so außer sich, dass sich ihre Stimme beim Reden überschlug.

Sie machte auf dem Absatz kehrt und war schon dabei, Simon einfach stehen zu lassen, als er ausstieß:

„Helena, was soll ich denn tun, damit du mir glaubst? Mir war noch nie etwas so wichtig. Auch wenn es für dich absurd und plötzlich erscheint, aber ich will dich. Nur dich!"

Helena stolperte und blieb stehen, sobald sie sich gefangen hatte. Fahrig strich sie sich eine Haarsträhne aus dem Gesicht. Was sollte sie tun? Ihm eine Chance geben oder ihren Stolz bewahren und ihm einen Korb geben? Aber dann hätte sie ihn für immer verloren und es würde niemals eine gemeinsame Zukunft geben. Unschlüssig drehte sie sich zu ihm um. Der Mondschein ließ sie erkennen, dass seine Miene sich hoffnungsvoll aufhellte. In wenigen Schritten war er bei ihr, und ehe Helena reagieren konnte, zog er sie besitzergreifend zu sich heran und küsste sie. Seine Lippen fühlten sich so weich an und der Kuss war erst zart, dann zunehmend fordernder, was ihr schlagartig ein Bauchkribbeln bescherte. Plötzlich kam Leben in ihre bis dahin so starre, unbewegliche Gestalt, sie schlang sehnsüchtig ihre Arme um seinen Hals. Er legte seine um ihre Taille und zog sie so nahe wie nur irgend möglich zu sich heran. Trotz seines Wintermantels spürte sie seinen heftigen Herzschlag.

Mit jeder Sekunde, die der Kuss andauerte, wurde Helena süchtiger nach seinen Berührungen. Irgendwann löste er sich sachte von ihr und sie sah ihm fest in die Augen. Schließlich sagte Helena leise: „Es hat so wehgetan, wie du vorhin mit mir gesprochen hast. Ich weiß, unser Start war alles andere als gelungen, aber als ich dich im Umgang mit Leon erleben durfte, da habe ich dich schlagartig aus einem völlig anderen Blickwinkel wahrgenommen. Plötzlich war alles anders. Du warst anders." Sie stockte und ihre Blicke verhakten sich und Helenas Herz pochte heftig gegen ihren Brustkorb. Simon sah sie abwartend an, während sie versuchte, ihre Fassung wiederzuerlangen. Endlich traute sie sich weiterzusprechen. „Du hingegen hast die gesamten Monate, seitdem wir uns kennen, nie etwas anderes in mir gesehen als das unscheinbare Mädchen, das auf deine Kinder aufpasst. Kannst du dir nur im Entferntesten vorstellen, wie schwer es mir fiel, dich ständig zu sehen? Ich konnte dir nicht aus dem Weg gehen, weil ich Laura und Leon nicht im Stich lassen wollte. Aber es war alles andere als einfach für mich."

***

Simon sah Helena betroffen an. Ihm war nie bewusst gewesen, wie sein Auftreten auf sie gewirkt haben musste. Ja, er hatte ewig gebraucht, um sich seine Gefühle für sie einzugestehen. Letztendlich hatte es einen Tritt in den Hintern von Yannick benötigt. Lange Zeit hatte er sich ausschließlich gegen seine aufkeimenden Emotionen für Helena gewehrt. Die Gründe dafür waren nicht nur in seiner Freundschaft zu Yannick zu finden, sondern ebenfalls in seinem bevorzugten Frauenbild und aus diesem Schema fiel Helena nun einmal gnadenlos heraus. Jetzt schämte er sich dafür, diese wunderbare Frau aufgrund seines vorgefertigten Wunschbildes nicht gesehen zu haben. Eigentlich gefiel ihm alles an ihr. Ihre wunderbar frauliche Figur fühlte sich ausnehmend gut an, als er sie endlich in seinen Armen halten durfte. Ihre sanfte Ausstrahlung war bezaubernd und ihre sinnliche, dunkle Stimme hatte ihn von Beginn an in den Bann gezogen. Nur hatte er diese Vorzüge vor lauter Vorurteilen und seiner kleinkarierten Denkweise überhaupt nicht bemerkt.

Es würde wohl schwierig werden, Helenas Vertrauen zu erlangen. Trotzdem wollte er ihr gegenüber ehrlich sein, aber das trug nicht unbedingt dazu bei, ihr angespanntes Verhältnis zu beruhigen.

Schweren Herzens löste er sich von ihr. Er trat einige Schritte zurück und raufte sich die Haare.

„Ich habe mich wie ein kompletter Vollidiot benommen. Es stimmt, ich habe dich ständig herablassend behandelt. Ein Wunder, dass du dich überhaupt in mich verliebt hast."

Vorsichtig suchte er ihren Blick und als er sah, dass Helena lächelte, fühlte sich der Stein, der ihm im Magen lag, etwas leichter an.

„Ich habe immer hinter die Fassade des kühlen, zurückhaltenden Geschäftsmannes gesehen. Ich habe dich in erster Linie als warmherzigen, liebevollen Vater wahrgenommen, der seine Kinder inständig liebt und alles für sie tun würde. Außerdem bist du Yannicks bester Freund, da wurde mir schnell klar, hinter diesem selbstverliebten Kerl musste noch ein wenig mehr stecken, sonst würde Yannick sich kaum mit dir abgeben. Aber manchmal fiel es mir wirklich schwer, den Glauben daran zu behalten, dass ich mich nicht in dir getäuscht habe", erwiderte sie seufzend.

Wie sollte er ihr sein Gefühlschaos und seine Emotionen nahezubringen, ohne sie zu verletzen? Das hatte er unbedachterweise schon viel zu häufig getan, aber er wollte ehrlich sein.

Sein Blick konnte für einen Moment dem ihren nicht standhalten, weil die Hoffnung und Liebe in Helenas Augen sein Innerstes zum Beben brachte. Er räusperte sich und ließ seine Augen durch den dunklen Wald streifen. Endlich traute er sich, sie erneut anzusehen.

„Seitdem mich Juliane mit den Kindern allein ließ, habe ich keine Frau mehr an mich herangelassen. Zu groß war die Angst, erneut verlassen zu werden. Das wollte weder ich noch einmal erleben noch den Kindern zumuten." Der Kloß in seinem Hals verwunderte ihn, denn bisher hatte er sich diesen Gedanken nicht einmal selbst eingestanden. Wo waren diese Worte gerade hergekommen? Aber es war eine Tatsache, dass sie der Wahrheit entsprachen.

Helena hob die Hand und strich ihm mitfühlend über die Schulter. „Simon", hauchte sie erstickt und er spürte ihren Schmerz, der seiner war.

„Ich habe immer behauptet, dass mich mit zwei kleinen Kindern sowieso keine will, aber das war nur die halbe Wahrheit." Er grinste ein wenig schief, weil er seine Verwirrtheit überspielen wollte. „Es war so viel einfacher, ab und zu ein wenig unverbindlichen Spaß zu suchen, als mich um etwas Ernsthaftes zu bemühen."

Ihre Hand lag immer noch auf seinem Oberarm, als sie antwortete: „Ich kann dich gut verstehen, nach allem, was dir mit deiner Ex-Frau widerfahren ist."

Helenas Verständnis tat ihm gut, aber er wollte es sich nicht zu einfach machen. Er wand sich ein wenig, dann seufzte er.

„Helena, ich will ehrlich zu dir sein. Es ging nicht nur darum, dass ich die Augen verschlossen habe, weil ich

Angst vor einer festen Beziehung hatte, sondern dass du nicht ..." Er verstummte abrupt und hätte beinah mit den Augen über sein Rumgestammel gerollt, aber ihm war gerade noch rechtzeitig aufgegangen, dass Helena das auf sich beziehen könnte.

Sie riss die Augen auf, als sie wohl begriff, was er ihr versuchte zu sagen.

„Ich hab's kapiert. Du stehst auf Frauen wie Emily." Ihre Stimme klang bitter und zugleich zittrig.

„Ich stand auf Frauen wie Emily." Er ergriff ihre Hände und rieb sie vorsichtig zwischen seinen, weil sie eiskalt waren.

„Bisher war ich ein arroganter Typ, der das Optische vor die Persönlichkeit gestellt hat. Damit bin ich schon bei Juliane auf die Schnauze gefallen und habe scheinbar nichts gelernt. Bis du in mein Leben getreten bist. Irgendwie hast du es geschafft, mich von Beginn an umzuhauen. Du bist so anders, als alle Frauen, mit denen ich bisher zusammen war. Und ich spreche jetzt nicht nur von Äußerlichkeiten."

Es tat ihm weh, Helenas verletzte Miene aufgrund seiner Worte zu sehen, aber er konnte sie nicht mehr anlügen. Er war es ihr schuldig, endlich ehrlich zu sein. Und der Vollständigkeit halber gehörte die Offenbarung seiner selbstgefälligen Seite ebenfalls zu seinem Geständnis. Für welche er sich heute überaus schämte. Wie hatte er jemals nur dermaßen oberflächlich sein können, seine Frauenwahl ausschließlich an äußerlichen Kriterien festzumachen?

„Ich liebe dein Lachen. Wie oft habe ich mich dabei ertappt, zu lauschen, ob ich es höre, wenn du mit den Kindern gespielt hast. Sogar deine Widerworte mag ich, auch wenn du mich echt oft auf die Palme bringst. Aber ich mag Frauen, die mir nicht nach dem Mund reden." Sie verzog ganz zaghaft die Mundwinkel und schüttelte leicht den Kopf, als würde sie ihm das nicht abnehmen.

„Ich hoffe so sehr, dass du mir glauben kannst, dass ich es wirklich ehrlich meine. Es tut mir leid, wie ich mich dir gegenüber verhalten habe. Ich bin rücksichtslos und gedankenlos auf deinen Gefühlen herumgetrampelt. Vielleicht um mich zu schützen, vielleicht um mir nicht einzugestehen, dass ich anfangs mit meiner Einschätzung falschlag. Aber ich kann seit Wochen nur an dich denken."

***

„Simon, ich glaube dir, dass du es momentan ernst meinst. Aber trotzdem kann ich nicht vergessen, was du zu mir gesagt hast und wie du mich behandelt hast. Es fällt mir einfach schwer, mir wirklich vorzustellen, dass du deine Ansichten und Meinungen plötzlich um einhundertachtzig Grad gedreht hast. Ist das überhaupt möglich? Liebst du wirklich mich oder nicht vielmehr die Vorstellung, dass wir eine Familie sein können?" Helena blieb trotz des Kribbelns in ihrem Bauch skeptisch. Ihr lag der Kommentar auf der Zunge, ob sie ihm nicht einfach das Leben vereinfachen würde, wenn sie ein Paar wären, aber das wäre ihm gegenüber unfair. So schätzte sie ihn nicht ein.

„So ein Blödsinn. Natürlich gefällt mir die Vorstellung, dass wir eine Familie werden, aber das ändert nichts an meinen Gefühlen. Du denkst doch hoffentlich nicht, ich will dich nur wegen der Kinder. Das würde ich nie machen. Lieber wäre ich ein Leben lang allein, als an der Seite einer Frau, die mir nichts bedeutet."

An seinem Gesichtsausdruck erkannte sie, dass er sie bei diesem Gedanken ertappt hatte. Aber er ging nicht weiter darauf ein und sie schaffte es, den Kopf zu schütteln.

Daraufhin atmete er tief ein und aus und fuhr fort: „Helena, ich habe mir seit unserem Streit ziemlich viele Gedanken über uns gemacht." Er ergriff erneut ihre Hände und Helena zwang sich, sich nicht in dem Gefühl der Nähe zu verlieren und sich ihren Sehnsüchten hinzugeben. „Da ist mir unvermittelt klar geworden, wie viel du mir bedeutest. Ich liebe es zu sehen, wie unverkrampft und natürlich du dich in meinem Zuhause bewegst, als würdest du schon immer dazugehören. Und ich vermisse dich, sobald du das Haus verlassen hast. In den letzten Tagen bin ich vor Sehnsucht nach dir fast wahnsinnig geworden. Ich hatte mehrmals den Telefonhörer in der Hand, um dich anzurufen, damit ich endlich Klarheit habe, was dich und Yannick betrifft. Und dann schreckte ich jedes Mal davor zurück. Aber ich konnte nur noch an dich denken. An dein bezauberndes Lächeln, an deine unbewusste Art, dir durch die Haare zu fahren, und an deine temperamentvollen, lebendigen Augen, die mich jedes Mal durchleuchteten."

Simons leidenschaftliche Rede, sein hoffnungsvoller Appell an die Liebe, bewegte sie zutiefst. Sie umarmte ihn wortlos und schmiegte sich eng an ihn und genoss es, als er ihr zärtlich über den Rücken strich. Sie schloss die Augen und gab sich ganz ihren Empfindungen hin.

Nur der Moment zählte. Er küsste sie zärtlich auf die Stirn, ihre Augen, ihre Nase und zuletzt endlich sehnsüchtig auf den Mund. Wie zwei Verhungernde küssten sie sich leidenschaftlich und zugleich hart.

Unvermittelt löste Helena sich aus der wunderschönen, beschützenden Umarmung. Das Glück lag vor ihr, sie musste es nur aufheben. Aber sie hatte Angst, dass sie es im selben Moment zerstörte und es sich lediglich als illusorische Seifenblase herausstellen würde. War das Glück nicht schon so beschädigt, dass es nur zerbrechen konnte, wenn sie es auffing? Sie sah Simon bittend an.

„Es tut mir so leid, aber ich kann das einfach nicht." Tränen schossen ihr in die Augen und sie wollte sich abwenden, aber Simon hielt sie zurück.

„Habe ich dich zu sehr bedrängt? Brauchst du mehr Zeit?" Er sah sie so besorgt an, dass es ihr fast das Herz brach. „Bitte gib uns und unserer Liebe eine Chance. Um mehr möchte ich dich überhaupt nicht bitten. Wahrscheinlich steht es mir auch nicht zu, von dir etwas zu erwarten, aber ich wünsche es mir so sehr."

„Ich bekomme meinen Kopf einfach nicht frei. In dem einen Moment, während wir uns küssen, fühle ich mich überglücklich. Schöner, als ich es mir in meinen kühnsten Träumen ausgemalt habe, und dann überkommt mich unvermittelt das Bild vor Augen, als du mich hasserfüllt als Schlampe beschimpft hast. Es tut mir so leid, weil ich dich mehr liebe als alles andere auf der Welt, aber ich kann nicht anders, weil ich das gerade einfach nicht vergessen kann."

Mit diesen Worten schüttelte sie seine Hand ab, ging an ihm vorbei, ohne ihn noch einmal anzusehen. Ihre

Kehle fühlte sich wie zugeschnürt an und sie hatte das Gefühl, keine Luft mehr zu bekommen. Sie musste einfach weg von hier, damit sie wieder frei atmen konnte.

Kapitel 38

Wer kämpft, hat halb gewonnen

Timurcin wunderte sich über sein neu erlangtes Lebensgefühl. Obwohl seine Beziehung auf äußerst wackeligen Füßen stand, fühlte er sich so lebendig und energiegeladen wie schon lange nicht mehr. Endlich hatte er begriffen, dass er sein Leben in die eigenen Hände nehmen musste. Er konnte sich nicht von jedem kleinen Rückschlag aus seinem mühsam erlangten Gleichgewicht werfen lassen. Schließlich war er und sonst niemand für sich verantwortlich.

Typische Begleiterscheinungen seiner unausgeglichenen und ungesunden Lebensgewohnheiten wie ständige Gereiztheit, Übellaunigkeit und Vergesslichkeit waren wie weggeblasen.

Tief in sich fühlte er den festen, unerschütterlichen Glauben an die Macht der Liebe, der ihm half, die nötige Ruhe und Geduld zu finden. Timurcin war nun endlich bereit, für sein Glück zu kämpfen. Wahrscheinlich würde es ein beschwerlicher Weg werden, Valerie von seiner aufrichtigen Liebe zu überzeugen. Dennoch war er zuversichtlich, und er war sich sicher, wenn er ihr ausreichend Zeit zugestand, würde sie zur selben Erkenntnis gelangen.

Seine Tage begann er nun mit Aktivitäten zu füllen, um nicht wieder in die alte Lethargie zurückzufallen. Neben seinen Bemühungen, über die Zeitung an Informationen über Justines Vorgehensweise heranzukommen, begann er sich zunehmend mit dem Gedanken zu befassen, sie persönlich unter Druck zu setzen und mit ihren eigenen Waffen zu schlagen. Er wollte sich auf das Gespräch gut vorbereiten, um keine unvorhergesehenen Attacken seitens Justine zu riskieren. Diesmal wollte er die Oberhand über die Meisterin der Manipulation behalten.

Nebenbei behielt er seinen Plan bei, sportlicher und dynamischer zu werden. Zweimal die Woche nahm er eine Trainerstunde, um seine eingerosteten Tenniskenntnisse aufzufrischen. Zugleich ging er jeden zweiten Tag joggen.

Seine Bemühungen machten sich schon bemerkbar. Seine Hosen saßen zunehmend lockerer und die Waage zeigte schon erfreuliche fünf Kilogramm weniger an. Das positive Ergebnis war nicht nur auf seine sportlichen Betätigungen zurückzuführen, sondern auch auf die Tatsache, dass Timurcin seit Wochen keinen Tropfen Alkohol mehr angerührt hatte.

Die Zukunft war ein Klavier, das gespielt werden wollte, und wartete nur darauf, dass ihr die Melodie des Lebens entlockt wurde.

Nervös sah Timurcin auf die Uhr. Er hatte sich lange genug darauf vorbereitet und in einer halben Stunde wollte er Justine in ihrem Büro aufsuchen. Er wusste von Susanna, dass sie sich momentan noch in einem wichtigen Meeting befand. Auch wenn er sich der Träumerei hingab, die Versammlung durch seine Anschuldigungen zu sprengen, ließ er sich in der Realität zu solch drastischen Mitteln nicht hinreißen. Trotzdem hatte der Gedanke seinen Reiz und hob Timurcins Laune sichtlich, als er sich Justines Miene vor Augen führte, falls er einen so dreisten Schritt wagen sollte.

Nachdem sein Informant im letzten Augenblick einen Rückzieher gemacht hatte und von der Beteiligung seiner Frau an dem denunzierenden Artikel über Valerie plötzlich nichts mehr wissen wollte, sah er sich nun gezwungen, zu härteren Methoden überzugehen. Er musste Justine festnageln und sie dazu bringen, ihre Schuld zuzugeben. Es würde ein hartes Stück Arbeit werden und es war Timurcin zuwider, sich ihrer skrupellosen Mittel zu bedienen, aber anders würde er kaum erfolgreich sein.

***

„Justine, meine Liebe, dich bekommt man ja überhaupt nicht mehr zu Gesicht. Du siehst blass aus, anscheinend arbeitest du zu viel", begrüßte Timurcin seine Frau ungewohnt heiter, als er überraschend ihr Büro betrat.

Justine runzelte die Stirn über seinen unangemeldeten Besuch. Zwar wartete sie schon seit geraumer Zeit auf seinen Auftritt, dennoch schätzte sie es überhaupt nicht, derart von ihm überfallen zu werden. Natürlich wusste sie, dass Timurcin ihren hinterhältigen Angriff nicht einfach so hinnehmen würde. Leider war ihr bis heute unklar geblieben, was er mit seiner Rückzugs- und Hinhaltetaktik bezweckte.

Er war jahrelang durchschaubar gewesen, ein Mann ohne Geheimnisse und Rätsel. Sein demütiges, hoffnungslos erbärmliches Auftreten hatte sie oftmals frustriert und wütend gemacht. Sie hätte sich einen ebenbürtigen Partner gewünscht, der ihr auf Augenhöhe begegnet wäre. Einen Mann, der sich von seiner Frau nicht auf der Nase herumtanzen ließ und ihr gegebenenfalls zeigte, wer die Hosen anhatte, jemand, der sie in ihre Schranken verwies. Dann wäre es ihr vielleicht möglich gewesen, ihn zu respektieren und ihn zu schätzen.

Timurcin war dazu nie in der Lage gewesen. Natürlich hatten sie sich erbitterte Wortgefechte geliefert, aber er hatte es nie geschafft, sich ihren Respekt zu verdienen. Dazu war er zu weich, zu wenig skrupellos, zu grüblerisch und gedankenvoll. Jetzt, wo ihre Ehe endgültig zu Ende schien, zeigte er sich ihr plötzlich von einer ganz neuen Seite, die sie beeindruckte und die ihm endlich Respekt bei ihr einbrachte. Er hatte sich nicht zu einer unbedachten Reaktion hinreißen lassen, weder hatte er sie nach der Veröffentlichung sofort aufgesucht, noch war er in alte Verhaltensmuster zurückgefallen. Justine war es nicht verborgen geblieben, dass Timurcin diesmal nicht seine Flucht im Alkohol gesucht hatte, sondern seinem neuen Lebensstil trotz Valeries Abreise treu geblieben war und diesen konsequent verfolgt hatte.

Warum bekam er plötzlich sein Leben in den Griff, nachdem er jahrelang versucht hatte, sich körperlich und geistig zu zerstören? Konnte die Liebe tatsächlich derart große Kräfte in einem Menschen aktivieren und freisetzen? Warum hatte er sich ihr zuliebe niemals die Mühe gegeben, sich zu verändern und ihren Wünschen zu entsprechen? Diese Erkenntnis machte sie unglaublich wütend.

Um es zu verbergen, blätterte sie durch einen Stapel Unterlagen und murmelte gelangweilt: „Ich habe viel zu tun."

Plötzlich überfiel sie ein ungewohntes Gefühl des Verlustes, nachdem sie begriff, ihn wohl unwiderruflich verloren zu haben. Eine Panik, die sich in ihrem gesamten Körper blitzschnell auszubreiten drohte. Hastig legte sie den Stapel auf dem Schreibtisch ab, um ihre zittrigen Hände zu vertuschen. Sie wollte ihn nicht verlieren. Wie konnte sie ohne ihn an ihrer Seite überleben? Er war immer da gewesen, auch wenn sie ihn nicht mehr wahrgenommen hatte, ihn nicht mehr als das hatte sehen können, was er wirklich war. Die bittere Erkenntnis, dass Timurcin in seiner sensiblen Art genau der richtige Mann gewesen wäre, überkam sie. Ein Partner, dem es möglich gewesen wäre, ihr die nötige Ruhe und Sicherheit zu geben, um ihre Rastlosigkeit und ihre Bemühungen, immer das Beste geben zu wollen, besiegen zu können. Vielleicht hätte er ihr die nötige Geborgenheit schenken können, um ihre zwanghaften Bemühungen, zu Anerkennung und Erfolg zu gelangen, als unwichtig erscheinen zu lassen.

Nun war es zu spät! Das traf Justine härter, als sie sich jemals hätte vorstellen können. Sie hatte es Timurcin nie gestattet, wirklich zu ihrem Herzen durchzudringen. Irgendwann hatte er seine fruchtlosen Bemühungen eingestellt, um ihren ständigen Anschuldigungen und Verhöhnungen aus dem Weg zu gehen.

Es war ihr niemals möglich gewesen, ihre tiefen Gefühle, die sie anfänglich für ihn gehegt hatte, nach außen zu tragen und ihn dadurch in seinen Bemühungen, um sie zu kämpfen, zu bestärken.

Justine würde sich gern weiterhin einreden, dass Timurcin ihr niemals etwas bedeutet hatte. Aber seitdem sie den Spiegel der tiefgehenden Liebe von Timurcin und Valerie schonungslos vor Augen geführt bekam, waren versteckte, lange verborgene Gefühle unvermittelt aus ihr herausgebrochen, mit denen sie sich wohl oder übel auseinandersetzen musste.

Der Zeitpunkt, um offen und ehrlich mit Timurcin zu sprechen, war lange vorbei. Justine war sich außerdem alles andere als sicher, ob sie jemals in der Lage gewesen wäre, ihre Gefühle für Timurcin transparent zu machen. Sich der Gefahr der Bloßstellung preiszugeben, erschien ihr viel zu gefährlich.

Deshalb suchte sie ihr Heil im schwelenden Hass auf Timurcin, um die gefühllose Fassade, die sie seit Jahren erfolgreich pflegte, aufrechtzuerhalten. Wenigstens ihre Würde musste sie sich erhalten, indem sie sich niemals anmerken ließ, wie es tatsächlich tief in ihrer schwarzen Seele aussah.

„Könntest du bitte aufhören, mich dermaßen penetrant anzustarren? Ich muss mit dir sprechen. Hast du Zeit oder soll ich später wiederkommen?" Da blitzte wieder der gewohnte Timurcin durch, anscheinend war sein Mut abhandengekommen, dachte Justine verächtlich.

Hochmütig erwiderte sie: „Nachdem du nun schon unaufgefordert in mein Reich eingedrungen bist, kannst du dein Anliegen gleich loswerden. Je schneller du verschwindest, desto besser."

Timurcin ließ sich lässig in den Besuchersessel fallen. Nachdem er es sich bequem gemacht hatte, erwiderte er kühl: „Ich werde nicht lange um den heißen Brei herumreden. Fakt ist, ich möchte, dass du zugibst, Valerie mit voller Absicht öffentlich bloßgestellt zu haben, um mir zu schaden. Du wirst ihr sagen, dass du die ganze Geschichte ins Rollen gebracht hast und anschließend die Schuld auf mich abgewälzt hast."

Justine sah ihn ungläubig an. Er saß so entspannt in ihrem Sessel, als hätte er mit seinem Anliegen lediglich um eine Tasse Kaffee gebeten. Er schien sich eines positiven Ergebnisses des Gespräches vollkommen sicher zu sein.

„Warum sollte ich so etwas Dummes tun? Du scheinst den kleinen Restverstand, den du dir bis jetzt noch nicht weggesoffen hast, verloren zu haben, wenn du es wagst, solche Forderungen zu stellen. Du scheinst noch dämlicher zu sein, als ich bis dahin angenommen habe." Justine lachte verächtlich und scheinbar erheitert auf.

Timurcin erwiderte stoisch ihr Lächeln und starrte sie weiterhin unbeirrt an. Justine wusste sein unerwartetes Auftreten nicht einzuordnen, er begann sie zunehmend nervös zu machen.

„Ist das jetzt deine neue Taktik? Wir schweigen uns solange an, bis ich deinen Forderungen zustimme? Nur zu, ich habe Ausdauer, ist es für dich in Ordnung, wenn ich mich nebenbei meiner Korrespondenz widme?", fragte sie ihn leicht gereizt.

„Justine, wage es nicht, meine Forderung ins Lächerliche zu ziehen. Mir ist es bitterernst und ich werde diesen Raum erst verlassen, wenn ich dein Geständnis habe."

„Geständnis? Wie melodramatisch, mein Lieber, befinde ich mich nun vor Gericht oder wie soll ich diese Aufforderung verstehen?" Justine gähnte gelangweilt und sah ihn träge an.

Plötzlich sprang Timurcin auf, von seinem gelassenen Auftreten war nichts mehr übriggeblieben. Er ging auf Justine zu und blieb dicht vor ihr stehen.

„Lass uns dieses armselige Spiel beenden. Justine, wenn du nicht sofort zu deiner Tat stehst und mich durch deine Aussage entlastest, dann werde ich zu anderen Mitteln greifen. Welche das sein werden, wirst du schneller zu spüren bekommen, als dir lieb ist."

„Du willst mir drohen? Ernsthaft?!" Justine erhob sich ebenfalls, doch obwohl sie auf ihren Absätzen um einige Zentimeter größer war als Timurcin, wich er nicht zurück. „Ich glaube, du bist nicht mehr bei Trost. Ich mache dich fertig und zwar schneller als dir lieb ist, mein Lieber." Justine konnte kaum glauben, dass Timurcin tatsächlich zu kämpfen begann. Diese Gegenwehr war sie nicht gewohnt und sie hatte auch nicht ernsthaft damit gerechnet.

„Ich werde dir so oft drohen, wie es mir beliebt, und ich werde mir das von dir zukünftig weder verbieten noch unterbinden lassen."

„Und was gedenkst du zu tun? Entziehst du mir deine aufopfernde Liebe? Strafst du mich mit Nichtachtung?

Oder willst du zur Abwechslung mal wieder handgreiflich werden? Entschuldige bitte meine nicht vorhandene Sensibilität, aber Punkt eins ist für dich schon seit Langem zu einem Fremdwort geworden und in Punkt zwei und drei hast du schließlich schon Übung. Drohst du mir eine Tracht Prügel an, sollte ich nicht auf deine Forderung eingehen? Das würde doch deinem niveaulosen Stil entsprechen."

***

Timurcin versuchte die harten und ungerechten Vorwürfe seiner Frau nicht zu beachten und sich dadurch nicht verunsichern zu lassen. Dennoch musste er seine gesamte Willenskraft aufbringen, um sich von ihrer Raffinesse und Dreistigkeit nicht wieder in die Defensive drängen zu lassen.

„Justine, diese alten Kamellen interessieren niemanden mehr. Falls das eine versteckte Drohung deinerseits gewesen sein sollte, dann lass dir gesagt sein, du warst auch schon einmal subtiler. Du beginnst du schwächeln, Darling."

Die Ohrfeige hatte er nicht kommen sehen und deshalb erwischte sie ihn in ihrer ganzen Heftigkeit. Er sah Justine ungläubig an. „Und du wirfst mir Gewalt und Rohheit vor? Glückwunsch Justine, du bist keinen Deut besser."

„Das lässt sich wohl kaum miteinander vergleichen, außerdem habe ich mich nur verteidigt, es war schließlich Notwehr", gab Justine beleidigt zurück.

Timurcin begann schallend zu lachen. „Deine Fantasie ist wirklich beeindruckend. Aber ich möchte dich nun nicht mehr länger auf die Folter spannen. Schließlich sehe ich, dass dir deine Souveränität mittlerweile abhandengekommen ist. Ein Zustand, für den ich nicht verantwortlich sein möchte. Ich werde dich mit deinen eigenen Waffen schlagen, Justine. Wenn du dich weigerst, meine Unschuld zu bestätigen, dann werde ich im Gegenzug die Zeitschrift einen schönen Artikel über dich veröffentlichen lassen. Ich hätte schon einige mögliche Titel in meinem Repertoire. Wie wäre es mit *Adelige Ehe war die Hölle* oder *Die abartigen Sexpraktiken der lieblichen Baroness von Hohenstetten?*"

„Halt dein blödes Maul." Justine erhob erneut die Hand, aber diesmal schien sie sich besser im Griff zu haben und ließ sie nach kurzem Zögern wieder fallen. „Das wirst du nicht wagen. Wie würdest du in der Öffentlichkeit dastehen? Willst du dich als der bemitleidenswerte, unterdrückte Gatte verkaufen, der sich als Sexsklave zur Verfügung stellen musste? Bitte mache dich nicht vollständig lächerlich. Zufällig weiß ich, dass es dir äußerst zuwider ist, wenn dein Privatleben in der Presse breitgetreten wird. Das wirst du niemals tun, denn du hattest all die Jahre zahlreiche Gelegenheiten, mich öffentlich zu kompromittieren, und du hast jegliche Chance ungenützt verstreichen lassen. Du bist und bleibst ein jämmerlicher Schlappschwanz."

Timurcin packte ihr Handgelenk und hielt sie unsanft fest. Er zwang sie, ihm ins Gesicht zu sehen. In seinen dunklen Augen blitzte der Hass auf sie auf.

„Wiege dich nicht allzu sehr in Sicherheit", zischte er. „Bis zu diesem Zeitpunkt ging es ausschließlich nur um mich und meine persönlichen Befindlichkeiten. Nun ist die Sachlage eine vollkommen andere. Du hast den guten Ruf der Frau meines Herzens absichtlich durch den Dreck gezogen und das werde ich nicht ungestraft dulden. Ich bin bereit, mich der Öffentlichkeit zu stellen. Allein die Genugtuung, dich gesellschaftlich zu ruinieren, ist es mir wert. Du bist diesmal eindeutig zu weit gegangen.“

Anscheinend erkannte Justine, dass es ihm ernst war. Sie wich einen Schritt zurück und wurde erschreckend blass. Dann fing sie sich wieder und holte zum Gegenschlag aus. „Und was gedenkst du zu tun, wenn ich dir zuvorkomme? Sobald pikante Details über dich publik werden, wird dir keiner mehr dein Geschwätz glauben.“

Sie sah ihn siegessicher an und ihre selbstgerechte Fassade bereitete Timurcin Übelkeit.

„So dumm bin ich auch wieder nicht. Ich habe schon mit einem Reporter deines Lieblingsblattes gesprochen und er wäre sehr interessiert an einer Geschichte über die Geheimnisse und verborgenen Talente der Baroness von Hohenstetten. Du glaubst doch nicht ernsthaft, dass auch nur ein halb so großes Interesse an einer Story über mich besteht. Du siehst, es zieht auch Schattenseiten nach sich, wenn man ständig darauf erpicht ist, in den Medien präsent zu sein.“

Justine versuchte sich aus seinem eisernen Handgriff zu befreien. Sie sah ihn hasserfüllt an.

„Du verdammter Mistkerl, der größte Fehler meines Lebens war, dich zu heiraten.“

„Danke, das Kompliment kann ich umgehend zurückgeben.“

Mit einem Mal hörte Justine zu kämpfen auf. Sie schien sich postwendend eine neue Taktik überlegt zu haben. Sie schlang ihren freien Arm um seinen Hals und küsste ihn stürmisch.

Als Timurcin sie angewidert von sich schieben wollte, hauchte sie ihm lasziv ins Ohr: „Jetzt gib es schon zu, du willst es doch auch. Wir können es hier auf dem Schreibtisch miteinander treiben. So wild und leidenschaftlich wie früher. Auch wenn du nicht viele Qualitäten besitzt, sexuell konntest du mich immer befriedigen.“

Timurcin ließ sie so hastig los, als habe sie ihm einen Schlag versetzt. Von seiner wutentbrannten Miene war nichts mehr übriggeblieben, er betrachtete sie vielmehr mitleidig und ein wenig angewidert.

„Du bist dir wirklich für nichts zu schade. Aber ich muss dich enttäuschen. Mir liegt nichts ferner, als mit dir zu schlafen. Entscheide dich bitte jetzt! Entweder du sagst Valerie, dass du hinter dieser Sache steckst, oder ich werde umgehend den Journalisten beauftragen.“

Sie lieferten sich einen erbitterten Blickwechsel, keiner war bereit nachzugeben. Justine kniff verbittert die Lippen aufeinander, bevor sie aufgab.

„Gut, du hast fürs Erste gewonnen. Ich werde es Valerie sagen. Aber wiege dich nicht allzu sehr in Sicherheit, denn ich werde euch die Hölle auf Erden bereiten. Du wirst es noch bereuen, mich mit derart unlauteren Methoden erpresst zu haben.“ Justine spie die Wörter wie kleine Feuerwerkskörper aus. Jeder Einzelne traf Timurcin in voller Härte, aber ihre Drohungen konnten ihm nichts mehr anhaben. Sein Sieg über Justine fühlte sich zu gut an. Er überlegte, ihn noch einen Moment länger auszukosten, aber er wollte Justines Geduld nicht über Gebühr beanspruchen.

„Ich danke dir für deine kleine Gefälligkeit, Darling.“ Mit diesen Worten verließ er nach einem harten, aber durchaus erfolgreichen Kampf die Arena.

Kapitel 39

Liebe macht blind

Woran lag es nur, dass manche Menschen an ihrem Schicksal nicht zerbrachen und Widrigkeiten und Probleme unbeschadet überstanden? Susanna blickte dem gut gelaunten Timurcin nachdenklich hinterher. Sie war froh, dass er die Trennung von Frau Greifenwald scheinbar gut verkraftet hatte.

Dennoch würde sie Miguel niemals verzeihen, die treibende Kraft hinter diesem niederträchtigen Plan gewesen zu sein.

Ihre Träumereien von ihrem ehemaligen Lebensgefährten hatte sie an dem Abend begraben, als sie Zeugin des hinterhältigen Plans geworden war, den Justine mit Miguel ausgetüftelt hatte.

„Frau Reischelt, kommen Sie umgehend in mein Büro", befahl Justine in unfreundlichem Tonfall ihrer Sekretärin und sie zuckte zusammen.

Augen verdrehend machte sich Susanna unverzüglich auf den Weg zu ihrer verhassten Chefin. Bevor sie die Tür öffnete, zauberte sie ein falsches Lächeln auf die Lippen, das nach Sekunden wie fest zementiert ihr Gesicht schmückte, und betrat nach kurzem Anklopfen Justines Reich.

„Was kann ich für Sie tun, Frau von Hohenstetten?", zwitscherte sie gekünstelt.

„Wo bleibt mein Kaffee? Muss ich Sie sogar an die profansten Dinge erinnern, Frau Reischelt? Manchmal frage ich mich wirklich, wo Sie Ihre Ausbildung absolviert haben, oder gab es diese in einem Glücksspiel als Hauptpreis zu gewinnen?"

Justine betrachtete ihre Sekretärin mit zusammengekniffenen Lippen.

„Entschuldigen Sie bitte vielmals, ich dachte, unsere Praktikantin hätte es schon erledigt. Ich werde umgehend dafür Sorge tragen, dass Sie eine Tasse frisch aufgebrühten Kaffee erhalten werden. Haben Sie sonst noch einen Wunsch?"

Justine wirkte ein wenig besänftigt und beschränkte sich lediglich auf eine weitere Zurechtweisung. „Eigentlich sollte es selbstverständlich sein, dass Sie Aufgaben, die meine Belange betreffen, nicht einer Praktikantin überlassen." Anschließend schickte sie Susanna mit einer unwirschen Handbewegung auf den Weg, um ihren Kaffee zu besorgen.

Als Susanna ihr den Kaffee servieren wollte, war Justines Stimmung auf dem Tiefpunkt angelangt und sie konnte es ihr erneut nicht recht machen. Egal, was sie tat oder sagte, am Ende drohte ihr die Chefin sogar mit Kündigung.

Susanna spürte, wie ihr der Angstschweiß ausbrach. Sollte Frau von Hohenstetten ihr wirklich kündigen, würde sie Miguel unwiderruflich verlieren. Denn außerhalb des Hotels sah sie ihn nicht mehr. Auf ihre Anrufe reagierte er schon lange nicht mehr und er hatte jeglichen privaten Kontakt zu ihr abgebrochen. Eine Kündigung durfte sie unter keinen Umständen riskieren. Und wenn es bedeuten sollte, vor der Baroness demütig auf dem Boden angekrochen zu kommen, dann würde sie es eben tun.

Den restlichen Tag war sie Frau von Hohenstetten aus dem Weg gegangen und hatte auf einen ruhigen restlichen Abend gehofft. Leider ließ sich dieser Plan nicht in die Tat umsetzen, denn kurz darauf betrat ihre Chefin Miguels Büro und beide redeten so lautstark, dass sich das Belauschen des Gespräches beim besten Willen nicht vermeiden ließ.

Sobald Justine abends nach Dienstschluss das Büro verließ und aus ihrem Blickfeld entschwand, zählte sie lautlos bis hundert. Als ihre Chefin nicht zurückkam, machte sie sich umgehend auf, um mit Miguel zu sprechen. Sie machte sich nicht einmal mehr die Mühe anzuklopfen, so besorgt war sie.

„Susanna, warum bist du denn noch hier? Du hast doch schon seit zwei Stunden Feierabend", entgegnete er in einem ablehnenden Tonfall. Ihm schien es nicht recht zu sein, sie zu sehen. Heiße Wut stieg in ihr auf.

„Sag nicht, dass das wahr ist!"

„Ich weiß nicht, von was du redest, und ehrlich gesagt, möchte ich es gar nicht wissen. Bitte lass mich in Ruhe arbeiten, sonst werde ich vor Mitternacht nicht fertig."

Miguels genervte Tonlage sollte ihr zu denken geben. Aber sie ließ sich nicht abschrecken.

„Euer Gespräch war nicht zu überhören, so laut, wie ihr gesprochen habt. Das kannst du nicht machen. Miguel, ich habe dir viel zugetraut, in deinem Bestreben nach Karriere und nach Macht. Aber du kannst doch nicht das Glück von zwei Menschen einfach zerstören, nur weil diese eiskalte Hexe es will. Hast du kein Ehrgefühl? Kannst du deinen eigenen Anblick überhaupt noch im Spiegel ertragen? Wie konntest du dich so sehr verbiegen lassen?" Susanna sah ihn traurig an.

Anscheinend war heute der Tag gekommen, an dem sie ihn endlich als das sehen musste, was er war. Auch wenn es ihr unglaublich schwerfiel, sie konnte nicht ewig die Augen vor der Realität verschließen.

„Susanna, ich werde sonst meinen Job verlieren. Und das wäre nicht das Schlimmste. Justine würde meinen Ruf in der gesamten Hotelbranche verunglimpfen. Ich habe zu lange dafür gekämpft, um jetzt einfach aufgeben. Dein Pflichtgefühl in allen Ehren, aber mir sind Timurcin und seine Schnepfe egal. Wenn er zu blöd ist, seine Affäre zu vertuschen, dann ist das doch nicht mein Problem. Und wenn die gute Valerie Greifenwald ein Geheimnis verbirgt, ist das auch nicht meine Schuld. Vielleicht stellt sich heraus, dass es in ihrem Leben keine schmutzigen Vorkommnisse gibt, dann hat sich das Ganze sowieso von selbst erledigt. Ich weiß überhaupt nicht, warum du dich so aufregst."

Susanna sah ihn verletzt an und entgegnete leise: „Ich erkenne dich nicht wieder. Und langsam frage ich mich, wie ich mich jemals in dich verlieben konnte. Ich könnte kotzen, sobald ich dich nur sehe." Sie rannte aus seinem Büro, denn sie wollte ihm ihre Tränen der Wut, der Enttäuschung, der Desillusion nicht zeigen. Er sollte niemals erfahren, dass es ihm immer noch möglich war, derart intensive Gefühle in ihr auszulösen.

Susanna zwang sich, ihre Gedanken wieder der Realität zuzuwenden und öffnete ein Dokument auf ihrem Computer, obwohl sie kein einziges Wort wahrnahm.

Wie konnte Miguel so skrupellos und kaltherzig sein und lediglich in seinem eigenen Interesse handeln? Sie versuchte gerecht zu bleiben. Schließlich war er von

Frau Hohenstetten unter Druck gesetzt worden. Eigentlich war ihm gar nichts anderes übrig geblieben, als den Forderungen unverzüglich Folge zu leisten. Susanna seufzte frustriert. Sie begann schon wieder sein eigentlich unentschuldbares Verhalten schönzureden und Ausreden zu suchen, die sein Handeln verständlich machten.

Sie wollte keine Gefühle mehr für ihn empfinden. Zu oft hatte er sie enttäuscht und verletzt. Er hatte sie und ihre Liebe mit Füßen getreten und dennoch konnte sie nicht anders, als ihm zu verzeihen. Egal was er tat oder sagte, sie stand unbeirrbar zu ihm. Immer noch trug sie die naive Hoffnung in sich, er würde irgendwann erkennen, was er an ihr hatte, und endlich zu ihr zurückkehren. Sie machte sich keine Illusionen, sie würde ihn unverzüglich zurücknehmen. Sie verachtete sich für ihre Schwäche, diesem Mann nicht widerstehen zu können.

Sprechen konnte sie mit niemandem darüber. An ihrem Arbeitsplatz pflegte sie neben der früheren Affäre mit Miguel zu keiner Person näheren Kontakt. Sie gab es ehrlich zu, sie hielt sich für etwas Besseres als eine einfache Servicekraft oder ein Zimmermädchen. Diese niederen Tätigkeiten auszuüben, wäre für sie undenkbar. Deshalb konnte sie sich nicht vorstellen mit Personen, die diese verrichteten, irgendwelche Gemeinsamkeiten zu finden. Durch ihr hochmütiges, ablehnendes Auftreten hatte sie sich bei sämtlichen Angestellten ziemlich unbeliebt gemacht. Ein Umstand, der Susanna egal war. Warum sollte sie sich unnötig mit Freundlichkeiten verausgaben, solange sie die Personen weder schätzte noch mochte. Für sie gab es nur Miguel. Den Mann ihres Lebens.

Als Justine kurz nach Timurcins Besuch fluchtartig das Büro verließ, nutzte Susanna die seltene Gelegenheit, um Miguel erneut aufzusuchen.

„Timurcin weiß nun Bescheid, dass Justine hinter der Intrige steckt. Da wird es nur noch eine Frage der Zeit sein, bis er von deiner Beteiligung erfährt", brachte Susanna es sofort auf den Punkt.

Miguel hob ungehalten über die unerwünschte Störung den Blick von seinem Schreibtisch und sah sie kalt an.

„Habe ich dich um deine Einmischung gebeten? Es kann dir doch egal sein, ob und wann Timurcin davon erfährt. Du hast deine Verachtung und dein Unverständnis für meine Lage doch schon genügend zum Ausdruck gebracht. Warum tust du mir nicht den Gefallen und lässt mich mit deinen Belehrungen einfach zufrieden?"

Susanna zuckte unter seinen unversöhnlichen Worten zusammen und sah ihn verletzt an.

„Ich möchte dir doch nur helfen. Ich würde dich so gerne aus den Fängen dieser gnadenlosen, kaltherzigen Frau befreien. Merkst du denn überhaupt nicht, wie sehr du dich unter ihrem Einfluss verändert hast? Kannst du dir morgens noch ohne Gewissensbisse ins Gesicht blicken?"

„Susanna, warum akzeptierst du nicht einfach die Tatsache, dass du mich niemals wirklich gekannt hast? Du wolltest mich immer nur so sehen, wie ich in deinen Träumen, in deiner Fantasie auszusehen hatte. Aber diesen Menschen, den du dir kreiert hast, den gibt es in Wirklichkeit überhaupt nicht. Ich war schon immer auf meinen eigenen Vorteil bedacht und wollte Karriere machen. Wenn das nur auf Kosten von anderen möglich ist, dann ist es mir vollkommen egal, ob diese Personen darunter zu leiden haben. Mit Mitgefühl und Skrupel kommt man heutzutage nicht besonders weit."

Susanna stemmte die Hände in die Hüften und reckte ihr Kinn. „Ich sehe doch, dass du mit deiner momentanen Lebenssituation alles andere als glücklich bist. Du kannst mir erzählen, was du willst, ich glaube dir dennoch nicht. Denn deine Augen sagen mir etwas ganz anderes", erwiderte sie ungerührt.

Miguel hieb mit seiner Faust wütend auf den Schreibtisch und fegte mit einer ungestümen Handbewegung sämtliche Unterlagen herunter.

„Verdammt Susanna, hör sofort mit dieser Amateurpsychologie auf. Ich fühle mich wohl und bin vollkommen zufrieden mit meinem Leben. Ich habe einen tollen Posten als stellvertretender Direktor und führe mit einer äußerst attraktiven Frau eine stürmische, leidenschaftliche Affäre."

Irgendetwas in seinem Blick sagte ihr, dass Miguel nur versuchte, sie zu vertreiben. Dafür kannte sie ihn zu gut. Wusste er etwa doch, dass er einen Fehler machte?

„Egal, was du sagst, ich weiß, was ich sehe, und ich weiß, was ich fühle", sagte Susanna. „Eigentlich hast du es nicht verdient, dass dich eine Frau derart bedingungslos liebt, aber ich kann meine Gefühle für dich nicht einfach abschalten. Glaub mir, ich habe alles versucht, um endlich von dir loszukommen, aber vergebens. Ich werde ohne dich niemals glücklich werden. Ob ich es an deiner Seite werden kann, bezweifle ich, aber trotzdem wünsche ich mir nichts sehnlicher, als dass du zu mir zurückkommst."

Susanna sah ihn einen Augenblick reglos und sehnsüchtig an, dann machte sie abrupt auf dem Absatz kehrt und stürmte aus dem Zimmer. Sie hatte Bedenken, sich nun vollständig lächerlich gemacht zu haben, und wollte Miguel keine Gelegenheit bieten, sie weiterhin zu demütigen.

Dennoch verspürte sie eine merkwürdige Erleichterung, ihm endlich ihre immer noch vorhandenen Gefühle gestanden zu haben. Nun lag es nicht mehr in ihrer Macht, an der Lage etwas zu verändern. Die Verantwortung hatte sie in Miguels Hände gelegt, nun war es an ihm, eine Entscheidung zu treffen. Vielleicht war es auch an der Zeit, endlich die Tatsache zu akzeptieren, dass sie einer Frau von Hohenstetten nichts entgegenzusetzen hatte.

Kapitel 40

Flucht vor der Macht der Gefühle

„Herr Steigenberger, ich wollte mich von Ihnen verabschieden. Ich fahre für einige Tage nach Hause, um meine Familie zu besuchen. Eigentlich wollte ich schon über Weihnachten fahren, aber da hatte Frau von Hohenstetten ein striktes Urlaubsverbot ausgesprochen."

Lächelnd blickte Helena in das schon ein wenig faltige, aber würdevolle Gesicht des Rezeptionisten. Herr Steigenberger bildete durch seine Tätigkeit an der Rezeption den allgegenwärtigen Mittelpunkt des Hotels. Deshalb stand es für Helena auch außer Frage, sich von Herrn Steigenberger zu verabschieden, bevor sie endlich für einige Tage vom Hotelbetrieb Abstand nehmen konnte.

„Für euch jungen Leute ist es bestimmt ärgerlich, an Weihnachten zu arbeiten", erwiderte er und sah sie freundlich an. „Aber im Alter, sobald die Kinder aus dem Haus sind, sieht es ganz anders aus. Für mich ist Weihnachten ein Familienfest, das im großen Kreis stattfinden sollte. Meine Kinder wohnen weit weg und es ist ihnen meistens nicht möglich, mit ihren Familien zu Besuch zu kommen." Traurigkeit huschte über sein Gesicht und Helena fragte sich, was mit seiner Frau war. „So ziehe ich es vor, das gesellige Leben an der Rezeption zu genießen. Ich finde es schön zu sehen, wie die Gäste sich auf das Fest freuen, und gemeinsam mit den Mitarbeitern den beeindruckenden Christbaum zu schmücken, anschließend das reichhaltige, exquisite Menüessen zu genießen und währenddessen die besinnlichen Stunden auf sich wirken zu lassen."

Es sah dem alten Rezeptionisten ähnlich, dass er die Arbeit vorzog. Helena konnte sich überhaupt nicht vorstellen, wie es ohne ihn weitergehen sollte. Denn er wusste auf sämtliche Fragen eine Antwort, es gab scheinbar keine unlösbaren Aufgaben für ihn. Dabei behielt er immer seine stoische Ruhe und Gelassenheit bei und war bei allen beliebt.

Helena spürte seinen Blick auf sich und las Sorge darin. Anscheinend war sie nicht gut darin, sich zu verstellen. Je länger Herr Steigenberger sie ansah, desto mehr hatte sie das Gefühl, er wusste über sie und Simon Bescheid. Aber das konnte doch gar nicht sein.

Sie lief rot an, als er meinte: „Es wird Ihnen guttun, ein wenig auszuspannen und sich zu Hause verwöhnen zu lassen. Sie sehen ein bisschen blass aus. Sie sollten sich Zeit zum Entspannen gönnen, dann sieht die Welt gleich wieder etwas freundlicher aus."

Wahrscheinlich hatte er nur ganz allgemein gesprochen und seine reichhaltigen Lebensweisheiten preisgegeben, doch mit dem nächsten Satz überraschte er sie schon wieder.

„Ich mische mich eigentlich nur ungern ungefragt in Privatangelegenheiten ein, aber lassen Sie sich von einem alten Mann etwas mit auf den Weg geben." Er lehnte sich ein Stück über den Tresen und Helena trat unwillkürlich ebenfalls einen Schritt nach vorn. „Der junge Mann, der für Ihre Sorgen und Nöte verantwortlich ist, meint es wirklich ernst mit Ihnen." Helena riss die Augen auf und ihr stockte der Atem, als er weitersprach: „Ich konnte ihm ansehen, dass er bis über beide Ohren in Sie verliebt ist. Ich weiß nicht, was zwischen Ihnen vorgefallen ist, und es geht mich auch überhaupt nichts an. Aber vielleicht denken Sie in Ruhe darüber nach, ob Sie ihm noch eine Chance geben, Ihnen seine Liebe zu beweisen. Ich glaube, dann würde es Ihnen besser gehen."

Helena öffnete den Mund und schloss ihn wieder. Sie wusste nicht, was sie darauf erwidern sollte. Zwar war ihr schon von Beginn an bewusst gewesen, dass es so gut wie nichts gab, was Herrn Steigenberger verborgen blieb, aber dass er über ihre Probleme mit Simon Bescheid wusste, machte sie fassungslos.

„Sie müssen mir keine Antwort geben oder eine Rechenschaft für Ihr Verhalten ablegen." Ein Lächeln lag um seine Mundwinkel. „Machen Sie sich in aller Ruhe ein paar Gedanken zu meinen Worten und entscheiden danach, wie es weitergehen soll."

Helena schluckte einen aufsteigenden Kloß herunter. Seine freundliche Anteilnahme tat ihr gut. Die letzten Tage hatte sie ihre Probleme ausschließlich mit sich allein ausgemacht. Emily hatte sich vollständig von ihr zurückgezogen und schien wieder in ihr altes Verhaltensmuster zurückgefallen zu sein. Helena war besorgt über diese negative Entwicklung, aber sie kam nicht an Emily heran und momentan fehlte es ihr an Kraft, um sich mit ihrer widerborstigen Freundin auseinanderzusetzen. Und Andrea?

Die würde sie nicht verstehen und sie für verrückt erklären.

Ihr fiel auf, dass der ältere Mann sie immer noch ansah. Endlich fand sie ihre Sprache wieder und fragte neugierig: „Woher wissen Sie von mir und Simon? Es bleibt Ihnen aber auch gar nichts verborgen. Sie sehen mich erstaunt."

Herr Steigenberger lachte und erklärte: „Der sympathische Mann hat sich neulich abends nach Herrn Belfords Party nach Ihnen erkundigt. Er war sehr enttäuscht, dass Sie nicht in Ihrem Zimmer anzutreffen waren. Er wollte unbedingt mit Ihnen sprechen. Seine Rastlosigkeit und Nervosität zeigte mir in aller Deutlichkeit, dass es für ihn äußerst wichtig erschien, Sie zu finden. Sie sind ihm alles andere als gleichgültig, das können Sie mir glauben, meine Liebe. Ich habe in meiner Laufbahn als Rezeptionist schon mehr hoffnungslos verlorene Männer erlebt, als mir lieb ist. Ich habe Erfahrung darin, einen rettungslos verliebten Kerl zu erkennen. Ihr Freund machte da keine Ausnahme."

Helena war beeindruckt von seiner Fähigkeit, sich in andere Menschen hineinzuversetzen.

Sie schenkte ihm das erste aufrichtige Lächeln seit Tagen. „Danke für Ihre ehrlichen Worte, Sie haben mir wirklich weitergeholfen. Ich wünsche Ihnen einen guten Rutsch ins neue Jahr. Wir sehen uns im Januar wieder."

Kurz darauf wollte sie sich endlich auf den Weg machen. Denn trotz der aufbauenden Worte konnte es Helena kaum erwarten, Oberstdorf endlich zu verlassen. Sie verspürte eine große Sehnsucht nach ihren Eltern. Immerhin hatte sie diese seit ihrem Arbeitsbeginn vor sieben Monaten nur einmal wiedergesehen. In den letzten Monaten war so viel geschehen, sie hatte keine Zeit gefunden, um nach Hause zu reisen. Sie sehnte sich danach, sich von ihrer Mutter verwöhnen zu lassen und ihre Sorgen und Nöte mit ihr zu teilen. Helena brauchte im Augenblick dringend eine Person, die bedingungslos hinter ihr stand.

Ihre Mutter würde es schaffen, sie auf andere Gedanken zu bringen. Denn diese kreisten permanent um Simon und sein Liebesgeständnis. Inwieweit konnte sie ihm wirklich glauben? Wahrscheinlich meinte er es tatsächlich ernst, aber würde er auch in der Öffentlichkeit zu ihr stehen? Immerhin war sie nicht besonders repräsentativ für ihn. Seine Familie, Bekannte und nicht zuletzt Geschäftspartner erwarteten bestimmt eine attraktive, schlanke, bildschöne Partnerin, die ihm in allen Belangen gerecht wurde. Konnte er auf sie stolz sein oder würde er sich schlussendlich immer für sie schämen? Diesen Gedanken konnte sie einfach nicht ertragen und sie traute seinem realistischen Einschätzungsvermögen nicht wirklich. Wahrscheinlicher war, dass er sich darüber überhaupt keine Gedanken gemacht hatte.

Würde sie mit den skeptischen, fragenden oder sogar ungläubigen Blicken Fremder umgehen können, die sich aller Voraussicht nach wundern würden, wie es diese gewöhnliche Frau geschafft hatte, sich einen derart attraktiven Traummann zu angeln? Neben den ganzen vorausgegangenen Verletzungen und Enttäuschungen über Simons mangelndes Interesse an ihr trugen diese schmerzlichen Überlegungen nicht gerade dazu bei, ihr Selbstbewusstsein zu steigern.

Nachdem Helena ihre Koffer im Auto verstaut hatte, wollte sie sich von Emily verabschieden. Obwohl ihre Freundin unzweifelhaft zu verstehen gegeben hatte, dass sie momentan keinen Wert auf ihre Gesellschaft legte, war es undenkbar für Helena, ohne ein Wort des Abschiedes zu verschwinden. Sie hatte Emily in den letzten Monaten sehr lieb gewonnen und es stimmte sie traurig, dass sie ihrer Freundin nicht helfen konnte. Sie wollte ihr dennoch zeigen, dass sie jederzeit für sie da war, auch wenn Emily das nicht zu schätzen wusste.

„Emily, bist du da? Ich würde mich gern von dir verabschieden." Helena lauschte in die anschließende Stille, ob aus dem Zimmer ein Geräusch zu vernehmen war.

Nach einer gefühlten Ewigkeit hörte sie leise Schritte, die sich durch den Raum bewegten. Kurz darauf öffnete sich die Tür und sie sah in Emilys düsteres, verschlossenes Gesicht.

„Schön, dass wir uns noch einmal sehen. Ich habe vierzehn Tage Urlaub bekommen und werde zu meinen Eltern fahren. Ich wollte dir Bescheid sagen, dass ich am 13. Januar zurückkommen werde." Helena machte eine kurze Pause, holte tief Luft und fügte leise hinzu: „Falls du in dieser Zeit jemanden zum Reden benötigst, kannst du mich jederzeit anrufen. Ich würde mich freuen, wenn ich dir helfen kann."

Helena fürchtete sich vor einer verletzenden Antwort. Sie wappnete sich innerlich gegen einen verbalen Angriff.

Emily blickte sie unverwandt an, sie sah müde und verschlafen aus. Anscheinend hatte Helena sie durch ihr Klopfen aufgeweckt. Eine weitere Tatsache, die Helena stutzig machte. Es war nicht typisch für ihre Freundin, nachmittags zu schlafen. Vielleicht war sie krank.

Während Helena sich ihren Gedanken hingab, vollführte Emily eine ungewöhnliche Reaktion, die Helena völlig perplex machte. Sie schlang ihre Arme um Helenas Hals und drückte sie heftig an sich. Helena glaubte, keine Luft mehr zu bekommen, erwiderte aber die Umarmung aus Angst, einen Rückzug zu provozieren.

Emily flüsterte fast unhörbar in ihr Ohr: „Ich danke dir vielmals, dass du mir eine so gute Freundin bist. Du hast es mit mir nicht einfach und trotzdem stehst du mir immer bei. Du bist einfach großartig und ich bin froh, dich getroffen zu haben. Du warst mir wirklich eine große Hilfe, ich habe noch niemals eine Freundin wie dich gehabt. Dafür möchte ich dir danken."

Als sich Emily endlich aus der Umarmung löste, sah Helena, dass ihre Freundin Tränen in den Augen hatte. Sie war sehr gerührt über Emilys Offenheit und Ehrlichkeit. Wie viel Überwindung musste es sie gekostet haben, diese Worte auszusprechen?

„Du bist ebenfalls eine gute Freundin, die für mich da ist. Ich bin dir sehr dankbar dafür und hoffe, dass wir immer Freunde bleiben werden, egal was kommt."

Im Gehen drehte sich Helena noch einmal um und Emily sagte mit erstickter Stimme: „Mach es gut, Helena. Ich bin mir sicher, du wirst mit Simon glücklich werden. Du hast es verdient." Damit schloss sie die Zimmertür und Helena starrte noch einen Moment auf die geschlossene Tür. Irgendwie war Emily heute noch merkwürdiger als sonst. Die Traurigkeit, die sie immer umgab, wirkte heute noch viel ausgeprägter. Zugleich hatte sie sich so emotional wie noch nie verhalten. Ihr heutiges Verhalten passte überhaupt nicht zu ihrem Rückzug.

Helena musste sich zwingen, ihre Füße zu bewegen, um endlich ins Auto zu steigen.

Aber auch, als sie kurz darauf losfuhr, blieb das diffuse Gefühl, dass ihre Sorgen um Emily nicht unberechtigt waren.

Kapitel 41

Sehnsucht, Hoffnung und Verlangen

Endlich hatte sie es geschafft! Gerade hatte Valerie den letzten Satz ihres Drehbuches zu Papier gebracht.

Erleichtert und ein wenig ausgelaugt schloss sie bedächtig ihr Notebook, lehnte sich in ihrem Stuhl zurück und sah gedankenverloren aus dem Fenster. Der trostlose Ausblick dämmte die Euphorie, die sie schlagartig nach Beendigung ihrer Arbeit ergriffen hatte, so gleich wieder ein.

Wie schön war die sagenhafte Aussicht auf die Allgäuer Berge gewesen, die sie aus ihrer Suite im Hotel genossen hatte. Dagegen war die triste, graue Münchner Winterlandschaft wenig einladend. Nun befand sie sich seit zwei Wochen wieder in ihrer Penthousewohnung. Sie fühlte sich fremd in ihrem eigenen Reich, denn ihr fehlte Timurcin. Ständig hatte er sich in ihre Gedanken geschlichen, auch wenn sie versuchte, ihn rigoros auszublenden. Von ihm hatte sie weder etwas gehört noch irgendwelche Neuigkeiten über Henriette erfahren. Sie hatte regelmäßig mit der alten Dame telefoniert, aber beide hatten es vermieden, über Timurcin zu sprechen. Er sollte nicht zwischen ihrer Freundschaft stehen und zu Unstimmigkeiten führen. Valerie fühlte eine Vielzahl widersprüchlicher Gefühle in sich toben. Zum einen verspürte sie eine große Erleichterung, ihr Buch endlich fertiggestellt zu haben. Vor allem war sie mit der vollbrachten Leistung wirklich zufrieden. Trotz der ganzen Querelen der letzten Wochen hatte sie es geschafft, sich vollständig auf die Geschichte einzulassen. Durch diese vollkommene Fokussierung auf die Handlung – ohne unerwünschte Ablenkung – hatte sie ein wirklich gelungenes Drehbuch vollendet.

Allerdings fühlte sie sich neben diesen positiven Begleiterscheinungen einsam und verwundbar. Die Presse hielt sie ziemlich auf Trab. Nach einer kräftezehrenden Pressekonferenz hatte sie sich erst einmal in die Abgeschiedenheit zu einer alten Freundin im Bayerischen Wald geflüchtet. Nach einer Woche hatte sie entschieden, sich der Öffentlichkeit zu stellen, und beschloss, dass Weglaufen keine Lösung darstellte. Der mediale Sturm legte sich recht schnell. Die Presse fand neue Skandale und ihre Geschichte geriet in Vergessenheit. Zurück blieb lediglich ein großer Scherbenhaufen, den Valerie nun aus der Welt schaffen musste. Ihrer Karriere hatten die negativen Schlagzeilen zu ihrem Erstaunen nicht geschadet. Im Gegenteil: Durch diese unerwartete Publicity waren sie und ihr neues Drehbuch in aller Munde und die anstehende Verfilmung wurde sehnlich erwartet.

In ihrem Privatleben sah es ein wenig düsterer aus. Valerie war sich mittlerweile sicher, dass Timurcin nichts mit der Diffamierung zu tun hatte. Aber sie wunderte sich, nichts von ihm zu hören. Warum meldete er sich nicht bei ihr? War er wieder der Verlockung des Alkohols erlegen? Hatte er Bedenken, dass sie ihm nicht glaubte, oder war er verletzt über ihr Misstrauen? Valerie wusste es nicht, aber es belastete sie zunehmend, keinerlei Kontakt zu ihm zu haben. Andererseits scheute sie sich aber davor, den ersten Schritt zu machen. Immerhin war es von ihr nicht gerade nett gewesen, einfach das Hotel zu verlassen, ohne ihm Gelegenheit zu geben, sich zu verteidigen. Aber im ersten Moment des Schocks war sie so durcheinander gewesen, dass sie beinahe geneigt gewesen war, Justine ihre Lügen zu glauben.

Sie hatte einfach ein wenig zur Ruhe finden müssen, um einen klaren Gedanken zu fassen.

Valerie streckte sich genüsslich, bevor sie aufstand, um sich etwas zu Essen zu machen. Kurz ließ sie ihren Blick durch die moderne Hochglanzküche schweifen, die zwar schick, aber irgendwie steril wirkte. Lediglich ein paar Kräutertöpfe auf dem Fenstersims stellten einen Farbtupfer dar. Während sie in der Küche hantierte und sich ein Brot belegte, ließen sie neben der Ungewissheit um ihre Beziehung, ihre zunehmenden Sorgen um Emily nicht los. Sie hatte noch einige Male versucht, telefonisch Kontakt mit ihr aufzunehmen, aber Emily hatte sie jedes Mal weggedrückt. Anscheinend war sie nicht bereit, Valerie zu verzeihen. Es traf sie tief, dass Emily sie für ihre damalige, lange vergangene Entscheidung verurteilte und nun mit Nichtachtung strafte. Sie hatte das Mädchen lieb gewonnen und sie wollte ihre junge Freundin nicht kampflos aus ihrem

Leben streichen. Außerdem hatte sie Sorge, Emily könnte durch diesen Verlust den wieder gewonnenen Halt verlieren. Es war Valerie nicht verborgen geblieben, dass Emily der vertraute Umgang und die schauspielerischen Übungen gutgetan hatten. Sie war zusehends fröhlicher und lebhafter geworden und immer mehr aus sich herausgekommen. So plötzlich und unverhofft Valerie in ihr Leben getreten war, so rasant verschwand diese auch wieder und nahm ihr unter Umständen ihren neugewonnenen Lebensmut. Valerie wusste sich keinen Rat. Schließlich konnte sie Emily nicht zwingen, sich von ihr helfen zu lassen, so gerne sie das auch tun würde.

Plötzlich riss sie die Türklingel aus ihren Gedanken. Sie schlenderte zur Freisprechanlage, eigentlich stand ihr nicht der Sinn nach Gesellschaft. Sie konnte sich sowieso denken, um wen es sich handelte. Ihre befreundete Regisseurin brannte schon seit Tagen darauf, das endlich fertiggestellte Werk in die Finger zu bekommen. Da sie ihren Besuch erwartete, fragte sie nicht nach, wer vor der Tür stand, sondern bestätigte den Türöffner über die Gegensprechanlage.

Sie ließ die Tür offen und setzte einen Kaffee auf, während sie von ihrem Brot abbiss. Als sie Schritte hörte, rief sie: „Es war mir klar, dass du nicht bis zu unserem Meeting morgen abwarten kannst. Ich bin in der Küche."

Nachdem ihre Begrüßung ohne Erwiderung blieb, drehte sie sich um und sah geradewegs in Timurcins tiefblaue Augen.

Einen kurzen Moment erstarrte Valerie. Dann stieß sie aufgeregt aus: „Timurcin!" Und im nächsten Augenblick warf sie sich ihm stürmisch an den Hals.

Timurcin erwiderte ihre Umarmung zögerlich, es dauerte einen Moment, bis sie seine zärtlichen Hände auf ihrem Rücken spürte. Es tat so gut, ihn zu sehen, und noch viel mehr, ihn zu fühlen.

Sie löste sich ein wenig von Timurcin, um ihm in die Augen zu sehen. Darin las sie so viel. Erstaunen, Verlangen, aber vor allem so viel Liebe. Dann küsste sie ihn leidenschaftlich und wild.

Als sie sich endlich von ihm lösen konnte, sah sie ihn wortlos, aber unendlich glücklich an.

Er nahm ihr Gesicht vorsichtig zwischen seine Hände und küsste sie erneut. Diesmal langsam und zärtlich, als konnte er nicht fassen, so von ihr begrüßt zu werden und wollte jede Sekunde seines unverhofften Glücks genießen.

„Warum hast du dir verdammt noch mal so unverschämt viel Zeit gelassen?", fragte Valerie atemlos.

Timurcin sah sie überrascht an und begann leise zu lachen.

„Du hast mir in aller Deutlichkeit klar gemacht, dass du mich nicht sehen willst. Außerdem wollte ich dir erst wieder unter die Augen treten, sobald meine Unschuld bewiesen ist. Denn ich wollte dich nicht damit quälen, dich zu entscheiden, ob du mir glaubst oder nicht."

„Natürlich glaube ich dir." Erleichterung durchflutete Valerie und gerade fühlte sie sich so schwerelos, als könne sie fliegen. Während sie die Kaffeekanne und die Tassen auf ein Tablett stellte und ins Wohnzimmer ging, schwieg sie. Erst, als sie sich auf die gemütliche Couch setzten und sie ihnen eingeschenkt hatte, versuchte Valerie ihm ihre Flucht zu erklären.

„Ich gebe zu, im ersten Moment konnte ich nicht mehr klar denken." Sie strich ihm dabei über den Oberarm, weil sie es nicht aushielt, ihn nicht zu spüren. „Ich wusste wirklich nicht mehr, wem ich überhaupt noch Glauben schenken konnte. Aber es hat nicht lange gedauert, da wusste ich einfach, dass du mit dem Artikel nichts zu tun hast und schon gar nicht Geld dafür genommen hast. Dir ist Reichtum nicht wichtig, andere Werte zählen bedeutend mehr für dich. Es tut mir leid, dass ich kurzzeitig an dir gezweifelt habe." Valerie sah ihn zerknirscht an.

„Es sieht dir ähnlich, dass du dich entschuldigst." Timurcin zog sie zu sich heran und küsste sie auf die Schläfe. „Du hattest alles Recht der Welt so zu reagieren. Immerhin musstest du die letzten Wochen einiges verkraften. Ich habe den endgültigen Beweis in meiner Hosentasche. Justine hat zugegeben, hinter der Intrige zu stecken."

Valerie sah ihn neugierig an. „Wie in Gottes Namen hast du dieses Wunder vollbracht? Justine wird kaum freiwillig zugegeben haben, dass sie ihre Finger im Spiel hatte. Deinen Beweis brauche ich allerdings nicht zu sehen; ich vertraue dir, Timurcin. Denn ich liebe dich."

Timurcin kam nicht mehr dazu, eine Antwort zu geben, denn der leidenschaftliche Kuss, der auf ihr Geständnis folgte, endete in Valeries Schlafzimmer und dort war für Justine eindeutig kein Platz.

***

Geraume Zeit später, als Valerie sich glücklich und geborgen in Timurcins Arme gekuschelt hatte, kam sie auf ihre eingangs gestellte Frage zurück.

Timurcin wollte zuerst nicht heraus mit der Sprache, denn er hatte Bedenken, dass Valerie seine kleine Erpressung nicht zwangsläufig gutheißen würde. Schließlich erzählte er ihr, zu welchen Mitteln er notfalls gegriffen hätte, denn er wollte keine Geheimnisse mehr vor ihr haben.

Valerie dachte eine Weile über seinen Plan nach, krauste nachdenklich ihre Nase und begann schließlich zu kichern. „Ich hätte zu gerne Justines Gesicht gesehen, als sie sich deiner Forderung beugen musste. Es muss sie doch innerlich vor Ärger fast zerrissen haben, als ihr Plan nicht aufging und sie dir schlussendlich unterlegen war."

„Du verurteilst mich nicht, weil ich mich Justines Methoden bedient habe?"

Valerie küsste ihn auf die Nase. „Wenn es dem guten Zweck dient, sind solche Mittel durchaus erlaubt. Justine hat es doch nicht anders verdient. Wer ständig auf den Gefühlen anderer herumtrampelt, muss damit leben, dass es ihm mit gleicher Münze zurückgezahlt wird", erklärte sie nachdrücklich.

„Ich bin so froh, dass sie es nicht geschafft hat, uns auseinanderzubringen." Er warf seiner Freundin einen warmherzigen Blick zu.

Valerie strich ihm sanft über die Wange und erwiderte gerührt: „Und ich bin sehr stolz auf dich. Du hast dich von ihr nicht unterkriegen lassen. Im Gegenteil, du hast dein Leben in die eigenen Hände genommen und für dein Glück gekämpft. Eigentlich müssten wir Justine sogar dankbar sein. Du beginnst wieder an dich und deine Fähigkeiten zu glauben." Sie küsste ihn erneut und wollte sich nie mehr von ihm lösen. Bis in alle Ewigkeiten würde sie mit ihm im Bett bleiben und sich über ihre gefundene Liebe freuen.

Plötzlich durchbrach Timurcin ihr Schweigen.

„Ich werde mich von Justine scheiden lassen. Ich habe viel zu lange damit gewartet. Sobald wir nach Hohenstetten zurückkehren, werde ich sie vor vollendete Tatsachen stellen."

Valeries Augen leuchteten vor Freude. Ihr gesamter Körper wurde von wohligen Schauern erfasst und das Glück weitete sich in jeden einzelnen Winkel aus. Sie wusste überhaupt nicht, wie sie mit den Emotionen umgehen sollte, die sie zu überwältigen drohten. Tränen traten ihr in die Augen und liefen ihr über die Wangen.

Timurcin küsste die feuchte Spur zärtlich weg. „Ich möchte keine Tränen sehen. Nicht einmal Tränen der Freude."

„Es bedeutet mir einfach nur unendlich viel." Sie lächelte ihn selig an. „Du hast dich für mich entschieden und möchtest offiziell zu mir stehen. Das macht mich unfassbar glücklich."

***

Die nächsten Tage nahmen Valerie und Timurcin sich ausgiebig Zeit für ihre Beziehung. Lediglich ein kurzes Treffen mit ihrer Freundin und Regisseurin hatte sie sich zugestanden, aber anschließend gab es nur noch Timurcin. Sie standen spät auf, gingen frühstücken und verbrachten die Stunden gemütlich beim Stadtbummel. Abends kamen sie spät nach Hause und nachts folgten die schönsten, innigsten Momente des Tages. Valerie und Timurcin bekamen nicht genug voneinander und liebten sich leidenschaftlich und ausdauernd.

Nebenbei besuchten sie zahlreiche Galerien und Vernissagen, denn Timurcin verspürte zunehmend das Bedürfnis, sich wieder mit seiner Malerei auseinanderzusetzen. Zwar war er davon überrumpelt, aber zugleich freute er sich auch. Denn nur als Hobby zu malen, war für ihn nie infrage gekommen, und seine Blockaden hatten selbst das nicht zugelassen.

Erst Valerie hatte es geschafft, ihn aus seiner hoffnungslosen Lethargie aufzuwecken. Sie hatte ihn wachgerüttelt durch ihre Zuversicht und ihren unerschütterlichen Glauben an ihn.

Der Wunsch, wieder zum Pinsel zu greifen, drängte sich immer häufiger in den Vordergrund, auch wenn die Angst zu versagen nicht ganz besiegt war. Doch wenn er nicht den Mut fand, es noch einmal zu versuchen, würde er niemals herausfinden, ob er noch in der Lage wäre, sein Talent auf die Leinwand zu bringen.

Sanft strich er Valerie über die Schulter. Sie schlief noch, während er schon seit geraumer Zeit wach neben ihr lag. Er liebte es, sie im Schlaf zu betrachten, und immer noch konnte er sein Glück nicht fassen, sie zurückgewonnen zu haben.

Während er darauf wartete, dass sie aufwachte, ging er in Gedanken seine Aufgabenliste durch, die er sich erstellt hatte und die täglich anwuchs. Neben seinem Sportprogramm und der Wiederaufnahme seiner Malerei kam die Forcierung seiner Scheidung hinzu. Außerdem mussten sie sich langsam mit dem Gedanken auseinandersetzen, wo er zukünftig mit Valerie wohnen wollte. Es kam für beide nicht infrage, ihren Hauptwohnsitz nach Hotel Hohenstetten zu verlagern.

Valerie hatte ihm angeboten, ins Penthouse einzuziehen, aber Timurcin hatte sich noch nicht entschieden. Auf Valeries vorsichtige Nachfrage gab er schließlich zu, dass ihm die sterile, hochmoderne Wohnung nicht zusagte. Er fühlte sich dort nicht heimisch. Zu Valerie hingegen passte es, sie führte eine klare, pedantische Linie, die auch ihre Arbeit prägte. Er hingegen war Künstler durch und durch. Das bedeutete im Klartext, er war chaotisch, unordentlich und brauchte das kreative Durcheinander. Aber er war zuversichtlich, dass sie zu einer einvernehmlichen Einigung fanden. Hauptsache, er und Valerie würden zusammen sein.

***

Nach vier wundervollen Tagen wurde Valerie zunehmend unruhig, was Timurcin erst nicht einordnen konnte. Als er nicht lockerließ, weihte sie ihn in ihre Sorgen um Emily ein.

„Ich muss unbedingt noch einmal mit ihr sprechen", meinte sie und spielte mit den Fingern. So nervös kannte Timurcin sie kaum. „Außerdem habe ich Angst, dass sie in alte Verhaltensmuster zurückfällt und sich vielleicht selbst verletzt."

Timurcin war dankbar, dass seine Freundin ihm so sehr vertraute, dass sie selbst dieses Geheimnis ihrer Freundin mit ihm teilte. Er kannte Emily kaum, doch Valerie war so besorgt, dass sie gleich am nächsten Tag zurück nach Hohenstetten reisten.

Kapitel 42

Die unergründlichen Wege des Schicksals

Heute war der zwölfte Januar. Dieses folgenschwere Datum hatte sie ausgewählt und ungeduldig die letzten Tage gezählt. Endlich war es soweit. Das lange, kraftraubende Warten hatte ein Ende. Emily fühlte sich erleichtert und ausgesöhnt, als könne sie durch ihren getroffenen Entschluss endlich Frieden finden. Seitdem sie sich entschieden hatte, den aussichtslosen Kampf ihres kümmerlichen Daseins aufzugeben, hatte sie begonnen, die Psychopharmaka zu sammeln, die sie gegen ihre Depressionen verschrieben bekam. Auf die Einnahme hatte sie in den letzten Wochen ohne Probleme verzichten können, seit sich die Entscheidung in ihrem Kopf manifestiert hatte.

Anscheinend wirkte ihr Vorhaben wie eine starke Droge auf sie. Manchmal glaubte sie, sich schon jetzt nicht mehr in ihrem Körper zu befinden, so schwerelos fühlte sie sich. Außerdem hatte sie einige Gedächtnislücken. Ihre ruhige, schläfrige Stimmung, in der sie sich ständig befand, führte anscheinend zu geistigen Ausfällen.

Emily waren die Gründe einerlei. Für sie zählte nur der zwölfte Januar. Anders als in den vorherigen Jahren fühlte sie sich dieses Mal weder niedergeschlagen noch resigniert und lethargisch.

Den heutigen Tag hatte sie bis ins Detail geplant. Sie würde die Medikamente und eine Wasserflasche mitnehmen, dazu ihren MP3-Player. Damit würde sie sich auf einen Spaziergang zum See begeben. Hoffentlich war der See nicht zugefroren, sonst zwang sie dieser Umstand zu einer Planänderung. Sie hätte es in den letzten Tagen leicht überprüfen können, aber sie schaffte es nicht, sich dem Gewässer auch nur zu nähern. Erst am Ufer würde sie die Medikamente einnehmen. Sobald sich eine wohltuende, schläfrige Wirkung zeigte, würde sie ins Wasser gehen. Es musste schließlich alles seine Richtigkeit haben und ohne den Tod durch Ertrinken würde die Geschichte letztendlich kein stimmiges Bild abgeben. Sogar das Wetter richtete sich nach Emilys Plänen. Ihre größte Sorge war, dass verheißungsvolle Sonnenstrahlen die Hotelgäste zu einem Spaziergang um den See verlockten und ihren gut durchdachten Plan zunichtemachten. Aber sie hatte Glück. Heute zeigte sich das Wetter von seiner unwirtlichen Seite. Das Thermometer zeigte um null Grad an, deshalb konnte es sich nicht zwischen Schnee und Regen entscheiden. Zudem zog ein ungemütlicher Nebel über das Land. Lediglich Freiluftfanatiker würden sich wohl heute nach draußen wagen. Das Risiko, zu früh entdeckt zu werden, war schwindend gering. Alles schien sich zu fügen und ihr zu verdeutlichen, dass sie die richtige Entscheidung getroffen hatte.

Emily zog sich langsam an. Danach vergewisserte sie sich, nichts vergessen zu haben. Sie zwang sich, ihre Gedanken vollständig auf ihr Vorhaben zu fokussieren und alles andere auszublenden. Sie durfte nicht anfangen, über ihre Freunde nachzudenken. Denn sobald sie ihnen gegenüber ein schlechtes Gewissen verspüren würde, wusste sie nicht, ob sie an ihrem Plan noch festhalten konnte.

Sie richtete den Blick tief in ihr Innerstes und überzeugte sich ein letztes Mal von der Richtigkeit ihres Vorhabens. Emily atmete tief durch, schloss bedächtig ihre Zimmertür und verließ das Hotel, ohne noch einen Blick zurück zu verschwenden. Lediglich den Gedanken an ihre Freundin ließ sie zu. Sie würde Helena nie wiedersehen. Es war ein Abschied für immer. Hoffentlich machte Helena sich keine Vorwürfe, nicht erkannt zu haben, wie es um Emilys Seelenleben bestellt war. Gut, dass sie noch eine letzte Gelegenheit bekommen hatte, mit ihrer Freundin zu sprechen. Denn sie wollte keinen Abschiedsbrief hinterlassen, es musste niemand über ihre Beweggründe, diesen Schritt als einzigen Ausweg gesehen zu haben, aufgeklärt werden. Sie wollte still und leise, fast unbemerkt von dieser Welt gehen. Innerlich war sie ganz gelassen, sie wusste, es war die richtige, die einzige Entscheidung, die sie treffen konnte. Bald wäre sie bei den Engeln, dann würde alles gut werden, dachte sie verträumt.

Zwanzig Minuten brauchte sie, bis sie ihr Ziel erreichte und einen ersten Blick auf den See erhaschen konnte. Sie blieb stehen und musste sich erst einmal an den Anblick gewöhnen. Drei Jahre lang hatte sie es unterlassen, sich einem Gewässer zu nähern. Nun musste sie sich zwingen, einen Fuß vor den anderen zu setzen. Sie konnte jetzt im letzten Augenblick keinen feigen Rückzieher machen. Schließlich schaffte sie es aufgrund ihrer gewaltigen Willenskraft bis ans Ufer. Schaudernd blickte sie auf die dunkle, abweisende Wasseroberfläche. Es sah bedrohlich aus, es wirkte, als ob die trügerische Stille nur eine Tarnung wäre, um sie dann unvermittelt in die ausweglose Tiefe zu reißen. Mechanisch holte sie die Tabletten heraus, öffnete die Flasche und schluckte eine Handvoll. Sie verschmolzen zu einem Klumpen in ihrem Mund und sie schaffte es kaum, sie mit einem Schluck Wasser runterzuspülen. Ihre Flasche war fast leer, als sie es endlich geschafft hatte. Das zweite Mal war Emily vorsichtiger und begann kleinere Mengen zu schlucken. So dauerte es einige Zeit, bis sämtliche Tabletten aufgebraucht waren. Sie wollte sicherstellen, dass die Menge an Medikamenten ausreichend wäre, falls sie es nicht schaffte, ins Wasser zu gehen. Nicht, dass sie es im letzten Augenblick noch vermasselte. Ein schrecklicheres Szenario konnte Emily sich in ihren kühnsten Träumen nicht ausmalen.

Als sie endlich alle Blister geleert hatte, überkam sie ein gnädiger Frieden. Die lockende Aussicht auf den herannahenden Tod beflügelte sie. Sie legte sich in den Schnee und setzte ihre Kopfhörer auf.

Emily wollte zum Abschied ein Lied hören, das sie seit drei Jahren nicht mehr gehört hatte. Zu schmerzhaft waren die Erinnerungen, die sie mit diesem speziellen Lied verband. Aber ein letztes Mal, bevor sie von dieser

Welt ging, wollte sie es hören. Es war ihr größter Wunsch, mit diesem Lied ihr Leben abzuschließen. Denn sobald sie den Himmel erreichte, würde sie es nicht mehr benötigen.

Als sie die wohlbekannte, geliebte Stimme hörte, begann Emily jämmerlich zu schluchzen. Sie wollte nicht weinen, jetzt wo doch alles gut werden würde. Aber es traf sie wie erbarmungslose Stromschläge, die sie atemlos machten, als die Melodie auf ihre lange verdrängten, schmerzlichen Emotionen traf. Es weckte so viele versteckte, tief in ihr verborgene Gefühle, die sie rigoros in die hinterste Ecke ihres Herzens verbannt hatte. Sie hatte gehofft, sie dort irgendwann zu vergessen, um endlich mit der Vergangenheit abschließen zu können. Diesen Kampf hatte sie schon lange verloren. Aber es war ihr unmöglich gewesen, vorherzusehen, mit welcher Heftigkeit diese bedrohliche Macht, mit der ihre Emotionen sich den Weg an die Oberfläche bahnten, hervorbrach. Dieses brachiale Gefühl tobte so heftig in ihrem gebeutelten Körper, dass sie nicht einmal die erbarmungslose Kälte des Schnees spürte. Ihre Finger wurden kalt und taub, doch sie bemerkte es nicht mehr. Denn sie hatte sich vollständig in ihrem unbeschreiblich großen Schmerz verloren.

***

„Den nächsten Volltrottel hätte ich persönlich aus seinem Wagen gezerrt." Valerie schimpfte, als sie endlich das Hotel erreicht hatten. Die Fahrt hatte sich aufgrund des Verkehrs in die Länge gezogen.

Sie fing Timurcins Blick auf, in dem Liebe, aber auch Besorgnis lag.

„Derart ungeduldig und aggressiv kenne ich dich überhaupt nicht. Wie gut, dass ich gefahren bin.“

Valerie sah Timurcin beleidigt an und erwiderte spitz: „Dann wären wir zumindest schon vor einer Stunde angekommen.“

„Oder an einem Baum gelandet“, fügte er fast unhörbar hinzu.

Valerie warf ihm einen bösen Blick zu, entschied jedoch, es zu überhören.

„Ich werde mich gleich auf die Suche nach Emily machen. Es lässt mir einfach keine Ruhe. Ich muss mich erst einmal vergewissern, dass sie in Ordnung ist. Könntest du dich bitte um eine Unterkunft für uns kümmern? Vielleicht wurde meine ehemalige Suite noch nicht wieder vergeben. Ansonsten wäre ich auch mit jedem Zimmer einverstanden, Hauptsache, du bist bei mir.“ Sie schnallte sich ab und sah Timurcin liebevoll an.

„Wollen wir heute Abend Henriette besuchen?“ Timurcin nickte zustimmend. „Sie freut sich bestimmt zu erfahren, dass wir endlich wieder zueinandergefunden haben“, meinte Valerie, bevor sie sich mit einem innigen Kuss verabschiedete und die Tür des Wagens aufstieß. Nachdem sie fast eine Woche unzertrennlich gewesen waren, fiel es ihr nun erstaunlich schwer, sich von ihm zu trennen. Solch intensive Gefühle hatte sie bei keinem ihrer vorangegangenen Partner verspürt und es beunruhigte sie ein wenig, welche Macht sie ihm damit gab. Aber sie musste lernen, sich ihren Ängsten zu stellen, um diesen wertvollen Schatz uneingeschränkt genießen zu können. Sie wusste, sie konnte Timurcin bedenkenlos vertrauen, denn er würde alles für sie tun.

Valerie verscheuchte Timurcin mühselig aus ihren Gedanken und machte sich auf die Suche nach ihrer jüngeren Freundin.

Emily öffnete nicht, als sie an ihrem Zimmer anklopfte. Sämtliche Versuche, sie telefonisch zu erreichen, schlugen fehl, und im Aufenthaltsraum war sie ebenfalls nicht zu finden. Valerie begann jeden Mitarbeiter, der ihr zufällig über den Weg lief, nach Emily auszufragen. Nach der siebten ergebnislosen Befragung verlor sie zunehmend den Glauben an den Erfolg ihres Vorhabens. Sie zwang sich weiter zu fragen, da sie keine Alternative sah. Sie musste Emily so bald wie möglich finden. Das ungute Gefühl breitete sich mit jeder verlorenen Minute weiter in Valeries Inneren aus.

Doch endlich hatte sie Glück! Eines der Zimmermädchen hatte Emily das Hotel vor einer Weile verlassen sehen. Sie schien Richtung See aufgebrochen zu sein. Valerie verlor keine Zeit, ein kurzer Dank an das Mädchen und sie machte sich hastig in die angegebene Richtung auf. Zügigen Schrittes hoffte sie Emily bald einzuholen. Sie hatte sich fest vorgenommen, Emily zum Zuhören zu zwingen. Sie wollte ihre Freundschaft nicht auf diese Art und Weise verlieren.

Valerie konnte durch die weitläufige Landschaft den See schon von Weitem sehen. Als sie näherkam, meinte sie im Schnee eine menschliche Gestalt liegen zu sehen. Valerie lief schneller und geriet bald außer Puste. Sie wusste schon vom ersten Moment an, dass es sich um

Emily handelte, ihr Gehirn wollte diese Information aber nicht wahrhaben. Schließlich wurde es Gewissheit.

Sie fühlte sich an Schneewittchen erinnert. Weiß wie Schnee, schwarz wie Ebenholz, rot wie Blut. Rot wie Blut? Valerie kniff ihre Augen zusammen, um besser sehen zu können, stellte nach einer Schrecksekunde aber erleichtert fest, dass sie nirgends Blut entdeckte.

Es kam ihr wie Stunden vor, bis sie schließlich Emily erreichte. Sie hatte das Gefühl, auf der Stelle zu treten, und hatte Angst, nicht rechtzeitig anzukommen. Mittlerweile beruhigte sich ihre Atmung ein wenig. Sie realisierte, dass Emily atmete, und nahm leise Schluchzer wahr, die tief aus ihrem Inneren kamen. Sie hatte sich auf die Seite gedreht, die Augen geschlossen und schien Valerie nicht zu bemerken. Erst jetzt bemerkte sie, dass Emily Kopfhörer trug.

„Emily." Sie legte vorsichtig die Hand auf Emilys Schulter, um sie nicht zu erschrecken. Trotz ihrer Behutsamkeit schrak Emily unter ihrer Berührung zusammen und riss entsetzt die Augen auf. Sie zog sich die Kopfhörer herunter und blickte Valerie verständnislos an. Sie bemühte sich zu sprechen, aber es fiel ihr schwer, da sie das Weinen nicht unterdrücken konnte.

Schließlich brachte sie mühsam hervor: „Was machst du hier?"

„Ich habe dich gesucht." Valerie versuchte, sich ihre Angst nicht anmerken zu lassen. „Ich wusste, dass es dir nicht gut geht, und nachdem du meine Anrufe hartnäckig ignoriert hast, musste ich mich auf die Suche nach dir machen." Besorgt sah sie ihre Freundin an. Irgendetwas war komisch an ihr.

„Ich möchte allein sein, lass mich in Ruhe." Ihre Worte wirkten abgehackt, als fiele es Emily schwer, einen klaren Satz zu formulieren. Mit einer Hand machte sie wegwerfende Bewegungen, als wollte sie Valerie verscheuchen. „Ich hasse dich", brach es zittrig aus ihr heraus.

Valerie hörte nicht den Inhalt ihrer Worte. Sie nahm nur Emilys verzweifelten Tonfall wahr, sie hörte den versteckten Hilferuf, Emilys Sehnsucht nach ihr. Sie nahm sie einfach in die Arme und drückte sie fest an sich. Emily wehrte sich kurz, aber nicht besonders energisch. Es wirkte, als habe sie keine Kraft mehr, gegen die Warmherzigkeit anzukämpfen, die ihr Valerie entgegenbrachte. Sie lehnte sich an deren Schulter an und begann so heftig zu weinen, dass ihr gesamter Körper zitterte.

Valerie strich ihr immer wieder zärtlich und behutsam über den Kopf. Nach einer Weile fragte sie bedächtig: „Emily, was machst du hier draußen in dieser Kälte? Willst du mir nicht sagen, was los ist?" Zuerst reagierte Emily nicht, die ihr Gesicht immer noch an Valeries Schulter versteckt hielt. Schließlich meinte sie zu hören: „Ich kann nicht mehr. Ich will einfach, das es aufhört. Ich will mein Leben endlich beenden."

„Emily, was redest du denn da?" Valerie unterdrückte den Impuls, Emily an den Schultern zu packen und zu schütteln. Sie durfte nichts tun, was sie verschreckte. Aber deren Worte hatten ihr einen eiskalten Schauer den Rücken hinunter gejagt. „Ich bin immer für dich da. Es gibt doch für jedes Problem eine Lösung. Bitte sag mir, was dich bedrückt, vielleicht kann ich dir helfen."

„Es gibt für mich keine Hoffnung mehr. Niemand kann mir helfen, dafür ist es längst zu spät. Ich muss von dieser Welt gehen, um wieder glücklich zu werden", widersprach Emily heftig und löste sich von Valerie.

Valerie versuchte vehement ihre Angst zu unterdrücken. Sie fühlte sich so machtlos, wie sollte sie nur mit dieser furchteinflößenden Situation umgehen? Was würde passieren, wenn sie das Falsche sagte?

„Wie willst du das anstellen? Welche Methode hast du dir überlegt?", versuchte sie schließlich das Thema ganz sachlich anzugehen. Damit brachte sie Emily kurzzeitig aus dem Konzept. Diese simple Frage hatte sie anscheinend nicht erwartet.

„Ich wollte in den See gehen", gab sie zu.

„Nicht gerade die schönste Art, sein Leben zu beenden", erwiderte Valerie trocken.

Emily sah sie so verwirrt an, wie Valerie sich fühlte. Führten sie gerade wirklich dieses Gespräch? „Da ich mir nicht sicher war, ob ich es wirklich schaffe, habe ich mir einen Notfallplan zurechtgelegt. Schlaftabletten!"

Valerie erschrak zutiefst über das Gehörte. Nun schüttelte sie Emily doch heftig an den Schultern und rief aufgebracht: „Emily, hast du schon etwas eingenommen?"

Als diese nicht reagierte, fluchte sie lautstark und begann unter Emilys Protesten, deren Taschen zu durchwühlen. Schließlich zählte sie fünf leere Blister. Entsetzt sah sie von ihrem Fund zu Emily. Tonlos meinte sie: „Bitte sag mir, dass das nicht wahr ist. Hast du etwa alle geschluckt?"

Emilys zunehmende Apathie ersparte ihr deren Geständnis.

Entschlossen holte sie ihr Handy hervor und wollte einen Notruf absetzen.

Unter Aufbringung aller Kraft hielt Emily ihren Arm fest und fuhr sie unbeherrscht an: „Du hast kein Recht, mir meine letzte Entscheidung abzunehmen." Dann fügte sie leise hinzu: „Wenn dir wirklich etwas an mir liegt, dann bitte ich dich inständig, mich gehen zu lassen."

Valerie sah sie mit großen Augen an und erwiderte wütend: „Den Teufel werde ich tun. Ich werde ganz sicher nicht tatenlos dabei zusehen, wie du vor meinen Augen stirbst."

Sie wählte entschlossen den Notruf und hielt zur Eile an.

Sie wusste nicht, wie lange die Psychopharmaka schon in Emilys Blutkreislauf waren, deshalb hatte sie große Sorge, der Notarzt könnte zu spät eintreffen.

Emily hatte wieder zu weinen begonnen, ein klägliches, hoffnungsloses Jammern stieg aus ihrer Kehle hervor.

„Warum hast du das gemacht? Ich wollte doch nur meine Kleine endlich wiedersehen. Seit drei Jahren wünsche ich mir nichts sehnlicher, als sie noch einmal in die Arme schließen zu können. Ihr zu sagen, wie sehr ich sie liebe. Sie wäre nun bald sechs Jahre alt geworden. Ich dachte, im Laufe der Jahre würde es leichter werden, diesen grauenhaften Tag zu überstehen. Aber das stimmt nicht. Es wird nicht besser. Ich habe es wirklich versucht. Aber nun bin ich am Ende meiner

Kräfte. Für was soll ich denn noch kämpfen?", brach es unvermittelt aus Emily heraus.

Valerie hörte ihre Worte und hörte sie doch nicht. Obwohl Emily zunehmend undeutlicher sprach, hatte sie sie akustisch verstanden. Die Worte hallten in ihrem Kopf wie ein Echo nach. Eigentlich war ihr bewusst, was sie bedeuteten, und dennoch konnte sie es kaum glauben. Schließlich fragte sie gepresst: „Emily, hast du ein Kind, eine Tochter?"

Emily konnte nicht sprechen, daher nickte sie lediglich.

Valerie sah ihr an, dass sie sich bemühte, etwas zu sagen. Als wäre ein Knoten geplatzt und sie müsse alles loswerden, was sie vorher nie aussprechen konnte.

„Carla, mein kleiner Engel! Sie ist heute vor drei Jahren ertrunken, weil meine Mutter nicht aufgepasst hat. Als sie starb, bin ich ebenfalls gestorben. Meine leere Hülle ist noch anwesend, sichtbar für andere, aber mein Herz, meine Seele sind mit ihr gegangen. Wie kann ich ohne sie weiterleben? Wie konnte ich überhaupt die letzten Jahre überstehen?" Emily fielen die Augen zu, als ob sie alle Kraft verlassen hatte. Die unendliche Qual darin hatte Valerie körperliche Schmerzen bereitet. Entsetzen breitete sich in ihr aus, als ihr klar wurde, was Emily durchgemacht hatte. Sie versuchte sich zusammenzunehmen und streckte die Hand aus, um Emily an der Schulter zu rütteln, damit diese nicht das Bewusstsein verlor, da sprach sie unvermittelt weiter.

„Ich habe lediglich funktioniert. Der Schmerz wurde nie weniger. Und wie kann eine Mutter wieder fröhlich und unbeschwert sein, wenn ihr Kind gestorben ist?

Ich möchte endlich wieder bei Carla sein, Mutter und Tochter glücklich wiedervereint." Die letzten Sätze nuschelte sie vor sich hin und Valerie strich Emily über die Wange. Mittlerweile lag Emilys Kopf auf ihrem Schoß und ihre Beine waren taub vor Kälte, außerdem waren sie durch die unbequeme Haltung eingeschlafen. Aber sie wollte sich nicht bewegen.

„Es tut mir so unfassbar leid, Emily", flüsterte sie fassungslos und schockiert.

Emilys Verzweiflung traf sie mitten ins Herz. Beinahe zerriss es sie, mitansehen zu müssen, welcher Selbsthass und welche Schuldgefühle in Emily tobten. Dieser Hass war so groß, dass sie sich mit ihrem Tod für ihr Versagen bestrafen musste.

Endlich begriff sie die Wut, die Emily auf sie hegte, weil sie sich freiwillig gegen ein Kind entschieden hatte. Valeries Gedanken rasten, sie musste die richtigen Worte finden. Sie hatte diese jahrelang in ihren Geschichten, in ihrer Fantasie gefunden, da würde sie doch jetzt im wirklichen Leben, im alles entscheidenden Moment nicht versagen.

„Ich verstehe deinen Wunsch", begann sie verzagt und strich Emily sanft über den Kopf. „Obwohl ich mich gegen Kinder entschieden habe, kann ich mir ansatzweise vorstellen, was es für eine Mutter bedeuten muss, ihr Kind sterben zu sehen. Aber du weißt nicht, was nach dem Tod kommt. Wirst du deine Tochter wirklich wiedersehen? Oder folgt nur ein dunkles schwarzes Loch? Vielleicht ist einfach alles vorbei und wir landen im Nirwana, im Nichts. Du solltest für deine Tochter kämpfen und ihr zuliebe dein Leben weiterführen. Wer würde von deinem wundervollen Engel erfahren, wenn du nicht mehr lebst? Wer würde sie in Erinnerung behalten, wenn nicht du? Sie würde in Vergessenheit geraten, möchtest du das wirklich? Sie lebt in deinen Erinnerungen, in deinen Erlebnissen weiter. Du musst diese Geschichten weitererzählen! Das bist du Carla schuldig."

***

Obwohl Emilys Sinne durch die Wirkung der Tabletten schon beeinträchtigt waren und sie sich schummrig und leicht fühlte, traf sie die Nachhaltigkeit, der tiefe Ernst, der Valeries Ansprache begleitete, bis ins innerste Mark. Eine Gänsehaut, die nichts mit den winterlichen Temperaturen zu tun hatte, durchzog ihren gesamten Körper.

Hatte Valerie recht? War sie es ihrer Tochter schuldig, ihr zuliebe weiterzuleben? Irgendwie hatte es eine zwingende Logik, die sie nicht gänzlich ignorieren konnte. Emilys Gedanken schossen wirr durcheinander, ihr Geist raste, aber sie spürte, dass sie nicht mehr in der Lage war, ihre Gefühle preiszugeben. Sie konnte nicht mehr sprechen, sie fühlte sich schläfrig, sie war nicht mehr Herr ihrer Sinne. So hatte sie sich das gnädige Ende vorgestellt, aber wollte sie es immer noch? Jetzt, wo es zu spät schien, erkannte sie ihren Irrtum und ihre Fehleinschätzung.

Ihr Körper begann unter der Ausbreitung des Medikamentes zu rebellieren. Sie verspürte ein unkontrolliertes Muskelzucken, dem sie hilflos ausgesetzt war. Ihr Magen verkrampfte sich zu einem einzigen schmerzhaften Klumpen, die Krämpfe verursachten einen Brechreiz.

Plötzlich überkam sie die vage Erkenntnis, dass der Tod durch Barbiturate möglicherweise doch nicht so schmerzlos und gnädig vonstattenging, wie sie es sich in ihrer naiven Vorstellung ausgemalt hatte. Ihr einziger Trost war, dass sie nicht alleine in Abgeschiedenheit sterben musste, in Valeries Armen verspürte sie keine Angst mehr. Sie war bei ihr. Das war alles, was noch zählte. Als sie die Augen schloss, hörte sie noch Valeries Stimme und dann war nichts mehr.

***

Im selben Augenblick, als Emily ihr Bewusstsein verlor, hörte Valerie das Martinshorn des Krankenwagens. Eine unbeschreibliche Erleichterung durchfuhr sie und sie wäre am liebsten in Tränen ausgebrochen. Aber ihre Angst, Emily könne nicht mehr geholfen werden, ließ sie nicht ruhiger werden. Angespannt erwartete sie die Ankunft der Sanitäter und des Notarztes.

„Sie hat jede Menge Schlaftabletten eingenommen“, rief Valerie dem Notarzt entgegen, als er auf sie zulief und sich neben ihr in die Hocke begab. Während er Emilys Reaktionsfähigkeit überprüfte, fragte er knapp: „Wissen Sie, um welches Präparat es sich handelt und wie lange die Einnahme her ist?“

Valerie reichte ihm mit zittriger Hand die leere Schachtel. „Ich habe sie vor einer guten Viertelstunde gefunden. Zu diesem Zeitpunkt war mir aber nicht bewusst, dass sie Schlaftabletten geschluckt hatte. Sobald ich es erfahren habe, habe ich den Notruf abgesetzt. Es kann gut sein, dass sich die Medikamente schon seit fast einer Stunde in ihrem Körper befinden. Aber Genaueres kann ich ihnen leider nicht sagen." Valerie musste sich erneut die Tränen verkneifen über ihre Unfähigkeit, nur unzureichend Auskunft geben zu können.

„Wir müssen so schnell wie möglich ins Krankenhaus. Ihr muss der Magen ausgepumpt werden." Die Sanitäter legten Emily behutsam auf eine Trage und innerhalb weniger Minuten begaben sie sich in rasender Geschwindigkeit Richtung Klinik. Valerie hatte eben noch Zeit gefunden, sich nach der Adresse zu erkundigen. Sie wollte unbedingt an Emilys Seite sein, sobald sie hoffentlich aus ihrer Bewusstlosigkeit aufwachte. Ihr musste vermittelt werden, dass sie nicht alleine auf der Welt war. Dass es Menschen gab, denen sie wichtig war und mit denen sie ihre Probleme teilen konnte.

Vorher wollte sie noch einige Kleidungsstücke für Emily zusammenpacken.

Sobald der Krankenwagen abgefahren war, verständigte sie Timurcin und bat ihn, sie am See abzuholen. Es dauerte ihr zu lange, den gesamten Weg zurückzulaufen. Ihr fehlte die Kraft, sie fühlte sich von dem unfassbaren Ereignis derart ausgelaugt, dass sie Mühe hatte, sich auf den Beinen zu halten. Gerade als sie vom See aufbrechen wollte, um Timurcin auf der Straße abzufangen, sah sie Emilys MP3-Player auf dem Boden liegen. Sie hob ihn vorsichtig auf und bemerkte, dass er immer noch lief. Sie zögerte einen Moment, setzte dann aber energisch die Kopfhörer auf. Ihre Neugierde trieb sie dazu, sie wollte herausfinden, was Emily in den letzten Momenten ihres Lebens hören wollte.

Als sie die ersten Töne hörte, glaubte sie, das Blut würde in ihren Adern gefrieren. Ihr wurde abwechselnd heiß und kalt und sie fasste sich an die Kehle, als ob sie Angst hätte, keine Luft mehr zu bekommen. Kurz darauf schossen ihr die Tränen in die Augen. Arme, kleine Emily. Was hatte sie in den letzten Jahren ertragen müssen? Valerie wusste es zwar nicht mit Bestimmtheit, aber ihr war dennoch klar, dass das Lied, welches ihre Seele berührte, von Emilys kleiner Tochter gesungen wurde. Carla sang mit ihrer Kleinmädchenstimme *Happy Birthday, liebe Mama*. Wahrscheinlich war dieses Lied eine Überraschung zu Emilys Geburtstag gewesen und wie sich Valerie denken konnte, kurz vor dem Tod des Kindes aufgenommen worden. Sie wusste, dass Emily Anfang Dezember Geburtstag hatte. Nun wurde ihr auch nur zu gut bewusst, warum Emily keinerlei Interesse gezeigt hatte, diesen Tag zu feiern. Wie sehr musste es sie gequält haben, die vertraute Stimme ihrer Tochter zu hören. Wahrscheinlich hatte sie es in den letzten Jahren nicht über sich gebracht, dieses Lied zu hören. Nun, kurz bevor sie sich umbringen wollte, war es ihr anscheinend ein Bedürfnis gewesen, es noch einmal in sich aufzunehmen. Wahrscheinlich sollte ihr Carlas Stimme Kraft geben, den endgültigen letzten Schritt wirklich in die Tat umzusetzen. Bedächtig schaltete Valerie das Gerät aus und verwahrte es gut behütet in ihrer Jackentasche. Emily wäre wahrscheinlich sehr verzweifelt, wenn sie diese letzte Erinnerung an ihre Kleine verloren hätte.

Mühsam und mit schwerem Herzen machte sich Valerie auf den Weg zur Straße. Dort sah sie Timurcin am

Wegrand stehen, der besorgt nach ihr Ausschau hielt. Als er sie registrierte, erhellte sich seine Miene.

„Da bist du ja. Was ist denn passiert?"

Valerie stürzte sich wortlos in seine Arme, und wenn die Heftigkeit ihn überraschte, so ließ er sich zumindest nichts anmerken.

„Das war der schlimmste Tag meines Lebens." Ihre Stimme klang dumpf an seiner Schulter. „Emily hat versucht, sich das Leben zu nehmen", brachte sie schließlich heraus und hob den Kopf. Der Schock war Timurcin ins Gesicht geschrieben und er drückte sie noch fester an sich. „Ich muss so schnell wie möglich zurück ins Hotel, um ihre Sachen fürs Krankenhaus zu packen."

Timurcin nickte nur und bugsierte sie zu ihrem Wagen. Den Weg legten sie schweigend zurück und Valerie dachte über Emilys Worte nach.

Während der Fahrt erzählte Valerie ihm mit unbeteiligter Stimme die ganze Geschichte und ihr war klar, dass sie wohl unter Schock stand.

Valerie äußerte die Vermutung, dass Emily ihrer Mutter die Schuld an Carlas Tod gab. Sie hatte den Hass und damit den unausgesprochenen Vorwurf herausgehört, als Emily ihr die Unachtsamkeit ihrer Mutter offenbarte.

„Herr Steigenberger, könnte ich Sie einen Moment unter vier Augen sprechen?", sagte Valerie beschwörend, als sie an der Rezeption eintrafen. Dieser winkte sie ohne Umschweife in ein angrenzendes Zimmer.

„Soll ich mitkommen?", fragte Timurcin, aber Valerie schüttelte den Kopf und nahm sich kurz die Zeit, ihm ein Wangenküsschen zu geben.

„Geh du zu Henriette, ich melde mich bei dir, sobald ich näheres weiß."

Sie nahm sich kurz Zeit, Timurcin hinterherzusehen; als sie sich umdrehte, blickte sie in Herrn Steigenbergers fragendes Gesicht. Eilig kam sie seiner Aufforderung nach und er schloss die Tür hinter ihr.

„Dieses Gespräch muss vorerst unter uns bleiben. Ich verlasse mich auf Ihre Diskretion und Verschwiegenheit." Valerie sah den älteren Angestellten bittend an.

„Nun sagen Sie mir doch erst einmal, um welche Angelegenheit es sich überhaupt handelt", erwiderte Herr Steigenberger.

„Frau Schwarz hat heute versucht, sich mit einer Überdosis Schlaftabletten umzubringen." Dieser Satz reichte aus, um den Rezeptionisten aus seiner gewohnten Contenance zu reißen, denn er wurde blass, doch Valerie sprach einfach weiter: „Sie befindet sich nun im Krankenhaus und ich benötige Ihre Hilfe. Sie haben doch Zugang zu den Zimmerschlüsseln. Ich muss für Emily einige Sachen zusammenpacken."

„Sind Sie verrückt geworden?" Die Antwort ließ Valerie die Stirn runzeln. „Warum sollte das Mädchen so etwas Fürchterliches tun? Es muss sich um ein Missverständnis handeln." Aufgeregt schnaufte er hörbar durch die Nase ein.

„Ich war dabei, als Emily zusammenbrach", sagte Valerie eindringlich. „Es ist die Wahrheit, sie hat es zugegeben. Bitte helfen Sie mir und öffnen mir Emilys Zimmer. Ich möchte die Geschäftsleitung noch nicht informieren. Zuerst würde ich gerne mit dem behandelnden Arzt Rücksprache halten, wie lange Emilys Genesung andauern wird. Vielleicht besteht eine Chance, die wahre Geschichte zu vertuschen."

Herr Steigenberger zögerte und schien zu überlegen. Normalerweise verstieß der langjährige Mitarbeiter niemals gegen bestehende Regeln, aber in diesem Fall war er wohl geneigt, eine Ausnahme zu machen.

Vertraulich beugte er sich ein wenig vor und flüsterte: „Sollte die junge Frau von Hohenstetten von dem Selbstmordversuch erfahren, würde sie nicht lange überlegen und Frau Schwarz kündigen. Das dürfen wir nicht zulassen." Er nickte mehrmals, als ob er sich damit selbst überzeugen wollte.

„Das heißt, Sie helfen mir?", fragte Valerie erleichtert.

„Dann will ich mal nicht so sein", brummte er gutmütig, bevor sie sich auf den Weg machten.

Als er Valerie im Zimmer alleine ließ, sagte er im Gehen: „Auf Ihre Diskretion verlasse ich mich ebenfalls." Der vielsagende Blick auf die offene Tür sprach deutliche Worte.

Nachdem Valerie ihm mit dankbarem Lächeln ihr Versprechen gegeben hatte, ließ er sie allein.

Valerie blickte sich neugierig in Emilys Reich um. Der Raum war äußerst spartanisch eingerichtet. Es waren nur die notwendigsten Dinge vorhanden. Sonst hatte Emily sich keinerlei Mühe gemacht, das Zimmer gemütlich zu gestalten. An den Wänden fehlten Bilder und Fotografien, außerdem hatte sie weder Zimmerpflanzen noch Dekoration oder Nippes aufgestellt.

Valerie beeilte sich mit Packen, da sie zauderte, Emily längere Zeit allein zu lassen. Sie wollte endlich wissen, wie es um das Mädchen bestellt war. Als sie gehen wollte, fiel ihr Blick auf das Bett und Valerie steckte das einsame Kuscheltier, welches darauf lag, entschlossen in die Tasche. Emily benötigte Zuspruch und Trost, vielleicht half ihr die Anwesenheit des Kuscheltieres, das bestimmt einmal Carla gehört hatte.

Kapitel 43

Der beschwerliche erste Schritt zurück ins Leben

Es bedurfte einiger Überredungskünste und zahlreicher Gespräche, bis Valerie endlich zu Emily vorgelassen wurde. Dank ihrer Beharrlichkeit wurde es ihr schlussendlich gestattet. Nun saß sie besorgt an Emilys Bett und wartete darauf, dass das Mädchen aus ihrer Bewusstlosigkeit erwachen würde.

Zum Glück war der Notarzt zur rechten Zeit gekommen und Emily befand sich nicht mehr in Lebensgefahr. Nachdem ihr der Magen ausgepumpt worden war, konnte es noch einige Zeit dauern, bis sie aufwachte. Valerie wollte sie keinen Augenblick mehr aus den Augen lassen. Emilys Zukunft war ein Buch, das neu geschrieben werden musste. Denn neben einer beginnenden Lungenentzündung, die Emily zu einem längeren Krankenhausaufenthalt zwingen würde, benötigte sie eine Therapie und die Aufarbeitung ihres Traumas bestimmt viel Zeit.

Valerie war es zuwider, aber sie musste baldmöglichst Justine informieren. Wie diese den Selbstmordversuch aufnehmen würde, konnte sie sich denken.

Wahrscheinlich würde sie Emily umgehend kündigen. Aber vielleicht war nun der Moment gekommen, an dem Emily ihrem Leben eine neue Richtung geben sollte. So wie bisher konnte es jedenfalls nicht mehr weitergehen. Valerie wollte Emily anbieten, zumindest vorübergehend bei ihr einzuziehen. Sie würde sich freuen, wenn das Mädchen mit ihr unter demselben Dach wohnen würde. Und Emily könnte sich in Ruhe auf ihre Therapie konzentrieren. Ihre seelische Genesung hatte äußerste Priorität.

Valerie hatte Timurcin zwar noch nicht in ihre Pläne eingeweiht, war sich aber sicher, er würde mit Emilys Anwesenheit kein Problem haben.

Gut, dass sie wenigstens ihr Drehbuch beendet hatte. Momentan stand nur noch ein Treffen mit ihrer Regisseurin und ihrem Produzenten zwecks etwaiger Verbesserungsvorschläge aus. Danach konnte sie sich voll und ganz auf Emily konzentrieren.

Emilys Kopf bewegte sich und ihre Augenlider flatterten. Aufgeregt nahm Valerie ihre Hand und wartete, bis sie aufwachte. Kurze Zeit später öffnete sie die Augen und blickte sich verwirrt im Raum um. Schließlich traf ihr Blick auf Valerie und sie konnte nach einem Moment in Emilys Augen erkennen, dass ihre Erinnerung zurückkam. Emilys Blick verschleierte sich vor Schmerz und Valerie meinte auch Scham und Bedauern zu erkennen.

„Du bist im Krankenhaus.“

Emily fielen schon wieder die Augen zu, aber Valerie spürte, dass sie ein wenig ihre Hand drückte. „Ich bleibe bei dir", fügte sie hastig hinzu, bevor Emily erneut einschlief.

Eine Weile saß sie an ihrem Bett, dann löste sie ihre Hand vorsichtig und beschloss, sich rasch einen Kaffee aus der Cafeteria zu holen, wer wusste schon, wann Emily wieder aufwachen würde.

Nach ungefähr zwei Stunden wurde Emily unruhig und warf sich im Bett hin und her. Valerie legte ihr die Hand auf die Schulter und sprach beruhigend auf sie ein.

Emilys Blick war panisch, als sie die Augen aufriss. Dann schien sie sich zu sammeln und brummte: „Du bist ja immer noch da."

Valerie sah sie liebevoll an, ignorierte ihre Worte und beugte sich zu ihr hinunter: „Wie fühlst du dich?"

„Als ob ich von den Toten auferstanden wäre", gab Emily trocken zurück.

Valerie zuckte zusammen, obwohl Emilys sarkastische Reaktion typisch für sie war.

„Es tut mir so leid, dass ich nicht für dich da gewesen bin, als du mich am dringendsten gebraucht hättest", bekannte Valerie schmerzerfüllt.

Emily blickte sie erstaunt an und ihr Verstand schien wieder klar zu sein. Sie wollte sich hinsetzen, und Valerie half ihr, das Bett aufzurichten.

„Du kannst doch nichts dafür. Ich habe die Entscheidung getroffen, weil ich mit meiner Vergangenheit nicht mehr leben wollte. Das hat überhaupt nichts mit dir zu tun gehabt."

Valerie senkte den Blick und betrachtete eingehend ihre Hand, die immer noch Emilys festhielt.

„Das stimmt nicht. Nach unserem Streit hattest du den letzten Halt in deinem Leben verloren. Durch die tägliche Arbeit mit mir ging es dir doch viel besser. Zumindest sah es so aus. Denn wenn ich ehrlich bin: Mir war bewusst, dass du gravierende Probleme hast. Nach dem seltsamen Erlebnis mit den Murmeln im Schuh habe ich recherchiert." Valerie pausierte und warf ihr einen prüfenden Blick zu. Konnte sie Emily wirklich sagen, dass sie Bescheid wusste? Aber die verletzte Seele des Mädchens benötigte Ehrlichkeit. „Dabei habe ich über selbstverletzendes Verhalten gelesen." Nun wandte Emily den Blick ab, aber Valerie hatte den Schmerz und die Scham in ihren Augen schimmern sehen. Trotzdem sprach sie weiter: „Spätestens da war mir klar, dass du etwas Schlimmes erlebt hast. Die ganze Zeit habe ich gehofft, du würdest irgendwann so viel Zutrauen zu mir fassen, um dich mir anzuvertrauen. Leider kam die Offenbarung meines Geheimnisses dazwischen."

Valeries Stimme zitterte ganz leicht, weil sie hoffte, dass Emily nicht wieder auf Rückzug ging. Sie schwiegen eine Weile, aber das Mädchen entzog ihr nicht die Hand.

„Als ich von deiner Abtreibung erfuhr, hat es mir den Boden unter den Füßen weggezogen. Es war mir unverständlich, wie man es vor sich und Gott verantworten kann, ein Kind zu töten." Emily schluckte und konnte kurz nicht weitersprechen. „Ich war dermaßen fassungslos über die Tragweite dieses Entschlusses, dass ich dachte, dich nicht mehr zu kennen. Es hat mich entsetzt, dass du zu so einer Entscheidung fähig warst." Emily sprach so leise, dass Valerie sich zu ihr hinabbeugen musste, um sie zu verstehen.

Bevor sie antworten konnte, fuhr Emily fort: „Du musst dich nicht für deine Entscheidung rechtfertigen. Ich habe keinen Einblick in dein damaliges Leben. Vielleicht hast du recht gehabt, und es war der einzig mögliche Weg für dich. Ich hatte kein Recht dazu, dich für deine Tat zu verurteilen. Schlussendlich ist jeder für sich allein verantwortlich und ich darf mir nicht anmaßen, über dich zu urteilen."

„Und du brauchst dich für deine heftige Reaktion nicht zu entschuldigen. Ich konnte nicht ahnen, warum für dich der Gedanke einer Abtreibung so abwegig, so unentschuldbar war. Es muss für dich unerträglich gewesen sein, dass ich freiwillig auf das Kind verzichtet habe, während dir deines auf grausame Weise genommen wurde." Valerie seufzte. „Dadurch habe ich dich ein Stückchen näher an den Abgrund gedrängt. Ich verspreche dir, von nun an immer ehrlich zu dir zu sein. Ich bin jederzeit für dich da, falls du mich brauchst." Valerie strich ihr liebevoll über den Handrücken.

Emily traten die Tränen in die Augen und sie wandte sich beschämt ab. Valerie drückte ihr stumm ein Taschentuch in die Hand, und nachdem Emily sich geschnäuzt hatte, sagte sie mit wackeliger Stimme: „Danke."

Valerie wollte das Mädchen nicht überfordern, deshalb hielt sie sich mit ihrem Vorschlag, Emily könnte bei ihr einziehen, zurück. Das würden sie ein anderes Mal besprechen. Auch über eine mögliche Therapie wollte sie nicht zum jetzigen Zeitpunkt mit ihr sprechen. Sie wusste nicht, ob Emily momentan schon bereit war, darauf einzugehen.

Während sie Emily liebevoll betrachtete, bemerkte sie plötzlich einen kleinen Gegenstand in ihrer Jackentasche. Sie zog ihn hinaus und überreichte Emily zögerlich den MP3-Player. „Den hast du heute am See verloren. Ich dachte mir, du hättest ihn bestimmt gerne zurück."

Emily nahm den MP3-Player vorsichtig entgegen und drückte ihn fest an ihr Herz. Sie schloss kurz die Augen, als ob sie darüber nachdachte, wie sie sich gefühlt hätte, wenn dieses Erinnerungsstück unwiderruflich verloren gegangen wäre. Danach sah sie Valerie dankbar an und ein kleines Lächeln zeigte sich auf ihren Lippen.

***

Helena summte leise vor sich hin, als sie aus dem Aufzug trat und die Lobby des Hotels durchquerte. Der Heimatbesuch hatte ihr gutgetan. Durch ihre Mutter hatte sie wohltuende Anteilnahme erhalten und betrachtete nun manche Geschehnisse mit anderen Augen. Sie war zuversichtlich, dass ihre Beziehung zu Simon vielleicht doch eine gemeinsame Zukunft haben könnte. Wahrscheinlich musste sie sowohl sich selbst als auch Simon Zeit geben, sich an die neue, noch ungewohnte Situation zu gewöhnen. In ihrer Heimat, weit weg von ihm, hatte die Sehnsucht nach ihm sie fast dazu gebracht, früher als geplant zurückzukehren. Aber schlussendlich hielt sie die Vernunft davon ab, einen unbedachten

Schritt zu gehen. Sie hatte gespürt, wie gut ihr die räumliche Distanz zu Simon getan hatte. Langsam, aber beständig hatte sich ihr Selbstwertgefühl wieder stabilisiert. Diese Minderwertigkeitskomplexe wollte sie ein für alle Mal hinter sich lassen. Entweder liebte Simon sie so, wie sie war, und stand bedingungslos zu ihr oder er sollte sie endgültig in Ruhe lassen. Das würde sie ihm in aller Deutlichkeit mitteilen.

Lächelnd beobachtete sie Yannick, als sie in der Hotelküche angekommen war. Der große Andrang war vorüber und sie rief ihm ausgelassen zu: „Hallo, Yannick. Ich habe dich vermisst." Ihr Freund hob den Kopf, seine Gesichtszüge erhellten sich, als er sie erkannte. Er kam zu ihr und umarmte sie herzlich.

„Lass das bloß nicht Simon sehen, sonst bekommt er es wieder in den falschen Hals und dichtet uns umgehend eine neue Liebesromanze an", kommentierte Yannick sarkastisch.

Helena wurde aufgrund seiner Anspielung auf Simons Verdacht rot und sah verlegen weg, während ihr Herz schon wieder so fürchterlich stach, sobald sie nur seinen Namen hörte.

„Entschuldige bitte, manchmal bin ich wirklich unsensibel." Aufrichtig zerknirscht sah Yannick sie an. „Nun wolltest du diese Geschichte für einen Moment vergessen und dann kommt der taktlose Trampel und hat nichts Besseres zu tun, als gefühllos darauf herumzureiten."

„Keine Sorge, du musst nicht jedes Mal in Angstschweiß ausbrechen, sobald die Sprache auf Simon kommt. Um dich zu beruhigen, ich habe beschlossen, die Geschichte zwischen uns ein für alle Mal zu klären."

Helena reckte energisch ihr Kinn in die Höhe und blickte Yannick Beifall heischend an.

„Kluges Mädchen“, lobte er.

Gerade wollte sie ihm erzählen, wie sie Silvester verbracht hatte, da bemerkte sie, dass seine gute Laune verschwunden war. Sofort klopfte ihr Herz, hoffentlich war nichts mit Simon oder den Kindern. Aber dann hätte er doch nicht gerade noch gescherzt. Er kratzte sich am Kopf und Helena sah ihn beunruhigt an. Als er nicht weitersprach, drängte sie: „Yannick, was ist los?“

Kurz sah er weg, als wüsste er nicht, wie er beginnen sollte. Dann legte er ihr die Hand auf die Schulter. „Reg dich jetzt bitte nicht gleich auf. Ich habe heute von Andrea erfahren, dass Emily im Krankenhaus liegt, weiß aber nicht warum. Es wird aber gemunkelt, dass sie sich kurzzeitig auf der Intensivstation befunden hat. Es hieß, sie wird definitiv für einige Wochen ausfallen.“

„Und das sagst du mir erst jetzt?“ Aufgebracht blinzelte Helena ihn empört an und schüttelte seine Hand ab. „Emily ist meine beste Freundin, warum weiß ich nichts davon? Was ist denn passiert? Hatte sie einen Unfall?“ Helenas Hände zitterten und ihre Knie fühlten sich wie Wackelpudding an.

Yannick legte ihr beruhigend den Arm um die Schultern, zog sie ein wenig zu sich heran und entgegnete: „Ich weiß nichts Genaueres. Aber du kannst sie doch im Krankenhaus besuchen. Darüber wird sie sich bestimmt freuen.“

Helena machte sich große Sorgen. Emily war so komisch gewesen, als sie sich von ihr verabschiedet hatte. Was hatte ihr untypisches Verhalten zu bedeuten?

Stand es im direkten Zusammenhang mit ihrem Krankenhausaufenthalt?

Hastig verabschiedete sie sich von Yannick, marschierte durch den Empfangsbereich des Hotels und ging direkten Weges an die Rezeption, um Herrn Steigenberger zu befragen. Wenn nicht er, dann wüsste keiner über Emilys Gesundheitszustand Bescheid. Auf seine freundliche Nachfrage nach ihrem vergangenen Urlaub ging sie überhaupt nicht ein, sondern kam direkt auf ihr Anliegen zu sprechen.

„Herr Steigenberger, können Sie mir etwas über den Krankenhausaufenthalt meiner Freundin Emily Schwarz sagen? Ich bin gerade erst angekommen und das Erste, was ich zu hören bekomme, ist, dass Emily im Krankenhaus ist."

„Das Beste wird sein, Ihre Freundin selbst zu fragen. Spekulationen helfen Ihnen nicht weiter. Wenn Sie sich einen Augenblick gedulden, suche ich Ihnen die Adresse heraus." Helena musste sich mühselig beherrschen, nicht ihre Faust auf den Empfangstresen zu hauen. Herr Steigenberger und seine verdammte Verschwiegenheit.

Kurz darauf kam er mit der Krankenhausanschrift zurück und Helena nutzte ausnahmsweise das Auto für die kurze Strecke.

Helena stürmte den Krankenhausflur entlang. An der Anmeldung hatte sie Emilys Zimmernummer erfahren. Sie war ein wenig beruhigt. Immerhin schien es Emily wieder so gut zu gehen, dass sie Besuch empfangen konnte. Sie klopfte zaghaft an die Tür. Als ein *Herein* ertönte, betrat sie vorsichtig den Raum. Zu ihrer Erleichterung hatte Emily ein Einzelzimmer bezogen. Helena empfand Krankenbesuche immer als besonders unangenehm, da die anwesenden Patienten die Gespräche belauschen konnten. Es war einfach nicht möglich, sich unbefangen zu unterhalten.

Erst jetzt sah sie an Emilys Bett eine Frau, die ihr vage bekannt vorkam. Diese stand auf, als Helena auf Emily zukam.

Helena beugte sich über das Bett und begrüßte Emily mit besorgter Miene: „Was machst du denn für Sachen? Kaum lasse ich dich für ein paar Tage allein, dann landest du im Krankenhaus." Sie gab ihr einen vorsichtigen Wangenkuss und setzte sich mit einem kurzen Gruß an die fremde Frau gerichtet auf einen Stuhl.

Die Frau erhob sich mit einem Lächeln, reichte Helena die Hand und betrachtete sie neugierig.

„Guten Tag. Ich bin Valerie Greifenwald. Ich freue mich, Sie kennenzulernen."

Helena vergaß vor Überraschung den Mund zu schließen. Das war doch die bekannte Drehbuchautorin, für die Emily so lange exklusiv gearbeitet hat. Emily schien Frau Greifenwald einiges zu bedeuten, wenn diese sich zu einem Krankenbesuch bei ihrem Zimmermädchen herabließ.

„Ich bin Helena Brückner. Ich arbeite ebenfalls im Hotel Hohenstetten. Ich bin dort für die Kinderbetreuung zuständig. Dort haben Emily und ich uns angefreundet."

„Emilys Freunde sind auch meine Freunde. Ich werde euch nun allein lassen." Sie gab Emily einen Abschiedskuss auf die Wange und fügte hinzu: „Ich schaue heute Abend noch einmal vorbei. Lass dir meinen Vorschlag durch den Kopf gehen. Du musst dich nicht sofort entscheiden. Du hast alle Zeit der Welt."

Helena sah ihr nach, bis sie das Zimmer verlassen hatte. Kaum war die Tür ins Schloss gefallen, konnte sie nicht mehr an sich halten. „Was hat das alles zu bedeuten? Was ist überhaupt passiert? Und warum besteht zwischen dir und Frau Greifenwald ein derart vertrautes Verhältnis?"

Emily hielt sich die Ohren zu und rief ungehalten: „Mein Gott, Helena, willst du mich verrückt machen? Halt mal die Luft an. Ich bin schließlich krank!"

Helena sah etwas beschämt drein, schließlich rechtfertigte sie sich leise: „Ich mache mir doch nur Sorgen um dich. Emily, du bist mir wirklich wichtig. Als ich erfahren habe, dass du im Krankenhaus liegst, habe ich einen riesigen Schrecken bekommen."

***

Emily rührte es zutiefst, wie viele Sorgen sich nicht nur Valerie, sondern auch ihre beste Freundin um sie machte, und sie rang um Fassung.

„Emily, was ist mit dir? Irgendetwas stimmt hier doch nicht." Natürlich blieb Helena ihr Gefühlszustand nicht verborgen.

Emily schämte sich über ihr egoistisches Vorhaben, sich einfach von dieser Welt zu stehlen und ihre Freunde ohne Begründung und ohne Vorwarnung zurückzulassen. Mittlerweile konnte sie über ihren gefühlten Schmerz hinwegsehen. Vorher hatte sie dieser so sehr benebelt und eingelullt, dass sie nur noch die Sehnsucht nach dem Tod verspürt hatte. Jetzt konnte sie sich erstmals in die Lage der Menschen hineinversetzen, die hilflos mitansehen mussten, wie sie sich umbringen wollte. Es musste furchtbar sein, nicht helfen zu können. Hilflos sah sie Helena an und konnte es kaum über sich bringen, ihrer Freundin die Wahrheit zu gestehen.

„Valerie und ich haben uns in der letzten Zeit angefreundet", begann sie stockend. „Irgendwann hat sie mir sogar das Du angeboten. Sie hat begonnen, mit mir ihr Drehbuch zu besprechen. Später haben wir einzelne Szenen sogar nachgespielt. Es hat mir wirklich viel Spaß gemacht und Valerie meint, ich hätte ziemlich viel Talent." Ihre Wangen röteten sich und sie schluckte. „Vor einiger Zeit haben wir uns dann aber heftig gestritten und ich wollte mit Valerie nichts mehr zu tun haben. Danach ging es mir ziemlich schlecht. Das war zu dem Zeitpunkt, als ich auch dich so unfair behandelt habe. Dafür möchte ich mich bei dir entschuldigen." Sie zog die Schultern hoch und konnte Helenas Blick kaum standhalten. Die winkte nur ab, als wäre das Schnee von gestern, und beugte sich gespannt nach vorn, und sie sah ihr an, dass sie wartete, was Emily noch erzählen würde. Emily stieß einen kleinen Seufzer aus. „Aber ich wollte damals einfach meine Ruhe haben. Und jetzt war es Valerie, die mir das Leben gerettet hat." Auf Helenas fragenden Blick fügte Emily stockend hinzu: „Ich war ihr zuerst nicht besonders dankbar, denn Valerie hat mich vor einem Selbstmord gerettet. Ich hatte eine Überdosis Tabletten geschluckt und sie hat mich rechtzeitig gefunden." Für einen Moment herrschte Stille im Raum, nur schwach drangen Geräusche vom Krankenhausflur zu den Freundinnen.

Helenas Augen waren unnatürlich weit geöffnet und sie rang nach Atem, bevor sie hervorstieß: „Also doch! Ich hatte die ganze Zeit, seitdem ich von deinem Krankenhausaufenthalt erfahren habe, so ein ungutes Gefühl. Du hast dich bei unserem Abschied so merkwürdig verhalten. Jetzt begreife ich. Für dich war es in diesem Augenblick ein Abschied für immer." Sie schlug sich die Hand vor den Mund und es dauerte einen Moment, bis sie tonlos fragte: „Emily, warum machst du so etwas Schreckliches? Wenn Valerie dich nicht gefunden hätte, dann hätte ich heute als Erstes die grauenvolle Meldung von deinem Tod erfahren." Helena konnte ihr Entsetzen, ihre Tränen nicht mehr zurückhalten.

„Es tut mir so leid. Ich wollte euch keinen Kummer bereiten", stammelte Emily hilflos. Helena konnte vor lauter Weinen nicht sprechen und nahm ihre Freundin einfach in die Arme. Sie klammerten sich aneinander, als ob sie sonst auf einer Welle des Kummers davonschwimmen würden.

Nach einer Weile hatten sich beide ein wenig beruhigt.

Emily wusste, sie war ihrer Freundin die Wahrheit schuldig. Nachdem sie diese Valerie gestanden hatte, würde es ihr diesmal schon ein wenig leichter fallen.

„Ich werde dir erzählen, warum ich keinen anderen Ausweg gesehen habe. Vielleicht kannst du mich danach ein wenig besser verstehen", begann Emily und erzählte Helena die ganze Wahrheit um den tragischen Tod ihrer Tochter.

Kapitel 44

Liebe heilt alle Wunden

Helena hatte sich in Emilys Anwesenheit mühsam zusammengerissen. Es hätte ihrer Freundin kaum geholfen, wenn sie vor deren Augen zusammengebrochen wäre. Kaum aber hatte sie sich verabschiedet und den Flur betreten, war es mit ihrer Beherrschung vorbei. Sie konnte sich kaum aufrechthalten und sie zitterte am gesamten Körper. Ihr Geist wurde nur von einem Gedanken beherrscht: Wie konnte Emily diesen Schmerz ertragen? Wie hatte sie die Kraft aufgebracht, so stark und so tapfer zu sein? Niemals wäre sie auf die Idee gekommen, dass Emily so viel Leid mit sich herumtrug. Es ging über ihre Vorstellungskraft, wie man solch einen Schicksalsschlag überwinden sollte. Sie konnte Emily gut verstehen, dass sie keinen anderen Ausweg mehr gesehen hatte. Niemand auf dieser gottverdammten Welt schien für sie und ihre Schwierigkeiten ein offenes Ohr gehabt zu haben. Niemand auf dieser gottverdammten Welt hatte ihr bei der Bewältigung dieses furchtbaren Traumas beigestanden.

Helena fühlte sich wie erschlagen. Ihr war übel, in ihren Ohren rauschte es und vor ihren Augen drehte sich alles. Erschöpft sank sie auf einen Stuhl in einer Besucherecke und nahm ihr Gesicht zwischen die Hände. Sie hatte keine Ahnung, wie sie von hier fortkommen sollte.

Wie ein Häufchen Elend hing sie auf dem Stuhl. Plötzlich wusste sie mit deutlicher Klarheit, wen sie anrufen wollte. Es gab nur eine Person, nach deren Gesellschaft und Zuspruch sie sich nun sehnte. Es gab nur einen, den sie jetzt sehen wollte. Helena wählte mit zittrigen Fingern eine Nummer und schon nach dem zweiten Klingeln hörte sie seine geliebte Stimme: „Hallo, Helena, wie schön von dir zu hören. Bist du wieder zurück?"

Der Schmerz, der in Helenas Innerem tobte, schnürte ihr die Kehle zu und sie konnte nicht antworten.

„Helena, bist du noch dran? Was ist los?" Simon klang besorgt.

„Simon, kannst du mich bitte vom Krankenhaus abholen?", brachte Helena endlich hervor.

„Ist dir etwas passiert? Hattest du einen Unfall?" Simons panische Stimme machte Helena deutlich, wie wichtig sie ihm geworden war.

„Nein, mit mir ist alles in Ordnung. Aber Emily ist im Krankenhaus und ihr geht es ziemlich beschissen. Ich bin total durcheinander und schaffe allein nicht den Weg nach Hause. Kannst du mich abholen?"

„Gib mir kurz Zeit, um die Betreuung der Kinder zu regeln, aber das dürfte kein Problem sein. Ich bin sofort bei dir."

Simon legte auf und Helena schloss erleichtert die Augen. Augenblicklich ging es ihr ein wenig besser. Es tat gut, jemanden an seiner Seite zu wissen, mit dem man seine Probleme teilen konnte. Sie hatte Emilys Einverständnis eingeholt, ihr Geheimnis weitergeben zu dürfen. Es war nur noch eine Frage der Zeit, bis ihr Zusammenbruch im gesamten Hotel die Runde machte, und bevor Gerüchte entstanden, war es besser, die Wahrheit preiszugeben.

Immerhin schaffte sie es bis in den Eingangsbereich. Dort sackte sie auf einen Stuhl und wartete reglos, bis Simon eintraf. Die Minuten vergingen und sie hing abwesend ihren Gedanken nach. Unvermittelt schreckte sie auf und blickte auf. Ihre Intuition hatte sie nicht getäuscht. Sie schien Simons unmittelbare Anwesenheit gespürt zu haben, denn sie sah ihn eilig auf sich zukommen.

Als er bei ihr ankam, stand sie mühselig auf und ließ sich wortlos von ihm in die Arme nehmen. Nun war es um ihre Beherrschung vollends geschehen. Sie versteckte das Gesicht hinter ihren Händen und fing haltlos an zu schluchzen. Simon nahm vorsichtig ihre Hände, um sie anzusehen. Schließlich umarmte er sie erneut. Immer wieder strich er ihr beruhigend über den Rücken. Er flüsterte ihr ins Ohr, es würde alles gut werden. Er hielt sie einfach fest und gab ihr die nötige Zeit, um sich wieder zu sammeln.

Helena war ihm dankbar, dass er sie nicht drängte, ihm zu erzählen, was geschehen war. Als sie sich endlich ein wenig gefasst hatte, strich er ihr eine tränenfeuchte Haarsträhne aus dem Gesicht und sah sie zärtlich an.

„Ich bringe dich erst mal nach Hause und wenn du bereit bist, dann können wir in Ruhe reden." Simon strahlte die Ruhe aus, die Helena benötigte. Mit einem

Arm um ihre Taille gab er ihr sicheren Halt und führte sie zu seinem Auto.

***

Simon zwang sich, auf dem Weg nicht immer zu Helena hinüber zu sehen, und biss die Zähne zusammen. Was hatte Helena dermaßen aus der Fassung gebracht? So verletzlich und hilfsbedürftig hatte sie nicht einmal nach ihrem fürchterlichen Streit ausgesehen. Sie schien völlig neben sich zu stehen. Sie musste etwas Entsetzliches erfahren haben, das sie vollkommen aus der Bahn warf.

Ihr Anblick tat ihm in der Seele weh. Außerdem war er wütend über seine Hilflosigkeit, ihr nicht beistehen zu können. Am liebsten würde er ihr den großen Schmerz abnehmen. Ihm blieb nichts anderes übrig, als Geduld zu bewahren und für Helena durch seine bloße Anwesenheit da zu sein.

Während der kurzen Autofahrt warf er ihr immer wieder besorgte Seitenblicke zu, die sie nicht einmal zu bemerken schien. Die gesamte Strecke hielt sie den Blick auf ihre Hände gerichtet, die sie nicht ruhig halten konnte.

Deshalb nahm er ihre Hand in seine und drückte sie kurz. Dann ließ er sie wieder los, um sich auf den Verkehr zu konzentrieren. Er wusste nicht, ob Helena seine Berührung in ihrem tranceähnlichen Zustand überhaupt registriert hatte.

Zu Hause angekommen, half er ihr aus dem Auto und in sein Haus. Immer noch wortlos setzte sie sich im Wohnzimmer auf das Sofa. Dabei zog sie die Beine dicht an sich heran und umschlang sie mit ihren Armen. Sie versuchte das Zittern zu unterdrücken, was aber ein aussichtsloses Unterfangen darstellte.

Simon setzte erst einmal Tee sowie Kaffee auf, da er nicht wusste, welches Getränk Helena bevorzugen würde. Mit der Frage wollte er sie nicht belasten, deshalb machte er einfach beides.

Als er nach einigen Minuten zu Helena zurückkam, stand sie mit dem Rücken zu ihm vor dem bodentiefen Fenster seines Wohnzimmers. Ihr Blick schien sich in der romantischen Winterlandschaft verloren zu haben.

Helena bemerkte seine Anwesenheit erst, als er sich unmittelbar hinter ihr befand. Immer noch die Arme verschränkend, drehte sie sich zu ihm herum.

„Danke, Simon, dass du mich abgeholt hast. Ich wusste einfach nicht, was ich tun sollte, deshalb habe ich dich angerufen." Helena schien sich etwas beruhigt zu haben. Dennoch wirkte sie immer noch verwirrt und bedrückt.

Simon hätte sie am liebsten erneut in die Arme genommen. Aber ihre starre Haltung strahlte so viel Ablehnung aus, dass er sich nicht traute. Er hatte Angst, von ihr zurückgewiesen zu werden. Außerdem wollte er sie nicht überrumpeln. Denn eigentlich hatte er kein Recht, ihr nahezukommen. Das hatte er sich in der Vergangenheit gründlich verspielt. Aber sein Bedürfnis, für Helena da zu sein, wurde immer größer.

„Emily hat versucht, sich umzubringen", platzte Helena heraus und Simon stockte der Atem. „Wenn Frau Greifenwald sie nicht zufällig rechtzeitig gefunden hätte, dann wäre sie jetzt tot. Und ich als ihre beste

Freundin habe nicht erkannt, wie es wirklich in ihr aussah. Weil ich zu sehr mit meinen eigenen läppischen Problemen beschäftigt war. Ich wollte überhaupt nicht herausfinden, warum sie sich plötzlich wieder so verschlossen verhielt. Es war mir einfach zu anstrengend, mich mit ihr zu befassen. Was bin ich nur für ein schrecklicher Mensch?" Helena hatte ihre Stimme erhoben und ließ ihrem Schmerz freien Lauf.

Simon blickte sie schockiert an. Ihre Worte brauchten eine Weile, bis sie in seinem Gehirn angekommen waren. „Es ist furchtbar, wenn ein Mensch keinen anderen Ausweg als den Tod sieht, aber du kannst dich doch nicht dafür verantwortlich machen, dass Emily sich das Leben nehmen wollte. Hätte sie deine Hilfe denn überhaupt annehmen wollen?", fragte er schließlich sachlich.

Helena sah ihn hilflos an. „Was spielt das für eine Rolle? Nein, sie hat mich unfreundlich abgewiesen. Aber gerade das hätte mich stutzig machen müssen. Denn in den letzten Monaten hatten wir ein freundschaftliches, fast schon vertrauensvolles Verhältnis."

„Wenn sich jemand nicht helfen lassen will, ist alle Mühe vergebens. Sobald Emily einmal den furchtbaren Entschluss traf, hätte sie keiner mehr davon abbringen können. Gib nicht dir die Schuld daran. Sei nun uneingeschränkt für sie da und hilf ihr, so gut du kannst." Simon sah Helena eindringlich an.

„Wie soll ich ihr helfen?" Helena hob hilflos die Hände. „Keiner kann ihr helfen. Simon, sie hat ihre Tochter verloren. Emily hatte eine kleine Tochter, die vor ein paar Jahren ertrunken ist. Stell dir doch nur vor, eines deiner Kinder würde sterben. Könntest du dein

Leben wie gewohnt weiterführen?" Helena war völlig verzweifelt, und als Simon sie in den Arm nahm, wehrte sie sich gegen ihn. Aber er hielt sie einfach fest, bis sie in seinen Armen ruhiger wurde. Simon wusste, wie sehr Helena Kinder liebte, und konnte nachvollziehen, wie gut sie Emilys Schmerz nachempfinden konnte.

„Das ist das Schlimmste, was Eltern passieren kann", erwiderte er leise und wollte sich nicht einmal vorstellen, was wäre, wenn eins seiner Kinder sterben würde. „Ich kann verstehen, dass Emily ihr Trauma nie verwunden hat. Aber vielleicht ist sie jetzt soweit, sich helfen zu lassen. Es ist ein erster Schritt in die richtige Richtung, indem sie beginnt, darüber zu sprechen. Ihr Selbstmordversuch könnte ein heilsamer Schritt sein, der sie wachgerüttelt hat."

Mittlerweile hatten sie sich hingesetzt, da Helena kaum mehr in der Lage war, sich auf ihren Beinen zu halten.

„Die ganze Geschichte wird noch verschlimmert, indem Emily ihrer Mutter die Schuld an Carlas Tod gibt", murmelte Helena. „Sie hatte nur einen Moment nicht aufgepasst und Emilys Tochter ist ertrunken. Deshalb hatte Emily ursprünglich vorgehabt, unter Medikamenteneinfluss ins Wasser zu gehen. Sie wollte die letzten Momente im Leben ihrer Tochter nachempfinden." Helena stand das Grauen ins Gesicht geschrieben. „Wie einsam und verlassen Emily sich gefühlt haben muss, kann ich mir nicht einmal vorstellen." Helena gähnte und Simon strich ihr sanft über den Rücken. Mittlerweile war es Abend geworden und nur das Licht aus der Küche fiel ein wenig ins Wohnzimmer.

„Wo sind denn eigentlich Leon und Laura?“ Simon schrak bei Helenas plötzlichem Themenwechsel zusammen. Sie hatte sich aufgerichtet und sah ihn fragend an.

„Als ich gehört habe, wie schlecht es dir geht und wie durcheinander du bist, habe ich meine Mutter angerufen und gebeten, die beiden vom Kindergarten abzuholen und sie bei sich übernachten zu lassen. Ich wollte uneingeschränkt für dich da sein und ich glaube nicht, dass es gut gewesen wäre, die Kinder mit unseren Problemen zu belasten.“

Simon erhob sich, schaltete das Licht im Wohnzimmer an und bot Helena von dem Tee an, der noch immer vergessen auf dem Esstisch stand. Nachdem Helena eine Tasse getrunken, Essen aber dankend abgelehnt hatte, sagte Simon bestimmt: „Du legst dich jetzt schlafen. Du bist völlig fertig.“ Ohne auf Helenas Proteste zu achten, hob er sie hoch und trug sie in sein Schlafzimmer. Dort legte er sie behutsam auf dem Bett ab.

„Ich kann doch auf dem Sofa schlafen“, versuchte Helena zu rebellieren. „Das ist überhaupt kein Problem für mich.“

Simon achtete überhaupt nicht auf ihre Äußerung, sondern wühlte in seinem Kleiderschrank. Endlich hatte er einen Schlafanzug gefunden. „Er wird dir zwar ein wenig zu groß sein, aber es ist allemal gemütlicher, als in der Jeans zu schlafen.“

Mit seinem Schlafanzug in der Hand sah Helena ihn verzweifelt an. „Ich kann nicht in deinem Bett schlafen.“

Sie war verdächtig rot geworden und Simon sah sie erstaunt an. Er stemmte die Hände in die Hüfte und sagte mit hochgezogener Augenbraue: „Ich bin mir nicht sicher, ob ich wissen möchte, was du mir gerade unterstellst. Aber falls es dich beruhigt, ich kann im Gästezimmer schlafen."

„Simon, so habe ich das gar nicht gemeint, aber es fühlt sich irgendwie nicht richtig an. Ich kann es nicht verständlich erklären. Wahrscheinlich liegt es daran, dass ich mir insgeheim so lange gewünscht habe, in deinen Armen einzuschlafen. Und die ganze Zeit war es nun mal die Realität, dass dieser Traum immer Wunschdenken bleiben wird. Nun liege ich in deinem Bett und es kommt mir völlig unwirklich vor. Hältst du mich jetzt für verrückt?"

Simon lachte über die Ernsthaftigkeit, die in Helenas Stimme steckte.

„Ein wenig schon", entgegnete er schmunzelnd. Vorsichtig kam er näher und setzte sich auf die Bettkante. „Ich weiß, wie schwer es dir fällt, Vertrauen zu mir zu entwickeln. Aber du musst mir glauben, ich habe alles ernst gemeint, was ich zu dir gesagt habe. Helena, ich liebe dich und ich möchte mein Leben mit dir verbringen."

Sie schlang ihre Arme um seinen Hals und legte ihre Wange an seine. Er konnte ihren heftigen Herzschlag spüren, wie jedes Mal, wenn sie in seinen Armen lag. Er gab ihr einen kleinen, zärtlichen Kuss und zwang sich, sie endgültig allein lassen. Als er sich von ihr löste, sagte er: „Du musst jetzt schlafen."

Sie hielt ihn zurück. „Lass mich bitte nicht allein. Ich habe Angst! Sobald ich die Augen schließe, sehe ich Emily vor mir, wie sie versucht, in den See zu gehen. Kannst du bitte bei mir bleiben? Ich würde gerne in deinen Armen einschlafen." Sie hob den Kopf und in ihrem Blick lag so viel Unsicherheit, dass Simons Herz schmolz.

Er lächelte sie an und ihr Gesicht zeigte deutlich, wie froh sie war, ihn gebeten zu haben, zu bleiben. Wärme erfüllte ihn, weil er spürte, dass vielleicht doch alles gut werden würde.

„In Ordnung", flüsterte er und erhob sich, um sich ebenfalls zum Schlafen fertigzumachen.

Als Simon aus dem Badezimmer zurückkehrte, kam er auf sie zu und legte sich vorsichtig neben sie. Er legte einen Arm um sie und sie kuschelte sich eng an ihn heran. Es fühlte sich ungewohnt, aber dennoch richtig und vertraut an. Sie passte genau in seine Arme, es dauerte nicht lange und sie schlief ruhig ein.

Simon hingegen war noch lange wach und staunte über das unverhoffte Wunder, dass Helena plötzlich in seinen Armen schlief. Eine derart positive Entwicklung hätte er in seinen kühnsten Träumen nicht erwartet. Er hatte schon fast die Hoffnung aufgegeben, Helenas Liebe noch für sich zu gewinnen. Trotz des aufrichtigen Mitgefühls mit Emily, freute er sich dennoch unglaublich über die neue Entwicklung.

***

Als Helena am nächsten Morgen aufwachte, musste sie für den Bruchteil einer Sekunde überlegen, in welchem unbekannten Raum sie sich befand. Als sie sich wieder an den gestrigen Abend erinnerte, seufzte sie. Der wärmende Gedanke, sich in Simons Nähe zu befinden, wurde von dem Magendruck überschattet, als ihr Emily einfiel. Ihre Gewissensbisse ließen sie einfach nicht los.

Sie drehte sich um und betrachtete den schlafenden Simon liebevoll. So vollkommen entspannt und verletzlich hatte sie ihn noch nie gesehen. In ihr stiegen Emotionen auf, die sie durcheinanderbrachten. Ihr war bewusst, sie liebte Simon mehr, als gut für sie war. Dadurch war es ihm überhaupt erst möglich gewesen, sie derart zu verletzen.

Eigentlich war es ein unbeschreiblich schönes Gefühl, einem anderen Menschen so tiefgehende Gefühle entgegenzubringen. Andererseits machte dieser Umstand es Helena noch schwerer, Simon endlich bedingungslos zu vertrauen und sich voll und ganz auf ihn einzulassen. Sollte ihre Beziehung nicht funktionieren, dann wäre Helena endgültig am Boden zerstört. Es war schon zuvor schwierig genug gewesen, mit der Tatsache umzugehen, dass Simon keinerlei Gefühle für sie hegte. Aber nachdem sie erfahren hatte, dass er doch mehr für sie fühlte und wie schön es war, sich darin fallen zu lassen, würde sie es nicht ertragen, wenn er sie anschließend erneut enttäuschen würde. Simon wieder aufgeben zu müssen, nachdem sie es geschafft hatte, ihn von seiner Liebe zu ihr zu überzeugen, würde sie nicht verkraften. Trotzdem hatte Helena berechtigte Zweifel, ob es ihr tatsächlich besser ging, wenn sie ihre Chance aus Angst vor einer erneuten Verletzung einfach feige ausschlagen würde.

Vorsichtig hob sie eine Hand und berührte seine Wange. Als er sich bewegte, zuckte sie zurück und beschränkte sich daraufhin, ihn zu beobachten. Sie stützte den Ellenbogen auf dem Kopfkissen ab und konnte sich an seinem rührenden Anblick nicht sattsehen.

Unvermittelt, ohne Vorwarnung schlug er die Augen auf und Helena konnte ihren Blick nicht mehr rechtzeitig abwenden. So sah er ihr direkt in die Augen.

„Was für ein erfreulicher Anblick. So würde ich gerne jeden Morgen aufwachen", sagte er mit verschlafener Stimme.

Helena lächelte ihn verunsichert an. Wollte er sich über sie lustig machen? Sie konnte sich kaum vorstellen, dass sie mit ihren vom Vorabend verweinten Augen, übernächtigt und unausgeschlafen einen besonders attraktiven Anblick bot. Sie wusste nicht einmal mehr, ob sie sich gestern überhaupt abgeschminkt hatte. Sie musste furchtbar aussehen.

„Schaust du mich schon lange an? Das ist unfair, einen schlafenden Mann so ungeniert anzustarren." Frech grinste Simon sie an.

Befangen wusste Helena nicht, wie sie auf Simons lockeren Umgangston reagieren sollte. Sie stand schnell auf und murmelte vor sich hin: „Ich werde dann mal ins Hotel gehen."

Simon sprang blitzschnell aus dem Bett und stellte sich direkt vor sie. Verlegen sah sie ihn an. Er nahm ihre Hände in seine und erwiderte leise, aber bestimmt: „Du wirst dir heute freinehmen. Du kannst dich doch

nach der Aufregung des gestrigen Tages überhaupt
nicht auf die Kinder konzentrieren. Außerdem benötigst du Zeit, um das alles zu verdauen."

Helena löste sich abrupt von ihm und stemmte die
Hände in die Hüften.

„Woher willst du so genau wissen, was gut für mich
ist? Du hast dir doch bisher nicht die Mühe gemacht,
mich wirklich kennenzulernen. Ich finde es ziemlich
anmaßend von dir, mir vorzuschreiben, wie ich mich
nun zu verhalten habe." Helena blinzelte ihn wütend
an.

Simon raufte sich die Haare. „Verdammt, ich hatte
tatsächlich vergessen, wie stur du bist. Du bist wirklich
unmöglich!" Sie lieferten sich ein Blickduell. „Du tust
doch genau das Gegenteil von dem, was ich dir rate.
Einfach nur aus Prinzip. Hätte ich dir geraten arbeiten
zu gehen, hättest du mich mit Bestimmtheit darauf hingewiesen, dass das für dich keinesfalls infrage kommt."

Helena wollte Simon ärgerlich zurechtweisen, doch
dann ließ sie seine Worte erst einmal auf sich wirken.
Eigentlich hatte er recht. Aber sie würde den Teufel tun,
ihn das wissen zu lassen. Anscheinend kannte er sie
besser, als sie gedacht hatte.

„Ich werde versuchen, die Geschäftsleitung zu erreichen", lenkte sie ein. „Vielleicht bekomme ich noch einen zusätzlichen Urlaubstag genehmigt, denn krank-
melden möchte ich mich nicht, da ich unbedingt Emily
besuchen möchte."

Simons zufriedener und selbstgefälliger Gesichtsausdruck brachte sie schon wieder in Rage, aber sie verließ
das Schlafzimmer, ohne ein weiteres Wort zu verlieren.

Als sie das Telefonat beendet hatte, fand sie Simon in der Küche, wo er Frühstück vorbereitete.

Helena trat bedächtig an die Kücheninsel heran und drückte sich befangen an die Wand. Sie kam sich fehl am Platz vor und fühlte sich mit dieser ungewohnten Situation plötzlich überfordert.

„Kann ich dir irgendwie behilflich sein?", fragte sie schließlich in die Stille hinein.

„Du könntest den Tisch decken. Wo die Teller und Tassen sind, weißt du ja."

Es tat Helena gut, einer Tätigkeit nachzugehen. Geschäftig richtete sie den Tisch her. Mittlerweile hatte Simon das Brot und den Aufschnitt vorbereitet und die zweite Tasse Kaffee war gerade fertig. Sie ließen sich am Tisch nieder, und als Simon einen Schluck Kaffee getrunken hatte, fragte er schließlich neugierig: „Warst du erfolgreich? Oder musst du nachher arbeiten gehen?"

„Ich konnte Herrn Mendes schließlich davon überzeugen, da ich noch ziemlich viele Resturlaubstage übrighabe, die ich eigentlich schon letztes Jahr hätte nehmen müssen. Frau von Hohenstetten war zum Glück nicht anwesend."

„Das ist schön, dann können wir in Ruhe gemeinsam frühstücken." Simons offensichtliche Freude über ihre Gesellschaft schien echt zu sein und es wärmte Helena das Herz, dass er ihre Anwesenheit genoss.

„Musst du heute eigentlich nicht arbeiten?", fragte sie ihn.

„Ich habe mir schon gestern freigenommen und sämtliche Termine verschoben. Das ist der Vorteil, wenn man sein eigener Chef ist. Als ich gespürt habe, wie sehr dich Emilys Probleme mitnehmen, wollte ich dich damit nicht allein lassen." Er legte sein angebissenes Brot auf den Teller zurück und griff nach ihrer Hand. „Helena, ich möchte dir beistehen. Bitte nimm meine Hilfe an."

Helena entzog ihm die Hand, schob den Stuhl energisch vom Tisch weg und sprang auf. „Simon, ich weiß einfach nicht, ob ich dir vertrauen kann." Unbewusst trat sie zwei Schritte zurück, als wolle sie sich von ihm distanzieren. Sein Gesichtsausdruck wirkte verschlossen. „Ich habe solche Angst, erneut verletzt zu werden", gab sie zu. „Vielleicht findest du es zu Hause ganz nett, dich mit der gemütlichen Helena zu amüsieren. Wo niemand davon weiß. Aber wie sieht es in der Öffentlichkeit aus? Wirst du wirklich uneingeschränkt zu mir stehen? Ich weiß schließlich selbst, dass ich nicht gerade besonders schmückendes Beiwerk bin." Helena war völlig aufgelöst. Vor allem war sie über die unfassbare Tatsache erschüttert, Simon ihre größte Befürchtung offenbart zu haben. Sie schaffte es nicht, ihn anzusehen, weil sie sich völlig lächerlich gemacht hatte. Helena machte auf dem Absatz kehrt und wollte so schnell wie möglich das Haus verlassen.

Dummerweise musste sie sich die Zeit nehmen, ihre Schuhe anzuziehen. Als sie sich ihre Jacke unter den Arm geklemmt und gerade die Tür geöffnet hatte, holte Simon sie ein.

Er schob sich an ihr vorbei, riss ihr die Tür aus der Hand und knallte sie wieder zu. Simon baute sich vor ihr auf, griff nach ihrem Arm und wirkte verdammt wütend.

„Lass mich los, du tust mir weh“, rief Helena und starrte ihn entsetzt an.

„Glaubst du wirklich, was du über mich gesagt hast? Dann scheinst du mich kein bisschen zu kennen.“ Simon sah sie aufgebracht an. Er wirkte über ihre Befürchtungen erschüttert, aber auch verletzt.

„Ich weiß nicht mehr, was ich über dich denken oder glauben soll. Du hast mir so oft gezeigt, wie sehr du mich verachtest und wie wenig attraktiv du mich findest. Ist es denn wirklich so undenkbar, dass ich an deinen Absichten zweifle?“, fragte Helena verzweifelt.

Plötzlich ließ er ihren Arm los, als habe er sich an ihr verbrannt. Sie nützte die Gelegenheit und trat einige Schritte zurück, um ein wenig Abstand zwischen sich zu bringen.

Er stand mit hängenden Armen vor ihr und sah sie beschämt an. „Ich weiß nicht, was ich noch machen soll, um dir zu beweisen, wie ernst es mir ist. Außerdem weiß ich überhaupt nicht, was das für ein wirres Gerede ist, dass du kein passendes Bild an meiner Seite abgeben wirst.“ Er fuhr sich durch die Haare, ehe er sie wieder ansah. „Helena, ich finde dich wunderschön, und du bist in meinen Augen perfekt. Ich liebe alles an dir. Deine faszinierenden Augen, dein umwerfendes Lächeln, dein wunderschönes Gesicht und deine weibliche, kurvige Figur finde ich ebenfalls unglaublich scharf. Himmel, Helena, du bringst mich jedes Mal um meinen Verstand. Da befindet sich diese Traumfrau in meiner unmittelbaren Umgebung und dennoch bleibst du mir so fern wie ein Planet im Universum. Schließlich bin ich auch nur ein Mann“, rechtfertigte er sich und sein bemitleidenswerter Gesichtsausdruck brachte sie zum Lächeln.

Vorsichtig trat sie einen Schritt auf Simon zu. „Meinst du das wirklich ernst, was du über mich gesagt hast? Es klang zumindest sehr schön."

Simon nahm sie in die Arme und flüsterte leise: „Du bist die attraktivste Frau auf Erden für mich. Ich will keine andere, du bist die Einzige, die ich möchte. Für immer."

Er küsste sie stürmisch und leidenschaftlich und plötzlich begann es lichterloh zwischen ihnen zu brennen.

Endlich konnte Helena ihre Bedenken fallen lassen und sich einfach hingeben, ohne nachzudenken. Das erste Mal konnte sie Simons Berührungen und Zärtlichkeit uneingeschränkt genießen. Erst als Simons Hände unter ihrem Oberteil verschwanden, schaltete ihr Gehirn sich schlagartig wieder ein. Hoffentlich empfand er sie nicht als zu dick. Immerhin war sie alles andere als perfekt. Seinen Worten zum Trotz war sie unsicher, wie er auf ihren kurvigen Körper reagieren würde. Wahrscheinlich hatte er noch nie mit einer Frau geschlafen, die eine Konfektionsgröße jenseits der Sechsunddreißig trug.

Simon bemerkte, dass Helena sich plötzlich verspannt hatte, und fragte behutsam: „Geht es dir zu schnell? Bin ich zu stürmisch?"

Helena konnte nur den Kopf schütteln, sie wollte ihn nicht schon wieder auf ihre Minderwertigkeitskomplexe hinweisen. Deshalb enthob sie sich einer Antwort und zog ihm selbstbewusst das T-Shirt über den Kopf. Daraufhin nahm Simon sie an der Hand und zog sie mit sich Richtung Schlafzimmer. Dort angekommen begannen sie sich hastig gegenseitig zu entkleiden.

Als sie Simons perfekten, athletischen Körper betrachtete, verschlug es ihr aufgrund seiner Attraktivität fast den Atem. Ihre Lust war entfacht. Sie hatte sich so lange auf ihre Träumereien beschränken müssen, jetzt fühlte sie sich mit dem realen Simon fast überfordert. Trotzdem wünschte sie sich nichts sehnlicher, als endlich mit ihm zu schlafen.

Seine Hände wanderten routiniert über ihren Körper, als würde er ihn genau kennen, und seine zärtlichen Berührungen entfachten ein Feuer tief in ihrem Inneren, welches in ihrem Bauch begann, sich in ihrem gesamten Körper ausbreitete und ihre Mitte in Vorfreude zusammenziehen ließ. Sie warf den Kopf zurück und begann zu keuchen, sie bog ihren Körper, um Simon zu signalisieren, dass sie mehr als bereit war, ihn in sich aufzunehmen.

Er hatte es nicht eilig, er begann sie mit seiner Zunge zu verwöhnen. Diese begann spielerisch um ihre Brustwarzen zu kreisen. Als sie sich aufstellten, saugte er vorsichtig daran.

Leise stöhnte Helena auf, woraufhin er seine Bemühungen intensivierte. Als sie dachte, gleich zu kommen, hörte er auf und küsste sie wild. Sie schlang ihre Arme um seinen Hals und zog ihn zu sich hinunter.

Leidenschaftlich küssten sie sich, und als Helenas Hand zwischen seine Beine wanderte, war es an ihm, seine kühle und beherrschte Fassade kaum aufrechterhalten zu können.

Nach einer Weile des offenkundigen Genusses legte er bestimmt seine Hand auf ihre, um ihre Liebkosung zu unterbrechen: „Du willst doch nicht verantworten, dass ich auf der Stelle komme. Lange kann ich mich nicht mehr beherrschen." Er sah sie grinsend an und sie errötete leicht.

Um ihn zum Schweigen zu bringen, drückte sie ihre Lippen auf seine und endlich war es soweit, der Moment, den sie sich seit Monaten sehnlich gewünscht hatte, war da.

Simon drang behutsam in sie ein. Es fühlte sich ungewohnt an. Sie hatte seit ihrer Trennung von Marc vor zehn Monaten mit keinem Mann mehr geschlafen. Als er sich in ihr bewegte, entspannte sie sich und passte sich seiner Bewegung an und Simon wurde aktiver und mit jedem Stoß, mit dem er die Tiefen ihres Inneren ins Schwingen brachte, fühlte sie sich befreiter und zufriedener. Sie konnte sich nicht erinnern, den Sex mit Marc jemals so sehr genossen zu haben. Ihre Empfindungen, ihre Wahrnehmung war nun viel sensibler, sie kam sich leicht und schwerelos vor und ließ sich von den Wellen, die durch ihren Körper schossen, willenlos davontragen.

Später lagen sie eng umschlungen im Bett und konnten sich nicht vorstellen, es jemals zu verlassen. Helena hatte sich noch nie so geborgen, so aufgehoben, so beschützt in den Armen eines Mannes gefühlt. Sie war sich nun vollkommen sicher, die richtige Entscheidung getroffen zu haben, indem sie bereit war, Simon zu vertrauen.

Helena sah Simon liebevoll an. „Das war wunderschön. Ich bin froh, dass ich meine Befürchtungen endlich überwunden habe. Simon, ich liebe dich mehr als alles andere auf der Welt. Du bist mein Ein und Alles.“

„Das trifft sich gut, mir geht es ebenso“, gab Simon scherzend zurück.

Helena gab ihm einen strengen Klaps auf den Arm und erwiderte streng: „So ernst nimmst du also meine Liebesschwüre. Das wirst du mir büßen.“

Sie nahm ein Kissen und schlug es ihm auf den Kopf.

„Aua, das hat echt weh getan“, jammerte er mitleidig.

„Selbst schuld“, gab Helena ungerührt zurück.

Simon grinste sie lausbubenhaft an und küsste sie stürmisch. Gerade, als sie eine zweite Runde einläuten wollten, klingelte es an der Tür.

Simon sah auf die Uhr und fuhr erschrocken auf. „Verdammter Mist, ich befürchte, das ist meine Mutter. Sie bringt bestimmt Leon und Laura zurück.“

Helena sah ihn entgeistert an, während er aus dem Bett sprang und in seine Hose schlüpfte. „Ich kann ihr doch nicht so entgegentreten. Meinst du, sie wird noch auf einen Kaffee bleiben wollen? Ich kann ihr unmöglich unter die Augen treten, nachdem ich gerade mit ihrem Sohn geschlafen habe.“

Simon schloss seinen Gürtel und nahm sich trotz der Hektik die Zeit Helena in den Arm zu nehmen. „Ich werde sie abwimmeln, versprochen.“ Im Gehen zog er ein Hemd über und schloss hastig die Knöpfe.

Helena blickte ihm kopfschüttelnd hinterher, ließ sich ergeben auf das Kissen sinken, schloss die Augen und wünschte sich in diesem Augenblick weit, weit weg.

***

„Mama, was macht ihr denn schon hier? Ich dachte, du wolltest die Kinder erst am Nachmittag vorbeibringen?"

Simon nahm Leon auf den Arm und gab seiner Tochter einen Begrüßungskuss, nachdem die drei das Haus betreten hatten.

„Es tut mir leid, aber mir ist ein Termin dazwischengekommen, an den ich gestern nicht mehr gedacht habe. Ich hoffe, es ist für dich in Ordnung. Deshalb habe ich die Kinder schon mittags aus der Kita abgeholt, damit du das nicht erledigen musst."

„Danke für deine Hilfe. Ich habe mir heute freigenommen, daher ist das kein Problem." Er gab seiner Mutter einen Kuss und dirigierte sie energisch Richtung Tür.

„Dein Hemd ist falsch geknöpft", bemerkte sie indigniert, während sie ihn musterte.

Simon sah an sich herunter und setzte eine undurchsichtige Miene auf. Fehlte gerade noch, dass er sich mit seinen fünfunddreißig Jahren vor seiner Mutter rechtfertigen musste.

„Ich muss mich jetzt um das Mittagessen kümmern. Ich wünsche dir noch einen schönen Tag. Und nochmals danke, dass du so schnell eingesprungen bist." Simon öffnete die Tür und wartete darauf, dass seine Mutter das Haus verließ.

Im Gehen wandte sie sich an ihren Sohn und sah ihn forschend an. „Wenn ich es nicht besser wüsste, würde ich den Eindruck gewinnen, du willst mich loswerden."

Simon errötete, erwiderte aber ungerührt: „Wie kommst du denn auf diese Idee?"

Seine Mutter zwinkerte ihm zu und ging ohne ein weiteres Wort zu verlieren zu ihrem Auto.

Simon schloss die Haustür und schüttelte grinsend den Kopf. Nach einem kurzen Blick auf die Kinder, die sich zum Spielen in ihr Zimmer zurückgezogen hatten, betrat er das Schlafzimmer. Helena kam gerade aus dem Badezimmer, sie hatte geduscht und sich angezogen. Er zog sie zu sich heran und erklärte beruhigend: „Keine Sorge, meine Mutter ist weg und die Kinder spielen. Hilfst du mir beim Kochen? Leon und Laura werden sich sehr freuen, dich wiederzusehen."

Helena sah betreten zu Boden und Simon wartete ab. Er wusste, dass Helena mit der Sprache herausrücken würde und er sie besser nicht bedrängte.

Zögerlich sah sie auf und biss sich auf die Unterlippe. Verunsicherung las er in ihrem Blick.

„Was möchtest du den beiden eigentlich über uns sagen? Willst du ihnen noch verschweigen, dass wir nun ein Paar sind? Falls es doch nicht mit uns funktionieren sollte, wären sie nicht so enttäuscht."

„Helena!" Hatte er es doch geahnt. „Fängst du schon wieder mit diesem Thema an? Warum musst du immer alles so schwarzsehen? Ich sehe absolut keinen Grund, warum unsere Beziehung nicht funktionieren soll. Wir lieben uns. Wir streiten uns ständig, okay, aber das soll eine Partnerschaft bekanntlich bereichern. Ich werde Laura und Leon sagen, dass ich dich gerne mag und du in Zukunft häufiger bei uns übernachten wirst."

Helena küsste ihn und sagte anschließend: „Es tut mir leid, dass ich dich mit meiner Schwarzmalerei zum

Wahnsinn treibe, ich gelobe Besserung. Aber ich freue mich wirklich darüber, dass du es den Kindern sagen möchtest."

„Ich mache das aus rein egoistischen Gründen", erwiderte er lachend und zog sie in seine Arme. „Denn sonst müsste ich mich in ihrer Anwesenheit ständig zusammennehmen und dürfte dich weder berühren noch küssen und ich glaube, so viel Selbstbeherrschung bringe ich nicht auf." Simon sah sie treuherzig an.

Helena kicherte belustigt und schlug ihm gegen die Schulter, bevor sie nach unten gingen. Gemeinsam bereiteten sie gut gelaunt und einträchtig Spaghetti Bolognese zu, Lauras Lieblingsgericht.

„Essen ist fertig", rief Simon schließlich lautstark. Als die Kinder Helena erblickten, kamen beide freudestrahlend auf sie zu und ließen sich von ihr umarmen. Auch Laura hatte mittlerweile ihre Scheu vor ihr verloren.

„Ich habe euch beide so sehr vermisst." Sie ging in die Hocke, um beide in den Arm zu nehmen. „Aber euer Papa hat euch doch erzählt, dass ich meine Mama und meinen Papa besucht habe, und ich bin erst gestern zurückgekommen. Nun werde ich euch ganz oft besuchen kommen."

Nachdem Simon das Essen auf die Teller verteilt hatte, sagte er: „Helena wird ab jetzt öfters bei uns sein, denn nicht nur ihr beide habt sie gern, sondern auch der Papa hat sie sehr lieb. Helena wird auch bei uns übernachten."

Leon sah sie mit leuchtenden Augen an und fragte aufgeregt: „Wohnt Helena hier? Ist Helena meine Mama?"

„Nein, mein Liebling, ich bin nicht eure Mama, aber ich habe euch genauso lieb, als ob ich eure Mama wäre." Sie drückte ihm einen dicken Kuss auf die Wange und er begann zu lachen.

Simon betrachtete die harmonische, familiäre Stimmung und es wärmte ihm das Herz, endlich eine Frau gefunden zu haben, die einen Platz in seiner Familie hatte. Es kam ihm unwirklich vor, dass es Zeiten ohne Helena gegeben hatte. Es fühlte sich vollkommen vertraut an und er war unendlich glücklich, dass seine Kinder Helena derart liebten.

An ihren Gefühlen für seine Kinder hatte er niemals gezweifelt. Sogar in den Zeiten, als er Helena nicht leiden konnte, hatte er ihr zu keinem Zeitpunkt niedere Absichten unterstellt. Ihre Zuneigung zu Leon und Laura war von Beginn an rein und nicht gespielt gewesen. Für diese Gabe liebte er sie umso mehr. Es konnte nicht leicht sein, die Kinder einer anderen Frau als die eigenen anzunehmen. Helena schien damit keinerlei Schwierigkeiten zu haben, denn sie liebte die Kinder um ihretwillen und nicht, um ihm zu gefallen.

Er nahm ihre Hand, beugte sich vor, um ihr einen Kuss zu geben, und sah sie zärtlich und verliebt an. Wortlos bezeugten sie erneut ihre gegenseitige Liebe.

Kapitel 45

Henriettes letzter Gang

Die brutale Gewissheit, dass ihr nicht mehr viel Zeit blieb, war ein beängstigender, finsterer Schatten, der Henriettes Seele umhüllte. Mühselig versuchte sie die Angst vor dem Sterben von sich fernzuhalten. Damit würde sie sich auseinandersetzen, sobald alle wichtigen Angelegenheiten geregelt waren. Doch die Zeit drängte und Henriettes Sorgen trieben sie dazu an, sich keine unnötigen Pausen zu gönnen.

Sie rebellierte innerlich gegen den herannahenden Tod, hatte sich aber dennoch damit abgefunden. Es gab keine Hoffnung auf Heilung und ihre Kräfte schwanden täglich ein wenig mehr.

Müde legte Henriette ihren Stift aus der Hand. Bedächtig und mit langsamen Bewegungen verschloss sie das Briefkuvert und legte es auf ein weiteres. Am liebsten hätte sich die alte Baronin ausgeruht, aber ihre innere Unruhe trieb sie voran.

Diese Briefe durften unter keinen Umständen in die falschen Hände geraten. Deshalb hatte sie sich lange mit dem Gedanken befasst, wen sie mit der Aufbewahrung betrauen konnte. Anfänglich wollte sie ihren Anwalt beauftragen, die Briefe an der Testamentseröffnung auszuteilen. Diese Idee verwarf sie schlussendlich wieder. Justine musste den Brief gleich nach Henriettes Tod erhalten. Sonst bekäme sie zu viel Zeit, sich in ihren Hass hineinzusteigern, und würde wieder die Schuld bei anderen suchen.

Nach nächtelangem Ringen, das sie vom Schlafen abhielt, hatte sie den rettenden Einfall. Es gab eine Person, der sie schon fast ihr gesamtes Leben lang vertraute. Eine Person, die ohne weitere Nachfragen ihren Wunsch diskret behandeln würde.

„Guten Tag Frau Steigenberger. Hier spricht Frau von Hohenstetten. Es tut mir leid, Sie zu stören, aber ich müsste dringend mit Ihrem Mann sprechen."

Da Herr Steigenberger heute frei hatte, sah sie sich genötigt, ihn zu Hause anzurufen. Es war ihr unangenehm, ihn in seiner wohlverdienten Freizeit zu stören, aber ihr Vorhaben duldete keinen Aufschub.

„Frau von Hohenstetten, das ist mir aber eine Ehre. Wie kann ich Ihnen behilflich sein?"

„Es ist mir wirklich äußerst unangenehm Sie darum zu bitten, aber wäre es Ihnen möglich, mich noch heute aufzusuchen? Ich hätte etwas Wichtiges mit Ihnen zu besprechen."

Wenn ihre Bitte Herrn Steigenberger erstaunte, verbarg er es hinter seinem professionellen Auftreten. Er versprach der alten Baronin, ihr unverzüglich die Aufwartung zu machen.

Erleichtert legte Henriette den Hörer auf. Nun musste sie nur die Ankunft des Rezeptionisten abwarten. Danach würde sie hoffentlich ihre verdiente Ruhe finden.

„Herr Steigenberger, ich möchte mich nochmals bei Ihnen entschuldigen, Sie um Ihren wohlverdienten freien Tag gebracht zu haben, ich weiß Ihr Bemühen sehr zu schätzen", begrüßte sie ihn kurz darauf, als sie ihn hereinbat.

„Für Sie würde ich doch alles machen", sagte er liebenswürdig.

Henriette wies dem treuen Rezeptionisten den Weg in ihren Wohnbereich und bedeutete ihm, sich zu setzen, und bot ihm etwas zu trinken an, bevor sie begann.

„Ich wende mich an Sie mit einer sehr vertraulichen und pikanten Angelegenheit. Ich schätze Sie seit vielen Jahren für Ihre Diskretion und Loyalität zu unserem Haus, insbesondere mir gegenüber." Henriette sah auf ihre gefalteten Hände, räusperte sich, denn nun folgte der schwerere Teil. „Deshalb habe ich entschieden, Sie mit meinem Anliegen zu betrauen. Ich werde bald sterben und habe meiner Tochter und meinem Schwiegersohn einen Brief hinterlassen." Wieder stockte sie und hob den Kopf, um ihn anzusehen. Ihm stand der Schock ins Gesicht geschrieben. „Es ist mein Wunsch, dass Sie die Briefe sicher aufbewahren und diese nach meinem Tod unverzüglich meinem Schwiegersohn zukommen lassen. Ich weiß, dass ich mich auf Sie verlassen kann."

Herr Steigenberger schien nicht zu wissen, wie er auf diese schockierende Information reagieren sollte. Er räusperte sich verlegen, nahm seine Brille ab und putzte die Gläser umständlich. Erst als er sie wieder aufgesetzt hatte, begann er zu sprechen.

„Frau von Hohenstetten, woher wissen Sie, dass Sie in naher Zukunft sterben werden? Ich hoffe, Sie halten meine Frage nicht für anmaßend.“

„Alois, Sie haben formvollendete Manieren, wie es mir noch nie untergekommen ist. Natürlich ist Ihre Frage gestattet. Ich habe Krebs im Endstadium und mir wurde gesagt, ich hätte nur noch wenige Monate zu leben. Die Schonfrist ist längst aufgebraucht und ich muss mich diesem Urteil beugen. Ich habe niemanden eingeweiht, da ich kein Mitleid möchte. Die letzten Momente wollte ich unbeschwert erleben und genießen.“

Herr Steigenberger brauchte einen Moment, ehe er antworten konnte.

„Ich werde darüber Stillschweigen bewahren, das versteht sich von selbst.“ Er sah sie mitfühlend an und fügte leise hinzu: „Es tut mir sehr leid, dass Sie dieses Schicksal tragen müssen. Ich weiß nicht, wie Hotel Hohenstetten ohne Sie weiterhin bestehen kann. Aber Sie können sich auf mich verlassen. Ich werde die Briefe an einem sicheren Ort verwahren und sie Herrn Damitto zu gegebenem Zeitpunkt zukommen lassen.“

Henriette fiel ein großer Stein vom Herzen. Sie nahm seine Hände in ihre und drückte sie dankbar. Herrn Steigenberger schien etwas zu bedrücken. Anscheinend wollte er nach ihrem Geständnis nicht mit der Sprache heraus.

Henriette sah ihn eindringlich an und sagte einladend: „Ihnen liegt doch noch etwas auf der Seele. Ich kann Ihnen ansehen, dass Sie mir etwas mitzuteilen haben.“

Herr Steigenberger druckste unverständlich herum.

„Ich verliere langsam die Geduld. Ich kann Sie nicht verstehen“, versuchte Henriette ihn zu überreden.

„Ich wollte Sie nicht damit belasten. Es geht um das Zimmermädchen Emily Schwarz. Ich weiß nicht, ob Sie davon gehört haben, aber sie hat vor einigen Tagen versucht, sich umzubringen. Nun hat die junge Baroness ihr fristlos gekündigt. Sie ist der Meinung, dass sie dem Ruf des Betriebes geschadet habe. Außerdem meinte sie, in diesem labilen Zustand könne Frau Schwarz die anstehenden Aufgaben nicht zur vollsten Zufriedenheit unserer Gäste ausführen. Das Mädchen tut mir leid. Sie hat genügend Probleme zu verkraften und nun hat sie auch noch ihren Job verloren. Vielleicht können Sie noch einmal mit Ihrer Tochter sprechen.“ Herrn Steigenberger war es sichtlich unangenehm, Henriette mit seinem Anliegen zu belasten, andererseits wussten sie beide, dass sie die einzige Person war, die Justine etwas entgegenzusetzen hatte.

„Ich verspreche Ihnen, dass ich mich darum kümmern werde. Vielen Dank, dass Sie mich informiert haben.“

Henriette erhob sich und Herr Steigenberger tat es ihr gleich. Sie holte die Briefe, drückte sie noch einmal kurz an ihren Oberkörper, bevor sie sie dem Rezeptionisten anvertraute.

Er steckte die Briefe sorgfältig in seine Jackentasche und verabschiedete sich mit einem Handkuss von der Baronin.

***

Henriette hatten nun vollends die Kräfte verlassen. Ihre gesamten Gefühle und Emotionen steckten in den Briefen, in der Hoffnung, die Adressaten damit über ihren Tod hinaus zu erreichen. Es tat ihr leid, dass sie ihrer Tochter diese Worte nicht persönlich sagen konnte. Aber dennoch war eine große Last von ihr gefallen, da sie die Briefe nun an einem sicheren Ort wusste.

Justines unsensible Reaktion auf den Selbstmordversuch dieses armen Mädchens hatte sie mehr mitgenommen, als sie sich hatte anmerken lassen. Es war ihn nur schwer gelungen, vor Herrn Steigenberger Haltung zu bewahren. Es war für sie zeitlebens oberstes Gebot gewesen, private Probleme intern anzugehen. In der Öffentlichkeit hatte sie sich immer einer Stellungnahme enthalten. Henriette hatte ihrer Tochter nicht vor aller Augen in den Rücken fallen wollen.

Augenblicklich wünschte sie sich nichts sehnlicher als zu schlafen. Aus diesem Grund beschloss sie, das Gespräch mit ihrer Tochter auf den nächsten Tag zu verschieben.

Am nächsten Tag fühlte Henriette sich wie gerädert. Die Nacht hatte sie aufgrund heftiger Schmerzen und ständig kreisender Gedanken fast schlaflos verbracht. Schlussendlich musste sie sogar ihre verhassten Morphiumtabletten nehmen.

Nun fühlte sich ihr Geist ein wenig benebelt, aber wenigstens waren die Schmerzen erträglich. Trotzdem war da eine eigenartige Schwäche in ihr, die es ihr unmöglich machte, sich einem Gespräch mit Justine zu stellen.

Nach dem Frühstück ruhte sie einige Stunden auf ihrer Couch.

Plötzlich klopfte es an der Tür und Timurcin erschien kurz darauf im Türrahmen.

„Hallo, Henriette, ich hoffe, ich komme nicht ungelegen?" Als er sah, dass sie sich hingelegt hatte, bot er an, später wiederzukommen.

Henriette winkte ihn gebieterisch herein. Mühsam richtete sie sich auf und Timurcin stopfte ihr fürsorglich ein Kissen in den Rücken, damit sie bequemer saß.

„Schön, dich zu sehen. Ich habe dich seit Tagen nicht mehr zu Gesicht bekommen. Ich hoffe, dafür gibt es eine erfreuliche Begründung."

Seine strahlenden Augen waren ihr nicht verborgen geblieben. Henriette konnte sich für das Glück, welches er mit jeder Faser seines Körpers ausstrahlte, nur einen Grund erklären.

„Es tut mir leid, dich in letzter Zeit vernachlässigt zu haben. Ich war neulich schon mal da, aber da hast du geschlafen und ich wollte nicht stören. Ich habe wirklich gute Nachrichten. Valerie und ich haben uns versöhnt. Wir haben einige ruhige Tage in München verbracht. Es war wunderschön. Sie hatte nicht an mir gezweifelt, sie wollte nicht einmal einen Beweis für meine Unschuld sehen." Timurcin war seine Freude über Valeries Vertrauen förmlich ins Gesicht geschrieben.

Henriette strahlte ebenfalls über das ganze Gesicht. Sie klatschte begeistert in die Hände.

„Das sind in der Tat erfreuliche Nachrichten. Ich freue mich so sehr für dich, mein Junge. Ich wusste, dass Valerie dich richtig einschätzen wird, sobald sie Zeit zum Nachdenken bekommt."

„Ich werde Justine mitteilen, dass ich die Scheidung einreichen möchte", gab Timurcin die nächste Neuigkeit bekannt.

Henriette schmunzelte innerlich. Sie hatte in ihrem Brief an Timurcin offenbar hellseherische Fähigkeiten bewiesen. Sie hatte ihm geraten, endlich seine Scheidung in die Wege zu leiten.

„Ich unterstütze dich in jeglicher Hinsicht. Du musst endlich mit dem Kapitel abschließen, um dich unbelastet auf die Beziehung mit Valerie einlassen zu können."

Timurcin tat die offenkundige Unterstützung seitens seiner Schwiegermutter gut. „Es gibt noch einen weiteren Grund, warum ich dich nicht schon früher aufgesucht habe. Kaum waren Valerie und ich auf Hohenstetten eingetroffen, überschlugen sich förmlich die Ereignisse. Du hast bestimmt von dem Selbstmordversuch des Zimmermädchens gehört." Er sah sie einen Augenblick an und sie nickte. „Es handelt sich um Valeries Mädchen. Sie hat sich in den letzten Monaten mit ihr angefreundet und hat Emilys Tod im letzten Augenblick verhindern können. Nun verbringt sie jede freie Minute bei ihr im Krankenhaus, um dem Mädchen beizustehen."

Henriette hob überrascht die Augenbrauen. „Das klingt mir überhaupt nicht nach Valerie. Normalerweise vergräbt sie sich monatelang in ein Projekt und ihr Umfeld ist für sie unsichtbar."

„Anfangs hat sie ihr Interesse an Emily selbst überrascht, aber sie hat das Mädchen wirklich lieb gewonnen." Timurcin lächelte. „Sie hat es zwar nicht ausgesprochen, aber anscheinend sieht sie in Emily so etwas wie die Tochter, die sie nicht zur Welt gebracht hat. Hätte sie sich damals für das Kind entschieden, wäre dieses heute nur wenig älter als Emily. Ich glaube, von dieser Beziehung profitieren beide erheblich."

Henriette nützte die Gelegenheit, um Timurcin auf die Kündigung von Emily anzusprechen. „Meinst du, ich soll bezüglich der Kündigung etwas unternehmen? Wenn es Emily hilft, werde ich Justine zwingen, die Entlassung rückgängig zu machen." Henriette sah Timurcin gespannt an.

„Valerie hat mit Emily schon darüber gesprochen. Es war abzusehen, dass Justine eine derartige Entscheidung treffen würde. Sie sind übereingekommen, dass es genau der richtige Zeitpunkt wäre, ein neues Leben zu beginnen. Du musst dich also nicht mit deiner Tochter auseinandersetzen."

Henriette war über diese Verkündung mehr als erleichtert. Sie verfügte nicht mehr über genügend Kraft, um sich Justine offensiv entgegenzustellen.

„Sag Valerie bitte liebe Grüße von mir. Ich würde mich freuen, wenn sie mich bald einmal besuchen kommen würde. Aber ich verstehe, dass sie Emily in dieser Situation nicht allein lassen möchte. Das Mädchen scheint sie zu brauchen. Hoffentlich geht es ihr bald wieder besser. Ich finde es schön, dass Valerie sich um dieses Mädchen so sehr bemüht."

Timurcin verabschiedete sich mit einer liebevollen Umarmung und küsste die alte Dame zärtlich auf beide Wangen. Er versprach, sie bald wieder zu besuchen.

Kapitel 46

Zukunftsgespräche

„Sei doch nicht immer so gottverdammt stur", schalt Valerie die verdutzte Emily.

„Ich bin nicht stur", entgegnete sie gelassen.

„Dann bist du eben zu stolz. Das Resultat ist dasselbe."

„Was ist so schlimm daran, dass ich dein Geld nicht annehmen möchte? Ich will deine Hilfsbereitschaft nicht ausnutzen. Ich habe sowieso schon ein unglaublich schlechtes Gewissen, weil ich dir in letzter Zeit so viel zugemutet habe", entgegnete Emily leise.

Valerie unterbrach ihren ungeduldigen Gang durch das Krankenzimmer und setzte sich an Emilys Bett.

„Ich helfe dir gerne. Ich möchte doch nur, dass es dir schnellstmöglich wieder besser geht. Und ich bin mir sicher, dass dir in der Privatklinik Stillachhaus optimal geholfen werden kann."

„Ich bin nicht verrückt, ich brauche nicht eingewiesen zu werden." Emily funkelte sie wütend an.

„Darum geht es überhaupt nicht. Du weißt genau, so wie bisher, kann es nicht weitergehen. Schließlich haben wir alle miterlebt, zu welchem drastischen Schritt dich diese Verdrängungstaktik geführt hat. Du musst dir von ausgebildeten Fachkräften helfen lassen. Bis zu einem gewissen Punkt kann ich dich bestimmt unterstützen, aber ich kann keinen Therapeuten ersetzen. Bitte versuche es doch wenigstens. Wenn es dir dort überhaupt nicht zusagt, dann brichst du deinen Aufenthalt einfach ab. Aber es wäre feige, es von vornherein auszuschließen."

Es war gemein, Valerie erpresste Emily, indem sie ihr Feigheit vorwarf. Schließlich brummte sie ungehalten: „In Ordnung, du hast gewonnen. Ich probiere es aus. Aber ich werde dir jeden verdammten Cent zurückzahlen."

„Den größten Anteil zahlt sowieso deine Krankenkasse. Lediglich die Differenz zu einer gewöhnlichen Klinik muss aus eigener Tasche gezahlt werden. Lass uns darüber sprechen, wenn es so weit ist." Valerie war beruhigt. Ihre größte Sorge war gewesen, dass Emily sich weigern würde, auf ihren Vorschlag einzugehen. Dann hätte es eine gerichtliche Anordnung über ein Gutachten gegeben, hinsichtlich Emilys bestehender Selbstmordgefährdung. Je nach Ergebnis hätte es passieren können, dass sie zwangsweise eingewiesen worden wäre. Ein furchtbarer Gedanke!

Und sogar falls von Seiten der Ärzteschaft kein erneutes Risiko bestand, wäre sie hoffnungslos überfordert gewesen, allein die Verantwortung für Emilys Genesung zu übernehmen.

Da Valerie schon im Vorfeld mit der Klinik Kontakt aufgenommen hatte, stand einer Überführung der Patientin kein Hindernis mehr im Weg. Je früher Emily mit der Bewältigung ihres Traumas begann, desto hilfreicher wäre das für ihren langwierigen Genesungsprozess. Der behandelnde Oberarzt hatte ein posttraumatisches Belastungssyndrom diagnostiziert, dessen Behandlung viel Zeit und Geduld in Anspruch nehmen würde. Solche Diagnosen waren für die Psychotherapeuten in der Privatklinik kein Einzelfall. Die Ärzte und Therapeuten waren bestens geschult und konnten sich individuell auf den einzelnen Patienten einstellen.

Oberste Priorität bestand darin, Emily wieder Lebensmut und Überlebenswillen einzuhauchen. Sie musste lernen, ihr Leben und ihr auferlegtes Schicksal anzunehmen. Aber auch Folgeerscheinungen, wie ihr selbstverletzendes Verhalten und ihr ungesundes Essverhalten, musste sie langfristig in den Griff bekommen.

Nachdem sie ein Telefonat mit der Klinikverwaltung geführt hatte, ging sie nochmals zu Emily, um ihr von den guten Neuigkeiten zu berichten. Schicksalsergeben nahm sie Valeries freudige Botschaft unkommentiert hin.

„Hoffentlich darf ich in der Privatklinik Besuch empfangen. Denn ohne all die lieben Menschen, die mich hier besucht haben, wäre ich wahnsinnig geworden."

Valerie bemerkte den Themenwechsel, ließ ihn aber unkommentiert und freute sich über die Tatsache, dass Emily anscheinend einigen Leuten etwas bedeutete. Neben Helena, die fast täglich vorbeischaute, hatten ihr auch Andrea und Yannick einen Besuch abgestattet.

„Sogar Dennis hat mich gestern besucht. Er hat die ganzen zwei Jahre, die ich nun im Hotel gearbeitet habe, vielleicht drei Sätze mit mir gewechselt. Ich glaube, er hatte ziemliche Angst vor einer ablehnenden

Reaktion oder einer Zurückweisung." Emily sah ein wenig zerknirscht über diese Feststellung drein.

Valerie hatte den Namen Dennis noch nie gehört. Sie war neugierig, welche Rolle er in Emilys Leben spielte.

„Wer ist denn Dennis?"

„Er arbeitet in der Verwaltung und ist sehr schüchtern und zurückhaltend. Warum auch immer hat er an mir einen Narren gefressen." Ein kleines Lächeln legte sich auf Emilys Lippen, was Valerie wohlwollend bemerkte. „Er beließ es meistens dabei, mich aus der Ferne anzuschmachten. Ich war in der Vergangenheit nicht freundlich zu dem armen Kerl. Das tut mir wirklich leid, aber er scheint mir nicht böse zu sein. Gestern haben wir uns das erste Mal wirklich unterhalten. Es war schön."

Emily wirkte ausgeglichen und zufrieden. Dennoch war Valerie sich nicht sicher, ob Emily immer noch gefährdet war, erneut rückfällig zu werden. Sobald eine Begebenheit sie aus der Bahn warf, konnte es möglich sein, dass sie am Sinn ihres Lebens wieder zu zweifeln begann.

Doch je mehr Menschen es gab, denen Emily etwas bedeutete, desto mehr Stabilität und Rückhalt erfuhr Emily durch ihr soziales Netzwerk.

Gerade als Valerie antworten wollte, klopfte es an der Tür und auf Emilys Aufforderung betrat Timurcin das Zimmer. Er hatte es bis jetzt vermieden, Emily aufzusuchen, da er nicht wusste, ob ein Besuch seinerseits erwünscht war, wie er Valerie gestanden hatte, da ihr erstes Treffen so unglücklich verlaufen war. Er begrüßte Emily und überreichte ihr einen wunderschönen Blumenstrauß, den Emily gebührend bewunderte.

„Mir schenkst du nie so hübsche Blumen", beschwerte Valerie sich neidisch bei ihrem Freund.

„Du hast schließlich auch nicht versucht, dich umzubringen", erwiderte Emily in ihrer typisch trockenen Art.

Timurcin sah sie entgeistert an und wusste augenscheinlich nicht, welche Erwiderung auf solch eine makabre Aussage angemessen wäre.

„Timurcin, hör gar nicht auf sie. Emily spinnt manchmal ein wenig. Aber sie ist sehr liebenswert, deshalb kann ich über ihre Macken hinwegsehen."

„Du bist unmöglich, ich spinne überhaupt nicht. Mach mich doch vor deinem Freund nicht so schlecht", gab Emily empört zurück.

„Wenn ihr nicht gleich aufhört, dann verschwinde ich wieder. Das hält ja kein Mensch aus. Aber ich bekomme langsam eine Vorstellung davon, warum ihr euch so hervorragend versteht", gab Timurcin schmunzelnd von sich.

Valerie zog sich unter dem Vorwand zurück, für sich und Timurcin einen Kaffee zu besorgen. Sie wollte den beiden die Gelegenheit geben, sich einmal in Ruhe auszutauschen.

***

Kaum hatte Valerie den Raum verlassen, da wurde es plötzlich still im Zimmer. Verlegenes Schweigen breitete sich aus. Valeries Freund schien in einer intensiven Betrachtung des Krankenzimmers versunken zu sein. Schließlich meinte er etwas unbeholfen: „Es tut mir

wirklich leid, was dir passiert ist. So einen Schicksalsschlag erfahren zu müssen, ist unfair und lässt einen
am Glauben an einen gerechten Gott zweifeln. Ich
möchte mich bei dir entschuldigen, dass unser erstes
Aufeinandertreffen so ungünstig verlaufen ist. Danach
gab es keine Gelegenheit mehr, dieses Missverständnis
aus dem Weg zu räumen. Ich habe dich falsch eingeschätzt und ziemlich von oben herab behandelt. Als ob
ein Zimmermädchen weniger wert wäre als die gefei-
erte Drehbuchautorin oder die gescheiterte Existenz
als Gatte der Hotelchefin."

Emily war gerührt über seinen gutmütigen Versuch,
die Schuld für den Verlauf ihres ersten Aufeinander-
treffens auf sich zu nehmen. „Ich habe mich ebenfalls
nicht gerade korrekt verhalten. Ich kann sehr anmaßend und unverschämt reagieren, wenn mir jemand
auf die Nerven geht. Das war nicht gerade besonders
freundlich von mir und ich hätte mich ein wenig umgänglicher zeigen können."

„Fangen wir einfach noch einmal von vorne an." Timurcin streckte ihr freundschaftlich die Hand entgegen, die Emily gerne annahm. Es lag ihr nichts ferner,
als sich mit dem Lebensgefährten ihrer wichtigsten Be-
zugsperson zu streiten.

Nachdem Valerie so große Stücke auf ihn hielt,
konnte er nicht unrecht sein. Eigentlich wirkte er sogar
ziemlich sympathisch auf sie.

„Ich kann dich besser verstehen, als dir wahrscheinlich bewusst ist. Uns verbinden einige Gemeinsamkeiten. Auch ich kenne das Gefühl, vor einem ausweglosen
Dilemma zu stehen. Ich kann nachvollziehen, was du
empfunden hast, als du drohtest abzustürzen. Ich stand

dort ebenfalls schon einige Male. Aber ich war feige und habe nicht dagegen angekämpft, so wie du es tapfer über zwei Jahre versucht hast. Ich habe meine Flucht im Alkohol und so im gnädigen Vergessen gesucht. Nicht wirklich empfehlenswert, das kann ich dir aus heutiger Sicht mit auf dem Weg geben." Timurcin unterbrach sich kurz und sah sie eindringlich an. „Natürlich kann man die Schwere unserer Probleme nicht miteinander vergleichen, aber ich möchte dir deutlich machen, dass andere Menschen an bedeutend geringeren Widerständen zerbrechen. Du verfügst über unglaublich große Kraft. Ich kann dich dafür nur bewundern."

Sie sah ihm an, dass er es ernst meinte, und spürte, wie ihre Wangen glühten.

„Danke für die lieben Worte, leider merke ich momentan kaum etwas von meiner Stärke. Aber dennoch danke ich dir für dein Vertrauen in meine Fähigkeiten."

Timurcin musterte Emily so intensiv, so unglaublich eindringlich, als ob er ihre Gedanken lesen wollte. Emily konnte seinem Blick nicht standhalten und wandte sich verlegen ab.

„Ich bin überzeugt davon, dass jeder Mensch irgendwann in seinem großen Schmerz an einer Weggabelung ankommt, an der es nur zwei Möglichkeiten gibt, seinem Leben eine entscheidende Wendung zu geben. An diesem Punkt hast du dich dazu entschieden, dass du dein Leid nicht mehr aushältst, und wolltest dein Leben beenden. Aber eine göttliche Fügung wollte es anders, indem dir Valerie beschützend an die Seite gestellt wurde. Ich glaube, du hast dein Leiden mittlerweile so lange ertragen, dass du gelernt hast, durch deinen Schmerz hindurchzusehen, um nun offen für weitere Empfindungen jenseits von Schmerz und Trauer zu sein. Nur wer wirkliches Leid erfahren hat, ist in der Lage, auch die schönen, bezaubernden und berührenden Emotionen wirklich zu fühlen." Timurcin schloss kurz die Augen, als würden ihn selbst die Emotionen überrollen. „Emily, du hast dich beim ersten Versuch falsch entschieden, nun gibt es für dich eine weitere Chance, den richtigen Weg zu wählen, und ich glaube, nein, das war zu vage ausgedrückt, ich bin überzeugt davon, dass du nun erkennst, dass die Entscheidung fürs Leben die Richtige ist."

Bestürzt über die offensichtliche Tatsache, dass Timurcin in ihr wie in einem offenen Buch lesen konnte, fiel sie in alte negative Verhaltensmuster zurück. Sie kniff die Augen zusammen und erwiderte ruppig: „Glückwunsch zu deiner dilettantischen Psychoanalyse, wenn es mit dem Malen nicht mehr klappen sollte, dann probiere es doch einmal als Dichter. Fantasie hast du jedenfalls genug."

Ihr war bewusst, dass er merken musste, dass sie sich nur hinter dieser Fassade versteckte. Tränen brannten in ihren Augen und verrieten sie endgültig.

„Entschuldige bitte, Emily, falls ich eine unsichtbare Grenze überschritten habe." Er klang so zerknirscht, dass es Emilys Herz berührte. „Ich wollte nicht aufdringlich sein. Anscheinend konnte ich dir nicht begreiflich machen, dass mein einziger Wunsch war, dich ein wenig aufzuheitern. Das ging wohl nach hinten los."

Timurcins reumütige Miene erreichte ihr Herz und mit einem Mal fiel es ihr nicht mehr schwer, sich einem fast fremden Mann zu öffnen.

„Mich haben deine Worte sehr berührt", gab sie schließlich zu. „Aber ich bin überfordert mit dem Wissen, dass du mich so gut zu kennen scheinst, obwohl wir uns doch eigentlich vollkommen fremd sind."

„Wir sind uns bis jetzt vielleicht im Gegenständlichen nicht besonders nahe gewesen, aber ich bin mir sicher, im Geistigen, im Emotionalen verstehen wir uns ohne Worte. Außerdem gibt es noch eine weitere Komponente in unserem Leben. Valerie! Sie hat mich vor meiner Selbstzerstörung gerettet und bei dir wird sie ebenfalls erfolgreich sein. Mit ihrer grenzenlosen Liebe und Zuneigung schafft sie es, einem Lebensmut und Selbstvertrauen einzuhauchen, um das Leben mit all seinen Problemen offensiv anzupacken. Ich würde mich wirklich freuen, wenn du dich dazu entschließen würdest, nach deiner Therapie bei uns einzuziehen. Wo auch immer das schlussendlich sein wird, du bist uns herzlich willkommen."

Emily blickte ihn verblüfft an. Er hatte es geschafft, sie zu überraschen. Sie erkannte, dass sein offenherziges Geständnis ihr guttat. Andere Menschen verzweifelten ebenfalls an ihren Problemen und resignierten irgendwann an ihrer Hilflosigkeit, diese nicht überwinden zu können.

Auch sein freundliches Angebot schien von Herzen zu kommen. Valerie hatte ihr erst gestern von ihrem Wunsch erzählt, dass Emily bei ihnen einziehen sollte. Emily hatte sich noch nicht entschieden. Einerseits konnte sie sich ein Leben ohne Valerie überhaupt nicht mehr vorstellen, andererseits machte es ihr Angst, ihre isolierte Einsamkeit plötzlich gegen ein familiäres, abwechslungsreiches, lautes Leben einzutauschen. Deshalb hatte sie um Bedenkzeit gebeten. Aber es tat ihr gut zu wissen, dass auch Timurcin nichts gegen Valeries Pläne einzuwenden hatte.

Es erschien Emily wie ein Wunder, wie eine zweite Chance auf ein neues Leben, das ihr so unverhofft geboten wurde. Niemals hätte sie es für möglich gehalten, dass ihr die Zuwendung, die sie von ihren Freunden erfuhr, bei ihrer Trauerbewältigung so sehr helfen konnte. Nun konnte sie kaum mehr verstehen, wie sie sich derart verzweifelt und hoffnungslos fühlen konnte, um ihrem Leben ein Ende zu setzen.

Valeries eindringliche Worte hatten sie endgültig wachgerüttelt. Wer würde den Menschen von ihrer Tochter erzählen, wenn nicht sie? Sie war sich sicher, irgendwann war der Zeitpunkt gekommen, an dem sie über ihre Tochter sprechen konnte. Noch war der Gedanke daran zu schmerzhaft. Aber in naher Zukunft würde es ihr gewiss guttun, von ihren Erinnerungen zu berichten. Dann wäre es ein wenig so, als ob Carla bei ihnen wäre. Sie würde dafür sorgen, dass ihr kleiner Engel niemals in Vergessenheit geriet. Trotzdem machte sie sich nichts vor. Auch wenn es jetzt den Anschein erweckte, als wandte sich alles zum Guten, würde es ein langer, beschwerlicher Weg werden, das Trauma wirklich verarbeiten zu können. Es würde immer wieder Rückschläge und erneute Tiefpunkte geben, die sie in tiefe Depressionen treiben konnten. Auch ihr selbstverletzendes Verhalten würde sie nicht von heute auf morgen abstellen können. Dennoch

spürte sie erstmals wirklich große Zuversicht in sich,
diesen anstrengenden, steinigen Weg zu bewältigen.

Kapitel 47

Ein trauriger Abschied

Henriette wusste, sie war am Ende einer langen Reise angelangt. Sie hatte in den letzten Tagen das Bedürfnis verspürt, zum Abschied noch einmal einen Rundgang durch ihr geliebtes Lebenswerk zu machen. Zwar würde es eine große Herausforderung darstellen, der sie sich eigentlich nicht mehr gewachsen fühlte, aber sie benötigte diesen Gang, um ihren Seelenfrieden zu finden.

Zuerst war sie versucht gewesen, Timurcin zu bitten, sie zu begleiten, aber dieses Vorhaben hätte einer guten Erklärung bedurft, und Henriette wollte ihn nicht belügen. Deshalb beschloss sie, sich allein dem gewaltigen Unterfangen zu stellen.

Bis die gerade eingenommenen Medikamente vollends wirkten, blieb ihr noch ein wenig Zeit. Auf ihren Gehstock gestützt, machte sie sich entschlossen auf den Weg. Mittlerweile musste sie einsehen, dass es sie unglaubliche Kraft kostete, diese kurze Distanz zurückzulegen. Es ging über ihre Vorstellungskraft, wie sie das gewaltige Vorhaben, einmal durch das gesamte Hotel zu laufen, tatsächlich in die Tat umsetzen wollte. Aber sie verspürte noch eine unbändige Willenskraft in sich und wollte es unbedingt versuchen.

Mit dem Aufzug fuhr sie von der obersten Etage des Hotels hinunter in die Hotellobby. Von dort plante sie ihren Rundgang zu starten. Sie wollte das Hotel aus den Augen eines Gastes wahrnehmen, der es zum ersten Mal betrat.

Sie ließ ihren Blick über das elegante, stilvolle Ambiente gleiten. Der Eingangsbereich strahlte moderne Eleganz aus, gepaart mit Gemütlichkeit und Atmosphäre. Henriette hatte die Gestaltung der Lobby noch eigenhändig geplant, lediglich kleinere Änderungen konnte sie entdecken, die Justine vorgenommen haben musste. Sie ging vorbei an der Rezeption, die heute von einem Kollegen von Herrn Steigenberger betreut wurde. Von dort aus betrat sie den Personalraum, der sehr großzügig eingerichtet worden war. Henriette war es immer wichtig gewesen, ein angenehmes Arbeitsklima zu schaffen, in dem sich die Angestellten wohlfühlten.

Als sie die Hotelbar betrat, musste sie Justines Einrichtungsgeschmack Tribut zollen. Vor zwei Jahren hatten sie die etwas in die Jahre gekommene Bar komplett sanieren lassen und Justine hatte bewiesen, dass sie durchaus fähig war, ein stimmiges Konzept zu entwickeln, das zum restlichen Hotelambiente passte.

Henriette war sich sicher, die richtige Wahl getroffen zu haben, indem sie Justine zu ihrer Nachfolgerin bestimmt hatte. Vielleicht würde sie unkonventionelle Wege einschlagen, die Henriette nicht gutheißen würde, aber es tat der Weiterentwicklung des Hotels bestimmt gut, wenn ungewöhnliche Veränderungen getroffen wurden. Henriette vertraute Justines Geschäftssinn, sie würde Hotel Hohenstetten zu ungeahnter Erfolgsgeschichte verhelfen.

Zwar konnte Henriette die leise Stimme ihres Gewissens nicht zum Schweigen bringen, die ihr zuflüsterte, zu welchem Preis und auf welche Kosten Justine diesen Erfolg erreichen würde. Aber letztendlich konnte sie nichts mehr tun, außer Justine ihr uneingeschränktes Vertrauen auszusprechen und zu hoffen, dass diese es zu schätzen wusste.

„Mutter, was machst du da? Versuchst du mir hinterherzuspionieren?", ertönte Justines ungehaltene Stimme, als Henriette den Bürotrakt betrat. Um diese Uhrzeit hatte sie eigentlich nicht damit gerechnet, noch jemanden anzutreffen.

„Warum unterstellst du mir immer niedere Absichten? Ich mache lediglich einen Spaziergang durch mein Hotel. Ich hoffe, das ist nicht verboten", gab Henriette ruhig zurück. Sie wollte sich nicht schon wieder mit ihrer Tochter streiten.

Justine musterte sie weiterhin misstrauisch und Henriette bemerkte, dass Justine ahnte, dass etwas mit ihr nicht stimmte. Doch sie las auch in den Augen ihrer Tochter, dass es eher Misstrauen als Sorge war. Ohne triftigen Grund verließ Henriette ihre Suite schon lange nicht mehr.

„Mutter, verkaufe mich bitte nicht für dumm. Ich erwarte wenigstens ein Mindestmaß an Respekt, indem du mir die Wahrheit sagst. Ist es mittlerweile schon so weit gekommen, dass du unter einem Kontrollzwang leidest?" Justine ließ nicht locker.

Henriette schalt sich für ihre Unachtsamkeit, sich keine Gedanken gemacht zu haben, wie ihr Auftritt auf Justine wirken musste. Sie würde ihre Tochter nicht mit einer lapidaren Erklärung abspeisen können. Deshalb entschied sie sich, bei einer weniger gefährlichen Wahrheit zu bleiben.

„Du hast mich durchschaut. Ich war eigentlich auf dem Weg zu dir. Ich wollte mit dir über die Kündigung des Zimmermädchens Emily Schwarz sprechen."

Eine Augenbraue nach oben ziehend, sagte Justine verächtlich: „Ich hätte mir denken können, dass du den Moralapostel spielst. Gut, dass du kaum noch Entscheidungen triffst, denn sonst hätte Hohenstetten schon längst Insolvenz beantragen müssen. Wir können nicht auf jede Befindlichkeit unserer Angestellten Rücksicht nehmen. Frau Schwarz hat dem hervorragenden Ansehen unseres Betriebes geschadet, ich konnte keine andere Entscheidung treffen. Schließlich sind wir ein erfolgreiches Hotelunternehmen und kein Sozialprojekt für psychisch Labile."

Über Justines Herzlosigkeit schüttelte Henriette einmal mehr den Kopf. Ihre Tochter schaffte es einfach vortrefflich, die Tatsachen zu ihren Gunsten zu verdrehen.

„Natürlich macht sich die Schlagzeile nicht besonders gut, dass eine Angestellte versucht hat, sich das Leben zu nehmen." Henriette schnappte nach Luft und stützte sich unauffällig auf ihren Gehstock. „Aber was wird die Öffentlichkeit dazu sagen, wenn wir dem Mädchen in dem Moment, als sie vollkommen am Boden liegt, auch noch den Job nehmen? Meinst du, das ist die richtige

Art von Medieninteresse, die wir gebrauchen können?" Henriette funkelte ihre Tochter böse an.

„Wir können uns dieses Mitgefühl nicht leisten. Frau Schwarz wird für eine geraume, nicht überschaubare Zeit ausfallen. Ich musste für Ersatz sorgen."

„Wie kann dir das Schicksal dieses Mädchens gänzlich egal sein? Verspürst du überhaupt keine Anteilnahme und Mitleid?"

„Nein, jeder ist seines Glückes Schmied", erwiderte Justine kalt. „Wenn sie so dämlich ist, sich das Leben zu nehmen, ist das doch nicht mein Problem."

„Ich hoffe, du wirst weiterhin mit deinen vielen Taten gut schlafen können. Mich wundert, dass du deinen eigenen Anblick noch im Spiegel erträgst."

„Mutter, du musst mich nicht ständig darüber in Kenntnis setzen, wie sehr du mich verachtest." Justine kniff die Augen zusammen. „Diese Tatsache ist mir doch schon seit Ewigkeiten bekannt. Es wird nicht besser, je häufiger du dich wiederholst. Ich sehe keinen Grund, mich zu ändern. Ich fühle mich wohl, so wie ich bin. Entweder du akzeptierst diese Tatsache oder du lässt mich in Frieden. Warum tust du mir nicht den Gefallen und verabschiedest dich endlich von dieser Welt? Ich könnte wieder ruhig schlafen, wenn es dich nicht mehr gäbe."

Henriette zuckte unter Justines Worten zusammen. Und ein weiteres Mal, als Justine auf dem Absatz kehrtmachte und mit einem lauten Knall die Tür zu ihrem Büro hinter sich ins Schloss warf.

Sie tröstete sich mit dem Gedanken, dass ihre Tochter es sicherlich nicht so meinte. Wüsste sie über ihre tödliche Krankheit Bescheid, würde sie solche Äußerungen unterlassen.

Trotzdem tat es ihr im Herzen weh, dass jedes Zusammentreffen unweigerlich im Streit endete. Warum schafften sie es nicht, wenigstens fünf Minuten friedlich miteinander zu verbringen? Warum gaben sie sich keinerlei Mühe, die Sichtweise des jeweils anderen wenigstens ein wenig nachzuvollziehen?

Henriette ärgerte sich, das Thema überhaupt angeschnitten zu haben. Sie hatte doch von vornherein gewusst, dass sie und Justine unterschiedlicher Meinung wären. Sie provozierte Justine mit ihrem Verhalten. Vielleicht war es ihre letzte Begegnung. Wollte sie wirklich, dass Justine damit leben musste, im Streit mit ihrer Mutter auseinandergegangen zu sein?

Henriette gelobte Besserung. Mühsam machte sie sich auf den Rückweg in ihre Suite. Nun hatte sie keinerlei Blick mehr übrig, um die Schönheit und den exquisiten Stil des Hotels gebührend zu würdigen. Ihr einziger Gedanke war von Schuldgefühlen beherrscht, erneut mit ihrer Tochter uneins zu sein.

Ihr Herz fühlte sich schwer an und sie bemerkte nicht einmal, dass ihr Tränen die Wangen hinabliefen.

Kapitel 48

Verkündung von Neuigkeiten

Mittlerweile verbrachte Helena die meiste Zeit bei Simon. Sie zog sein geräumiges Haus ihrer kargen Angestelltenunterkunft im Hotel vor. Simon schien sich über ihre häufige Anwesenheit sehr zu freuen. Den Großteil ihrer persönlichen Dinge lagerte sie inzwischen bei ihm. Wahrscheinlich war es nur noch eine Frage der Zeit, bis er sie fragte, ob sie endgültig bei ihm einziehen würde. Vielleicht wäre das zu voreilig, aber Helena hatte so lange gewartet, dass Simon endlich seine Liebe zu ihr erkennen würde, deshalb wünschte sie sich nichts sehnlicher, als mit ihm zu leben.

„Brauchst du noch lange? Die anderen warten bestimmt schon auf uns", hörte Helena ihren Freund ungeduldig durch die Badezimmertür rufen.

Er erwartete sie bereits angezogen, als sie kurze Zeit später das Wohnzimmer betrat.

„Du bist wirklich lustig. Wer hat denn stundenlang das Bad blockiert? Ich wäre schon längst fertig, wenn du mich etwas früher reingelassen hättest", erwiderte Helena belustigt.

Es war ein offenes Geheimnis, dass Simon deutlich länger brauchte, bis er sich zurechtgemacht hatte, als Helena. Sie benötigte lediglich ein paar Minuten, um zu duschen, einmal ihr Haar zu kämmen und Wimperntusche aufzulegen. Was er hingegen in der gefühlten Ewigkeit trieb, die er im Bad verbrachte, konnte sich Helena beim besten Willen nicht erklären.

Er küsste sie auf die Wange und meinte versöhnlich: „Du bist schön genug, da kannst du dir die Zeit sparen, dich ewig herzurichten."

Auf dem Weg zum Irish Pub im Zentrum von Oberstdorf kam Simon auf seine Kinder zu sprechen. „Übrigens, ich habe mir vom Kinderarzt ein Rezept für die von dir vorgeschlagene Logopädie ausstellen lassen. In zwei Wochen können wir damit beginnen. Er hat dein Anliegen ebenfalls unterstützt." Er küsste sie auf die Stirn. „Entschuldige bitte, dass ich so uneinsichtig war. Ich habe einfach nicht sehen wollen, dass meine Kinder zusätzliche Unterstützung und Förderung benötigen."

Helena blickte ihn überrascht an. Sie wusste, wie schwer es ihm fiel, Fehler einzugestehen.

„Das freut mich. Es wird Leon wirklich guttun. Du wirst sehen, die Erfolge werden nicht lange auf sich warten lassen."

Simon nickte und meinte dann: „Ich bin auch nach reiflicher Überlegung zu dem Entschluss gekommen, mit Laura einen Psychologen aufzusuchen. Es kann zumindest nicht schaden abzuklären, ob mit ihr alles in Ordnung ist und ihre Schüchternheit lediglich auf ihre

Persönlichkeit zurückzuführen ist. Ich würde es mir nie verzeihen, wenn ich den richtigen Zeitpunkt verpasst habe, meine Kinder optimal zu fördern und in ihrer gesunden Entwicklung zu unterstützen."

Helena blieb stehen und nahm Simon in den Arm. „Du bist ein wundervoller Vater, der alles für seine Kinder tut. Es ist vollkommen normal, dass dir gewisse Dinge nicht auffallen. Du siehst deine Kinder täglich und hast keinen Vergleich mit anderen gleichaltrigen Kindern. Da fallen Entwicklungsverzögerungen oder nicht altersentsprechende Verhaltensweisen gar nicht auf. Ich bin mir sicher, dass es förderlich für Laura sein wird. Vielleicht empfiehlt dir der Therapeut, Laura in eine Gruppe zu schicken, in der speziell das Selbstvertrauen gefördert wird."

„Was es nicht alles gibt. Da tun sich mir völlig unbekannte Welten auf." Er zwinkerte ihr zu und Helena küsste ihn zärtlich und strich ihm durch das Haar.

„Unterstehe dich, meine mühsam gestylte Frisur zu ruinieren", gab er scherzend zurück.

„Ich finde dich mit ungekämmtem und verstrubbeltem Haar viel attraktiver. Das hat einen Hauch von Verruchtheit."

Er nahm sich trotz ihrer offenkundigen Verspätung die Zeit, Helena noch einmal ausgiebig zu küssen, und flüsterte ihr dann einladend ins Ohr: „Was meinst du, sollen wir unsere Verabredung absagen? Ich wüsste da etwas, was ich momentan viel lieber täte …"

Die Verlockung war groß, aber Helena wies ihn schlussendlich zwar bedauernd, aber dennoch energisch ab.

„Nichts da, auch wenn dein Angebot sehr verlockend und verführerisch ist, ich bleibe standhaft."

Simon blickte sie mit seinem treuherzigen Dackelblick an. Als sie nicht reagierte, nahm er ihre Hand, seufzte theatralisch und meinte: „Dann lass uns zusehen, dass wir uns nicht hoffnungslos verspäten." Er zog sie lachend mit sich und sie gingen im Eilschritt weiter.

„Hallo, Simon, hier sind wir." Winkend stand Andrea am anderen Ende des Pubs, um Simon, der sich noch auf der Treppe befand, auf sich aufmerksam zu machen.

Er drehte sich zu Helena um. „Dann werden wir den beiden nun die freudige Botschaft verkünden."

Helena wurde etwas ruhiger und ihr nervöser Magen beruhigte sich ein wenig, als sie feststellte, dass Simon keinerlei Probleme damit hatte, auch vor ihren Freunden zu ihr zu stehen. Auch wenn sie sich ihrer Ängste schämte, sie wollte Simon nicht wissentlich damit verletzen, dass sie ihm nicht vertraute, dennoch konnte sie ihre Vorbehalte nicht einfach abschalten.

Es tat ihr unheimlich gut, dass sie als Paar auftraten.

Sie traten an den Tisch heran und Andrea rief überrascht: „Ich habe dich gar nicht kommen sehen. Das nenne ich perfektes Timing, dass ihr zusammen angekommen seid."

Helena begrüßte ihre Freundin und Yannick mit einer Umarmung.

„Das war kein Zufall", meinte Simon schließlich und grinste. „Helena und ich sind gemeinsam gekommen." Er nahm ihre Hand und küsste sie liebevoll auf die Wange.

Andrea blickte sprachlos von Simon zu Helena und zurück. Ausnahmsweise fehlten ihr die Worte.

„Es geschehen noch Zeichen und Wunder“, meinte Yannick und hob theatralisch die Arme. „Ich kann nicht glauben, was meine verwirrten Augen da erblicken. Soll das tatsächlich heißen, ihr habt endlich zueinandergefunden? Simon, du scheinst doch klüger zu sein, als ich dachte.“ Er war aufgestanden und klopfte seinem Kumpel auf die Schulter. Helena hingegen nahm er in die Arme und gab ihr einen dicken Schmatzer auf die Wange.

Mit besorgtem Blick zu Simon erwiderte er: „Ich hoffe, du gestattest? Immerhin ist Helena meine beste Freundin, da darf ich mir solche Frechheiten herausnehmen.“

Helena bemerkte, dass Andrea nach wie vor schwieg und sie nur staunend ansah.

„Helena und ich sind seit drei Wochen ein Paar. Ich habe ihr meine Liebe schon ein wenig früher gestanden“, beichtete Simon und sah Helena dabei liebevoll an. „Aber sie war nicht so einfach zu überzeugen, dass ich es wirklich ernst meine, und hat mich deshalb gehörig zappeln lassen.“

„Gut gemacht, Helena“, gab Yannick trocken zurück, doch seinem Grinsen nach zu urteilen, könnte er sich nicht mehr für seine Freunde freuen.

„Kann mich mal jemand aufklären, über was ihr da sprecht?“, gab Andrea immer noch perplex von sich. „Ich scheine die Einzige zu sein, die von nichts eine Ahnung hat. Ich dachte, du magst Simon überhaupt nicht“, wandte sie sich nicht gerade taktvoll an Helena.

Sie lief knallrot an und verteidigte sich: „Das war vor Ewigkeiten. Simon und ich hatten einen schlechten Start, denn ich habe ihn für einen eingebildeten Schnösel gehalten. Aber ich habe meine anfängliche Meinung bald geändert."

„Scheinbar hast du vergessen, mich darüber zu informieren." Andrea schien beleidigt zu sein.

„Süße, es tut mir leid, aber ich konnte einfach nicht darüber sprechen. Simon hat mich so oft auflaufen lassen, ich habe nicht daran geglaubt, dass jemals etwas aus uns werden könnte." Helena streichelte Andrea sanft über den Unterarm. „Egal, wie groß meine Gefühle für ihn waren, er sah in mir nichts anderes als den Babysitter seiner Kinder."

„Und was hat ihn dazu bewogen, seine Meinung zu ändern?", fragte Andrea neugierig.

„Hallo?! Ich bin ebenfalls anwesend. Ihr braucht nicht über mich zu sprechen, als wäre ich nicht da. Könnt ihr das nicht in meiner Abwesenheit besprechen?", meinte Simon empört.

„Entschuldige bitte." Helena gab ihm einen nicht enden wollenden Kuss. Erst Yannicks dezentes Räuspern riss sie aus ihrer Versunkenheit.

„Ich freue mich wirklich für euch. Aber trotzdem bin ich gekränkt, dass du mich nicht eingeweiht hast."

„Du hast etwas gut bei mir, versprochen", versuchte Helena ihre Freundin zu besänftigen.

Deren Augen leuchteten auf. „Dann gehen wir morgen gemeinsam shoppen."

Yannick begann prustend zu lachen und verdrehte die Augen.

„Die Aussicht aufs Shoppen lässt Andrea alles vergessen. Gut zu wissen, dass du so leicht zufriedenzustellen
bist.“

Andrea boxte ihm den Ellenbogen in die Seite, fiel
aber gleichzeitig in sein ansteckendes Lachen ein.

Nachdem Andrea nicht lockerließ, berichtete Helena,
wie sie und Simon zueinandergefunden hatten. Das Gespräch im Wald fand sie unglaublich romantisch und
sie seufzte laut auf. „Das müsste mir einmal passieren,
dass mich ein Märchenprinz erhört. Du Glückliche, er
würde alles für dich machen, das sehe ich ihm auf hundert Meter an.“

Helenas Bauch füllte sich mit Wärme, Andreas wohl-
gemeinte Worte taten ihr sichtlich gut. Es stärkte ihr
Selbstvertrauen, dass ihre Freunde Simons Liebe eben-
falls sahen. Sie suchte Simons Augenkontakt und ihre
Blicke verhakten sich ineinander und für einen kurzen
Moment gab es nur sie beide.

Endlich kamen ihre bestellten Getränke.

„Sorry, heute ist die Hölle los“, presste die gestresste
Bedienung hervor, als sie eilig je zwei Gläser Weißwein
und Mineralwasser vor sie stellte.

„Kein Problem.“ Helena lächelte das Mädchen beruhigend an, denn ihr gerötetes Gesicht verriet, dass die Arbeit an so einem Abend sicherlich nicht immer Spaß
machte.

Sie stießen mit ihren Freunden an und nach kurzer
Zeit kam die Sprache auf Emily. Andrea fragte Helena
besorgt, wie es ihr ging. Sie hatte sie seit ihrem Besuch
nicht mehr gesehen. Nun war sich Andrea unsicher, ob
Emily sie wirklich sehen wollte.

Im Pub war es mittlerweile ziemlich laut, die vielen Gäste, aber auch die Musik erschwerten das Reden und Helena musste sich zu Andrea rüber beugen, damit diese sie verstand.

„Emily befindet sich seit einigen Tagen in einer Oberstdorfer Privatklinik, um sich stationär behandeln zu lassen. Sie hat eingesehen, dass sie professionelle Hilfe benötigt, um ihr posttraumatisches Belastungssyndrom zu überwinden."

„Wie lange wird sie dortbleiben?", fragte Yannick, der ihr Gespräch mitbekommen hatte. Zwar kannte er sie nicht besonders gut, aber Helena erkannte, dass ihn ihre Geschichte nicht kalt ließ. Sein besorgter Gesichtsausdruck zeigte ihr seine mitfühlende Seite.

„Das ist noch nicht sicher, je nachdem wie die Therapieerfolge aussehen, rechnet sie mit einem vier- bis achtwöchigen Aufenthalt. Die ersten zwei Wochen darf sie keinen Besuch erhalten. Sie soll mit sich ins Reine kommen und sich vollkommen auf die Therapie konzentrieren." Helena war mehr als erleichtert über die Tatsache, dass Emily sich in sicheren Händen befand. Sie hätte keine ruhige Minute, wenn sie nicht wüsste, dass Emily unter Beobachtung stand. Dennoch vermisste sie ihre Freundin und hoffte inständig, sie möglichst bald besuchen zu dürfen. Die Freunde hingen einen Moment ihren Gedanken an die gemeinsame Freundin nach. Plötzlich unterbrach Yannicks Verkündung die Redepause, dass er ihnen etwas Wichtiges erzählen müsste.

Helena sah ihn neugierig an und erkannte, dass es den anderen beiden nicht anders erging.

„Es wird bestimmt überraschend für euch kommen, aber ich werde in fünf Monaten eine neue Stelle annehmen."

Ein schmerzhaftes Brennen plagte ihr Herz, als ihr die Bedeutung seiner Worte aufging. Dennoch fand sie als Erste ihre Stimme wieder.

„Ist es dir etwa im Hotel Hohenstetten zu langweilig geworden? Das kann ich nach den ganzen Aufregungen der letzten Monate kaum glauben. Hoffentlich gehst du nicht zu weit fort. Denn ich möchte auf dich nur ungern verzichten." Sie hörte selbst, dass ihre Stimme verzagt klang, aber sie konnte den Schmerz einfach nicht unterdrücken.

Yannick sah seine Freunde verunsichert an. „Da muss ich euch leider enttäuschen. Mein nächster Job bringt mich nach Dubai." Jetzt blieb Helena das Herz beinah stehen und sie musste ein Keuchen unterdrücken.

„So weit!" Sie starrte ihn mit aufgerissenen Augen an.

Yannick sah kurz weg, bevor er fortfuhr: „Mich plagt seit einiger Zeit wieder großes Fernweh. Diese Ungeduld, die mich neuerdings ständig überfallen hat, wollte ich anfangs nicht wahrhaben. Ich hatte wirklich die ernsthafte Absicht, endlich sesshaft zu werden." Er spielte mit dem Glas, das vor ihm stand, und starrte auf den Tisch. „Aber ich muss akzeptieren, dass ich niemals langfristig an einem Ort leben kann. Ich bin nur glücklich, wenn ich regelmäßig neue Länder kennenlerne."

Simon klopfte seinem besten Freund auf die Schulter. „Ich werde dich vermissen. Was soll ich ohne dich bloß machen?" Einen Augenblick sahen sich die Freunde einfach nur an. „Aber ich kann dich auch verstehen. Früher habe ich regelmäßig Bauprojekte im Ausland betreut. Das hat mir damals unglaublich viel Spaß gemacht. Diese Abenteuerlust, die einen zusehends überfällt, kann süchtig machen."

Helena hörte wohl nicht richtig. Was sollten ihr diese Worte nun sagen? Andererseits war Simon durch seine Kinder gezwungen, sesshaft zu bleiben, daher sollte sie nicht allzu viel in seine Worte hineininterpretieren. Dennoch konnte sie nicht verhindern, dass ihr Herz viel zu schnell klopfte bei der Vorstellung, Simon könnte irgendwann aus ihrem Leben verschwinden.

Nachdem sie den ersten Schock überwunden hatten, stießen sie zur Feier des Tages mit Yannick auf sein exklusives Jobangebot an. Er hatte in einem großen Luxushotel eine begehrte Stelle ergattert. Diese einmalige Chance konnte er sich unmöglich entgehen lassen.

„Es wird schließlich nicht für immer sein", beschwichtigte Yannick seine Freunde. „So sehr es mich auch in die Ferne zieht, ich kehre jedes Mal mit Freude nach Deutschland zurück. Und ich würde mich freuen, wenn ihr mich in Dubai besuchen kommt."

„Mich hatte es eigentlich gewundert, dass du es solange in diesem kleinen Kaff ausgehalten hast", meinte Simon. „Es war für dich schon sehr ungewöhnlich, so lange am selben Ort zu bleiben."

„Ich bin nur wegen euch hiergeblieben. Es fällt mir wirklich schwer, all meine Freunde zurückzulassen. Ich habe lange Zeit überlegt, ob ich das wirklich aufgeben möchte. Aber als ich spürte, dass ich immer unzufriedener wurde, war der Moment für einen Ortswechsel gekommen."

Helena konnte sich denken, dass Yannick die Entscheidung nicht leichtgefallen war und er sie nicht mit seiner Zerrissenheit belasten wollte. Es war so typisch für ihn. Sie lächelte ihn an und er grinste zurück, als wüsste er genau, dass sie ihn durchschaut hatte.

„Meinen Urlaub werde ich gerne im Allgäu verbringen. Ihr habt bestimmt ein Zimmer für mich übrig", meinte Yannick und Helena spürte Erleichterung, dass er sie bald besuchen wollte. „Außerdem bleibe ich euch noch fast fünf Monate erhalten. Lange genug, um euch so sehr auf die Nerven zu gehen, dass ihr erleichtert drei Kreuze macht, wenn ich mich nach Dubai aufmache", scherzte Yannick.

Andrea beugte sich zu ihm herüber und flüsterte ihm etwas ins Ohr. Verheißungsvoll sah sie ihn an.

„Andrea, Andrea, was bist du nur für ein verkommenes Frauenzimmer", gab Yannick kopfschüttelnd von sich.

Und konnte es nicht unterlassen, ihr wiederum etwas zuzuflüstern.

„Schön, dass ihr beiden euch bei dem beliebten Kinderspiel Stille Post so gut amüsiert, aber es wäre nett, uns ebenfalls daran teilhaben zu lassen", warf Simon amüsiert in die aufgeladene Stimmung ein.

„Wie wäre es, wenn wir den gemeinsamen Abend nun enden lassen? Ich kann mir sehr gut vorstellen, dass ihr beiden Hübschen euch allein ebenfalls bestens amüsieren könnt", meinte Andrea geradeheraus.

Helena wurde schon wieder rot, als sie sich vorstellte, dass Andrea sich Gedanken über ihr Sexleben machte.

An Andreas Absichten war nichts zu deuten. Sie wollte sich mit Yannick noch ein wenig amüsieren. Helena hoffte, dass Andrea bei ihrer lockeren Einstellung blieb und sich nicht doch noch in Yannick verliebte.

Das wäre ein äußerst ungünstiger Zeitpunkt, nachdem er beschlossen hatte, Deutschland zu verlassen.

Helena verabschiedete sich von Yannick mit einem Wangenkuss und sagte ein wenig traurig: „Ich weiß gar nicht, wie ich ohne dich zurechtkommen soll."

„Es gibt auch in Dubai Telefone und Internet, wir werden uns niemals aus den Augen verlieren. Das verspreche ich dir."

„Zum Glück habe ich noch eine Weile Zeit, mich an den Gedanken zu gewöhnen, dass du eines Tages nicht mehr in der Küche stehen wirst." Sie lächelte ihn wehmütig an und Yannick streichelte ihr aufmunternd über die Wange.

Helena wisperte fast unhörbar: *„Träume nicht dein Leben, sondern lebe deinen Traum.* Wenn jemand von sich behaupten kann, diesen Spruch zu leben, dann bist du das, Yannick."

Die beiden sahen sich in die Augen, ehe Helena die Hand von Simon auf ihrer spürte. Widerstrebend ließ sie sich von ihm mitziehen. Schweigend zogen sie sich ihre Mäntel, Mützen und Schals an. Draußen war es bitterlich kalt. Es war eine trockene, sternenklare Februarnacht. Nachdem sie ins Freie traten, blieb Simon stehen. Er nahm Helenas Hand und schlang die andere liebevoll um ihre Taille. Sanft zog er sie zu sich heran und sie standen eng umschlungen einen Augenblick reglos da.

Helena sah zu Simon auf. Ein Lächeln trat in ihr bis dahin angespanntes Gesicht. „Ich bin unglaublich froh, dass ich dich habe. Ohne dich wäre es für mich um ein Vielfaches schlimmer, zukünftig auf Yannick verzichten zu müssen. Trotzdem wird er mir schrecklich fehlen. Bei wem soll ich mich denn dann über dich aufregen?"

„Kleine, jetzt werde nicht frech." Simon stupste mit dem Finger auf ihre Nase. „Sonst kannst du heute woanders schlafen. Dann weigere ich mich, mein gemütliches Bett mit dir zu teilen."

„Fragt sich nur, wer diese Entscheidung schlussendlich mehr bereuen wird." Helena blickte ihn lasziv und verheißungsvoll an. Zumindest hoffte sie, dass es bei ihm so ankam.

Simon lachte und umfasste ihren Hinterkopf mit seiner freien Hand und zog sie zu sich heran.

„Überredet", flüsterte er rau und sie küssten sich leidenschaftlich. Minutenlang standen sie wie zusammengewachsen da, bis Helena schließlich bedauernd feststellte, dass sie gleich am Boden festfrieren würde, wenn sie sich nicht bald in Bewegung setzten. Der romantische Nachtspaziergang endete nach zwanzig Minuten vor Simons Haus. Helena rieb sich ihre Hände und zitterte am gesamten Körper. „Beeil dich bitte, ich erfriere gleich", rief sie unterdrückt, nachdem Simon Schwierigkeiten hatte, das Schloss aufzusperren.

Erleichtert betraten sie das aufgewärmte Haus, welches Gemütlichkeit und Behaglichkeit ausstrahlte.

Simon war seiner Freundin dabei behilflich, den Mantel aufzuknöpfen, da in ihren Finger nur noch taube Gefühllosigkeit herrschte. Behutsam nahm er ihre Hände und rieb sie vorsichtig zwischen seinen. Danach küsste er zärtlich jeden Finger einzeln.

Kichernd entzog Helena ihm ihre Hand und dirigierte ihn auffordernd Richtung Schlafzimmer. Sich umarmend und immer wieder küssend, erreichten sie endlich das Zimmer. Sie standen vor dem Bett und Helena gab dem überrumpelten Simon einen heftigen Schubs, mit dem er auf dem Bett landete. Bevor er sich vor seiner Überraschung erholen konnte, setzte sie sich rittlings auf ihn und begann sein Hemd aufzuknöpfen.

Er schien es zu genießen, ihr die Führung zu überlassen. Während sie ihn von seinem Hemd befreite, hielt sie immer wieder inne, um ihn mit einem feurigen Kuss zu belohnen.

Kapitel 49

Ein trauriger Tag

Das Zimmermädchen betrat wie gewohnt um neun Uhr morgens die Suite, um die Baronin wie jeden Tag zu wecken. Als sie das Schlafzimmer durchquerte und die Vorhänge aufzog, wandte sie sich fröhlich an die alte Dame.

„Guten Morgen, Baronin. Ich hoffe, Sie haben gut geschlafen. Es wird heute ein wunderschöner Tag werden."

Die Baronin reagierte nicht auf ihre Begrüßung. Verunsichert trat das Mädchen einen Schritt näher ans Bett heran.

„Frau von Hohenstetten? Geht es Ihnen nicht gut? Soll ich einen Arzt verständigen?"

Immer noch kam keine Reaktion. Vorsichtig legte sie die Hand auf Henriettes Schulter und schüttelte sie sanft. Sie berührte die Hand, sie fühlte sich kalt und reglos an.

Sie zuckte schockiert zurück und begann zu schreien. Von ihrem Gebrüll aufmerksam geworden, betrat die Hausdame Frau Lilie die Suite.

„Was ist denn passiert Frau Bögle? Sie sehen aus, als hätten Sie ein Gespenst gesehen." Das Mädchen war leichenblass und es wirkte, als falle sie gleich in Ohnmacht.

„Frau Hohenstetten, die Baronin, oh Gott, das ist so schrecklich", stammelte sie hilflos.

„Was ist mit Frau von Hohenstetten? Nun reden Sie schon", wies Frau Lilie sie scharf zurecht.

„Sie ist tot. Die Baronin ist in der Nacht gestorben. Oh Gott, ich habe noch nie eine Leiche gesehen. Ich glaube, mir wird schlecht." Theatralisch hob das Zimmermädchen die Hand an die Stirn, schloss die Augen und schwankte leicht. Frau Lilie griff ihr unter den Arm, und als sie sich gefangen hatte, überzeugte sich die Hausdame von der Richtigkeit der Aussage des Zimmermädchens. Umgehend schickte Frau Lilie das Mädchen aus dem Privatgemach der Baronin und wies sie an, sich auf ihrem Zimmer von dem Schrecken zu erholen.

„Kein Wort zu niemandem. Wir machen die Pferde nicht scheu. Ich möchte unter keinen Umständen, dass ihre Tochter durch den Klatsch des Personals vom Ableben ihrer Mutter erfährt." Sie schüttelte die Untergebene leicht an den Schultern, um das Versprechen von ihr einzuholen.

Anschließend versuchte sie die Ruhe zu bewahren und beschloss, Herrn Steigenberger einzuweihen. Er stand als Hausältester der Familie von Hohenstetten am nächsten. Sie war der Ansicht, er sollte Henriettes Tochter die traurige Botschaft verkünden.

Sie hielt sich zur Eile an, da sie sich keineswegs sicher war, dass Frau Bögle ihre Anweisung befolgte. Die Verlockung, diese Sensation preiszugeben, wäre vielleicht zu groß, um sich aus Pietätsgründen zurückzuhalten.

Sie ging eiligen Schrittes zur Rezeption und bat Herrn Steigenberger um ein vertrauliches Gespräch.

„Sie machen es aber spannend“, meinte der ältere Mann scherzend.

„Es tut mir wirklich leid, aber ich habe traurige Nachrichten.“ Sie stockte ganz kurz, bevor sie leise fortfuhr: „Die Baronin von Hohenstetten ist heute Nacht von uns gegangen.“

Herr Steigenberger sah sie erst ungläubig an. Als Verstehen in sein Gesicht einkehrte, verdunkelten sich seine Augen vor Schmerz.

„Nun ist es also so weit. Sie ist von uns gegangen“, murmelte er und sah sie dabei nicht an. Frau Lilie hatte den Eindruck, als spräche er mit sich selbst.

„Ich dachte mir, Sie würden sich um alles Weitere kümmern. Ich wollte Sie bitten, Frau von Hohenstetten und ihren Ehemann zu unterrichten. Ich halte Sie für die geeignete Person für diese schwierige Aufgabe.“

Herr Steigenberger straffte die Schultern und richtete seine von Kummer gebeugte Haltung würdevoll auf.

„Sie können sich auf mich verlassen. Ich werde die Herrschaften umgehend vom Ableben der Baronin unterrichten und alles Weitere veranlassen.“

Frau Lilie zeigte sich erleichtert, dass sie die Verantwortung abgeben konnte.

***

Herr Steigenberger gestattete sich keine Trauerminute, um den Tod der alten Dame zu verdauen. Er beschloss, die Baroness sofort aufzusuchen. Energisch klopfte er an ihrer Bürotür. Als keine Aufforderung erfolgte, betrat er nach kurzem Zögern dennoch das Zimmer.

Frau von Hohenstetten blickte von ihren Unterlagen auf. Empört erklärte sie: „Ich kann mich nicht entsinnen, Sie hereingebeten zu haben. Ich bin enttäuscht über Ihr indiskutables Verhalten. Eine derartige Dreistigkeit hätte ich von Ihnen nicht erwartet."

„Es tut mir leid, Sie enttäuscht zu haben. Aber mein Anliegen duldet keinen Aufschub. Es geht um Ihre Mutter", warf er hastig ein, bevor sie ihn erneut unterbrechen konnte.

Misstrauisch sah sie ihn an. „Was ist mit meiner Mutter?", fragte sie langsam. Von ihrem arroganten Tonfall war nichts mehr zu hören. Anscheinend hatte sie Herrn Steigenbergers Tonfall entnommen, dass etwas Gravierendes vorgefallen sein musste.

„Es tut mir aufrichtig leid, Ihnen mitteilen zu müssen, dass Ihre Mutter heute Nacht verstorben ist", begann er mitfühlend.

Justine riss ihre Augen unnatürlich weit auf. Fassungslos blickte sie den Überbringer der Hiobsbotschaft an.

„Was sagen Sie da? Das kann nicht sein. Ich habe mich doch erst vor wenigen Tagen mit ihr unterhalten und sie wirkte wie immer."

„Das Zimmermädchen hat sie heute Morgen gefunden. Ich möchte Ihnen mein aufrichtiges Beileid aussprechen. Dieser tragische Verlust trifft uns alle tief. Wir fühlen mit Ihnen und Ihrer Familie.“

Justine zeigte keine Regung, kein Gefühl. Kalt und distanziert betrachtete sie Herrn Steigenberger, der nur mühsam die Fassung wahren konnte.

„Ich möchte Sie bitten, sich um sämtliche Formalitäten zu kümmern. Und nun entschuldigen Sie mich bitte, ich habe zu arbeiten.“ Damit entließ sie ihn. Als er sich noch einmal umdrehte, bevor er die Tür hinter sich verschloss, nahm er ungläubig wahr, dass Justine sich wieder ihrer Korrespondenz widmete, als wäre nichts passiert.

Was war diese Frau nur für ein kaltherziges Monster. Seine Nackenhärchen stellten sich auf, als er sie dabei betrachtete. Es schien sie überhaupt nicht zu berühren, dass ihre Mutter verstorben war. Natürlich war es ihm im Laufe der Jahre nicht verborgen geblieben, dass es mit dem Verhältnis von Mutter und Tochter alles andere als zum Besten stand, aber eine dermaßen unbeteiligte Haltung verschlug selbst ihm den Atem.

Müde verständigte er den Notarzt, um den Tod der alten Dame feststellen zu lassen. Danach machte er sich auf den schweren Gang, um Herrn Damitto über das tragische Geschehen zu informieren.

***

Mit Tränen in den Augen bedankte Timurcin sich bei dem sichtlich mitgenommenen Rezeptionisten für seine Bemühungen. Erschöpft sank er auf die Couch in

Valeries Suite. Nach ihrer Rückkehr aus München hatte er die notwendigsten Sachen zusammengepackt und war in ihre Unterkunft übergesiedelt. Er wollte keinen Moment mehr in der gemeinsamen Wohnung mit Justine verbringen.

Er sehnte sich nach einer tröstenden Umarmung und ein wenig Zuspruch. Aber ausgerechnet gestern war Valerie nach München zu einer Besprechung aufgebrochen. Sie hatte abgewartet, ob Emily sich gut in der Privatklinik einlebte, bevor sie sich beruhigt auf den Weg machen konnte. Sie wusste ihre Ersatztochter in guten Händen, sonst hätte sie Emily nicht allein gelassen.

Es hatte ihm vollkommen den Boden unter den Füßen weggezogen, dass Henriette gestorben war. Wie konnte das möglich sein? Erst gestern hatten er und Valerie sie besucht. Valerie hatte sich von ihr verabschieden wollen, da sie mindestens für eine Woche in München bleiben wollte.

Da ging es ihr doch noch gut. Was war passiert? Hatte sie Herzprobleme gehabt? Einen Schlaganfall? Sie konnte doch nicht einfach so sterben. Was sollte er ohne sie machen? Sie war jahrelang für ihn da gewesen, sie stand ihm näher, als seine schon verstorbene Mutter es zu Lebzeiten geschafft hatte. Timurcin konnte seiner Trauer keinen Einhalt mehr gebieten. Er begann hilflos, wie ein kleines Kind jämmerlich zu schluchzen.

Seit Wochen hatte er kein Verlangen mehr nach einem alkoholischen Getränk verspürt. Jetzt konnte er dem aufsteigenden Drang, seine Probleme zu ertränken, keinen Einhalt bieten. Er öffnete Valeries Minibar. Zuerst trank er einen Scotch, dann einen zweiten und einen dritten. Danach verlor er alle Hemmungen und betrank sich fast bis zur Besinnungslosigkeit. Er verspürte nur einen Wunsch: gnädiges Vergessen. Er wollte sich nicht daran erinnern, dass Henriette tot war und er sie nie wieder in den Arm nehmen konnte. Dass er ihr nie wieder sagen konnte, wie gern er sie hatte. Er verbarg sein Gesicht in seinen Händen und versuchte, den Gedanken an sie Einhalt zu gebieten. Aber vergebens, seine einzige Flucht bestand im Alkohol.

Am späten Nachmittag war er so betrunken, dass er irgendwann halb besinnungslos einschlief. Erst in den späten Abendstunden fand er sein Bewusstsein wieder. Leider fiel ihm im selben Moment der Grund seines Besäufnisses wieder ein, und kurzzeitig war er versucht, erneut zur Flasche zu greifen. Aber ihm war dermaßen übel, dass der Gedanke an einen weiteren Drink einen Brechreiz verursachte.

Erst eine Stunde nach dem Erwachen war er in der Lage, das Badezimmer aufzusuchen. Er hielt sein Gesicht minutenlang unter den Wasserhahn und sein Verstand wurde ein wenig klarer und umrissener.

Er betrat das Wohnzimmer und sein Blick fiel auf die Briefkuverts, die er achtlos auf dem Couchtisch abgelegt hatte. Herr Steigenberger hatte sie ihm nach der Verkündung von Henriettes Tod übergeben. Behutsam nahm er sie in die Hand. Einer war an ihn adressiert, der andere war für Justine bestimmt. Er registrierte die Handschrift seiner geliebten Schwiegermutter und fuhr vorsichtig über ihre Schrift.

Beinahe hätte er wieder die Fassung verloren. Herr Steigenberger hatte ihm mitgeteilt, dass es Henriettes Wunsch war, ihm umgehend nach ihrem Tod die Briefe zukommen zu lassen. Woher wusste sie, dass sie bald sterben würde? Herr Steigenberger hatte sich dazu nicht geäußert und Timurcin war zu fassungslos gewesen, um nachzufragen.

Vielleicht würde der Brief Klarheit bringen. Aber Timurcin scheute sich, ihn zu lesen. Er wusste nicht, ob er es ertragen würde, Henriettes letzte Worte zu lesen. Mit dem furchtbaren Wissen, dass sie diese kurz vor ihrem Ableben verfasst hatte, wohl in dem Glauben, bald von dieser Welt zu gehen. Andererseits benötigte er Klarheit, sonst würde er verrückt werden.

Mit zittriger Hand schenkte er sich ein großes Glas Mineralwasser ein und trank es auf ex aus. Danach öffnete er vorsichtig den Brief. Langsam zog er das Briefpapier aus dem Kuvert heraus, in dem Bestreben, ihn nicht durch eine unbedachte Bewegung zu zerstören. Wie ein kostbares Gut hielt er ihn unschlüssig in den Händen.

Er schloss die Augen und rief sich das Bild seiner Schwiegermutter vor Augen. Er vertiefte sich in seine Erinnerung an die geliebte alte Dame. Er sah sie vor sich, wie sie ihn lächelnd und verschwörerisch ansah, als ob sie etwas aushecken würde. Dann faltete er energisch den Brief auseinander.

Lieber Timurcin,

wenn du diese Zeilen liest, dann werde ich nicht mehr bei euch, meinen geliebten Freunden, sein. Ich habe Krebs, Bauchspeicheldrüsenkrebs im Endstadium. Nach der Diagnose wurde eine erfolgreiche Behandlung seitens der Ärzte schnell ausgeschlossen. So traf ich die schwere Entscheidung, mein Schicksal anzunehmen, um meine letzten Monate unbeschwert zu verbringen. Der Gedanke, im Krankenhaus alleingelassen vor mich hin zu vegetieren und die letzten Momente siechend und leidend zu verbringen, war für mich grauenhaft. Deshalb entschied ich mich bewusst dafür, niemanden einzuweihen.

Ich weiß, es wird dich schwer treffen, nicht über meinen Gesundheitszustand Bescheid gewusst zu haben. Ich sehe dich wütend dasitzen, wie du dich über deine einfältige, sture Schwiegermutter auslässt. Du wirst nicht verstehen, warum ich dir nicht das Vertrauen geschenkt habe, indem ich dich einweihte. Du wirst dir Schuldgefühle machen, dass du nicht erkannt hast, wie es um mich steht.

Timurcin, ich kenne dich so gut. Wahrscheinlich sogar besser als du selbst. Ich wollte dich nicht einweihen, weil ich dein Mitleid nicht ertragen konnte. Ich wollte die letzten Monate, die mir noch blieben, so verbringen, als wäre alles in Ordnung. Manches Mal gelang es mir wirklich, für einige Stunden den herannahenden Tod zu verdrängen. Mit den ständigen besorgten Nachfragen, wie es mir gesundheitlich gehe, wäre es mir unmöglich gewesen, meinen verbleibenden Lebensabend unbeschwert zu verbringen.

Bitte verzeihe mir, ich schwieg aus rein egoistischen Gründen. Ich verbarg mein Unwohlsein, meine Schmerzen, damit ihr keinen Verdacht schöpft.

Ich möchte mich bei dir für deine langjährige Freundschaft bedanken. Du bist ein wundervoller Mensch, der mein manchmal kümmerliches Leben immens bereichert hat. Ohne dich wüsste ich nicht, wie ich die letzten Jahre mit Justine unter einem Dach ausgehalten hätte.

Dein Trost und Zuspruch hielten mich all die Jahre aufrecht. Nur so war es mir möglich, den großen Kummer und Schmerz zu überwinden. Ich musste akzeptieren, dass mich meine eigene Tochter hasste. Diese Tatsache war manches Mal kaum zu ertragen. Du hast es mir möglich gemacht, diesen unerträglichen Schmerz hinter mir zu lassen.

Ich wünsche dir für dein gemeinsames Leben mit Valerie alles erdenklich Gute. Ich bin unfassbar froh, dass du endlich die Liebe deines Lebens getroffen hast. Valerie ist die richtige Frau an deiner Seite und ich bin unglaublich stolz auf dich, dass du trotz aller Widrigkeiten um sie gekämpft hast.

Bleibe weiterhin stark und treibe deine Scheidung zielgerichtet voran. Schlussendlich wirst du Justine damit einen Gefallen tun, auch wenn sie mir in diesem Augenblick vehement widersprechen würde, wenn sie es könnte.

Ich habe dir und Justine zu gleichen Teilen mein Vermögen hinterlassen. Du hast es verdient, wie ein Sohn behandelt zu werden.

Aber bitte fühle dich nicht verpflichtet, Hotel Hohenstetten zu leiten. Ich kann spüren, wie du genau in diesem Augenblick gerne meinem Wunsch entsprechen würdest, das Hotel in meinem Sinne zu leiten.

Aber ich habe Justine gebeten, es weiterführen. Du wunderst dich über meinen Entschluss? Zu Recht, aber ich möchte dich nicht damit behelligen, weil du mit dieser auferlegten Rolle niemals glücklich werden würdest. Es ist nicht deine Bestimmung, ein großes Hotelunternehmen zu leiten. Außerdem möchte ich zumindest nach meinem Tod meiner Tochter das Vertrauen aussprechen, welches ich traurigerweise zu Lebzeiten nie verspürt habe.

Ich habe an ihr Verständnis appelliert, es in meinem Sinne fortzuführen. Ob sie es wirklich machen wird, entzieht sich meiner Kenntnis. Ich hätte nicht mitansehen können, wie sie die altbewährte Tradition, die Hotel Hohenstetten ausmacht, zerstört, aber ich habe beschlossen, dass es mir nach meinem Tod egal sein kann.

Ich habe eine letzte Bitte an dich: Wie du wahrscheinlich bemerkt hast, beinhaltet das zweite Kuvert einen Brief an Justine. Ich möchte, dass du ihn ihr aushändigst und sie überredest, ihn zu lesen. Ich habe Sorge, dass sie ihn einfach unversöhnlich wegwirft. Ich kann den Gedanken nicht ertragen, dass sie meine letzten Worte, meine Bitte um Verzeihung nicht liest.

Deinen Fähigkeiten vertraue ich. Denn wer kennt Justine besser als du? Du wirst es schaffen, sie dahingehend zu bewegen, ihn zu öffnen.

Für dich wünsche ich mir nichts sehnlicher, als dass du deine Passion, deine Bestimmung, deine Leidenschaft wiederfindest. Habe Zutrauen in deine Fähigkeiten; du bist einer der begnadetsten Künstler, die ich jemals in meinem bewegten Leben getroffen habe. Und das waren beileibe nicht wenige. Aber ich bin zuversichtlich, dass du deinen Weg finden wirst.

Ich danke dir, dass du immer für mich da warst.

Ich danke dir dafür, dass du immer Verständnis für mich hattest.

Ich danke dir dafür, dass du dir so viel Zeit für eine alte Dame genommen hast.

Ich danke dir dafür, dass mir deine Zuneigung und Liebe zuteilwurde.

Ich danke dir dafür, dass es dich gibt.

Ich danke dir dafür, dass du genau der Timurcin bist, der sich all die Jahre mein Freund genannt hat.

Bleib so, wie du bist, und lass dich niemals verändern.

Timurcin, du warst für mich der Sohn, den ich mir immer gewünscht hatte. Ich habe lange überlegt und gezögert, ob ich die nächsten Worte zu Papier bringen soll. Eine gute Mutter sollte wahrscheinlich so etwas niemals ausspre-chen, aber dass ich dieses Prädikat nicht verdient habe, hat mir meine Tochter zeitlebens oft genug verdeutlicht.

Ich liebe meine Tochter, diese Worte sind nicht gelogen, aber es ist mir ein Bedürfnis, dir zu sagen, dass ich dich im-mer mehr als Justine geliebt habe. Ich weiß, dass diese Tat-sache verwerflich ist, aber es ändert nichts an meinen Ge-fühlen.

Timurcin, ich kenne dich gut genug, um zu wissen, dass du diese Wahrheit niemals im Kampf gegen Justine verwen-den würdest. Trotzdem bitte ich dich inständig, diesen Brief gut zu verwahren. Sollte er Justine jemals in die Hände fal-len, würde ich ihr über meinen Tod hinaus einen nachträg-lich unermesslichen Schmerz zufügen, welchen ich nicht verantworten möchte. Ich weiß, ich kann mich auf dich ver-lassen.

Ich wünsche dir und Valerie alles erdenklich Gute und alles Glück dieser Welt für eure gemeinsame Zukunft. Du hast es verdient.

In inniger Liebe

Deine Henriette

Eine einzelne Träne tropfte auf Henriettes Hinterlas-senschaft. Ihr Vermächtnis hatte ihn sehr bewegt. Er konnte ihre Beweggründe, nichts über die tödliche

Krankheit verlauten zu lassen, nachvollziehen. Trotzdem grollte er seiner langjährigen Freundin. Hätte er von ihrem herannahenden Tod gewusst, hätte er ihr viel mehr Zeit gewidmet. Er wäre für sie da gewesen, hätte ihr Gesellschaft geleistet und versucht, ihr ein wenig die Angst vor dem Sterben zu nehmen. Andererseits blieb ihm jetzt nichts mehr übrig, als ihren letzten Wunsch hinzunehmen.

Es berührte ihn zutiefst, seiner Schwiegermutter so viel bedeutet zu haben. Er hatte immer gespürt, dass sie ihn wie einen eigenen Sohn liebte. Aber ihre offene Bereitschaft auszusprechen, ihn mehr als ihre eigene Tochter geliebt zu haben, überwältigte ihn. Er wusste kaum, wohin mit seinen Emotionen, die in ihm tobten und ihn augenblicklich in tausend Stücke zerrissen.

Nachdem er eine Stunde reglos auf derselben Stelle gesessen und mindestens weitere zehnmal ihren Abschiedsbrief gelesen hatte, erwachte er aus seiner Starre und beschloss, Valerie anzurufen. Er musste sie endlich informieren.

„Hallo, Valerie." Er schaffte es nicht, seiner Stimme einen fröhlichen Klang zu geben.

„Was ist mit dir, Timurcin? Ist etwas passiert? Mit Emily?"

„Du hast recht, es ist etwas passiert. Aber mit Emily ist alles in Ordnung, zumindest habe ich nichts Gegenteiliges gehört", begann er vorsichtig.

„Gott sei Dank", entfuhr es Valerie.

„Valerie, es ist etwas Schreckliches geschehen." Timurcin versagte die Stimme. „Henriette. Sie ist heute Nacht gestorben." Timurcin konnte seine Tränen kaum zurückhalten. Er wusste, dass er sich seiner Trauer nicht schämen musste. In kurzen Worten gab er ihr den Inhalt des Briefes wieder und informierte sie über Henriettes Leidensgeschichte.

„Timurcin, das tut mir so unendlich leid." Valerie klang selbst den Tränen nah und Timurcin schluchzte. Wie gern hätte er sie jetzt bei sich. „Ich weiß, welch große Rolle Henriette in deinem Leben gespielt hat, wie unermesslich viel sie dir bedeutet hat. Aber du darfst dir keine Schuldgefühle einreden. Henriette wusste, wie sehr du sie geliebt hast. Sie hat das in ihrem Brief deutlich zum Ausdruck gebracht."

Nachdem er sich eine Weile von ihr trösten ließ, kam er auf Henriettes letztes Anliegen an ihn zu sprechen.

„Ausgerechnet mich hat sie damit betraut, Justine ihren Brief zu überreichen. Ich möchte mir nicht ausmalen, mit welchem Zorn sie darauf reagieren wird. Wie soll ich sie dazu bringen, ihn zu lesen? Sie hat jahrelang ihrem Missmut über ihre Mutter freien Lauf gelassen. Erst vor Kurzem hat Justine ihrer Mutter ins Gesicht gesagt, sie wünsche ihr den Tod. Ich möchte mit ihr nichts mehr, absolut gar nichts mehr zu tun haben."

„Du wirst ihr höflich den Brief überreichen und an ihr Gewissen appellieren, dem letzten Wunsch ihrer Mutter Folge zu leisten, indem sie den Brief liest. Nicht einmal sie wird so herzlos sein, dieses Anliegen abzulehnen", versuchte Valerie ihm Mut zu machen.

„Bei Justine kann man nie wissen", widersprach Timurcin. Er wollte diesen ungeliebten Gang endlich hinter sich bringen und verabschiedete sich daher von Valerie mit dem Hinweis, sie später noch einmal anzurufen, um zu berichten, wie das Gespräch verlaufen war.

Auf sein höfliches Klingeln öffnete Justine nicht. Inzwischen war später Abend, eigentlich sollte sie zu Hause sein. Timurcin holte seinen Schlüssel aus der Hosentasche und hielt ihn unsicher in den Händen. Zögernd überlegte er, ob er ihn benutzen sollte. Es kam ihm falsch vor. Mit seinem Auszug hatte er sich eigentlich jegliches Recht verspielt, die Wohnung ungefragt zu betreten. Aber er wollte nachsehen, ob Justine wirklich nicht zu Hause war. Stille schlug ihm entgegen, als er im Flur der langjährigen gemeinsamen Wohnung stand, und es kam ihm fremd vor. Die letzten Jahre gehörten einer fernen, fast unwirklichen Vergangenheit an. Hatte er wirklich bis vor Kurzem in dieser Wohnung gelebt?

Er machte sich auf den Weg ins Wohnzimmer. Keine Spur von seiner Frau, auch in der angrenzenden offenen Küche war sie nicht anzutreffen.

„Justine? Bist du da?“, rief er.

Vollkommene Stille war die Antwort auf seine Frage.

Gerade als er sich zum Gehen entschlossen hatte, hörte er ein leises, kaum wahrnehmbares Geräusch. Reglos blieb er stehen und horchte angestrengt.

Es klang wie ein jämmerliches Schluchzen. Das musste er sich einbilden. Er konnte sich nicht erinnern, Justine jemals weinen gehört zu haben. Nicht einmal während seines absoluten Tiefpunktes, als er sie im Alkoholrausch schlug, hatte er sie zum Weinen gebracht.

Entschlossen folgte er dem Geräusch, das ihn zu ihrem Schlafzimmer führte. Vorsichtig öffnete er die angelehnte Tür. Das Bild, was sich seinen Augen bot, konnte er kaum glauben. Fassungslos nahm er Justine wahr, die zusammengesunken auf dem Boden saß und bitterlich weinte. Sie hatte das Gesicht hinter ihren Händen versteckt, als wollte sie von der grausamen, schmerzhaften Welt nichts mehr mitbekommen. Sie nahm nicht einmal Timurcins Anwesenheit wahr. Sie war vollkommen in ihrem Kummer verloren.

Timurcin stand wie erstarrt auf derselben Stelle und hielt immer noch die Türklinke in der Hand. War das wirklich Justine? Sie schien tatsächlich über den Tod ihrer Mutter erschüttert zu sein. Timurcin war völlig verstört über diese ungewohnte Erkenntnis. Denn was sagte es über Justine aus, dass sie plötzlich über Henriettes Tod trauern konnte? Was sagte es über ihn aus, dass er es niemals für möglich gehalten hatte, dass Justine offenkundige Trauer zeigen konnte? Er hatte in ihr während der letzten Jahre ihrer Ehe lediglich ein gefühlloses, skrupelloses Monster gesehen, das mit den Gefühlen anderer nach Belieben spielte und sich an deren Leid auch noch erfreute.

Er hatte sich in den letzten Jahren nie die Mühe gemacht, hinter die Fassade dieser undurchsichtigen, unsympathischen Frau zu blicken. Seine Frau war ihm vollkommen fremd geworden. Sie hatte sein Leben zerstört. Nun musste er sich mit dem unliebsamen Gedanken befassen, sie wahrscheinlich niemals, nicht einmal zu Beginn ihrer Beziehung wirklich gekannt zu haben. Von der stolzen, kalten, hartherzigen Frau war nichts mehr übriggeblieben. Er erkannte, dass Justine eine zutiefst verbitterte Frau war, die ein unerfülltes Leben führte. Wahrscheinlich war diese Tatsache auf den Umstand zurückzuführen, dass sie sich niemals von den Menschen angenommen fühlte, die ihr etwas bedeutet hatten. Ihrer Mutter hatte sie es zeitlebens nicht recht machen können. Ihr geliebter Vater ließ sie viel zu früh allein zurück. Und ihr Ehemann entpuppte sich als die größte Enttäuschung. Es musste sie hart getroffen haben, als sie herausfand, dass er sich offen auf Henriettes Seite gestellt hatte. Diesen Verrat hatte Justine anscheinend nie überwunden. Timurcin war überzeugt gewesen, dass dieser Entschluss keinerlei Emotionen bei ihr hervorgerufen hatte. In ihrer Verachtung machte sie von ihren wahren Gefühlen niemals Gebrauch, weil sie es nie anders gelernt hatte. Timurcin fühlte sich von dieser Erkenntnis förmlich erschlagen, doch die Aussicht, sie zu trösten, erschien ihm völlig abwegig. Zu groß war sein langjähriger Groll auf seine Frau. Zu viel war zwischen ihnen geschehen. Zu tief waren die Abgründe, die sich zwischen ihnen aufgetan hatten, zu gering waren die Gemeinsamkeiten, die sie einmal miteinander verbunden hatten.

Wütend wollte er seine Beine dazu bewegen, auf Justine zuzugehen, um sie tröstend in den Arm zu nehmen. Aber er konnte es einfach nicht.

Leise zog er sich zurück und verließ, sobald er sich außer Sichtweite befand, fluchtartig die Wohnung. Atemlos blieb er hinter der geschlossenen Tür auf dem Hausflur stehen und lauschte seinem heftigen Pulsschlag, der in seinen Ohren unnatürlich laut dröhnte.

Unentschlossen stand er bewegungslos da und schalt sich einen gefühllosen Feigling. Zumindest ein wenig Mitgefühl könnte er doch für Justine aufbringen. Sie tat ihm tatsächlich leid, es musste unglaublich schwer sein, zu begreifen, dass es nun zu spät war, sich mit ihrer Mutter auszusprechen. Vehement hatte sie sich dagegen gesperrt, ihrer Mutter freundliche Gefühle entgegenzubringen. Lieber hatte sie sich hinter ihrem Hass und ihrem Unverständnis bezüglich des Verhaltens ihrer Mutter versteckt.

Trotzdem sah Timurcin sich außerstande, seiner ehemaligen Frau in ihrem Kummer beizustehen. Langsam, mit schweren Beinen begab er sich auf den Rückweg in Valeries Suite. Den Brief würde er ihr ein anderes Mal geben, wenn sie sich wieder gefasst hätte.

Wahrscheinlich würde sich ihre Dankbarkeit, dass er ihr helfen wollte, sowieso in Grenzen halten, redete er sich ein. Es würde ihr nicht gefallen, dass er sie derart hilfsbedürftig und schutzlos gesehen hatte.

Nach einer halben Stunde, die er rastlos in der Wohnung auf und abgelaufen war, rief er wutentbrannt aus: „Verdammte Scheiße. Wie kannst du immer noch so viel Macht über mich haben, um mich derart aus der Fassung zu bringen? Wie schaffst du es, mir immer noch ein schlechtes Gewissen einzureden?" Entschlossenen Schrittes marschierte er zurück zu Justines Wohnung. Ohne über sein Handeln nachzudenken, ging er auf das Schlafzimmer zu und öffnete abermals die Tür. Er fand Justine in genau derselben Haltung wieder, in der er sie vor einer halben Stunde verlassen hatte.

Diesmal ging er auf sie zu. Bevor er sie erreichte, hörte sie seine Schritte und sah auf.

Mit rotverweinten Augen, die einen unfassbar qualvollen Ausdruck angenommen hatten, blickte sie ihn verzweifelt an.

„Wie kann sie einfach so sterben? Warum tut sie mir das an?" Justine weinte wieder und Timurcin empfand endlich ein wenig Mitgefühl für seine Frau. Es tat ihm in der Seele weh, ihren echten Schmerz miterleben zu müssen. Er konnte ihn besonders gut nachempfinden, da es derselbe Schmerz war, der in seinem Körper tobte. Dieser gemeinsam erlebte Kummer half ihm, über ihre Differenzen hinwegzusehen und ihr beizustehen.

In ihrem Schmerz hielten sie mit einem Mal zusammen. Er kauerte sich dicht vor ihr nieder und nahm sie einfach in den Arm. Sie schlang augenblicklich ihre Arme um seinen Hals und klammerte sich wie eine Ertrinkende an ihn. Mit leisen, beruhigenden und nichtssagenden Floskeln versuchte er sie ein wenig zu beruhigen.

„Ich werde mir niemals verzeihen, mich mit ihr nicht ausgesöhnt zu haben. Aber ich konnte doch nicht ahnen, dass sie jetzt schon stirbt. Sie kam mir immer unsterblich vor. Ich dachte, wir hätten noch so lange Zeit." Timurcin fiel es schwer, Justine zwischen ihren Schluchzern zu verstehen.

„Ich glaube, Henriette hat trotz eurer ständigen Auseinandersetzungen tief in sich gespürt, dass du sie nicht hasst. Eine Mutter sieht ihr Kind mit anderen Augen als der Rest der Welt", versuchte Timurcin sie zu trösten.

„Ich habe ihr erst vor einigen Tagen den Tod gewünscht. Das war das letzte Mal, dass ich meine Mutter lebend sah. Was bin ich nur für eine Tochter? Wie kann sie mir unter diesen Umständen verziehen haben? Woher sollte sie wissen, dass ich es nicht so gemeint hatte? Ich wollte sie lediglich aus der Reserve locken. Seit Jahren kämpfte ich vergebens um ihre Aufmerksamkeit. Ich wünschte mir nichts sehnlicher, als dass sie stolz auf mich wäre, dass sie mir Anerkennung zollt, wenn es ihr schon nicht möglich war, mir Zuneigung entgegenzubringen." Die Worte sprudelten aus ihr heraus und Timurcin ließ sie einfach reden, bis sie versuchte, sich aus seiner Umarmung zu befreien.

„Ich verdiene dein Mitgefühl nicht." Justine rückte von ihm ab. „Die ganzen Jahre habe ich dir das Leben zur Hölle gemacht, nun brauchst du dich nicht verpflichtet fühlen, dich um mich zu kümmern. Lass mich einfach in Ruhe. Morgen werde ich wieder die alte Justine sein."

Timurcin zweifelte keinen Augenblick daran, dass Justine, sobald sie den größten Schmerz überwunden hatte, wieder in alte, unberechenbare Verhaltensmuster zurückfallen würde. Er würde nicht den Fehler begehen, sich der Illusion hinzugeben, dass dieser Schock Justine dazu bewegen würde, sich zu ändern.

„Ich habe etwas, das dich vielleicht ein wenig trösten wird. Zumindest hoffe ich es." Timurcin zog den Briefumschlag aus der Tasche seines Jacketts und hielt ihn Justine entgegen.

Sie sah ihn zweifelnd an. „Was ist das?"

„Henriette hat uns beiden vor ihrem Tod einen Brief geschrieben." Timurcin sah ihr in die Augen und hoffte, dass Justine die Beweggründe ihrer Mutter verstehen würde. „Sie hat mich gebeten, ihn dir zukommen zu lassen. Sie hatte Bedenken, du würdest ihn vielleicht nicht lesen, und bat mich in ihrem Brief an mich, dich dazu zu überreden. Aber ich denke, das ist nicht nötig. Der Brief wird dir helfen, die Trauer um den Tod deiner Mutter besser zu bewältigen."

Justines Gesicht nahm einen verwirrten und verlorenen Ausdruck an. Hastig verschränkte sie die Hände hinter dem Rücken, als wollte sie nichts mit dem Brief zu tun haben.

„Ich verstehe das nicht. Woher wusste sie, dass sie bald sterben würde?" Begreifen spiegelte sich plötzlich in ihrem Gesicht wieder und ihre Miene veränderte sich. Ein harter, unnachgiebiger Ausdruck trat auf, der Timurcin nur allzu bekannt vorkam. Er wappnete sich innerlich gegen den zu erwartenden Ausbruch seiner Frau.

„Hast du etwa gewusst, dass sie krank war, und hast es nicht für nötig gehalten, mich darüber in Kenntnis zu setzen? Gnade dir Gott, wenn du es mir verschwiegen hast, werde ich dir das niemals verzeihen."

Timurcin fasste Justine an den Schultern und schüttelte sie unsanft. „Hör sofort auf damit. Nicht nur du trauerst. Ich habe es nicht gewusst und glaub mir, du bist nicht die Einzige, die sich mit Schuldgefühlen quält. Hätte ich gewusst, dass Henriette todkrank war, dann hätte ich mich viel mehr um sie gekümmert. Auch ich war in den letzten Wochen mehr mit mir und meinen Problemen beschäftigt, als dass es mir aufgefallen wäre, dass sie todkrank war. Das kann ich mir nur schwer verzeihen."

„Du warst doch viel zu beschäftigt, Valerie zu ficken, als dich um meine Mutter zu kümmern, die dir doch angeblich so viel bedeutet hat." Justines Stimme triefte vor Verachtung.

„Justine, lass es gut sein. Ich bin nicht hier, um mich von dir beleidigen zu lassen. Wer im Glashaus sitzt, sollte nicht mit Steinen werfen. Aber du hast es schon immer verstanden, die Schuld bei anderen zu suchen. Wahrscheinlich, um dein eigenes Gewissen zu beruhigen."

Justine wollte Timurcin wutentbrannt eine Ohrfeige versetzen, aber er hatte es kommen sehen und fing ihren Arm inmitten der Bewegung ab. Reglos verharrten ihre Arme in der Luft, an der Stelle, an der sie aufeinandertrafen. Sie sahen sich wortlos in die Augen und Timurcin ließ Justines Arm abrupt los.

„Warum können wir keine fünf Minuten im selben Raum verbringen, ohne uns zu streiten?", fragte er schließlich rau.

Justine enthielt sich achselzuckend eines Kommentars.

„Wir sollten uns wenigstens Henriette zuliebe zusammenreißen." Mit wenigen sachlichen Worten klärte er sie über die tödliche, unheilbare Krankheit ihrer Mutter und den Wunsch, niemanden damit zu belasten, auf.

Erneut hielt er ihr den Brief hin und diesmal ergriff sie ihn und drehte ihn nervös in ihrer Hand hin und her.

„Soll ich dich allein lassen, damit du ihn in Ruhe lesen kannst?", fragte Timurcin.

Justines Blick ruhte noch auf dem Kuvert und es schien, als ließe sie sich den Gedanken durch den Kopf gehen. Schließlich sah sie auf und sagte leise: „Ich wäre gerne allein, aber ich habe eine Bitte an dich." Kurz stockte sie und der verunsicherte Ausdruck in ihren Augen irritierte Timurcin. So hatte sie ihn noch nie angesehen. „Ich weiß, dass du mir nichts schuldig bist, trotzdem möchte ich dich bitten, nebenan im Wohnzimmer zu warten. Wenn ich ehrlich bin, habe ich ziemlich große Angst davor, den Brief zu lesen. Wer weiß, was sie mir in dieser letzten Gelegenheit für Gemeinheiten an den Kopf werfen wird. Jetzt, wo ich mich nicht mehr verteidigen kann."

„Justine, du glaubst doch nicht ernsthaft, dass deine Mutter dich in ihrem Brief verletzen wird? Sie wäre niemals fähig, dir nachträglich wehzutun. Und ich bin mir sicher, dass auch du tief in deinem Herzen weißt, dass diese Unterstellung Unsinn ist." Er drückte ihr aufmunternd die Hand, bevor er sich erhob und versprach, im Wohnzimmer zu warten, falls sie seinen Zuspruch benötigte.

***

Plötzlich konnte es Justine kaum noch erwarten, die letzten Worte ihrer Mutter zu lesen. Sie wünschte sich so sehr eine Absolution, einen Liebesbeweis und hoffte sehnlichst, nicht enttäuscht zu werden.

Entschlossen öffnete sie den Brief und vor Aufregung verschwamm die Schrift vor ihren Augen. Sie musste ihre Augen mehrmals zusammenkneifen, bevor sie wieder klar sehen konnte.

Für meine einzige Tochter,
meine geliebte Johanna,

ich weiß, dass du deinen Taufnamen schon als Kind nicht leiden konntest. Es war typisch für dich, vehement dagegen anzugehen und dir zum frühestmöglichen Zeitpunkt einen passenderen Namen zu geben.

Wie du es allerdings angestellt hast, dieses Vorgehen offiziell zu machen und beim Standesamt genehmigen zu lassen, blieb mir ein ewiges Rätsel. Ein Rätsel, welches ich zu Lebzeiten nicht mehr zu lösen vermag.

Ich kann mir allerdings vorstellen, dass du keinerlei Kosten und Mühen gescheut hast, einen zwingenden Grund zu finden, der dir die offizielle Änderung möglich machte.

Trotzdem, auch wenn ich dich mit meiner sturen Gewohnheit, dich Johanna zu nennen, über meinen Tod hinaus verärgern werde, bleibe ich dabei. Denn Johanna steht für mich für meine kleine, geliebte Tochter, die ich in- und auswendig kenne. Justine hingegen ist mir immer fremd und undurchsichtig geblieben.

Ich möchte mich in meinen letzten Tagen, die ich noch auf dieser Welt weile, an meine Johanna erinnern.

Mit meinem Brief möchte ich nachholen, was ich zu Lebzeiten verpasst habe. Dir zu sagen, dass ich dich immer geliebt habe. Du bist mein eigen Fleisch und Blut, und obwohl du in der Vergangenheit viele Fehler begangen hast, viele unerfreuliche, schändliche Vergehen auf dich genommen hast, habe ich in dir immer noch die kleine Johanna gesehen. Auch wenn du beständig versucht hast, diese gute Seite in dir zu verleugnen, sie ist tief in dir noch vorhanden. Bitte wirf sie nicht weg, sondern besinne dich auf deine guten Eigenschaften, es ist niemals zu spät, seinen eingeschlagenen Weg zu ändern. Du allein bestimmst die Richtung, wohin deine Schritte dich lenken.

Niemand konnte nachvollziehen, warum ich trotz deiner zahlreichen negativen Charaktereigenschaften noch etwas Gutes in dir gesehen habe. Mag sein, dass es nur durch die

Augen einer Mutter möglich ist, diese zu entdecken, denn ich habe dich mit den Augen meines Herzens betrachtet.

Aber es hat mir oftmals wehgetan zu sehen, wie du dich in deinem Hass, deinem Ehrgeiz, deiner Härte und zuletzt Lieblosigkeit zunehmend über die Jahre hinweg verrannt hast.

Nun bin ich bald tot und ich hoffe, ich bete inständig, dass du nun ohne den beständigen Konkurrenzkampf, deinem Bestreben, mir zu beweisen, dass du die Beste bist, endlich loslassen kannst. Ich wünsche dir, dass du die Fähigkeit und die Charakterstärke besitzt, in dich zu gehen, und vor dir selbst zugeben kannst, dass es nicht der richtige Weg war, den du eingeschlagen hast. Der Weg hat dich niemals glücklich gemacht. Ich wage zu behaupten, er hat dich nicht einmal zufriedengestellt. Überlege dir gut, warum du so gehandelt hast und welche Vorteile es dir gebracht hat. Vielleicht wirst du irgendwann die Gabe besitzen, zu erkennen, dass es dir schlussendlich nicht viel Positives gebracht hat.

Und wenn du deinen eingeschlagenen Weg dennoch unbeirrbar weiterverfolgen willst, dann sei Gott mit dir und ich hoffe, du kannst endlich deine Ruhe mit dir selbst finden.

Egal was zwischen uns vorgefallen ist, Johanna, vergiss niemals, ich liebe dich von ganzem Herzen und ich wünsche mir, dass du mir glauben kannst. Denn ich habe nun keinen Grund mehr, dich belügen zu müssen.

Was mich am allermeisten am Sterben schmerzt, ist meine Unfähigkeit, mich mit dir zu versöhnen. Ich hätte dich so gern noch einmal in die Arme geschlossen und dir einen Kuss auf die Stirn gegeben, so wie ich es jeden Abend tat, als du ein kleines Kind warst. Erinnerst du dich noch daran?

Ich denke in letzter Zeit ständig an diese Momente, es war die schönste Zeit in meinem langen Leben.

Nun komme ich zu guter Letzt zum geschäftlichen Teil.

Ich habe ein Testament geschrieben, dennoch möchte ich dir hiermit meinen ausdrücklichen Wunsch mitteilen: Rege dich bitte nicht gleich auf, zerreiße den Brief nicht in tausend Stücke, sondern lies ihn in Ruhe zu Ende.

Ich werde mein Vermögen zu gleichen Teilen dir und Timurcin vermachen. Denn auch wenn ich dich über alles liebe, so stand Timurcin mir so nahe wie ein eigener Sohn. Deshalb finde ich es nur gerecht, dass ihr beide die Hälfte meines Vermögens erbt.

Ich bitte dich inständig, keinen erbitterten Erbstreit mit ihm zu führen und dass du ihm seinen Teil zugestehst. Verliere dich nicht in deinem Hass auf ihn. Mache deinen Frieden mit ihm und schenke ihm endlich die Freiheit. Ich bin mir sicher, auch dir wird es danach besser gehen.

Justine ließ den Brief kraftlos auf den Schoss sinken und stieß bewegt, aber zugleich wütend hervor: „Das ist doch wieder typisch, Mutter. Erst säuselst du mir die Ohren voll, um mich milde zu stimmen, und kurz darauf versetzt du mir einen hinterhältigen Dolchstoß. Wie kannst du es wagen, Timurcin die Hälfte meines Erbes zuzusprechen? Was fällt dir ein, mich derart zu hintergehen? Das werde ich mir bestimmt nicht gefallen lassen."

Aufgebracht warf sie den Brief zu Boden und stand auf, um durch den Raum zu laufen. Sie war so aufgeladen, als würde sie unter Strom stehen. Sie hätte sich gleich denken können, dass Henriette eine derartige Intrige hinter ihrem Rücken plante. Wahrscheinlich würde Timurcin alles daransetzen, ihr Hohenstetten wegzunehmen. Nur über ihre Leiche, sie würde erbittert bis zum Äußersten gehen, um diesen Kampf zu gewinnen. Ihre Mutter war die größte Heuchlerin auf Erden. Justine verbesserte sich sarkastisch, die größte Heuchlerin in Himmel oder doch besser in der Hölle.

Eigentlich war sie versucht, den Brief ungelesen ins Kaminfeuer im Wohnzimmer zu werfen, aber wer konnte wissen, welche unliebsamen Überraschungen er noch in sich barg? Es war besser, auf sämtliche Eventualitäten vorbereitet zu sein.

Unwillig, mit spitzen Fingern hob sie ihn vom Boden auf und begann weiterzulesen, und mit wachsendem Erstaunen musste sie erkennen, ihre Mutter wieder einmal falsch eingeschätzt zu haben.

Johanna, ich möchte, dass du Hotel Hohenstetten als alleinige Besitzerin weiterführst. Wie ihr das restliche Imperium aufteilt, sei euch überlassen. Aber Hotel Hohenstetten war das Lebenswerk deines geliebten Vaters und ich finde, du solltest es in seinem Andenken weiterführen. Ich weiß, er wäre sehr stolz auf dich. Es würde auch seinem Wunsch entsprechen, dass du das Hotel in seinem Sinne leitest.
Ich möchte dir über deine Zukunftspläne und Vorstellungen keine Vorhaltungen machen, aber denke bitte gut über bevorstehende Änderungen nach, bevor du diese in die Tat umsetzt. Ich vertraue auf deine menschlichen Fähigkeiten, die das Führen eines Familienbetriebes möglich machen.
Zu guter Letzt möchte ich dich um Verzeihung bitten, dass es mir unmöglich war, dir die Mutter zu sein, die du dir

gewünscht hättest. Familie kann man sich leider nicht aussuchen. Obwohl ich unfähig war, dir meine Liebe zu zeigen, lass dir versichert sein, dass sie immer da war, du konntest sie nur nicht spüren. Das tut mir sehr leid.

Abschließend kann ich es dennoch nicht unterlassen, gutgemeinte Ratschläge zu verteilen.

Ich habe mich wirklich bemüht, das in meiner letzten Wortmeldung an dich zu vermeiden, aber ich kann mit fast achtzig Jahren einfach nicht mehr aus meiner Haut. Ich hoffe, mir sei mein abschließendes Vergehen verziehen.

Ich möchte dir einen letzten Ratschlag, einen Spruch mit auf den Weg geben, denke in Ruhe über diese Worte nach. Vielleicht mögen sie dir helfen.

Achte auf deine Gedanken,
denn sie werden Worte.

Achte auf deine Worte,
denn sie werden Handlungen.

Achte auf deine Handlungen,
denn sie werden Gewohnheiten.

Achte auf deine Gewohnheiten,
denn sie werden dein Charakter.

Achte auf deinen Charakter,
denn er wird dein Schicksal.
Aus dem Talmud

Justine saß reglos da und konnte mit der Vielzahl an widersprüchlichen Emotionen, die augenblicklich in ihr tobten, überhaupt nicht umgehen. Einerseits war sie unglaublich wütend auf ihre Mutter, dass sie sie um die Hälfte ihres Erbes gebracht hatte. Andererseits hatten sie deren aufrichtige, liebevolle Worte zutiefst aufgewühlt und berührt. Am glücklichsten machte Justine der letzte Wunsch, dass sie Hotel Hohenstetten allein weiterführen sollte. In ihrem Inneren breitete sich eine ungewohnte Wärme aus und trotz des Schmerzes um ihren Verlust spürte sie endlich so etwas wie Frieden. Dieser Vertrauensbeweis schloss endlich die jahrelange Wunde in ihr. Schließlich wusste niemand besser als sie, wie viel Herzblut, wie viel Leidenschaft Henriette für den Familienbesitz hegte.

Niemals hätte sie es für möglich gehalten, dass es dem ausdrücklichen Wunsch ihrer Mutter entsprechen würde, dass sie dieses Hotel leiten sollte.

„Mutter, es tut mir ebenfalls leid, dass ich dir nie sagen konnte, wie viel du mir bedeutest", flüsterte Justine, ihre Tränen mühsam unterdrückend.

Plötzlich erschien ihr der Gedanke, ihr Erbe mit Timurcin zu teilen, nicht mehr ganz so abwegig. Sie vertrat zwar immer noch die Meinung, dass ein kleinerer Teil ausreichend gewesen wäre, aber in einem seltenen

Moment der Einsicht stand sie ihm zu, es durchaus verdient zu haben. Sie hatte es ihm während ihrer Ehe nicht leicht gemacht und er war immer in all den Jahren für Henriette da gewesen.

Sie würde sich bemühen, einen versöhnlichen Schritt auf ihn zuzugehen und ihren Streit endlich zu begraben. Vielleicht gab es tatsächlich einen Weg, sich gütlich zu einigen. Hohenstetten würde er ihr nicht streitig machen, solange es nicht Henriettes Wunsch entsprach.

Mit dem Brief in der Hand ging sie ins Wohnzimmer, wo Timurcin geduldig auf sie wartete. Plötzlich erkannte sie, wie müde und mitgenommen er aussah. Sie hatte in ihrem Kummer überhaupt keinen Blick für seine Trauer gehabt. Es hatte ihn mindestens genauso hart getroffen, dass Henriette sie einfach im Stich gelassen hatte.

Wortlos ging sie auf ihn zu, zu dem Mann, dem sie die leidenschaftlichsten Gefühle, die zu empfinden sie fähig war, einmal entgegengebracht hatte. Wehmütig erinnerte sie sich an längst vergangene Tage. Sie strich ihm zärtlich über die Wange.

„Ich hoffe, der Brief deiner Mutter hat dir geholfen", ergriff er verlegen das Wort, um die aufgeladene Stimmung, die zwischen ihnen herrschte, ein wenig zu entkräften.

„Sie konnte es nicht lassen, mir unter die Nase zu reiben, dass sie dir die Hälfte ihres Erbes zuspricht. Ist das nicht unglaublich reizend von ihr?"

***

Justines Stimme triefte vor Sarkasmus, aber Timurcin ließ sich davon nicht täuschen. Unbeirrbar erwiderte er: „Ich sehe dir an, dass sie auch liebevolle Worte gefunden hat. Du siehst nicht so aus, als wärst du besonders unglücklich über den Inhalt. Und bezüglich des Erbes kann ich dich beruhigen, du brauchst dir keine Sorgen machen. Ich werde mich nicht mit dir streiten. Wir werden in Ruhe darüber sprechen, wenn es dir wieder besser geht. Aber ich benötige nicht mehr als ein wenig Startkapital, um mein neues Leben zu beginnen. Ich möchte dir überhaupt nicht die Hälfte des Vermögens streitig machen."

„Ich wusste schon immer, dass du ein einfältiger Idiot bist. Können wir das schriftlich festhalten, damit du deine Meinung nicht wieder ändern kannst?" Justine versuchte einen verächtlichen Tonfall beizubehalten, aber ein kleines Lächeln stahl sich in ihr Gesicht, das ihrer Aussage die Härte nahm.

Timurcin klopfte einladend neben sich auf die Couch und nach kurzem Zögern setzte Justine sich neben ihn und er legte ihr versöhnlich den Arm um die Schultern. Ihm ging unvermittelt auf, dass sie so einträchtig schon seit Jahren nicht mehr beisammengesessen hatten. Sie legte ihren Kopf an seine Schulter und schloss die Augen.

Schweigend, aber in harmonischer Stimmung saßen sie eine Weile da. Timurcin warf einen Blick auf die Uhr, mittlerweile zeigte der Zeiger zwei Uhr nachts an.

„Ich glaube, wir beide haben nun etwas Schlaf nötig. Ich werde morgen nach dir schauen. Wenn du nicht allein sein möchtest, können wir zusammen frühstücken", schlug er zu seiner eigenen Überraschung vor.

Noch verblüffender allerdings war für ihn die Tatsache, dass kein abwertender oder ironischer Kommentar seitens Justine folgte. Sie sah ihn hilflos an und es schien, als würde sie zögern, ob sie die Worte, die ihr auf der Zunge lagen, wirklich aussprechen sollte.

„Kannst du heute Nacht bei mir bleiben? Ich möchte nicht allein sein." Als sie sein verständliches Zögern bemerkte, fügte sie inständig hinzu: „Bitte, Timurcin, ich werde es dir nie vergessen, wenn du mir heute Nacht beistehst. Ich verlange nicht mehr von dir, als dass du mir Gesellschaft leistest. Schau mich bitte nicht so entgeistert an, als ob ich dir gerade ein unmoralisches Angebot gemacht hätte."

Timurcin seufzte und schalt sich einen gutmütigen Trottel. Er war seiner Frau eigentlich überhaupt nichts schuldig, dennoch konnte er ihr den Wunsch nicht abschlagen.

So blieben sie einfach auf der Couch sitzen und während Justine bald an seiner Schulter eingeschlafen war, blieb Timurcin wach. Sein Geist, seine Gedanken kamen nicht zur Ruhe. Zu viel beschäftigte ihn. Er hoffte nur, seine Gutmütigkeit nicht irgendwann bereuen zu müssen. Obwohl Justine sich augenblicklich wie ein handzahmes Kätzchen verhielt, wusste er nicht, wann sie wieder die Raubkatze, die ihn skrupellos zum Frühstück verspeiste, zum Vorschein holte. Sobald es ihren Interessen dienlich wäre, könnte sie diese gemeinsam verbrachte Nacht zu seinem Nachteil auslegen. Er machte sich keinerlei Illusionen über Justines Charaktereigenschaften. Er traute ihr immer noch zu, dass sie von der Behauptung Gebrauch machen könnte, zwischen ihnen sei in dieser Nacht mehr gelaufen, als sie zu trösten. Aber diese unschönen, misstrauischen Gedanken wollte er nun ausblenden. Er hatte ihr versprochen, für sie da zu sein, und würde es auch einhalten.

Erstaunt realisierte er, dass sie erstmals die Rollen getauscht hatten. Plötzlich war er der Starke, die tröstliche Schulter zum Anlehnen. Der beständige, unverwüstliche Kerl, auf den man sich verlassen konnte. Nun schien sie ihn zu brauchen, früher war es genau umgekehrt gewesen.

Trotz der unfassbar großen Trauer um Henriette fühlte er eine unbändige Erleichterung, dass die Ära Justine von Hohenstetten und Timurcin Damitto endlich ein absehbares Ende zu nehmen schien. Zudem sah es so aus, als legte Justine keinen Wert darauf, einen erbitterten Ehestreit mit ihm auszufechten.

Er wollte nichts lieber, als so bald wie möglich sein neues, vielversprechendes Leben mit Valerie zu beginnen. Ihm schwebten seit geraumer Zeit bedeutende Zukunftsvisionen durch den Kopf, die langsam, aber sicher immer mehr Klarheit erhielten.

Kapitel 50

Drohendes Ungemach im Paradies

Diese vollkommene Ruhe hatte Seltenheitswert im Hause Berger. Simon und Helena saßen einträchtig am Frühstückstisch. Da heute Samstag war und Helena frei hatte, konnten sie gemütlich eine weitere Tasse Kaffee trinken.

Die Kinder hatten sich im Wohnzimmer ausgebreitet. Leon baute konzentriert ein Haus aus Legosteinen und Laura spielte vertieft mit ihrem Bauernhof.

Helena ließ den Blick glücklich und zufrieden über dieses idyllische Familienbild gleiten. Noch vor einigen Wochen wäre eine derartige Vorstellung lediglich Wunschdenken gewesen. Manchmal konnte sie ihr Glück kaum fassen und musste sich beherrschen, sich nicht zu kneifen, um es wirklich zu begreifen. In der nächsten Zeit stand ihr Umzug bevor. Simon hatte sie vorgestern gefragt, ob sie bei ihm einziehen wollte. Zwar war ihre Beziehung erst sechs Wochen alt, aber beide waren sich völlig sicher, die richtige Entscheidung getroffen zu haben. Simon wollte nicht noch mehr unnütze Zeit vergeuden. Er vermisste Helena mit jedem Mal mehr, sobald sie sein Haus verließ. Es war ihm ein inneres Bedürfnis, sie endlich vollständig in seine Familie, die nun auch die ihre war, zu integrieren.

Helena hatte keine Sekunde gezögert. Sie war Simon freudestrahlend um den Hals gefallen. Ihr offensichtliches Glück hatte ihn sehr berührt.

„An dir ist einfach alles perfekt. Ich kann mir für mich keine bessere Partnerin vorstellen und in der Rolle als Mutter für meine Kinder bist du perfekt“, hatte er gesagt und Helena wäre beinah vor Rührung zerschmolzen. Als er ihr dies gestanden hatte, lachte sie spöttisch und meinte, das Sprichwort: „Liebe mache blind“, müsse auf ihn voll und ganz zutreffen.

Treuherzig hatte er sie angesehen und erwidert, auch dies müsse sie schließlich als Kompliment auffassen. In ihrem ganzen Körper hatte sich Wärme ausgebreitet.

Simon warf einen prüfenden Blick nach draußen und fragte Helena träge: „Wollen wir heute etwas unternehmen? Das Wetter sieht nicht besonders einladend aus.“

Helena lachte leise auf und erwiderte: „Du Faulpelz suchst doch nur nach einer Ausrede, den Tag gemütlich auf der Couch zu verbringen. Nicht, dass ich gegen diese Aussicht etwas einzuwenden hätte, aber ich befürchte, die Kinder würden sich bald langweilen, und dann ist es mit unserer gemütlichen Zweisamkeit sowieso vorbei.“

Sie beugte sich über den Tisch und küsste ihn. Versank in dem Kuss und löste sich nur bedauernd von ihm. Manchmal kam das Leben als Paar ein wenig zu kurz. Aber diese Tatsache war Helena von Beginn an bewusst gewesen. Simon war zweifacher Vater und hatte seinen Kindern gegenüber eine große Verpflichtung.

„Dann habe ich einen besseren Vorschlag. Du unternimmst etwas mit Laura und Leon und ich schlummere ein wenig auf der Couch." Er grinste sie frech an.

Sie stieß ihm empört den Ellenbogen in die Seite und rief: „Das hättest du wohl gerne. Aber nichts da, ich würde vorschlagen, wir machen entweder einen Spaziergang oder wir fahren nach Kempten und gehen ins Kindertheater. Da werden gerade verschiedene Märchen aufgeführt."

Simon musste nicht lange überlegen. Er stimmte schnell ihrem zweiten Vorschlag zu. Mit einem Blick auf die Uhr stellte Helena fest, dass noch ein wenig Zeit war. Nachdem sie gemeinsam das Frühstück aufgeräumt hatten, blieben ihnen noch zwei Stunden Zeit, um es sich auf der Couch gemütlich zu machen. Leon und Laura hatten sich mittlerweile in ihr Spielzimmer zurückgezogen. Laura wollte ihrem Bruder das Trampolinspringen beibringen.

Simon vertiefte sich in seine Zeitung und las ihr immer wieder interessante Berichte vor. Helena kuschelte sich mit einem spannenden Krimiroman an Simon.

Plötzlich brach sie in amüsiertes Lachen aus. Simon musterte sie erstaunt über den Rand seiner Zeitung. „Ich dachte, du liest einen Krimi, eigentlich sollte der in der Regel tragisch und nicht komisch sein."

„Ich lache auch nicht über mein Buch, sondern über das Bild, welches wir abgeben. Wir benehmen uns wie ein altes Ehepaar. Wenn uns Andrea und Yannick so sehen könnten. Sie würden uns bis an unser Lebensende auslachen. Aber mir ist es egal, denn mir gefällt unser Leben ziemlich gut."

Simon legte seine Zeitung weg und beugte sich ein wenig vor, um Helena zu küssen. Während eines schier unendlich andauernden Kusses wanderten seine Hände forsch unter ihren Pulli. Schließlich meinte er schelmisch: „Wären sie nun immer noch der Meinung, wir benehmen uns wie ein langjähriges Ehepaar?"

Helena wurde ein wenig rot und versteckte sich hinter ihrem Buch und murmelte unverständlich vor sich hin.

Das ließ Simon nicht auf sich beruhen und er begann sie zu kitzeln. Sie wehrte sich lachend gegen ihn, hatte aber überhaupt keine Chance, ihm zu entkommen. Schließlich endete ihre Alberei, als Simon auf Helena lag und seine Hände erneut fordernd unter ihrem Pullover verschwunden waren. Sie schlang ihre Beine um seine Hüften und zog ihn näher an sich heran.

Keuchend zog er sich seinen Pullover über den Kopf und konzentrierte sich weiter auf Helena. Sie verschmolzen durch einen langen Kuss miteinander, Helena fühlte das gewohnte Feuer zwischen den Beinen, sobald Simon sie berührte. Seitdem sie mit ihm zusammen war, empfand sie viel intensiver, sie reagierte auf seine Berührungen unglaublich sensibel und leidenschaftlich.

Sie hatte sich vollkommen ihren Empfindungen hingegeben und die Welt um sich herum vergessen. Simon schien es ähnlich zu ergehen, denn als plötzlich Leons Ruf nach seinem Vater erklang, fuhr er so erschrocken hoch, dass er fast von der Couch gefallen wäre.

Bis sein Sohn das Wohnzimmer erreicht hatte, saßen beide fast einträchtig nebeneinander. Lediglich ihre rotgefärbten Wangen zeigten noch verräterische Spuren der Leidenschaft, die in ihnen tobte und jäh unterbrochen worden war.

Leon liefen die Tränen über die Wangen, als er mit tapsigen Schritten beim Sofa ankam. Helena sprang erschrocken auf. Ihre leidenschaftlichen Gefühle waren mit einem Schlag vergessen.

„Mein Schatz, was ist denn passiert?" Sie nahm ihn auf den Arm und drückte ihn mitfühlend an sich. Er schlang seine dicklichen Ärmchen um ihren Hals und versteckte sein Gesicht.

„Laura böse. Laura schubst Leon." Er begann bitterlich zu weinen. „Leon hat Aua."

„Wo tut es denn weh? Zeig es mir, Leon", sagte Helena einfühlsam. Nachdem sie ein Coolpack auf sein verletztes Knie gelegt hatte, ging es ihm sofort besser und er lächelte schon wieder.

Leon wollte nicht mehr Trampolinspringen. Ihm schien durch den Schrecken die Lust vergangen zu sein. Helena versprach, ihm ein Buch vorzulesen. Bevor sie Leon ins Spielzimmer begleitete, warf sie ihrem Freund einen bedauernden Blick zu. Sie zog entschuldigend die Schultern hoch und Simon machte ihr nonverbale Zeichen, die wohl zu bedeuten hatten, dass ihr unterbrochenes Vorhaben nicht aufgehoben, sondern nur aufgeschoben war. Sie schmunzelte innerlich über seine pantomimischen Bemühungen.

Helena suchte mit Leon seine Schwester auf, denn sie wollte Laura nicht ausschließen. Es war für das Mädchen typisch, das sie es unterlassen hatte, sich vor ihrem Vater und Helena zu verteidigen, wie es jedes andere Kind getan hätte.

„Leon möchte, dass ich ihm ein Buch vorlese, möchtest du auch zuhören?“, fragte sie behutsam, als sie das Zimmer erreichten. Laura versuchte immer noch konzentriert Kunststücke zu turnen.

Sie sah schüchtern auf. Dann kam sie zögerlich auf Helena zu. „Was schaut ihr euch für ein Buch an?“

Leon funkelte seine Schwester wütend an. „Nein. Leon will Buch schauen. Laura böse.“ Um seiner Gefühlslage mehr Ausdruck zu verleihen, warf sich Leon auf den Boden und hämmerte mit den Fäusten darauf ein.

Bevor Laura sich zurückziehen konnte, nahm Helena das Mädchen in den Arm und sagte zu Leon: „Ich glaube nicht, dass dir Laura absichtlich wehgetan hat. Beim Trampolinspringen passiert es manchmal, dass man sich verletzt.“

Laura warf Helena einen überraschten Blick zu. Anscheinend hatte sie nicht damit gerechnet, dass Helena für sie Partei ergriff. Ein schüchternes Lächeln trat auf ihre Lippen.

Leon schien zwar nicht ganz einverstanden mit ihrer Antwort zu sein, widersprach aber zumindest nicht mehr und kam nach einem Moment des Zögerns auf Helena zu. Sie war erleichtert, dass ihr ein berüchtigter Wutausbruch des kleinen Kerls erspart geblieben war, da Leon unglaublich nachtragend und stur sein konnte.

Mit Leon auf dem Schoß und Laura eng in ihren Arm gekuschelt, begann sie lebhaft die Erzählung von Leons aktuellem Lieblingsbuch. „Lars, der kleine Eisbär.“

Gerade als sie die Geschichte beendet hatte, betrat Simon das Zimmer. „Nun lasst uns losfahren. Sonst fängt das Kindertheater ohne uns an."

Die Kinder brachen in begeistertes Geheul aus und hängten sich an die Beine ihres Vaters. Der sah Helena hilflos an und meinte ergeben: „Bitte rette mich aus den Fängen dieser kleinen Monster." Er begann beide zu kitzeln und sie lachten ausgelassen.

Helena wärmte es das Herz mitanzusehen, wie sehr Simon seine Kinder liebte. Es war bewundernswert, wie viel Geduld und Zeit er sich für sie nahm, ein schwieriges Unterfangen in seinem hektischen Berufsalltag. Nun gab es auch noch eine Frau an seiner Seite, die ebenfalls Aufmerksamkeit von ihm einforderte. Aber er schien mit seiner jetzigen Lebensweise sehr glücklich zu sein. Derart befreit und locker hatte ihn Helena zuvor nie erleben dürfen.

Sie bemühte sich tatkräftig, ihn zu unterstützen und ihm Arbeit abzunehmen. So hatte sie begonnen, die Kinder regelmäßig von der Kita abzuholen, sofern es ihre Arbeitszeiten zuließen. Außerdem brachte sie Leon jeden Montagmorgen zur Logopädie und holte ihn wieder ab. Für Kindergartenkinder gab es nur die Möglichkeit, einen Vormittagstermin zu bekommen, aber für Simon war es unmöglich, diesen regelmäßig einzuhalten. Auch für Helena wurde es zunehmend komplizierter, ihre unberechenbaren Arbeitszeiten und die Betreuung von Laura und Leon miteinander in Einklang zu bringen. Sie spielte manches Mal mit dem Gedanken, ihren Job im Hotel aufzugeben und sich in einem Kindergarten einen Halbtagsjob zu suchen. Sie würde Simon gerne noch mehr behilflich sein, aber mit ihren Schichtzeiten war es schlichtweg unmöglich, feste regelmäßige Zusagen zu treffen. Seitdem die alte Baronin gestorben war, war sie sich nicht sicher, ob sie unter Frau von Hohenstetten noch arbeiten wollte.

Bisher scheute sie sich, mit Simon ihre Zukunftspläne zu besprechen, da sie ohne neue Jobaussicht nicht von seinem Geld leben wollte. Es würde sich nicht gut anfühlen, sich von ihm aushalten zu lassen. Zwar war sie sich seiner Zustimmung sicher, aber dennoch fand sie es für gravierende Zukunftsveränderungen zu früh.

Immer noch hegte Helena Befürchtungen, irgendwann jäh aus ihren Träumen gerissen zu werden. Vielleicht würde Simon doch noch bemerken, dass sie nicht seine Traumfrau war. Sie ärgerte sich über ihre Ängste, ihr Unvermögen, Simon vollkommen zu vertrauen. Aber zu tief waren vergangene Verletzungen in ihr verankert.

Resolut verscheuchte sie ihre Verunsicherung und wandte sich den Kindern zu. „Jetzt lasst euren Vater los. Ihr müsst euch noch anziehen. Wir müssen los, sonst verpassen wir den Anfang."

Widerspruchslos ließen sie von Simon ab und gingen einträchtig in den Flur, um sich anzuziehen.

„Wie machst du das bloß? Gibt es dafür einen Trick? Warum hören die beiden so gut auf dich? Ich muss immer alles dreimal sagen, bevor überhaupt nur eine Reaktion gezeigt wird", meinte Simon ungläubig, während er seine Kinder beobachtete, die sich selbstständig anzogen.

„Seit wann kann Leon sich selbst anziehen?", war seine nächste verblüffte Frage.

„Seitdem ich mich weigere, ihn anzuziehen. Er ist alt genug, um es selbst zu machen. Natürlich helfe ich ihm beim Reißverschluss, den kann er noch nicht allein zumachen, aber das schafft Laura meistens auch noch nicht. Ich bin ein bisschen konsequenter als du, mein Lieber. Mir glauben die Kinder, dass ich ernst meine, was ich sage. Du lässt dich von ihnen viel zu oft um den Finger wickeln." Helena sah ihn streng an.

Simon verdrehte die Augen. „Ich bekenne mich schuldig im Sinne der Anklage." Er drückte ihr einen hastigen Kuss auf die Stirn, bevor er dem ungeduldigen Ruf seines Sohnes Folge leistete und ihm beim Schuhe anziehen half.

„Genau das meinte ich", sagte sie mit einem vielsagenden Blick auf seine Bemühungen.

Nachdem Simon seinem Sohn geholfen hatte, stand er auf und nahm Helena in seine Arme.

„Wahrscheinlich kann ich den Gedanken nicht ertragen, dass die beiden bald so groß und selbstständig sind, dass sie meine Hilfe nicht mehr benötigen. Aber ich sehe ein, dass dieser Wunsch der positiven Entwicklung nicht hilft." Er sah sie um Verständnis bittend an und sie nahm sein Gesicht zwischen die Hände und küsste ihn zärtlich.

„Das ist genau der Grund, warum ich dich so sehr liebe", gab sie zurück.

Er sah sie mit hochgezogener Augenbraue an und erwiderte skeptisch: „Weil ich so inkonsequent und egoistisch bin?"

„Du bist ein blöder Idiot", gab sie leise zurück, damit die Kinder ihr freundschaftliches, ironisches Geplänkel nicht verstanden. „Natürlich meinte ich deine liebevolle Art und Weise, auf die Bedürfnisse deiner Kinder einzugehen, und deinen Wunsch, uneingeschränkt für sie da zu sein. Du bist ein guter Vater", sagte sie mit bestimmtem Tonfall.

Simons Augen leuchteten und sie erkannte, dass er sich über das Kompliment freute.

Endlich waren alle fertig angezogen und unter lebhaftem Gelächter brachen sie mit Simons BMW in Richtung Kempten auf.

***

In den frühen Abendstunden kehrten sie von ihrem Ausflug zurück. Leon war während der Autofahrt erschöpft eingeschlafen und Simon trug ihn behutsam ins Haus. Helena folgte mit einer noch ziemlich munteren Laura, die ungewohnt lebhaft über das gerade angesehene Theaterstück plapperte.

Es schien ihr gut gefallen zu haben. Leider hatten sie die Erlebnisse des Tages ziemlich aufgeputscht.

Während Simon Leon ins Bett brachte, hörte er Helena in der Küche mit Laura reden. Wahrscheinlich richteten sie das Abendbrot her. Simon konnte ein Lächeln nicht unterdrücken bei dem Glück, dass er empfand.

Kurze Zeit später leistete Simon seiner Freundin und Laura Gesellschaft. Lächelnd und geduldig hörte er Laura erneut zu, wie sie zum wiederholten Male von dem Märchen berichtete, bis sie gähnte und er sie ebenfalls ins Bett brachte. Das ließ er sich nicht nehmen. Unter der Woche schaffte er es nicht immer, seine Kinder ins Bett zu bringen, da er oftmals nicht vor zwanzig Uhr nach Hause kam. Dazu gesellten sich noch regelmäßige Geschäftsessen, die ihn dazu zwangen, den Abend in Gesellschaft seiner ausgewählten Kundschaft zu verbringen.

Dass Helena sich regelmäßig um die Kinder kümmerte, erleichterte vieles , und auch sein beständiges schlechtes Gewissen war ein wenig leichter geworden. Dennoch konnte er von Helena nicht verlangen, ständig für ihn einzuspringen und seine Pflichten zu übernehmen.

Am Wochenende war es für ihn deshalb zur Gewohnheit geworden, sich um die Kinder zu kümmern. Diese freuten sich unbändig darüber, dass ihr Vater sich Zeit für sie nahm.

Zwar brauchte er zumeist deutlich länger als Helena, bis die Kinder einschliefen, aber er blieb immer geduldig und bewies Ausdaucr.

Helena hatte es sich vor dem Fernseher bequem gemacht, als er wieder zu ihr stieß, und streckte Simon einladend die Hand entgegen, um ihn zu sich auf die Couch zu ziehen.

„Ich habe dir ein Glas Rotwein mitgebracht." Sie hielt ihm das Glas einladend entgegen und er nahm es ihr dankbar aus der Hand.

„Du bist ein Schatz. Genau darauf habe ich jetzt Lust." Genießerisch genehmigte er sich einen Schluck.

Gerade als sie ihm die Filmhandlung erklärte, um ihm den Einstieg zu erleichtern, klingelte das Telefon.

Seufzend stellte er sein Glas auf dem Couchtisch ab und erhob sich. Nach der Begrüßung lauschte er stumm der anderen Stimme am Telefon und mit Blick auf Helena sagte er leise, aber sarkastisch: „Das nenne ich mal eine gelungene Überraschung. Wie komme ich denn zu dieser unerwarteten Ehre?" Wieder herrschte eine geraume Zeit vollkommene Stille, Simon hörte stumm zu und Helena blickte ihn fragend und beunruhigt an.

Fluchtartig verließ Simon den Raum und zog sich außer Hörweite zurück. Helena wunderte sich über Simons seltsame Reaktion, und ihre Intuition versetzte ihr schlagartig ein ungutes Gefühl in der Magengegend. Er verhielt sich ziemlich merkwürdig. Was steckte dahinter?

Helena wartete eine geraume Weile. Der Film war mittlerweile vergessen. Sie sah auf den Bildschirm, nahm von der Handlung aber überhaupt nichts wahr. Sie war in ihre Gedanken an Simon und sein mysteriöses Telefonat versunken. Es klang nicht so, als handelte es sich bei seinem Gesprächspartner um einen Kunden oder Mitarbeiter.

Erst eine Stunde nachdem das Telefon geklingelt hatte, kam Simon zurück. Sie sah ihm auf dem ersten Blick an, dass er emotional aufgewühlt war.

Er setzte ein Lächeln auf, das für seine Augen unerreichbar blieb, und sagte bedauernd: „Jetzt habe ich den gesamten Film verpasst. Ich hoffe, er war spannend."

Helena achtete überhaupt nicht auf seine Worte, sondern sah ihn weiterhin besorgt an. „Was ist los, Simon? Mit wem hast du gesprochen? Ich sehe dir an, dass dich das Gespräch vollkommen aus dem Konzept gebracht hat. Tu also nicht so, als wäre alles in bester Ordnung."

Simon sah sie verblüfft an und erwiderte dann kopfschüttelnd: „Dir kann man nichts vormachen. Aber ich weiß nicht, ob ich darüber reden möchte. Kannst du das verstehen?"

Helena durchfuhr ein eisiges Gefühl, das sie lähmte. War es eher Angst oder doch Verletztheit, die sie quälte? Schnell versuchte sie ihre Emotionen hinter einer undurchdringlichen Fassade zu verstecken, und sagte hastig: „Kein Problem, wenn dir danach ist, dann bin ich für dich da."

Simon sah sie entschuldigend an und trat einen Schritt auf sie zu. Strich sich durchs Haar und ging vor ihr in die Hocke. „Ich bin ein unsensibler Vollidiot. Es tut mir leid, Helena." Er schluckte, bevor er weitersprach. „Das gerade war meine Ex-Frau. Ich habe seit unserer Scheidung vor fast einem halben Jahr nichts mehr von ihr gehört. Davor hatten wir jahrelang überhaupt keinen Kontakt. Nun hat mich ihr Anruf echt aus der Bahn geworfen."

Helena war froh, schon zu sitzen, sonst hätte sie sich wahrscheinlich spätestens jetzt setzen müssen. Abwechselnd wurde ihr heiß und kalt und sie unterdrückte ein Zittern. Gerade lief es zwischen ihr und Simon so gut. Warum musste sich seine Ex ausgerechnet jetzt in ihr Leben einmischen?

„Hast du die ganze Stunde mit ihr telefoniert?", fragte sie ihn vorsichtig und verfluchte sich im selben Augenblick für ihre dämliche Frage. Hatte sie keine bessere Erwiderung parat, als ihn so etwas Unbedeutendes zu fragen?

„Nein, aber ich brauchte eine Weile für mich allein, um diesen Schock zu verdauen", gab er zu und Helena schnappte nach Luft. War das jetzt ein gutes oder schlechtes Zeichen? Ihr Herz klopfte viel zu heftig gegen ihren Brustkorb, dennoch zwang sie sich, mit ruhiger Stimme zu fragen: „Ich kann verstehen, dass dich ihr Anruf durcheinandergebracht hat. Was wollte sie überhaupt von dir?"

Simon rieb sich müde die Augen und erhob sich anschließend aus der Hocke.

„Ehrlich gesagt bin ich aus ihren Äußerungen nicht besonders schlau geworden. Sie hat zumindest durchblicken lassen, dass sie sich nun bereit fühlt, die Kinder wiederzusehen."

Helena blickte ihn fassungslos an. „Das hast du ihr hoffentlich ausgeredet? Es wäre für Laura eine äußerst schwierige Erfahrung, erneut mit ihrer Mutter konfrontiert zu werden. Was ist, wenn deine Ex sich dazu entschließt, wieder aus dem Leben der Kinder zu verschwinden? Auch für Leon wäre es schrecklich, endlich seine Mutter kennenzulernen, um dann vielleicht erneut von ihr im Stich gelassen zu werden." Helena redete sich vor Angst um die Kinder in Rage. Sie sah Simon an, dass er sich zwang, ruhig zu bleiben. Helena bekam kaum Luft, aber ihr ging es ein wenig besser, als er sich endlich neben sie auf die Couch setzte.

„Helena, es sind immerhin ihre Kinder, ihr eigen Fleisch und Blut. Ich kann ihr doch den Kontakt nicht verwehren", widersprach Simon vehement.

Hastig sprang sie auf und stemmte die Hände in die Seiten. „Danke für deine Belehrung! Als ob mir dieser Umstand nicht bewusst wäre. Aber du musst zum Wohl der Kinder und nicht ihr zuliebe entscheiden, was das Beste für Laura und Leon ist. Ich bitte dich zumindest erst Rücksprache mit Lauras Therapeutin zu halten, bevor du dich auf ihren Wunsch einlässt." Helena versuchte, sich zu mäßigen.

„Entschuldige bitte. Ich will nur das Beste für meine Kinder, aber was ist das?" Simon blickte sie müde an.

Helena setzte sich wieder neben ihn und drückte seine Hand. „Ich kann verstehen, dass in dir viele Emotionen hochkommen. Aber du kannst mir keinen Vorwurf machen, dass ich die Kinder schützen möchte."

„Das weiß ich doch." Er zog sie zu sich heran und küsste sie auf die Schläfe. Seine Umarmung tat ihr gut, aber ihre Sorgen minderten sie leider nicht. Denn über ihre Befürchtungen, welche Absichten seine Ex-Frau in Bezug auf ihn hegte, schwieg sie wohlweislich. Sie wollte Simon nicht schon wieder mit ihrem fehlenden Vertrauen verärgern. Es war ein Streitthema zwischen ihnen, dass sie immer noch Angst hatte, von ihm verlassen zu werden. Aber sie konnte nicht anders. Julianes schönes Antlitz trat vor ihre Augen. Mit dieser perfekten Frau konnte sie niemals konkurrieren. Zudem verbanden sie und Simon ihre wunderbaren gemeinsamen Kinder. Was wäre, wenn sie wieder zu ihm zurückkommen wollte? Konnte sie es ihm wirklich zum Vorwurf machen, sollte er sich darauf einlassen?

„Ich gehe ins Bett. Ich bin müde. Kommst du mit?", fragte sie schließlich, während sie sich erhob.

Simon schüttelte den Kopf und sagte entschuldigend: „Ich kann jetzt sowieso nicht schlafen. Ich werde später nachkommen."

Helena bemühte sich, ihre Tränen zu unterdrücken. Sie wollte Simon nicht zeigen, wie sehr sie sein seltsames Verhalten belastete. Hastig wandte sie sich ab und wollte das Zimmer verlassen.

Anscheinend schien er doch nicht so sehr in Gedanken versunken zu sein. Denn er stand plötzlich auf und kam ihr nach. Er umarmte sie von hinten und flüsterte ihr ins Ohr: „Verzeih mir bitte. Ich meine es nicht böse. Aber ich muss ein wenig allein sein. Ich bin gerade emotional zu aufgewühlt, um zu schlafen. Das hat überhaupt nichts mit dir zu tun. Ich möchte dir nicht wehtut, okay?"

***

Sie drehte sich zu ihm um, und die Angst, die er in ihren großen Augen wahrnahm, versetzte ihm einen heftigen Stich. Er wollte sie mit seinem Verhalten nicht verletzen. Er küsste ihr zärtlich die Tränen von den Wangen und bat sie inständig: „Bitte nicht weinen! Ich würde es mir nie verzeihen, dich zum Weinen gebracht zu haben."

Simon sah ihr an, dass sie sich bemühte, für ihn zu lächeln, aber es misslang. Er küsste sie nochmals liebevoll und ließ sie dann endgültig gehen.

Gottverfluchte Juliane, warum konnte sie ihn nicht wie bisher in Ruhe lassen? Endlich hatte er sein Leben ohne sie eingerichtet und organisiert, da kam sie ihm unvermittelt in die Quere. Er hatte es vor Helena nicht zugeben wollen, aber er befürchtete, sie wolle ihm die Kinder wegnehmen oder zumindest das gemeinsame Sorgerecht beantragen. Damit würde sie niemals durchkommen, das würde er verhindern. Andererseits wollte er nur das Beste für seine Kinder. Aber was war das? Wie sollte er entscheiden, ob es zum Vorteil der Kinder wäre, ihre Mutter kennenzulernen?

Seinen eigenen Gefühlen seiner Ex-Frau gegenüber traute er ebenfalls nicht. Er wollte für sie nichts außer Gleichgültigkeit empfinden. Aber er war unsicher, ob er schon so weit war. Immerhin hatte er sie über alles geliebt und es hatte ihn sehr getroffen, als sie ihn damals ohne Begründung, ohne Entschuldigung einfach mit den Kindern zurückgelassen hatte. Trotzdem war er sich sicher gewesen, sie bis vor Kurzem erneut aufzunehmen, sollte sie den Wunsch hegen, zu ihm zurückzukehren.

Nun war er seit sechs Wochen mit Helena zusammen und glücklicher denn je. Aber wie würde er auf Juliane reagieren? War seine Liebe zu Helena groß genug, um der Verlockung, die Juliane ausstrahlte, widerstehen zu können? Er ärgerte sich über sich selbst, dass Juliane ihm immer noch so viel bedeutete, obwohl sie sich so mies verhalten hatte.

Aber seine Gefühle konnte man nicht einfach abstellen. Verstecken war ebenfalls unmöglich und er wusste nicht, inwieweit er mit Helena darüber sprechen konnte. Er wollte in ihr nicht noch zusätzliche Ängste schüren, die sich vielleicht bald in Wohlgefallen auflösen würden.

Er hatte beschlossen, sich erst einmal allein mit Juliane zu treffen, bevor er eine Entscheidung bezüglich ihres Wunsches traf.

Nachdem er das dritte Glas Wein ausgetrunken hatte, schaute er leise nach seinen Kindern. Es gab ihm ein wenig seines inneren Gleichgewichts zurück, als er sie friedlich schlafen sah. Simon lauschte noch einen Augenblick ihrem gleichmäßigen Atem, bevor er beiden einen Kuss auf die Stirn gab. Behutsam deckte er Laura zu, die im Schlaf ihre Decke weggestrampelt hatte.

Danach ging er zu Bett. Helena schien schon zu schlafen. Vorsichtig zog er sich aus in dem Bestreben, sie nicht aufzuwecken. Behutsam legte er sich neben sie und nahm sie in die Arme. Simon gab ihr einen Kuss auf die Wange und beruhigte sich ein wenig. Er schalt sich für die Zweifel an seinen tiefgehenden Gefühlen für Helena. Warum sollte er sie nicht mehr lieben, nur weil sich Juliane ungebeten in sein Leben einmischte? Das eine hatte mit dem anderen überhaupt nichts zu tun. Juliane hatte keine Macht mehr über seine Gefühle.

Kapitel 51

Henriettes Beerdigung

Heute war ein trauriger Tag in der Geschichte von Hotel Hohenstetten. Henriettes Beerdigung stand an. Timurcin war zutiefst erleichtert gewesen, als Valerie vorgestern Abend aus München zurückgekehrt war. Sie hatte ihn tröstend in die Arme geschlossen und ihren eigenen Schmerz hintangestellt, um ihm über seinen großen Verlust hinwegzuhelfen. Schließlich wusste niemand so gut wie sie, was Henriette ihm bedeutet hatte.

Widerspruchslos hatte er sich von ihr helfen lassen. Erleichtert überließ er ihr die Führung durch seinen quälenden Alltag. Nur noch vage Erinnerungen an die letzten Tage waren ihm im Gedächtnis geblieben. Seit seiner vertraulichen Begegnung mit Justine war nun fast eine Woche vergangen und er hatte sie seitdem nicht mehr gesehen. Sie hatte es sich nicht nehmen lassen, die Vorbereitungen bezüglich Henriettes Beerdigung allein zu treffen. Darüber war Timurcin nicht undankbar gewesen, er hätte keine Kraft gehabt, sich um diese formellen Angelegenheiten zu kümmern.

Er war noch einmal rückfällig geworden. Am Vorabend vor Valeries Rückkehr hielt er seine Einsamkeit und seine ständig kreisenden Gedanken um Henriettes Tod nicht mehr aus und gab der Verlockung des Hochprozentigen nach.

Am nächsten Tag war seine Stimmung äußerst gedrückt gewesen, denn er wollte Valerie mit seinem erneuten Versagen nicht noch zusätzlich belasten. Schließlich hatte sie Henriettes Tod ebenfalls sehr getroffen.

Es war ein trüber, nebelverhangener Tag Anfang März, als Henriette zu Grabe getragen wurde. Anscheinend sollte ihr der Abschied von dieser Erde leicht gemacht werden.

Stumm und in sich gekehrt machte Timurcin sich an Valeries Seite auf, um rechtzeitig am Friedhof einzutreffen. Verwundert, aber gleichgültig nahm Timurcin zur Kenntnis, dass ihm sein alter schwarzer Anzug wieder passte. Er hatte damit gerechnet, sich auch noch mit der unliebsamen Aufgabe befassen zu müssen, sich neu einzukleiden. Aber er hatte anscheinend weitere Kilogramm abgenommen, ohne es zu bemerken.

Zu Henriettes Ehren waren viele Leute gekommen. Verwandte, Bekannte, Mitarbeiter des Hotels und Bewohner aus dem Dorf wollten ihr diese letzte Ehre erweisen. Als Timurcin sich umsah, konnte er Leonard von Hohenstetten in der Menge entdecken. Justines verhasster Cousin nahm mit seiner Familie ebenfalls an der Beerdigung teil. Er hatte Leonard eigentlich immer sympathisch gefunden, aber aus Rücksicht auf seine Frau hatte er keinen Kontakt zu ihm gepflegt.

Schließlich wusste er um die offene Rivalität zwischen den beiden, um Henriettes Gunst und Wohlwollen.

Nach der Bestattung begab sich der enge Kreis zum Hotel, dort hatte Justine den Leichenschmaus vorbereiten lassen. Timurcin sah sie besorgt an. Justine konnte nicht einmal in der Öffentlichkeit das Bild der unterkühlten, reservierten Frau aufrechterhalten. Anscheinend hatte sie der Tod ihrer Mutter derart getroffen, dass sie sich nicht mehr unter Kontrolle hatte und ihren Mitmenschen erstmals einen Einblick in ihre wirkliche Gefühlswelt gewährte. Zwar bemühte sich Justine um einen hochmütigen Gesichtsausdruck, aber dieser konnte ihre verweinten Augen nicht verbergen.

Während er seine Ex-Frau musterte, fiel ihm ein, dass er endlich mit Valerie sprechen musste. Irgendwie musste er ihr die gemeinsame Nacht beichten, bevor sie es noch durch Justine erfuhr.

Valerie kam gerade auf ihn zu und kaum hatte sie neben Timurcin Platz genommen, bemerkte sie skeptisch: „Was ist mit Justine los? Will sie uns ernsthaft weismachen, sie trauert aufrichtig um ihre Mutter?"

Timurcin nahm ihre Hand und sah ihr in die Augen. „Es wird dich verwundern, dass ich ausnahmsweise positive Worte für sie finde. Aber Justine ist zusammengebrochen, nachdem sie vom Tod ihrer Mutter erfahren hatte. Ich habe sie gefunden, als ich ihr Henriettes Brief bringen wollte."

Valerie sah ihn ungläubig und sprachlos an.

„Genauso, wie du mich gerade anguckst, habe ich mich auch gefühlt. Ich konnte damit nicht umgehen, sie falsch eingeschätzt zu haben. Deshalb habe ich mich erst feige aus dem Staub gemacht. Aber mein schlechtes Gewissen hat mir keine Ruhe gelassen und ich bin zurückgekehrt und habe sie getröstet. Ich habe die Nacht bei ihr verbracht", gab Timurcin offen zu.

Valerie fiel die Kuchengabel aus der Hand und das klirrende Geräusch ließ sie zusammenzucken. Schockiert riss sie ihre Augen unnatürlich weit auf. „Wie bitte? Habe ich gerade richtig gehört?"

„Ich sagte bei ihr, nicht mit ihr", beschwichtigte Timurcin sie. „Das ist ein kleiner, aber feiner Unterschied."

Sie sah ihn skeptisch an. „Das halte ich für unterschiedlich interpretierbar." Sie fixierte ihn für einen Augenblick mit ihrem Blick. „Aber ich vertraue dir. Auch wenn es mir nicht recht ist, dass du die Nacht in Gesellschaft dieser durchtriebenen Person verbracht hast, kann ich dein Verhalten nachvollziehen. Ich finde es sogar äußerst großherzig von dir, sie nach allem, was sie dir und uns angetan hat, zu trösten und ihr in ihrem Kummer beizustehen. Aber ich bin ein wenig enttäuscht, dass du es erst jetzt für nötig hältst, mir davon zu erzählen."

Timurcin küsste Valerie entschuldigend und strich ihr anschließend liebevoll über die Wange. „Ich konnte nur für sie da sein, weil ich denselben Schmerz gefühlt habe und nachvollziehen konnte, wie es ihr geht", erklärte er mit rauer Stimme.

Plötzlich wurde ihr vertrauliches Gespräch von einer wütenden Männerstimme unterbrochen.

„Du wagst es, dich als trauernde, mitfühlende Tochter zu präsentieren? Du bist noch skrupelloser, als ich es jemals für möglich gehalten habe. Eigentlich müsste man dir verbieten, an der Beerdigung teilzunehmen. Du hast Henriette zeitlebens gehasst und es entspräche bestimmt ihrem Wunsch, dass du dich auch nach ihrem Tod von ihr fernhältst."

Timurcin beobachtete Leonard, der sich vor Justine aufgebaut hatte. Justine schien den Tränen nahe, erwiderte aber gefasst: „Du hast doch überhaupt keine Ahnung, was du da sprichst. Du stellst es dar, als wärst du der engste Vertraute meiner Mutter gewesen. Wo warst du denn in den letzten Monaten? Wann hast du Henriette das letzte Mal besucht?"

Leonard unterbrach sie, indem er ihr ins Wort fiel: „Ich hatte viel zu tun. Immerhin leitet sich mein Luxushotel nicht von selbst. Ich kann mich nicht ständig aus meiner Verantwortung ziehen. Hätte Henriette es vorgezogen, auf dem Kaiserhof zu leben, dann wäre ich für sie da gewesen. Aber sie ist meiner mehrfachen Aufforderung nie nachgekommen."

„Wenn du Henriette so gut kennen würdest, wie du behauptest, dann wüsstest du, dass sie mich geliebt hat und mir nichts nachträgt." Justines Stimme drohte zu kippen und es wirkte, als verliere sie gleich ihre Beherrschung.

Leonard lachte sarkastisch und klatschte langsam und provozierend in die Hände. „Hervorragende Vorstellung, aber du hast anscheinend vergessen, dass sich die Presse zurückgezogen hat. Du kannst die Maske also fallen lassen."

Timurcin erhob sich und warf Valerie einen kurzen Blick zu, die bestätigend nickte. Aus den Streitigkeiten konnte er sich nicht heraushalten.

„Ich finde es höchst befremdlich, dass ihr nicht einmal Halt macht, euch auf einer Beerdigung anzugrei-
fen", unterbrach er Justines und Leonards Auseinandersetzung. „Wenn ihr Henriette auch nur einen Fun-
ken Zuneigung entgegenbringt, dann reißt ihr euch zusammen."

Leonards Schultern sackten nach unten und er sah
verlegen aus. Sicherlich sah er Timurcin an, dass dieser
wütend über seinen unangebrachten Auftritt war.

„Entschuldige, das war unangemessen. Aber ich habe
ihr scheinheiliges Auftreten einfach satt. Da habe ich
rotgesehen."

Timurcin zog Justines Cousin ein wenig zur Seite,
weil ihm aufgefallen war, dass sie unter Beobachtung
der Trauergäste standen.

„Normalerweise bin ich der Letzte, der ein gutes Wort
für Justine findet. Lass dir gesagt sein, Justines Trauer
ist echt und die Differenzen mit Henriette sind beige-
legt."

Leonards skeptischer Blick sagte ihm, dass er ihm
wohl nicht glaubte. „Ich weiß, es ist viel verlangt, denn
auch dir hat Justine Steine in den Weg gelegt. Ich weiß,
dass sie damals alles versucht hat, dich als Direktor
schlecht dastehen zu lassen, um den begehrten Posten
selbst zu bekommen. Aber bitte versuche ein wenig
Mitgefühl für sie aufzubringen."

Leonard blickte ihn verlegen an und klopfte ihm
dann auf die Schulter. „Ich bewundere dich für deine
Einstellung. Du hast über zehn Jahre ihre Gemeinheiten aushalten müssen und kannst dennoch Mitgefühl
für sie empfinden. Ich werde mich zusammennehmen
und dir und Henriette zuliebe Rücksicht nehmen."

Leonard druckste ein wenig herum und Timurcin ließ ihm Zeit. „Weißt du schon, wie es um die Zukunft Hohenstettens bestellt ist? Muss ich Sorge um meinen Job haben?"

„Ich nehme an, dass Henriette in ihrem Testament festgelegt hat, dass du den Kaiserhof weiterführen sollst. Aber in einem kann ich dich beruhigen, Justine wird dir diese Stellung nicht streitig machen. Henriette hat sie gebeten, Hotel Hohenstetten treu zu bleiben, und dieser Gedanke erfüllt sie mit Stolz."

Leonard blieb zwar skeptisch, doch Timurcin hoffte, seine Sorgen zerstreut zu haben. Er klopfte Timurcin nochmals auf die Schulter, versprach, sich mal bei Valerie und ihm sehen zu lassen, und verabschiedete sich bald darauf mit seiner Familie.

Timurcins Blick schweifte sehnsüchtig zu Valeries Minibar, nachdem sich die Trauerfeier aufgelöst hatte und sie zurück im Hotel waren. Er verspürte schon wieder ein großes Verlangen in sich aufsteigen, das seine Gedanken beherrschte. Er versuchte sich zwar abzulenken, aber es fiel ihm zunehmend schwerer, der Verlockung zu widerstehen. Ihm war schmerzlich bewusst, dass er seine Sucht noch lange nicht beherrschte. Sie hielt ihn immer noch fest im Griff.

„Timurcin, was ist los mit dir?" Er schreckte auf. Ihm hätte klar sein müssen, dass Valerie seinen Zustand schneller bemerken würde, als ihm lieb war. „Du wirkst so genervt, als ob du dich über etwas ärgerst. Ich hoffe, dass nicht ich die Ursache bin."

Timurcin sah sie überrascht an. „Was redest du denn da? Du bist doch nicht der Grund, warum ich so gereizt bin." Er setzte sich zu ihr auf die Couch und schenkte ihr ein kleines Lächeln, bevor er wieder genervt fortfuhr: „Ich kann mich selbst nicht ausstehen. Ich verachte mich für meine Schwäche. Als ich von Henriettes Tod erfuhr, bin ich wieder rückfällig geworden ..." Er ließ die Worte in der Luft hängen und traute sich kaum, Valerie anzusehen. Doch als sie ihm mit einer Hand über den Rücken fuhr, gab es ihm die Kraft weiterzusprechen. „Ich habe mich bis zur Besinnungslosigkeit besoffen. Mir mangelt es an Zielstrebigkeit, Ausdauer und Disziplin. Einmal Versager, immer Versager."

Timurcin schämte sich, Valerie seinen Rückfall zu gestehen.

Sie griff nach seinen Händen. „Warum verlangst du so viel von dir? Du setzt dich permanent unter Druck und willst dir und mir beweisen, dass du alles im Griff hast. Es ist doch selbstverständlich, dass es Zeit und Geduld braucht, bis du diese Sucht komplett bekämpft hast. Das funktioniert doch nicht von heute auf morgen. Zusätzlich wurdest du mit Henriettes Tod konfrontiert. Es ist menschlich, dass du nicht perfekt bist." Sie gab ihm einen Kuss, der sich unfassbar süß anfühlte. „Ich liebe dich, so wie du bist. Timurcin, ich wünsche mir nichts sehnlicher, als dass du mit dir endlich ins Reine kommst, um glücklich zu werden. Du bist auf einem guten Weg. Wirf das in deinem Zweifel an dir und deinen Fähigkeiten nicht fort, sondern kämpfe um dein Glück."

Valeries eindringliche Worte rüttelten ihn wach. Seine Lethargie schwand ein wenig und auch sein Verlangen nach Alkohol ließ spürbar nach. Es tat ihm gut, sich mit Valerie über seine Probleme auszutauschen.

Nun musste er nicht mehr alles mit sich allein ausmachen.

„Jedes Mal, wenn ich meiner Sucht nachgebe, fühle ich mich anschließend unglaublich schlecht. Ich möchte das nicht mehr. Aber in dem Moment denke ich nur daran, wie gut es sich anfühlt, wenn Kopf und Geist frei und leicht werden und ich nicht mehr in der Lage bin, klare Gedanken zu fassen. In diesem Augenblick ist es mir vollkommen gleichgültig, wie ich mich am nächsten Tag fühlen werde. Sobald ich den ersten Schluck genommen habe, ist es mit meiner Beherrschung vorbei.“

„Es wird ein langer, beschwerlicher Weg werden, bis du kontrolliert mit deiner Sucht umgehen kannst. Aber du hast die richtige Richtung eingeschlagen und ich glaube fest daran, dass du es schaffen wirst.“

Timurcin entzog Valerie seine Hände und umfasste ihren Kopf. Zog sie in einen leidenschaftlichen Kuss. Ohne Valerie an seiner Seite wäre er rettungslos verloren. Ihre große Kraft, Energie und positive Lebenseinstellung färbten auch auf ihn ab. Er bewunderte sie für ihre Stärke. Sie besaß genügend, um ihn und auch Emily in diesem lebendigen Sog mitzureißen.

Kapitel 52

Ein lang ersehnter Besuch

Endlich wurde das Besuchsverbot bei Emily in der Klinik aufgehoben. Valerie hatte sie fast sechs lange Wochen nicht mehr gesehen. Anfangs wurde ihr mitgeteilt, dass sie mit zwei Wochen zu rechnen hätte, bis ein Besuch erlaubt wurde. Aber in Absprache mit den Therapeuten hatte Emily schweren Herzens deren Ratschlag angenommen und weitere vier Wochen darauf verzichtet, um sich vollständig auf die Bewältigung ihres Traumas zu konzentrieren. Ihre Genesung stand im Vordergrund und Valerie hatte akzeptiert, dass es für Emily einfacher war, sich mit niemandem aus ihrem privaten Umfeld auseinandersetzen zu müssen. Es tat ihr gut, sich mit neutralen Fachkräften auszutauschen. Diese verfügten über ganz andere Möglichkeiten, ihrem Schmerz zu begegnen und sie in ihrer Bewältigung zu unterstützen.

Valerie hoffte so sehr, dass Emily sich wieder gefangen hatte und ihr Leben wieder als lebenswert betrachtete. Natürlich würde es noch lange dauern, bis Emily vollständig genesen wäre. Ihr war bewusst, dass es ein jahrelanger, beschwerlicher Prozess sein würde. Aber sie wollte ihrer jungen Freundin dabei tatkräftig zur Seite stehen.

Nun freute sie sich unbändig, Emily endlich wieder in die Arme zu schließen. In den letzten Wochen kam es ihr ganz gelegen, dass das Besuchsverbot verlängert worden war. Trotz ihrer Sehnsucht nach ihrer Ersatztochter war sie erleichtert, Zeit für sich und ihre eigene Trauer um Henriette gefunden zu haben. Nach den Aufregungen der letzten Zeit war sie am Ende ihrer Kräfte gewesen. Zuerst Justines Intrige, die ihre Beziehung zu Timurcin gefährdet hatte. Und gerade als sie die intensive, kräfteraubende Arbeit an ihrem Drehbuch beendet hatte, kamen Emilys Selbstmordversuch und schließlich Henriettes Tod dazu. Das war einfach zu viel gewesen. Sogar für eine Powerfrau wie Valerie gab es irgendwann eine Grenze, die sie überschritten hatte.

Nun sah die Welt ein wenig freundlicher aus. Timurcin hatte sich wieder gefangen und Valerie den größten Schmerz über Henriettes Verlust überwunden. Sie zwang sich nach vorn zu sehen und sich voll und ganz auf ihre Beziehung mit Timurcin zu konzentrieren.

Endlich war der Augenblick gekommen und sie stand Emily gegenüber. Das Mädchen kam freudestrahlend auf sie zu und fiel ihr um den Hals.

„Ich freue mich so, dich zu sehen", rief Emily aus. Ihr standen Tränen in den Augen.

Valerie drückte sie liebevoll an sich. „Ich habe dich so sehr vermisst, Emily. Ich dachte, diese verdammt langen Wochen gingen niemals vorüber“, gab sie leise zurück.

„Komm, ich zeig dir die Klinik“, entgegnete Emily, um wohl von dem emotionalen Moment abzulenken. Kurz darauf führte Emily sie durch die Klinik, um ihr zu zeigen, wie sie die letzten Wochen verbracht hatte.

„Ich hätte niemals geglaubt, dass mir eine stationäre Therapie helfen kann. Es war für mich eine furchtbare Vorstellung, mich hilflos ausgeliefert in die Hände der Fachleute zu begeben. Ich dachte immer, mir würde der kleine Rest meiner verbliebenen Freiheit genommen werden. Und nun musste ich erfahren, wie gut es mir tut, mich hier vom Alltag und meinen Sorgen zurückziehen zu können, um mich in Ruhe mit der Aufarbeitung meiner Probleme zu befassen.“

„Dein Entschluss war das Beste, was du tun konntest. Und ich bin froh, dass es dir besser geht.“ Valerie strich ihr über den Arm und lächelte sie an.

Obwohl heute ein regnerischer Tag Ende März war, beschlossen die beiden Frauen, dass ihnen etwas frische Luft guttun würde, und sie machten einen Spaziergang durch den Garten der Klinik. Valerie war aufgefallen, dass Emily gesund aussah. Sie schien sogar einige Kilogramm zugenommen zu haben.

Emily wollte von Valerie über die Fortschritte ihrer Arbeit hören und war begeistert, dass der Produzent mit den Dreharbeiten im kommenden August beginnen wollte.

Als sie nach ihrem Spaziergang bei einer Tasse Kaffee beisammensaßen, zog Valerie ein Exemplar ihres

Drehbuches hervor. „Ich habe dir ein Geschenk mitgebracht."

Emily nahm ehrfürchtig das Buch in die Hand und
fragte ungläubig: „Darf ich es behalten?"

„Nein, du darfst es nur einmal anschauen", gab Valerie ironisch zurück und grinste, als sie Emilys verwirrten Blick auffing. „Das war ein Scherz, Emily. Natürlich
darfst du es behalten."

Emily schlug die erste Seite auf und senkte ihren
Kopf. Valerie beobachtete sie gespannt, um ihre Reaktion nicht zu verpassen.

*„Ich widme diese Geschichte Emily, die mir bei der Ent-
wicklung meiner Charaktere hilfreich zur Seite stand. Ich
danke meiner geliebten Freundin, meiner Ersatztochter, für
ihre geduldige und motivierende Unterstützung. Ohne sie
wäre mir das Drehbuch niemals so gut gelungen. Sie hat es
geschafft, der Geschichte die notwendige Lebendigkeit und
Warmherzigkeit einzuhauchen."*

Emily blickte mit tränenverschleierten Augen auf.
„Danke, Valerie, das bedeutet mir wirklich viel. Ich bin
so froh, dass es dich gibt."

Einen Augenblick sahen sich die beiden Frauen nur
an, bevor Emily fortfuhr: „Mir helfen die Therapien bei
der Bewältigung meines Traumas. Aber ohne deine liebevolle Unterstützung und Zuwendung würde ich es
nicht schaffen, mich den grausamen Erinnerungen zu
stellen. Der Gedanke, dass es in der bedrohlichen Welt
jemanden gibt, der auf mich wartet und an mich
glaubt, hält mich aufrecht. Ich bin dir von Herzen
dankbar, dass du mich überredet hast, diese Klinik auf-

zusuchen. Dennoch kann ich den Tag, an dem ich endlich dieses Gebäude verlassen darf, kaum noch abwarten."

„Weißt du schon, wann du voraussichtlich entlassen wirst?", erkundigte sich Valerie vorsichtig.

„Frau Dr. Weiss wollte noch keine Prognose abgeben." Emily legte das Drehbuch zur Seite und sah auf ihre Hände. „Aber sie deutete an, dass sie mir raten würde, noch mindestens vier bis sechs Wochen zu bleiben. Aber schlussendlich ist es meine Entscheidung. Ich richte mich natürlich nach dem Rat der Ärzte."

Valerie legte ihr mitfühlend den Arm um die Schultern und Emily fügte ergänzend hinzu: „Ich merke schließlich selbst, dass es mir guttut, mich mit Carlas Tod auseinanderzusetzen." Sie sah traurig und verloren aus. „Immerhin kann ich mittlerweile ihren Namen erwähnen, ohne gleich in Tränen auszubrechen. Das ist schon ein Fortschritt."

Valerie zog Emily tröstend zu sich heran und sie legte ihren Kopf an Valeries Schulter. So saßen sie einige Minuten schweigend da, bis Emily sich aufrichtete und energisch ihr Kinn in die Höhe reckte.

„Ich werde es schaffen, da bin ich zuversichtlich. Auch meinen Zwang, mich selbst zu verletzen, habe ich weitgehend im Griff. Natürlich gibt es bessere und schlechtere Tage, aber ich bin auf dem richtigen Weg."

Valerie bemerkte Emilys Traurigkeit zwischen den starken Worten und wollte sie auf andere Gedanken bringen.

„Hast du dir eigentlich schon überlegt, ob du zu mir und Timurcin ziehen möchtest? Wir wissen momentan zwar immer noch nicht, wohin es uns verschlagen wird, aber sobald wir uns einig geworden sind, sage ich dir Bescheid."

Emilys Augen leuchteten auf. „Hast du das Angebot wirklich ernst gemeint? Ich würde liebend gerne bei euch einziehen. Mir ist es ehrlich gesagt völlig schnuppe, wohin ihr zieht, ich bin für alles offen. Ich habe beschlossen, ein neues Leben zu beginnen. Wo ist mir egal, Hauptsache, ich bin in deiner Nähe."

Valerie atmete ein paarmal tief durch, weil sie gerade von Glücksgefühlen überrannt wurde. „Ich bin sehr glücklich über deine Entscheidung. Timurcin wird sich ebenfalls freuen."

Kurz darauf verabschiedete Valerie sich von ihr, da E- mily zu einer Therapiesitzung musste. Valerie war beruhigt zu sehen, dass die Therapie Emily sichtlich guttat. Erstmals seit Emilys Zusammenbruch war sie vollkommen von deren Genesung überzeugt.

Kapitel 53

Ein harter Schlag ins Gesicht

Die gesamte Woche hatte Simon völlig neben sich gestanden. Die Aussicht, seiner Ex-Frau zu begegnen, brachte ihn völlig aus dem Konzept. Es war Helena nicht verborgen geblieben, dass er sich ständig auf geistigen Abwegen befand. Sie unterließ es, ihn darauf anzusprechen, weil es für seine Unruhe keine Lösung gab. Erst wenn er sich mit Juliane in der direkten Begegnung auseinandersetzen konnte, hoffte sie, würde er klarer sehen. Helena hatte sich zwischenzeitlich bemüht, sich abzulenken, was ihr nur bedingt gelungen war. Aber es half nichts, über Dinge zu grübeln, die sie nicht ändern konnte. Leon und Laura hatten sie zum Glück viel gefordert und daher ging die Zeit irgendwie rum, bis der gefürchtete Tag gekommen war. Simon war vor über drei Stunden zu seiner Verabredung mit Juliane aufgebrochen und Helena musste hilflos zu Hause auf ihn warten. Sie hatte versucht, sich abzulenken, indem sie mit den Kindern im Garten Verstecken gespielt hatte. Danach hatten sie gemeinsam einen

Schokoladenkuchen gebacken. Jetzt hatten sich die Kinder zum Spielen zurückgezogen und Helena bereitete das Abendbrot vor, in der Hoffnung, Simon würde rechtzeitig zurückkehren, um mit ihnen zu essen.

Sie wünschte sich nichts sehnlicher, als dass alles wieder beim Alten wäre. Es kam ihr vor, als hätte sie lediglich für einige Wochen in einem schönen Traum leben dürfen. Nun war die Zeit abgelaufen und alles drohte ihr weggenommen zu werden. Das Glück könnte sich als ein Schmetterling erweisen, der zerstört wurde, sobald sie versuchte, ihn festzuhalten. Liebend gern würde sie für ihre gemeinsame Zukunft mit Simon und den Kindern kämpfen, aber die Aussicht auf Erfolg stand gegen Julianes Waffen schwindend gering.

Wenigstens war den Kindern die offenkundige Spannung, die zwischen Simon und Helena herrschte, verborgen geblieben. Seitdem er ihr berichtet hatte, dass er sich mit Juliane verabredet hatte, war die Lockerheit, die zwischen ihnen vorherrschte, verloren gegangen. Helena bemerkte entsetzt, wie verkrampft sie auf Simons Berührungen reagierte. Ihr fiel es zunehmend schwerer, die richtigen Worte zu finden, und eine ungewöhnliche Sprachlosigkeit hatte sich zwischen ihnen ausgebreitet.

Nun saß sie in Simons Haus und wartete. Die Uhr tickte unbarmherzig weiter und Helena hatte es irgendwann aufgegeben, mit dem Essen auf ihn zu warten, da die Kinder Hunger hatten. Eine Stunde später hörte sie den Schlüssel im Schloss, nachdem sie die Kinder gerade ins Bett gebracht hatte. Vor Nervosität wurde ihr schlecht und mit einem Mal wollte sie überhaupt nichts mehr über die Begegnung mit Juliane wissen.

Es dauerte einen langen Moment, bis Simon das Wohnzimmer betrat. Er kam schweigend auf sie zu. Helena wünschte sich so sehr, dass er sie beruhigend in den Arm nehmen würde, um ihr durch diese vertrauensvolle Geste die Ängste zu nehmen. Aber das tat er nicht. Vielmehr blieb er reglos mitten im Raum stehen und sah sie an. Das Rauschen in ihren Ohren nahm zu und sie befürchtete, kein Wort herauszubringen.

Schließlich gab sie sich einen Ruck und krächzte: „Und wie verlief dein Treffen mit Juliane?"

Sie wollte sich ihre Angst nicht anmerken lassen. Sie wollte Simon nicht zeigen, wie viele Sorgen sie sich machte.

„Es war ungewohnt, sie wiederzusehen." Seine Stimme klang rau und er musste sich räuspern, bevor er weitersprach: „Sie hat sich anscheinend vollkommen geändert. Juliane war die letzten Jahre in Therapie, um die Geburt ihres behinderten Kindes zu verkraften. Nun ist sie sich sicher, stabil genug zu sein, um ihre Kinder wiederzusehen."

Helena beherrschte sich mühselig, um sich ihre Abscheu für diese lieblose Frau, die ihre Kinder im Stich gelassen hatte, nicht anmerken zu lassen.

„Heißt das, du erlaubst ihr den Kontakt zu Leon und Laura?"

Simon sah sie hilflos an. „Mir fällt es schwer, die richtige Entscheidung zu treffen. Ich habe ihr gesagt, dass ich mit dem Kinderpsychologen Rücksprache halten muss, ihr sonst aber nicht im Weg stehe."

Die Sorge um das Wohl der Kinder zerriss Helena fast das Herz. Aber sie musste Simon unwillig zugestehen, dass er sich seinen Entschluss nicht leicht gemacht hatte. Juliane war nun einmal die leibliche Mutter. Sie konnte den Kindern nicht den Anspruch verwehren, ihre Mutter kennenzulernen.

Aber dennoch tat es unfassbar weh. Sie hatte mittlerweile großes Vertrauen zu beiden Kindern aufgebaut. Sie hatte Angst, dass Juliane sich zwischen sie drängen würde.

Noch viel mehr Befürchtungen hegte sie allerdings, ob Juliane versuchte, ihren Mann zurückzugewinnen. Sie hielt diese Ungewissheit keinen Augenblick länger aus. Deshalb fragte sie Simon direkt: „Und was möchte Juliane vom Vater ihrer Kinder?" Sie ärgerte sich, dass ihre Stimme zitterte. „Ich kann nicht glauben, dass sie lediglich ihre Kinder kennenlernen will. Ich glaube viel eher, dass sie ihr altes Leben zurück möchte."

Als sie sah, dass Simon beschwichtigend abwinken wollte, herrschte sie ihn an: „Wage es nicht, mich anzulügen."

Überrascht stockte er und sagte dann leise: „Du hast recht. Sie hat aus ihren Absichten keinen Hehl gemacht. Nach über vier Jahren besitzt sie die Dreistigkeit, ungefragt hier aufzutauchen, um ihr Leben als Leons und Lauras Mutter wiederaufzunehmen, als wäre nichts geschehen."

Helena hörte zwar Simons Worte, die seinen Unwillen ausdrückten, aber seine Mimik war für einen Moment weich geworden, als würde er sich insgeheim über Julianes Bemühungen freuen. Helena rang um Luft, weil sich ihre Kehle wie zugeschnürt anfühlte.

„Und was fühlst du, wenn sie sagt, dass sie dich zurückhaben möchte?" Helena stockte, weil der Kloß riesig wurde. „Empfindest du noch etwas für sie? Kannst du dir vorstellen, wieder eine Beziehung mit ihr einzugehen, nach allem, was sie getan hat?" Helena wäre gern laut geworden, aber alles, was sie schaffte, war irgendwie die Worte herauszupressen. Simon versuchte sich zu verteidigen, während er die Arme vor der Brust verschränkte. „Kannst du nicht verstehen, dass mich diese Begegnung durcheinandergebracht hat? Ich brauche Zeit, ich muss mir über einige Dinge Klarheit verschaffen." Sein Blick traf Helenas und was sie darin entdeckte, ließ sie beinah in Tränen ausbrechen. „Vielleicht würde es uns guttun, ein wenig auf Abstand zu gehen. Dir kann doch nicht verborgen geblieben sein, wie angespannt unser Verhältnis die letzten Tage war."

Helena sah ihn ungläubig an, während ihr Herz zersplitterte. Einfach so, ohne Vorwarnung. Simon konnte ein dermaßen grober, unsensibler Klotz sein. Sie stemmte die Hände in die Hüften und blinzelte ihn zornig an.

„Ich soll Verständnis für dich aufbringen? Dafür, dass du dich zwischen uns nicht entscheiden kannst? Wer bringt denn Verständnis für mich auf? Du weißt nicht einmal annähernd, wie ich mich wirklich fühle. Dann ist es wohl besser, ich werde nicht bei dir einziehen." Helenas Herz raste so schnell, dass ihr schlecht wurde, und sie wartete ängstlich auf Simons empörte Reaktion, in der er sie bat, zu bleiben. Ihre Muskeln verkrampften sich, je mehr Zeit verging, in der er schwieg.

Einen schier unendlich lang andauernden Augenblick stand er einfach nur mit hängenden Armen da und sah sie an.

Als keine Antwort, keine Regung kam, sagte sie erstickt: „Dann wäre ja alles klar. Dein Blick sagt mir mehr als tausend Worte. Gegen Juliane werde ich niemals eine Chance haben. Du liebst sie, egal was sie getan hat." Sie machte auf dem Absatz kehrt und eilte aus dem Wohnzimmer. Wie konnte er sich nur derart von Juliane blenden lassen? War er so oberflächlich, dass er sich von ihrer Schönheit benebeln ließ? Als sie die Haustür aufriss, kam Simon ihr hinter.

***

„Helena, bitte warte." Er würde es nicht ertragen, wenn sie jetzt ging. Simons Puls raste, während er sie flehentlich ansah. „Ich habe es nicht so gemeint. Es tut mir leid, wenn ich dich verletzt habe. Ich möchte nicht, dass du gehst. Bleib bei mir." Er sah sie bittend an. Sie zu berühren, traute er sich nicht. Sie sah so wütend und verletzt aus, dass er befürchtete, sie würde auf ihn losgehen, falls er es wagen sollte.

Helena überlegte einen Augenblick und Simon kam es wie die längsten Momente seines Lebens vor. Wieder rang er den Wunsch, sie heranzuziehen, nieder, sondern sagte nur: „Bitte!"

Bedächtig schloss Helena die Tür und Simons Schultern sackten erleichtert nach unten.

„Dann lass uns reden." Ihre Stimme klang so kühl, dass es ihm einen Schauer über den Rücken jagte.

„Aber bitte offen und ehrlich, ich brauche keine falschen Versprechungen, die du sowieso nicht einhalten kannst." Sie schob sich hastig an ihm vorbei, als könnte sie seine Nähe nicht ertragen.

„Danke", sagte er erleichtert und lief ihr in die Küche hinterher. Dort beobachtete er sie, wie sie zwei Gläser holte und einschenkte. Seins stellte sie auf die Küchentheke, als wolle sie damit ein Statement setzen. Nachdem sie einen Schluck getrunken hatte, sah sie ihn herausfordernd an.

„Ich weiß ehrlich gesagt überhaupt nicht, womit ich beginnen soll", gab er hilflos zu.

Helena sah ihn finster an. „Wie wäre es zur Abwechslung mal mit der Wahrheit? Ständig hältst du mich hin und erwartest Rücksichtnahme. Ich habe es langsam satt. Erst dein Rumgeeiere, bis wir endlich ein Paar wurden, und nun Juliane. Du musst eine Entscheidung treffen. Ich werde nicht tatenlos dabei zusehen, wie du mich bei Laune hältst, falls es mit Juliane doch nicht funktionieren sollte."

Simon tat es leid, dass er Helena seine Liebe nicht verständlich machen konnte. Es traf ihn, dass sie ihm unterstellte, sie als Reserve warmhalten zu wollen.

Das entsprach einfach nicht der Wahrheit. Aber was war die Wahrheit? Simon wusste selbst nicht mehr, warum es ihm so schwergefallen war, zu seiner Freundin zu stehen. Eigentlich hatte sich zwischen ihnen überhaupt nichts geändert. Er hatte sich an Helenas Seite zufrieden, erfüllt und glücklich gefühlt. Diese Gefühle hatten sich doch nicht verändert, bloß, weil Juliane ihm zu verstehen gegeben hatte, dass sie wieder Interesse an einer gemeinsamen Beziehung hätte. Oder doch? Zumindest hatte er es nicht vermeiden können, gedanklich beide Frauen miteinander zu vergleichen.

Daraufhin war Simon sich nicht mehr sicher gewesen, ob seine Liebe zu Helena groß genug wäre, um ihn gegen Julianes Annäherungsversuche immun zu machen.

Er bemerkte Helenas forschenden Blick und riss sich zusammen.

„Wollen wir uns nicht setzen?"

„Danke, ich steh lieber, und jetzt lenk nicht ab." Himmel, so bestimmend kannte er sie überhaupt nicht.

Leise seufzte er. „Helena, das würde ich niemals tun. Genau aus diesem Grund hatte ich vorgeschlagen, dass wir uns eine Weile nicht sehen. Aber in dem Moment, als du gehen wolltest, begriff ich, dass ich dich nicht verlieren möchte. Den Gedanken, du könntest mich verlassen, kann ich nicht ertragen. Es tut mir unendlich leid, dass ich kurzzeitig an meinen Gefühlen gezweifelt habe." Er sah sie aufgewühlt an und hoffte, dass sie die Wahrheit in seinen Augen erkannte.

„Ich möchte dich." Nun trat er um den Küchenblock herum, trat zu ihr und strich ihr über den Oberarm. „Nur dich. Juliane kann mir den Buckel runterrutschen. Ich empfinde nichts mehr für sie. Lediglich die wehmütige Erinnerung an schöne, gemeinsame Zeiten hat mich verblendet und verwirrt. Aber ich habe eingesehen, dass diese Zeit der Vergangenheit angehört und unwiderruflich vorbei ist. Ich liebe dich und ich möchte nach wie vor, dass du so schnell wie möglich bei mir einziehst."

Helena sah ihn zweifelnd an, was ihn irritierte.

„Ob das eine gute Idee ist? Ich glaube dir, dass du es ernst meinst. Die große Frage lautet allerdings, wie lange bist du dir sicher, dass du mich liebst? Vielleicht wirft dich eine erneute Begegnung wieder aus der Bahn, oder der Anblick von Juliane als liebende Mama verzaubert dich derart, dass du erneut ins Schwanken gerätst. Wie kann ich dir nach allem, was zwischen uns vorgefallen ist, noch vertrauen?" Simon bemerkte den inneren Kampf, den Helena führte, was ihn veranlasste, ihre Hände zu nehmen und sie eindringlich anzusehen. „Ich kann dir nur beteuern, dass ich dich unendlich liebe. Manchmal will ich die Tatsache, wie viel du mir wirklich bedeutest, einfach nicht wahrhaben. Aber ich kann mir ein Leben ohne dich überhaupt nicht mehr vorstellen." Er küsste sie und hoffte, sie von seiner aufrichtigen Liebe überzeugt zu haben.

Helena erwiderte den Kuss, löste sich dann aber von ihm und schob ihn ein Stück von sich. Dass sie auf Distanz ging, schmerzte ihn, doch er verstand Helena.

„Wenn du wirklich mit mir leben möchtest, dann musst du dir absolut sicher sein. Denn ich würde es nicht aushalten, wenn du mich irgendwann wegschickst. Ich habe zu viel ertragen müssen. Monatelang hast du mich abgewiesen und ich habe dir dennoch verziehen. Nun erklärst du mir, dass du dir deiner Gefühle für mich nicht mehr sicher bist. Auch diese Verletzung habe ich hingenommen. Eine weitere würde ich nicht überleben. Meine Vergangenheit hat mich sehr geprägt. Nachdem mein Verlobter sich von mir getrennt hatte, fiel es mir schwer, einem anderen Mann überhaupt noch zu vertrauen. Nun hast du dieses Wunder vollbracht. Aber du machst es mir wirklich nicht einfach.“

Simon brauchte einen Moment, ehe Helenas Worte bei ihm ankamen. Was erzählte sie ihm da?

„Habe ich richtig gehört? Du warst schon einmal verlobt? Warum hast du mir nie davon erzählt?“

Helena erwiderte trocken: „Erstens hatten wir genügend andere Probleme und zweitens wollte ich diese schmerzliche Geschichte einfach nur hinter mir lassen und vergessen.“

„Ich bin dein Freund, du kannst jederzeit mit mir über deine Sorgen sprechen.“

„Leider vergisst du diese Tatsache ab und zu.“ Helena konnte sich anscheinend eine kleine Spitze nicht verkneifen.

„Autsch, das hat gesessen.“ Simon griff sich theatralisch ans Herz.

„Das hast du auch verdient, nach allem, was vorgefallen ist.“

„Möchtest du mir jetzt erzählen, was damals passiert ist?“, fragte Simon schließlich leise und nahm Helena in den Arm.

Es dauerte eine Weile, doch dann sagte sie: „Marc hat mich eine Woche vor unserer Hochzeit verlassen, um zukünftig mit einer meiner besten Freundinnen zusammenzuleben.“ Helena ballte die Fäuste und blinzelte gegen die Tränen an, die Simon in ihren Augen aufsteigen sah.

„Es ärgert mich, dass es mir immer noch so viel ausmacht, derart hintergangen worden zu sein“, fügte sie entschuldigend hinzu und wischte sich über die Augen.

„Das tut mir leid. Es muss unglaublich schwer für dich gewesen sein, mit dem Umstand klarzukommen, gleich von zwei Vertrauten betrogen worden zu sein." Simon sah sie betroffen an.

Sie erzählte ihm die ganze unschöne Geschichte und Simon musste mehrmals schlucken.

„Das Schlimmste ist für mich der Gedanke, dass ich mich bei ihr regelmäßig über meine Beziehungsprobleme ausgelassen habe. Sie hat mir verständnisvoll, wie eine gute Freundin das eben macht, zugehört und mir Ratschläge erteilt. Heute mit dem Wissen, dass sie zu diesem Zeitpunkt schon mit Marc geschlafen hat, könnte ich ihr für ihre Heuchelei eine reinschlagen."

Helena schien immer noch völlig aufgebracht über das hinterhältige Verhalten ihrer ehemaligen Freundin zu sein.

Simon drückte sie etwas enger an sich, küsste sie auf die Stirn und murmelte: „Mein Schatz, es tut mir unendlich leid, dass dir so wehgetan wurde. Hätte ich es vorher gewusst, dann hätte ich mehr Rücksicht genommen. Ich wusste doch nicht, dass du schon so viel mitgemacht hast."

Helena schob ihn energisch von sich und sagte wütend: „Was ist das bitte für ein unglaublich dummes Argument, dass du mir die ganzen Verletzungen erspart hättest, wenn du gewusst hättest, was mir widerfahren ist? Hätte ich keine schlechten Erfahrungen gemacht, dann wäre es weniger schlimm gewesen, mich herablassend zu behandeln, oder wie soll ich das verstehen? Das hätte die starke Helena schon ausgehalten." Helena strich sich eine Haarsträhne aus dem Gesicht. „Manchmal verstehe ich nicht, wie ein derart intelligenter

Mann solch einen Blödsinn von sich geben kann." Als Simon sie beruhigend umarmen wollte, stieß sie ihn wütend von sich.

Er stöhnte verzweifelt auf. „Das hast du vollkommen falsch verstanden. Ich wollte lediglich sagen, dass es mich nun umso mehr belastet, dich mit meinem unsensiblen Verhalten verletzt zu haben. Natürlich spielt es an sich keine Rolle, ob du schon negative Beziehungserfahrungen gemacht hast oder nicht. Denn das macht mein Verhalten dir gegenüber nicht besser. Ich habe mich ungeschickt ausgedrückt. Helena, jetzt mach es mir doch bitte nicht so schwer. Was soll ich noch tun, um dich zu überzeugen?"

Nach kurzem Zögern sank er vor ihr auf die Knie und hob flehend die Arme in die Luft. „Helena, ich bitte dich auf Knien demütigst um Verzeihung."

Ein kleines Lächeln stahl sich aufgrund seiner albernen Darbietung in ihr Gesicht. Mit ihrer Hand griff sie nach seiner und versuchte ihn auf die Füße zu ziehen. Unsicher blickte er sie an. „Verzeihst du mir noch einmal? Ich weiß, dass ich unglaublich viel von dir verlange."

Statt eine Antwort zu geben, schlang sie ihre Arme um seine Hüfte und küsste ihn.

Simon hoffte, dass es ihnen beiden gelingen würde, trotz aller Rückschläge die glücklichen Momente über alles stellen zu können. Die Zukunft würde es zeigen.

Kapitel 54

Henriettes Erbe

Timurcin beendete hastig sein Frühstück. Er schob sich den letzten Bissen seines Brötchens in den Mund und spülte ihn mit einem großen Schluck Kaffee hinunter. Er war spät dran. In einer halben Stunde traf er sich mit Justine, um die Erbteilung zu klären und für den Notar festzulegen.

Die öffentliche notarielle Bekanntgabe war vorüber und Henriette hatte Wort gehalten und ihm die Hälfte ihres gesamten Erbes zugesprochen. Lediglich Kleinigkeiten wie Schmuckstücke, Antiquitäten und Kunstwerke hatte sie verschiedenen Personen vermacht. So hatte sie Valerie fast ihren gesamten Schmuck hinterlassen. Leonard bekam einige ihrer wertvollen Antiquitäten und obendrein die beruhigende Zusage, auf Lebenszeit im Amt des Direktors von Hotel Kaiserhof zu bleiben, sofern er das wollte.

Herrn Steigenberger hatte sie eines ihrer Lieblingsbilder vermacht und auch weitere langjährige Mitarbeiter hatte sie in ihrer Großzügigkeit bedacht.

Nun wollte Timurcin mit Justine besprechen, wie er das Erbe aufzuteilen gedachte. Er wollte einen klaren

Schnitt, um die Ära Hohenstetten endlich hinter sich zu lassen.

Mit einem liebevollen Kuss verabschiedete sich Timurcin von Valerie und zog sich im Gehen noch sein Jackett über, damit er zumindest kleidungsmäßig nicht Justines Unmut auf sich zog.

„Da bist du ja endlich", entgegnete seine Ex von oben herab, als er ihr Büro betrat.

Timurcin verkniff sich um des lieben Frieden willen eine sarkastische Antwort. Er hatte sich gerade einmal um zwei Minuten verspätet. Er ließ sich in einen der Besuchersessel fallen und faltete die Hände zusammen. „Dann lass uns mit der Schlacht beginnen. Ich freue mich schon auf eine hart umkämpfte Auseinandersetzung mit dir. Das wird ein Spaß werden."

Justine betrachtete ihn misstrauisch und Timurcin freute sich ein wenig darüber, dass sie mit seiner Aussage nichts anzufangen wusste.

„Hast du etwa getrunken?", gab sie deshalb hochmütig zurück.

Timurcin lachte leise. „Du brauchst dir keine Sorgen zu machen. Ich habe klare Vorstellungen, was ich vom Erbe haben möchte. Du musst lediglich deine Zustimmung geben und schon hat sich unser kleines Gespräch in Wohlgefallen aufgelöst."

„Fragt sich nur, ob ich deinen Forderungen zustimmen werde. Ich hege gewisse Zweifel, ob wir uns wirklich so schnell einig werden", brummte sie unmutig, doch zu Timurcins Überraschung bot sie ihm einen Kaffee an, den er dankbar annahm.

***

Nachdem ihre Sekretärin den gewünschten Kaffee gebracht hatte, vertiefte Justine sich in ihre Unterlagen über die Vermögenswerte ihrer Mutter. Es hatte sie überrascht, dass sich das Erbe auf eine so hohe Summe belief. Natürlich war ihr nicht verborgen geblieben, dass die Familie durch die Hotels über gute bis gehobene Einnahmequellen verfügte, aber trotzdem hatte es sie verwundert, dass das Barvermögen ihrer Mutter sich auf gut fünfundzwanzig Millionen Euro belief. Das Gutachten über den Wert der Hotels war noch im vollen Gange und bis jetzt wurde für jedes Hotel nur eine vage Prognose abgegeben. Dennoch war allen Beteiligten klar, dass sowohl der Kaiserhof wie auch Hotel de Attrait den wertvollsten Besitz darstellten, allein schon aufgrund ihrer hervorragenden Lage. Dicht gefolgt von Hotel Hohenstetten. Lediglich das kleine Hotel in Berlin war deutlich weniger wert. Sowohl Henriette als auch Justine hatten sich keine Mühe gegeben, aus diesem kleinen Schmuckstück etwas herauszuholen. Es diente lediglich als preiswerte, aber gehobene Unterkunft für Geringverdiener. Justines Vater hatte es vor vielen Jahren sehr günstig erworben und so schlummerte dieses verborgene Kleinod seit Jahren fast vergessen vor sich hin.

Justine hatte sich die letzten Wochen ständig den Kopf zerbrochen, welches Hotel Timurcin für sich beanspruchen wollte. Eigentlich wollte Justine keines abgeben. Denn sie hatte schon zu viel Energie und Arbeit in die Umstrukturierung des Hotels in Nizza gesteckt, um es Timurcin zu überlassen. Anderseits war der Kaiserhof wohl der wertvollste und außergewöhnlichste

Besitz. Aber sie würde nicht umhinkommen, ihm Zugeständnisse zu machen, sonst würden sie niemals zu einer Einigung finden.

Timurcin schien es nicht eilig zu haben, sie über seine Absichten in Kenntnis zu setzen. Schließlich blinzelte sie ihm auffordernd zu, weil er keine Anstalten machte, das Gespräch zu eröffnen.

„Schön, dass du es dir mit dem Kaffee in der Hand in meinem Büro so gemütlich eingerichtet hast", meinte sie schnippisch. „Hättest du dennoch die Güte, mich nun über deine Pläne in Kenntnis zu setzen? Ich kann nicht hellsehen."

Er ließ sich nicht aus der Ruhe bringen. Behaglich lehnte er sich zurück und meinte gedehnt: „Wie wäre es, wenn du mir ein akzeptables Angebot machen würdest?"

Unversehens stieg Justine Wut die Kehle hinauf, die ihr wohlbekannt vorkam. Timurcin schaffte es immer noch, sie bis aufs Blut zu reizen. Mit seiner unglaublichen Ausdauer, Ruhe und Ausgeglichenheit machte er sie wahnsinnig.

„Das würde dir so passen, mein Lieber. Am Ende mache ich dir ein besseres Angebot, als du mir vorgeschlagen hättest, und du lachst dich anschließend über mich ins Fäustchen. Nein, so blöd bin ich nicht. Du wirst mir nun sagen, was du willst, und ich werde dir darauf eine Antwort geben."

Timurcin lachte amüsiert auf. „Du glaubst doch nicht ernsthaft, dass du mir freiwillig mehr zugestehen würdest, als ich vorschlagen werde? Justine, mach dich bitte nicht lächerlich. Aber um deine angeschlagenen

Nerven zu beruhigen, werde ich dich nicht länger auf die Folter spannen."

Justine sah ihn gespannt an, und als er nicht weitersprach, verdrehte sie frustriert die Augen und sagte mit zusammengepressten Lippen: „Nun sag schon, bevor ich mich genötigt sehe, dich umzubringen."

Timurcin räusperte sich und dieses Geräusch zerrte an ihren Nerven.

„Ich möchte von Henriettes Barvermögen zwei Millionen Euro für meinen Neustart. Außerdem möchte ich eins der Hotels haben. Und zwar Hotel Lilienhof. Den Rest kannst du behalten."

Justine sah ihn fassungslos an. „Du versuchst gerade mich zu veralbern. Das finde ich wirklich nicht lustig, Timurcin. Jetzt sag mir endlich, ob du Hotel de Attrait oder den Kaiserhof haben möchtest. Den Lilienhof gebe ich dir von mir aus als Dreingabe mit dazu. Ich schätze mich glücklich, wenn ich diese Altlast nicht noch länger mit durchbringen muss."

Timurcin schüttelte lächelnd den Kopf: „Ich habe dir doch schon gesagt, dass ich nicht daran interessiert bin, Henriettes Erbe zu gleichen Teilen aufzuteilen. Du bist ihre einzige Tochter und somit steht dir der Löwenanteil zu. Ich bin froh, von Henriette überhaupt bedacht worden zu sein. Diese Tatsache erleichtert es mir ungemein, in ein neues Leben zu starten. Und ich habe vor, es in Berlin zu beginnen." Er rückte an den Sesselrand und sah sie eindringlich an. „Justine, ich wünsche dir, dass du zukünftig glücklicher und zufriedener sein wirst. Es tut mir leid, dass ich als Ehemann so eine große Enttäuschung für dich war. Ich habe bestimmt vieles falsch gemacht, aber schlussendlich müssen wir einsehen und uns eingestehen, dass wir niemals zusammengepasst haben. Dir wünsche ich, dass du irgendwann einen Mann findest, der es schafft, dir ein erfülltes Leben zu bieten."

Justine schnaubte und versuchte sich hinter einer kühlen Fassade zu verstecken. Was fiel ihm ein, so mit ihr zu reden? „Ich schwanke wirklich, ob ich dich für deine selbstlose Haltung bewundern oder ob ich dich dafür verachten soll, dass du ein selten dämlicher, bescheuerter, geistig umnachteter Vollidiot bist." Sie wusste selbst nicht genau, welche Meinung am Ende gewinnen würde.

„Mir ist es ehrlich gesagt egal, was du von mir hältst. Hauptsache, wir sind uns einig und lassen diesen Beschluss so schnell wie möglich notariell beglaubigen."

Justine betrachtete ihn nachdenklich. Schließlich begann sie zu sprechen: „Du siehst mich gänzlich erstaunt. Anscheinend bin ich es, die geistig nicht mehr auf der Höhe ist oder sich von unangebrachten Sentimentalitäten leiten lässt, aber ich verspüre dir gegenüber tatsächlich ein schlechtes Gewissen, dich mit diesem Bruchteil des Erbes abzuspeisen."

Timurcin lachte wie befreit. Er schüttelte ungläubig den Kopf. „Wenn mir noch vor wenigen Tagen jemand erzählt hätte, dass du mich dazu nötigst, mehr Geld anzunehmen, hätte ich denjenigen ausgelacht und für verrückt erklärt."

„Stell mich doch nicht immer als monströses Ungeheuer dar. Das bin ich nicht", gab Justine verständnislos zurück.

Timurcin hatte es anscheinend die Sprache verschlagen. Er starrte sie mit leicht geöffnetem Mund an und sie fragte sich, ob er sie wirklich in diesem Licht sah. Andererseits konnte es ihr doch völlig egal sein.

„Jetzt betrachten wir das Ganze mal ernsthaft. Du benötigst eine Menge Startkapital, wenn du den Lilienhof in neuem Glanz erstrahlen lassen willst. Du möchtest bestimmt nicht gleich alle Rücklagen aufbrauchen. Überlege dir gut, wie viel du benötigen wirst. So großzügig zeige ich mich nur einmal im Leben."

„Wenn dir so viel daran liegt, dann erhöhe ich eben meine Forderung auf drei Millionen Euro", sagte er spaßeshalber.

„Abgemacht, dann verbleiben wir wie besprochen und ich gebe es an Herrn Dr. Niederberger weiter."

Timurcin sah sie nachdenklich an: „Ich weiß nicht, warum du heute so seltsam bist, aber ich habe gegen die zusätzliche Million nichts einzuwenden."

„Du hast mich durchschaut." Justine hob beide Hände und sah ihn an, als habe er die Schlacht gewonnen. „Ich möchte nur verhindern, dass dir irgendwann einfällt, um dein Erbe betrogen worden zu sein, und du es nachträglich einklagst."

Timurcin sah sie einen Moment an, als habe sie den Verstand verloren, und Justine zweifelte zum ersten Mal an sich und ihrer knallharten Einstellung zum Geschäftsleben.

Timurcin erhob sich und sie tat es ihm gleich, nur um wenige Sekunden von einer Umarmung überrascht zu werden.

Zuerst versteifte sie sich in seinen Armen, dann entspannte sie sich und erwiderte seine Umarmung.

Er lächelte ihr noch einmal zum Abschied zu und verließ sie, ohne ein weiteres Wort zu verlieren. Es war alles zwischen ihnen gesagt worden.

Kapitel 55

Schwierige Momente

„Hoppla! Wie immer bist du zu stürmisch." Timurcin lachte, als er beim Betreten der Suite beinahe mit Valerie zusammenstieß. Sie war gerade auf dem Weg zu Emily. Als sie seine gut gelaunte Miene sah, bemerkte sie erleichtert: „Dein Gespräch mit Justine scheint gut verlaufen zu sein. Konntest du dich tatsächlich friedlich mit ihr einigen? Ich muss sagen, dass mich diese Tatsache ein wenig erstaunt."

Timurcin grinste sie frech an. „Du hast doch nicht wirklich an meinen Fähigkeiten als knallharter Geschäfts- und Verhandlungspartner gezweifelt? Asche auf dein Haupt. Ich habe meine Forderungen gestellt und Justine blieb nichts anderes übrig, als zuzustimmen." Auf Valerie skeptischen Blick lenkte er ein: „Na gut, ich muss zugeben, dass ich nur einen Bruchteil von Henriettes Erbe eingefordert habe. Es kam mir einfach falsch vor, die Hälfte ihres Vermögens einzukassieren. Henriette hat dieses Lebenswerk gemeinsam mit ihrem Mann aufgebaut, und Justine ist als einzige Tochter die rechtmäßige Erbin, die das Imperium mit dem Namen Hohenstetten voller Stolz fortführen sollte." Er fuhr sich durchs Haar und sah sie eindringlich an. „Ich weiß, dass Henriette mich geliebt hat, aber es war dennoch übertrieben von ihr, mir dieses gewaltige Erbe zu hinterlassen. Ich möchte es einfach nicht annehmen."

Valerie hatte seinen Ausführungen still gelauscht und musste seine Offenbarung erst einmal verdauen. „Was heißt das jetzt im Klartext? Du hast doch hoffentlich nicht das gesamte Erbe ausgeschlagen?" Sie sah ihn an, als verdächtige sie ihn, den Verstand verloren zu haben.

Eigentlich kannte sie Timurcin gut genug, um über seine Entscheidung nicht besonders überrascht zu sein. Trotzdem wollte sie nicht, dass er in seiner Gutmütigkeit von Justine um sein rechtmäßiges Erbe betrogen wurde.

„Ich kann dich beruhigen. Natürlich habe ich einen kleinen Teil für mich beansprucht. Aber in Anbetracht des Gesamtvermögens war es eine so lächerlich geringe Summe, dass sogar Justine ein schlechtes Gewissen bekam, mich nicht zu übervorteilen." Er lächelte und schien kurz in der Erinnerung eingetaucht zu sein. Schließlich offenbarte er ihr: „Ich möchte den Lilienhof in Berlin. Denn weder mit dem Luxusanwesen in Nizza noch mit dem Kaiserhof am Starnberger See bin ich jemals warm geworden. Warum sollte ich einen der beiden Betriebe für mich beanspruchen, wenn ich nicht einmal willens bin, das Hotel selbst zu leiten? Nur wegen des Geldes war es mir nicht wert, darum zu kämpfen. Justine wird es erfolgreich weiterführen und dadurch den Namen Hohenstetten ehren. Um meinen Traum, den ich mir mit dem Lilienhof erfüllen möchte, in die Realität umzusetzen, habe ich weitere zwei Millionen Barvermögen verlangt. Das erschien mir ausreichend, um den feinen, aber heruntergekommenen Betrieb wieder im alten Glanz erscheinen zu lassen."

Valerie musste über diese Nachricht erst einmal schlucken.

„Ich verstehe dich nicht. Es war Henriettes ausdrücklicher Wunsch, dass du die Hälfte ihres Erbes annimmst. Warum tust du ihr nicht diesen letzten Gefallen? Nein, lieber wirfst du das Geld in Justines geldgierigen Rachen. Sie hat es nach allem, was vorgefallen ist, wirklich nicht verdient, dass du ihr so entgegenkommst. Seit wann lässt du dich von ihr wieder dermaßen um den Finger wickeln?"

Timurcin sah sie verletzt an. „Du kannst meine Beweggründe anscheinend wirklich nicht nachvollziehen. Es geht hier nicht darum, ob es Justine verdient hat oder ob ich Henriettes letzten Willen nicht respektiere. Es geht ausnahmsweise einmal ausschließlich um mich persönlich. Ich kann dieses Vermögen nicht guten Gewissens annehmen. Ich würde damit niemals glücklich werden. Außerdem bin ich mir sicher, dass es zum Teil Henriettes schlechtem Gewissen geschuldet war, mir so viel zu hinterlassen. Wahrscheinlich war sie der Meinung, es stünde mir zu, nachdem ich mich jahrelang wie ein Sohn um sie gekümmert habe. Aber eigentlich weiß ich genau, sie war der gleichen Meinung wie ich: Justine soll die Ära Hohenstetten weiterhin zum Erfolg führen. Henriette sieht uns vom Himmel aus zu und wird meinen Entschluss gutheißen."

Valerie betrachtete ihren Freund nachdenklich und war wieder einmal über seine ausgeprägte Persönlichkeit fasziniert. Es entsprach seinem Charakter, dieses Geld nicht komplett einzufordern. Fast gegen ihren Willen musste sie ihm für seine mutige Entscheidung Respekt und Anerkennung zollen. Es gab nur wenige, die mit Aussicht auf diese große Verlockung ihren löblichen Grundsätzen treu blieben.

Valerie umarmte Timurcin und entgegnete reumütig: „Ich muss mich bei dir entschuldigen. Natürlich kann ich deine Einstellung verstehen. Du bist ein grundanständiger, ehrlicher Kerl. Wer hat Henriette besser gekannt als du? Es war ungerecht, dich moralisch unter Druck zu setzen."

„Ich verspreche dir, dass ich dir nicht auf der Tasche liege." Er zog Valerie in seine Arme und küsste sie auf die Stirn. „Mit meinem neuen Projekt werde ich hoffentlich genügend Geld verdienen. Ich möchte nicht von dir abhängig sein."

Valerie löste sich von ihm und trat einen Schritt zurück. „Das hat für mich niemals eine Rolle gespielt. Du könntest meinetwegen bis an dein Lebensende nichts tun, wenn es dich glücklich machen würde. Ich hoffe, das weißt du. Mir ging es lediglich darum, dass Justine nach allem, was sie in ihrem Leben verbrochen hat, es nicht verdient hat, das gesamte Imperium ihrer Mutter zu erben."

Timurcin nahm ihre Hand und führte diese behutsam zu seinem Mund. Er hauchte einen sanften Kuss darauf und meinte beschwichtigend: „Valerie, ich weiß, dass es nicht deine Art ist, mir vorzuhalten, auf deine

Kosten zu leben. Aber ich muss endlich wieder auf eigenen Füßen stehen, vor allem beruflich. Sonst bekomme ich mein Selbstwertgefühl nie mehr zurück. Was Justine betrifft, kann ich deinen Ärger verstehen. Aber ich trage ihr mittlerweile nichts mehr nach. Sie hat unter ihren Schuldgefühlen, sich zu Lebzeiten nicht mehr mit ihrer Mutter versöhnt zu haben, genug zu leiden. Mit Justine habe ich endgültig abgeschlossen und dazu gehört, dass ich das Unmögliche geschafft habe, mich im Guten von ihr zu trennen und ihr zu verzeihen. Immerhin haben wir dreizehn lange Jahre gemeinsam unser Leben geteilt. Und du wirst es kaum glauben, Justine hat mir freiwillig einen größeren Anteil angeboten. So habe ich es mir nicht nehmen lassen, meine ursprünglichen zwei Millionen auf drei zu erhöhen, und sie hat widerspruchslos akzeptiert. Manchmal schafft es sogar Justine, mich positiv zu überraschen.“
Valerie staunte ebenfalls, was hatte ihr Freund nur mit seiner Ex angestellt? Sie neigte den Kopf und meinte nachdenklich: „Das wird als Startkapital mehr als ausreichend sein. Ich würde gerne näheres über deine Zukunftspläne wissen, aus denen du bis jetzt ein großes Geheimnis gemacht hast. Aber ich habe Emily versprochen, um ein Uhr bei ihr zu sein, und um diesen Termin einzuhalten, muss ich mich jetzt beeilen. Wir reden heute Abend.“ Sie ließ sich von Timurcin in eine Umarmung ziehen und er küsste sie leidenschaftlich, bevor er sie bat: „Grüß Emily ganz lieb von mir und frage sie, ob sie mit Berlin als zukünftigem Wohnort einverstanden ist.“

Valerie hoffte heute zu erfahren, ob es für Emily schon einen Entlassungstermin gab. Immerhin befand sie sich seit nunmehr acht Wochen in therapeutischer Behandlung und hatte hervorragende Fortschritte gemacht.

Ihr Herz machte einen Sprung, als Emily ihr schon von Weitem zuwinkte. Valerie war jedes Mal wieder erleichtert, wenn sie sah, wie gut es Emily inzwischen zu gehen schien.

„Hallo Emily, schön, dich zu sehen." Sie hauchte ihrer Ersatztochter zwei Küsse links und rechts auf die Wange und umarmte sie herzlich.

„Lass uns bitte ein wenig spazieren gehen. Mir liegt das Mittagessen im Magen", brummelte Emily unleidlich vor sich hin.

Valerie warf ihr einen unauffälligen Seitenblick zu, während sie sich Richtung Ausgang aufmachten. Emily schien heute schlechte Laune zu haben.

„War das Essen denn so furchtbar?", bemühte sie sich, die Stimmung aufzulockern.

„Es ist doch eine Zumutung, um zwölf Uhr zu Mittag zu essen. Wer hat denn um diese Uhrzeit Lust, ein fettes Schnitzel oder pfundweise Nudeln in sich hineinzustopfen?", gab Emily missmutig zurück.

Valerie blieb abrupt stehen und sah sie scharf an. „Emily, was ist los, ist alles in Ordnung?"

„Herrgott noch mal, darf ich keinen schlechten Tag haben, ohne dass mir gleich wieder irgendetwas unterstellt wird?"

Valerie versuchte ruhig zu bleiben. „Ich mache mir doch nur Sorgen, weil ich dich liebe. Verzeih mir meine Überbesorgnis. Ich meine es nur gut."

Emily wurde augenblicklich rot und sah betreten zu Boden. Es entstand ein beklemmender Augenblick. Schließlich sagte Emily leise: „Es tut mir leid, aber ich bekomme langsam einen Koller, ich möchte endlich heim."

Valerie legte ihr vorsichtig die Hand auf den Arm. „Das kann ich gut verstehen, aber mit diesem Verhalten wirst du die Therapeuten kaum von einer baldigen Entlassung überzeugen."

Emily seufzte. „Ich habe heute Morgen mit Frau Doktor Weiss wegen meiner Entlassung gesprochen. Sie kann sich vorstellen, dass ich in ungefähr zwei bis drei Wochen stabil genug wäre, um mein Leben wiederaufzunehmen."

„Das klingt doch eigentlich ganz gut. Warum aber habe ich das dumpfe Gefühl, dass es dir trotz dieser positiven Neuigkeit alles andere als gut geht?", fragte Valerie besorgt.

Emily setzte sich wieder in Bewegung und öffnete mit Vehemenz die Tür zum Garten. Erst als sie einige Schritte an der frischen Luft gegangen waren und Emily ein paar Mal tief eingeatmet hatte, sprach sie weiter. „Ich habe Bedenken, ob ich mein Leben, ohne die Hilfe hier, wirklich in den Griff bekommen kann. Manchmal geht es mir gut und ich bin zuversichtlich, es zu schaffen. Und dann gibt es Tage wie heute, an denen die Therapie tief verborgene Emotionen ans Tageslicht befördert hat, da kann ich mir einfach nicht vorstellen, jemals wieder ein normales, zufriedenes Leben zu führen. Ich fühle mich wie eine Hochseilartistin, die versucht, das Gleichgewicht zu halten. Denn sobald ich ins Schwanken gerate, besteht die Gefahr ins Bodenlose zu stürzen. Zwar erreiche ich immer öfters den Punkt, an dem ich das Seil mit einem Hochgefühl verlassen kann, aber mir macht die Sicherheit unter meinen Füßen mehr Angst, als dass es mir Zuversicht und Hoffnung gibt. Denn dieses Sicherheitsgefühl ist nichts als ein trügerisches Scheingebilde. Vielleicht ist es nur eine Illusion, die mir vorgaukelt, das Schlimmste überstanden zu haben." Während sie sprach, sah sie Valerie nicht an. Ihren Blick hielt sie konsequent auf den Boden gerichtet. „Seit Carlas Tod habe ich die ganze Zeit die Schuld bei meiner Mutter gesucht. Nun muss ich mich endlich mit meinen eigenen Schuldgefühlen auseinandersetzen." Emilys schluckte und konnte für einen Moment nicht weitersprechen. „Wo war ich denn, als Carla mich am meisten gebraucht hatte? Wo war ich das gesamte letzte Jahr, bevor sie starb? Welche Mutter lässt ihr Kind im Stich, um egoistisch ihre eigenen Ziele zu verfolgen? Weißt du, wie schwer es ist, mit der Tatsache zu leben, dass ich von der kurzen Zeit, die mir mit ihr vergönnt war, die Hälfte verpasst habe, weil ich unter der Woche in Düsseldorf gelebt habe und nur am Wochenende Zeit mit meiner Tochter verbringen konnte? Und soll ich dir noch etwas sagen?" Emily sah Valerie an und sie erkannte den inneren Kampf, den Emily ausfocht. „Ich habe mich in Düsseldorf glücklich und unbeschwert gefühlt, ohne die beständige Sorge um ein Kleinkind. Endlich konnte ich wie meine Mitschüler all das tun, was ich wollte, ohne auf Carla Rücksicht nehmen zu müssen. Ich habe sie über alles geliebt und mich auf die Wochenenden unglaublich gefreut, aber dennoch war ich erleichtert, als ich montags in mein Leben in Freiheit zurückkehren konnte. Das wollte ich mir lange Zeit nicht eingestehen. Aber in den letzten Wochen musste ich mich unbequemen Wahrheiten stellen. Und diese Auseinandersetzung hat mich völlig durcheinandergebracht." So unvermittelt Emilys Emotionen aus ihr herausgebrochen waren, so plötzlich verstummte sie.

In Emilys Blick lag so viel Sorge, dass Valerie zunächst nicht wusste, was sie erwidern sollte. Doch ihr war eines klar, Emily brauchte vor allem Rückhalt. Kaum hatte sie Emily in den Arm genommen, schüttelten Schluchzer die junge Frau. Valerie gab ihr Zeit, sich zu beruhigen, und als das Beben nachließ, sagte sie leise: „Emily, das ist Unsinn, was du dir vorwirfst. Jede junge Frau, die in deinem Alter Mutter wird, kann deine Gefühle nachvollziehen. Es würde doch jedem so gehen, dass er sein altes Leben zumindest ein wenig weiterleben möchte. Wäre Carla nicht gestorben, dann würde dich heute jeder dafür bewundern, wie gut du Beruf und Kind unter einen Hut bekommst. Dein Kind wusstest du bei deiner Mutter gut aufgehoben. Unter diesen Umständen war es doch nur legitim, dass du deine Ausbildung gemacht hast."

„Du vergisst die Tatsache, dass es der größte Fehler meines Lebens war, Carla meiner Mutter anvertraut zu haben. Sie hat sie sterben lassen. Ich weiß bis heute nicht, warum sie mein Baby so lange aus den Augen gelassen hat, dass sie ertrinken konnte." Emily löste sich aus der Umarmung und in ihrem Blick lag so viel Schmerz, dass es Valerie selbst das Herz in Stücke riss.

„Was ist damals denn genau passiert?", traute Valerie sich zu fragen.

Langsam setzten sie ihren Spaziergang fort und Emily erzählte ihr unter Tränen, dass ihre Mutter mit Carla spazieren gegangen war. In unmittelbarer Nähe ihres Wohnhauses befand sich ein kleiner See, sie wollten dort Enten füttern gehen. Auf dem Weg dorthin war Emilys Mutter einem Bekannten begegnet, der sie in ein Gespräch verwickelt hatte. Das war der Moment, den Carla genutzt hatte, um selbst schon mal zum See zu laufen, ohne dass es einer der Erwachsenen bemerkt hatte. Jede Hilfe kam zu spät, Carla war schon tot, als sie im Teich gefunden wurde.

„Sie ist an einer Stelle ertrunken, die kaum einen Meter tief war. Wie konnte meine Mutter sie aus den Augen verlieren? Ich weiß, dass sie ein wenig schwerhörig ist, aber sie hätte doch viel früher bemerken müssen, dass die Kleine nicht mehr da war. Wie soll ich ihr jemals verzeihen, dass sie Carla hat sterben lassen? Sie war doch noch so klein. Wie konnte sie mein Baby allein lassen?"

Emilys Leid tat Valerie so weh, dass es ihr die Tränen in die Augen trieb. Emilys Vergangenheit war jenseits ihrer Vorstellungskraft. Wie sollte ein Mensch diese schwere Last tragen können?

Als Emily weitersprach, wurde Valeries Mitgefühl noch größer. Mit jedem weiteren Wort zerriss es beinahe ihr Herz.

„Während meine Tochter im Wasser um ihr Leben kämpfte, schlief ich selig schlummernd meinen Rausch aus. Wir hatten am Vortag die Prüfungsergebnisse des ersten Halbjahres bekommen und ich hatte mit guten Noten bestanden. Das war das einzige Mal während meiner Ausbildung, dass ich nicht nach Hause gefahren bin, sondern das Wochenende in Düsseldorf bleiben wollte, um ein wenig mit meinen Freunden zu feiern. Und als ob Gott mich für meine Lieblosigkeit meiner Tochter gegenüber bestrafen wollte, hat er sie an diesem Tag sterben lassen, weil ich nicht da war. Ist das gerecht? Ist das fair? Einmal im Jahr wollte ich ein Wochenende für mich haben und mit meinen Freunden feiern." Traurig schüttelte sie den Kopf und sah fürchterlich erschöpft aus. Valerie strich ihr sanft über den Oberarm, und als sie erkannte, dass Emily gerade fix und fertig war, führte sie sie behutsam zu einer Bank. Als sie sich setzten, fasste sich Emily ein Herz und sprach weiter.

„Wir hatten so viel Spaß in dieser Nacht. Erst um fünf Uhr morgens waren wir zu Hause. Der Anruf meiner Mutter weckte mich." Emily rieb sich über die Augen. „Als meine Mutter verstummte und weinte, wusste ich es. Aber als sie es aussprach, wollte ich es dennoch nicht glauben." Emily verbarg ihr Gesicht hinter ihren Händen, als erlebte sie die grausamen Momente ein weiteres Mal. Valerie konnte sich kaum vorstellen, wie sie das geschafft hatte.

„Erst als ich ihr gegenüberstand und die Trauer in ihrem Gesicht gesehen habe, begriff ich, dass Carla wirklich tot war. Ab da fehlen mir Erinnerungen. Ich bin wohl völlig hysterisch geworden und mit einem Nervenzusammenbruch im Krankenhaus gelandet." Valerie griff vorsichtig nach ihren Händen und löste sie von Emilys Gesicht das sie immer noch verborgen hielt.

„Emily, mir fehlen die Worte, um auszudrücken, wie leid mir das alles tut."

Emily schenkte ihr ein ganz schwaches Lächeln.

„Ich habe erst nach und nach die ganze Wahrheit erfahren. Als mir klar wurde, dass meine Mutter Schuld an Carlas Tod hatte, konnte ich ihr nicht verzeihen. Es tat mir weh, sie in ihrem Kummer und ihren Schuldgefühlen allein zu lassen, aber ich konnte einfach nicht vergessen, dass sie nicht auf mein Kind aufgepasst hatte, weißt du?" Emily sah Valerie kurz an.

„Aber deine Mutter hat sicherlich auch darunter gelitten", wagte Valerie einzuwerfen.

„Natürlich habe ich ihren großen Schmerz gesehen", gab Emily zu und verknotete ihre Finger. „Sie hat nicht nur ihre Enkelin, sondern von diesem Tag an auch ihre Tochter verloren. Aber ich konnte ihre Nähe nicht ertragen. Ich habe nur noch Hass empfunden. Besonders, als Herbert, ihr Lebensgefährte sich eingemischt hat. Er konnte mich nie leiden und hat mir vorgeworfen, meine Mutter mit meinem unversöhnlichen, selbstgerechten Hass in den Wahnsinn zu treiben. Da bin ich gegangen. Seit diesem Tag vor gut drei Jahren habe ich von meiner Mutter weder etwas gehört noch gesehen. Ich wollte sie nur noch aus meinem Leben streichen."

Valerie war erschüttert über die Hintergründe von Carlas Tod. Sie rieb sich mit der Hand über die Stirn und versuchte die ganze Geschichte zu begreifen. Wie schwer musste es für Emily gewesen sein, sich nicht einmal von ihrer Familie trösten zu lassen. Sie konnte nachvollziehen, dass sie ihrer Mutter nur schwer verzeihen konnte.

„Emily, du bist weder schuld an Carlas Tod noch darfst du dich von deinen Schuldgefühlen kaputt machen lassen", begann Valerie vorsichtig. „Ich finde nicht, dass du egoistisch warst. Natürlich warst du auf die Hilfe deiner Mutter angewiesen, denn die Alternative, keine Ausbildung zu machen, oder erst Jahre später, wäre auch keine Lösung gewesen."

Emily sah sie an, und Valerie war klar, dass sie natürlich wusste, welchen Gefallen ihr ihre Mutter getan hatte, als sie sich bereit erklärt hatte, auf Carla aufzupassen. Aber das war nach dem tragischen Ereignis nicht mehr relevant für sie, was Valerie verstehen konnte.

Vorsichtig näherte sich Valerie einem anderen Gedanken, der ihr im Kopf herumspukte. „Passieren kann immer etwas, daran hätte die Tatsache, dass du einige Jahre gewartet hättest, auch nichts geändert. Sie hätte ebenfalls im Kindergarten oder in der Schule verunglücken können. Und dass du in der Nacht vor ihrem Tod feiern warst, war lediglich eine Verkettung unglücklicher Umstände. Wärst du an dem Abend zu Hause geblieben, dann wäre das Unglück trotzdem passiert."

„Wenn ich nach Hause gefahren wäre, dann hätte ich es vielleicht verhindern können", entgegnete Emily verzweifelt.

„Ich glaube an Schicksal, und wenn es die Bestimmung war, dass Carla sterben sollte, dann wäre das irgendwann, egal unter welchen Umständen passiert", widersprach Valerie vehement und ihr Magen verknotete sich, weil sie es so direkt angesprochen hatte.

Emily dachte einen Augenblick über ihre Worte nach und sagte dann langsam: „Aber das würde auch bedeuten, dass Carla gestorben wäre, wenn meine Mutter besser auf sie aufgepasst hätte."

„Ich möchte das Verhalten deiner Mutter nicht schönreden, Emily." Valerie fuhr sich mit der Hand durch ihre Kurzhaarfrisur und betete, dass Emily ihre Sichtweise verstehen konnte. „Aber ja, ich glaube daran, dass es trotzdem passiert wäre. Auch wenn sie am See auf Carla achtgegeben hätte, dann wäre Carla auf eine andere Art und Weise verunglückt."

Emily schüttelte verwirrt den Kopf. „Ich weiß nicht, ob ich deine Theorie weiterverfolgen möchte. Es erschüttert mein gesamtes Weltbild der letzten Jahre." Ihre Augen verdunkelten sich und sie runzelte die Stirn. „Wahrscheinlich ist dieser Gedanke für diejenigen, die sich schuldig fühlen, leichter zu ertragen, als die Überlegung, ob der Unfall hätte verhindert können. Ich werde in Ruhe darüber nachdenken, versprochen." Emily sah etwas zuversichtlicher aus als zu Beginn ihres Gespräches und sie erhoben sich, um sich auf den Rückweg zur Klinik zu machen.

Beide schwiegen und hingen ihren Gedanken nach. Kurz bevor sie die Klinik erreichten, fasste sich Valerie ein Herz. „Vielleicht denkst du doch mal darüber nach, Kontakt zu deiner Mutter aufzunehmen. Ich bin der Meinung, es würde dir bei der Verarbeitung von Carlas Tod guttun, dich ebenfalls mit ihr auseinanderzusetzen. Du musst ihr nicht verzeihen, aber vielleicht hörst du dir einmal in Ruhe ihre Sichtweise an. Eigentlich müsstet ihr in eurem gemeinsamen Schmerz Verständnis füreinander aufbringen."

Emily verspannte sich neben ihr und Valerie hoffte, keine Grenze überschritten zu haben.

„Ich glaube nicht, dass es etwas bringt, wenn ich mit meiner Mutter spreche. Und was unseren Schmerz betrifft, uns hat er nicht nähergebracht, sondern voneinander entfernt." Emily öffnete die Tür des Gebäudes und trat ein.

„Du musst das nicht jetzt entscheiden", beschwichtigte Valerie und folgte ihr. „Nimm dir so viel Zeit, wie du brauchst. Wenn du der Ansicht bist, es hilft dir nicht oder belastet dich zu sehr, dann entscheidest du dich dagegen. Ich werde in jedem Fall für dich da sein und dir beistehen. Solltest du dich irgendwann entschließen, dich mit deiner Mutter zu treffen, würde ich dich begleiten."

Emily blieb im Flur stehen und sah sie überrascht und zugleich dankbar an.

„Danke", brachte sie gepresst hervor.

„Das ist doch selbstverständlich." Valerie drückte Emily an sich und verabschiedete sich mit den Worten, sie morgen wieder zu besuchen.

Kapitel 56

Simon und seine Freunde

Simon hatte in den letzten Tagen wieder etwas von seinem inneren Gleichgewicht wiedergefunden. Mittlerweile konnte er nicht mehr nachvollziehen, wie er an seiner Beziehung mit Helena hatte derart zweifeln können. Und warum hatte er sich seine Unsicherheit auch noch anmerken lassen? Dadurch hatte er Helena zum wiederholten Male tief verletzt.

Irgendwann würde Helena seine Unberechenbarkeit, diese Unsicherheit, unter der ihre Partnerschaft litt, nicht mehr mitmachen. Er konnte den Gedanken, sie zu verlieren, nicht ertragen. Und dennoch fiel es ihm so schwer, seine Gefühle für sie zu zeigen.

Wollte er durch sein gemeines, niederträchtiges Auftreten einer Enttäuschung vorbeugen? Denn er hatte sich noch nie in einer Beziehung so sicher und aufgehoben gefühlt. Helena zeigte ihm ihre Gefühle immer offen. Sollte er diese Sache nicht in den Sand setzen, dann stand einer langjährigen, glücklichen Partnerschaft nichts im Weg.

Weshalb aber suchte er ständig fast zwanghaft nach Gründen, um an seiner Liebe zu zweifeln? Konnte er die gemeinsame Zeit mit Helena nicht einfach genießen und sich endlich entspannen?

Er hatte an Juliane überhaupt kein Interesse mehr. Normalerweise dachte er gar nicht an sie. Und jetzt plagten ihn eher Ängste, dass sie ihm mit den Kindern Steine in den Weg legte, als liebevolle Gefühle. Das Treffen mit Juliane hatte nur dazu geführt, dass er sich eingebildet hatte, zum alten Familienbild zurückzukehren. Er musste aufhören, seine Beziehung durch solche Einbildungen zu zerstören.

Nun war er froh, sich seiner Liebe zu Helena zu hundert Prozent sicher zu sein. Leider war ihr Umgang immer noch etwas angespannt. Helena beäugte ihn ständig misstrauisch, als ob sie ihn verdächtigte, sich gleich eine neue Gemeinheit einfallen zu lassen. Er verstand sie, aber dennoch tat es weh, ihr Vertrauen verloren zu haben.

Daher war er erleichtert, sich heute Abend mit seinen Freunden verabredet zu haben. Es tat ihm gut, einmal auf andere Gedanken zu kommen, auch wenn es bedeutete, sich mit deren Skepsis auseinanderzusetzen, wenn er ihnen von seinem Treffen mit Juliane und den Folgen erzählte. Vor allem Yannick hatte bestimmt Sorge um seine beste Freundin. Er würde es ihm niemals verzeihen, wenn er die Beziehung mit Helena deswegen kaputtmachte.

Simon umging das Thema mit Juliane so lange wie möglich und sprach mit Yannick über Kleinigkeiten und was sie so erlebt hatten, bis endlich auch Timurcin eingetroffen war. Sie wählten Essen und Getränke aus und konnten sich auf die wesentlichen Dinge konzentrieren.

„Wie geht es dir, Timurcin? Hast du den Tod deiner Schwiegermutter schon ein wenig verkraftet? Es muss dich hart getroffen haben, dass sie so plötzlich verstorben ist", meinte Simon nachdenklich.

„Danke, aber mir geht es schon wieder besser. Es war ein unfassbar schmerzhafter Schock, als ich von ihrem Tod erfahren habe." Er schüttelte den Kopf, als könnte er es immer noch nicht glauben. „Mir hat es komplett den Boden unter den Füßen weggerissen. Ich vermisse Henriette unglaublich. Aber ich habe Valerie an meiner Seite und mit ihrer positiven Lebenseinstellung hilft sie mir ungemein. Ich wüsste nicht, wie ich ohne sie die letzten Wochen überstanden hätte. Aber ich habe oft ein schlechtes Gewissen, meine gesamten Probleme bei ihr abzuladen, denn sie muss sich schließlich auch noch um Emily kümmern. Manchmal habe ich Angst, dass sie sich übernimmt." Timurcin sah besorgt aus, und Simon konnte sich ansatzweise vorstellen, was er und Valerie die letzten Wochen durchgemacht hatten.

„Ich kenne deine Valerie kaum, aber die wenigen Male, die ich sie erlebt habe, war klar, was für eine Powerfrau sie ist. Ich glaube, sie würde dir sagen, wenn es ihr zu viel wird", versicherte Yannick nachdrücklich.

Timurcin lächelte. „Diese Frau verfügt über unfassbar viel Energie. Sie sieht in allem das Positive und sei es auch noch so aussichtslos. Genau so jemanden habe ich an meiner Seite gebraucht. Wir ergänzen uns einfach wunderbar. Trotzdem fällt es mir schwer, ihr gegenüber zu meinen Schwächen zu stehen." Er spielte mit seinem Wasserglas. „Ich bin in letzter Zeit einige

Male rückfällig geworden. Manchmal glaube ich, meinen Alkoholismus niemals in den Griff zu bekommen", schloss Timurcin verzweifelt seine Beichte.

Simon beschwichtigte ihn: „Du hast es schon einmal geschafft, über einen längeren Zeitraum trocken zu bleiben, und du wirst es wieder schaffen. Rückfälle wird es wahrscheinlich noch einige geben. Du darfst nicht zu viel von dir verlangen. Irgendwann aber wirst du an einem Punkt angelangt sein, an dem du keinerlei Bedürfnis nach einem Drink verspürst."

„Hast du dich mit Valerie abgesprochen?", fragte Timurcin misstrauisch.

Simon lachte und erwiderte dann: „Immerhin kannst du froh sein, so eine tolle Frau gefunden zu haben. Es ist doch ein schönes Gefühl, sich vollkommen sicher zu sein, die richtige Wahl getroffen zu haben."

Simon bemerkte aus dem Augenwinkel, wie Yannick den Kopf hob und ihn mit einem skeptischen Seitenblick bedachte.

„Ich hoffe, das ist nicht deine indirekte Art uns mitzuteilen, dass du dir im Gegenzug zu Timurcin nicht mehr sicher bist, ob du mit Helena die richtige Wahl getroffen hast."

Simon schaffte es kaum, seinem strengen Blick standzuhalten. „Simon! Das glaube ich jetzt nicht", rief Yannick empört aus.

Simon hob beschwichtigend die Hand, um seinen Freund zu bremsen: „Jetzt beruhige dich wieder. Ich weiß, ich bin nicht gerade der Traumpartner, den Helena verdient hätte. Aber ich liebe sie wirklich über alles. Leider habe ich diese Tatsache in der letzten Zeit vergessen. Oder besser gesagt, ich habe mir jede Mühe gegeben mir einzureden, mir meiner Gefühle für sie nicht mehr sicher zu sein. Nun weiß ich, dass das vollkommener Blödsinn ist. Helena ist meine absolute Traumfrau. Leider glaubt sie mir das nicht mehr."

„Kein Wunder, ich kann sie wirklich verstehen. Erst hast du dir eingeredet, sie total blöd zu finden, und hast sie das auch noch spüren lassen. Dann hast du sie verletzt, indem du ihre beste Freundin angemacht hast, und nun erzählst du ihr, du bist dir nicht mehr sicher. Hast du eigentlich vollständig den Verstand verloren?" Yannick redete sich zunehmend in Rage.

Timurcin sah verständnislos von einem zu anderen. „Worüber streitet ihr euch eigentlich? Was hast du denn zu Helena gesagt? Und warum warst du dir deiner Gefühle für sie plötzlich nicht mehr sicher? Dafür muss es doch einen Grund geben."

Bevor Simon Gelegenheit bekam, zu antworten, mischte Yannick sich erneut ein. „Weil dem feinen Herrn Helena nicht gut genug ist. Er ist dermaßen oberflächlich, dass es ihm nur ums Aussehen seiner Partnerin geht. Nur weil Helena keine Modelmaße hat, heißt das noch lange nicht, dass sie nicht hübsch ist. Ich finde sie äußerst attraktiv. Von den inneren Werten ganz zu schweigen. Du bist so bescheuert. Man könnte fast meinen, du bist es, der sich seinen Verstand wegsäuft, und nicht Timurcin."

In die plötzlich entstehende Stille hinein, warf Yannick einen beschämten Blick in Timurcins Richtung. Verlegen entgegnete er: „Entschuldige bitte, ich habe es nicht so gemeint. Wenn ich wütend bin, überschreite ich manchmal Grenzen."

Simon sah zu Timurcin, der versuchte ernst zu bleiben. Aber es gelang ihm nicht und er begann schallend zu lachen. Sein Gelächter war derart ansteckend, dass erst Yannick erleichtert einfiel und schließlich gelang es nicht einmal mehr Simon, seinen finsteren Gesichtsausdruck aufrechtzuerhalten. Es dauerte eine geraume Zeit, bis sie sich wieder beruhigt hatten.

„So habe ich schon lange nicht mehr gelacht. Normalerweise traut sich kaum einer, das Wort Alkohol in meiner Gegenwart in den Mund zu nehmen. Du hast schließlich recht. Warum sollst du die Wahrheit nicht aussprechen? Ich fand es lustig. Aber jetzt lassen wir den armen Simon auch mal zu Wort kommen. Wir sollten ihm zumindest die Gelegenheit bieten, sich zu verteidigen."

„Danke, das ist äußerst freundlich von dir", gab Simon sarkastisch zurück.

„Ich höre." Yannick sah ihn finster und unnachgiebig an.

Simon trank einen Schluck, um noch kurz Zeit zu schinden. „Vorletzte Woche habe ich völlig überraschend einen Anruf von Juliane erhalten."

„Was?!", rief Yannick entgeistert aus und Timurcins Gesichtsausdruck drückte Selbiges aus. „Sie bat mich um ein Treffen, da sie urplötzlich den Wunsch verspürt, die Kinder zu sehen. Seit dem Tag war ich völlig durcheinander. Ich hatte mir solange gewünscht, dass sie wiederkommt, und plötzlich gab es die Möglichkeit dazu. Gerade jetzt, als Helena und ich zusammengekommen sind. Ich wollte mir einreden, dass eine Zukunft mit Juliane der bessere Weg wäre. Immerhin ist sie die leibliche Mutter von Laura und Leon. Natürlich hat Helena sofort bemerkt, dass mit mir etwas nicht stimmt. Sie ist sensibler und einfühlsamer als ich." Er machte eine kurze Pause und sah danach Yannick direkt in die Augen. „Yannick du hast recht, ich war vollkommen bescheuert. Ich bin der dümmste Vollidiot, den es im gesamten Universum gibt. Ich habe Helena gestanden, dass ich mir unsicher bin. Sie war verständlicherweise am Boden zerstört. Nachdem ich mich mit Juliane getroffen hatte, wurde mir mit einem Schlag bewusst, dass ich drauf und dran war, meine Beziehung mit Helena zu riskieren. Da bemerkte ich erst, wie viel sie mir bedeutet. Das habe ich ihr auch gesagt. Wir sind immer noch zusammen, aber ich kann in ihren Augen erkennen, dass sie dem Frieden misstraut. Immerhin wird Juliane von nun an eine Rolle in unserem gemeinsamen Leben spielen. Denn sollte sie wirklich bereit sein, Kontakt zu den Kindern aufzubauen, werde ich ihr nicht im Weg stehen."

Schweigen senkte sich über den Tisch und Simon spielte mit seinem Glas. Er konnte Yannick ansehen, wie hin und her gerissen er war, Simon verstehen zu wollen, aber auch nicht Helena im Stich zu lassen.

„Ja, sie war mal deine große Liebe, aber wie konntest du nach vier Jahren tatsächlich glauben, noch so viel für sie zu empfinden, um einen Neubeginn zu wagen?", fragte Yannick.

„Bedeutet sie dir noch was?", fragte Timurcin neugierig. Simon musste nicht lange überlegen. „Ich fühle nur eine große Gleichgültigkeit ihr gegenüber. Wären da nicht die Kinder, würde ich jeglichen Kontakt zu ihr unterbinden. Aber ich muss den Kindern das Recht zugestehen, ihre Mutter kennenzulernen." Er seufzte und drückte sich kurz mit den Fingern den Nasenrücken. „Nächste Woche wird uns Juliane besuchen. Ich bin mir noch nicht sicher, ob sie wirklich akzeptieren kann, dass Leon behindert ist.“

Yannick nickte, schwieg aber. Simon hoffte, seinen Freund damit beruhigt zu haben, was seine Gefühle beiden Frauen gegenüber betraf.

„Jetzt haben wir den ganzen Abend über unsere Probleme geredet, nun lasst uns doch über positive Dinge sprechen. Freust du dich schon auf deinen Aufenthalt in Dubai, Yannick?“, lenkte Timurcin unvermittelt das Thema auf erfreulichere Begebenheiten.

„Eigentlich freue ich mich auf die neue Herausforderung.“ Simon fing Yannicks Blick auf, der einen Moment zu lange auf ihm ruhte, bevor er zu Timurcin schweifte. „Aber wenn ich mir die Baustellen meiner Freunde anschaue, bereitet es mir ein wenig Bauchschmerzen, euch zurückzulassen.“

„Wir werden ohne dich und deine gut gemeinten Ratschläge verloren sein.“ Simon verdrehte die Augen.

Yannick klopfte ihm gutmütig auf die Schulter und entgegnete: „Das weiß ich doch, mein Lieber. Deshalb werde ich euch auch, früher als euch lieb sein wird, besuchen kommen. Ich muss doch nach dem Rechten sehen. Außerdem bleibt mir noch ein wenig Zeit, mich an den Gedanken zu gewöhnen, ohne euch Nervensägen auszukommen.“

„Apropos ohne euch auskommen, ich habe euch auch was zu sagen. Ich habe mich mit Justine friedlich geeinigt, was die Aufteilung von Henriettes Erbe angeht“, erzählte Timurcin. Yannick und Simon sahen ihn neugierig an.

Als er begann zu erzählen, war Simon klar, dass es noch eine lange Nacht werden würde.

Kapitel 57

Muttergefühle?

Für den ungewöhnlich warmen Tag Anfang April hatte Helena keinen Blick übrig. Sie bemerkte weder die verheißungsvollen Sonnenstrahlen, die verlockende Geschichten über den bald einkehrenden Frühling erzählten, noch das aufgeregte Gezwitscher der Vögel, welche die kalten, unbequemen Wintertage vertreiben wollten.

Denn Juliane hatte sich heute zu Besuch angemeldet. Helena hatte diesen Tag gefürchtet. Sie hatte Angst, Juliane würde das gesamte Familienleben auf den Kopf stellen. Immerhin hatte Simon seine Einladung, sie solle bei ihm einziehen, so oft wiederholt, dass Helena ihre letzten Zweifel beiseitegeschoben hatte und letzte Woche ganz zu Simon gezogen war. Sie hatte ihr Zimmer im Hotel gekündigt. Obwohl sie ein wenig Bauchschmerzen über den endgültigen Schritt verspürte, wollte sie sich und Simon beweisen, dass sie ihm vertraute. Sie musste darauf bauen, dass das Zusammenleben mit Simon funktionierte. Es hatte ihr gutgetan, mit Emily über ihre Ängste zu sprechen. Zuerst wollte sie bei ihrem Besuch nicht mit der Sprache herausrücken.

Denn Emily hatte ganz andere Probleme, daneben machten sich ihre lächerlich und unbedeutend aus. Aber ihre Freundin hatte bei ihrem letzten Besuch erkannt, dass Helena bedrückt und niedergeschlagen aussah. Nachdem Emily ihr eindringlich erklärt hatte, froh zu sein, von den eigenen Problemen abgelenkt zu werden, hatte ihr Helena von den plötzlich aufgetretenen Schwierigkeiten erzählt.

Emily reagierte prompt und fast so, wie Helena es erwartet hatte. Sie hatte ihr schonungslos vorgeworfen, sich von Simon auf der Nase herumtanzen und sich zu einem willenlosen Spielball machen zu lassen.

Helena war unter der ehrlichen Antwort zusammengezuckt. Sie hatte Emily versucht zu erklären, wie es dazu gekommen war.

Emily hatte zwar Verständnis für Helenas Entschluss gezeigt, aber dennoch deutlich gemacht, was sie von ihm hielt. Trotz Emilys ablehnender Haltung Simon gegenüber war sie erleichtert, mit ihr über dieses Thema gesprochen zu haben. Sie vermisste Emily ungemein. Auch wenn ihre Entlassung bald bevorstand, wusste Helena nicht, ob sie ihre Freundschaft aufrechterhalten konnten. Denn Emily hatte ihr erzählt, dass sie zu Valerie ziehen würde. Eine Tatsache, die Helena zusätzlich belastete. Sie leistete Emily, so oft sie konnte, in der Klinik Gesellschaft. Außerdem hatte sie ihr versprochen, sie zu besuchen, ganz gleich, wohin die Zukunft sie auch bringen würde.

Helena versuchte den Gedanken an Emilys baldigen Wegzug zu verdrängen und konzentrierte sich wieder auf das bevorstehende Treffen. Je näher Julianes Besuch rückte, desto angespannter und gereizter zeigte sie sich.

Wie würden sich die Kinder ihrer unbekannten Mutter gegenüber verhalten und vor allem, wie würde Juliane auf die Begegnung reagieren?

Simon hatte mit seiner Ex-Frau vereinbart, die Kinder vorerst nicht über ihre wahre Identität aufzuklären. Er wollte erst einmal sichergehen, dass sie es sich nicht noch einmal anders überlegte. Er wollte seine Kinder davor schützen, ihre Mutter erneut zu verlieren. Helena war ein Stein vom Herzen gefallen, als er ihr den Entschluss mitgeteilt hatte.

Laut Simon war Juliane nach einigem Zögern darauf eingegangen. Trotzdem hegte Helena die Befürchtung, dass Simons Ex sich nicht an die vereinbarte Absprache halten würde. Vielleicht verdächtigte sie Juliane zu Unrecht. Aber ihr Verhalten der letzten Jahre trug nicht dazu bei, dass sie bei Helena besondere Sympathiepunkte sammelte. Für sie blieb Lauras und Leons Mutter eine unberechenbare Größe.

Als sie Simon gefragt hatte, ob sie bei der Begegnung dabei sein durfte, hatte er sie entgeistert angesehen. Er hatte sie in den Arm genommen und ihr versichert, dass sie zu ihm und seinen Kindern gehörte, selbstverständlich wollte er sie an seiner Seite wissen. Er hatte ihr sogar gestanden, dass er sich wohler fühlte, wenn sie ihm in dieser beklemmenden Situation beistand.

Helena war gerührt über seine Bemühungen, sie an seinem Seelenleben teilnehmen zu lassen. Er schloss sie nicht mehr aus, sondern bezog sie in seine Ängste und Sorgen mit ein.

Das erste Mal überhaupt fühlte sie, dass Simon und sie zusammenhielten und sich gemeinsam den Unwägbarkeiten stellten.

Helena ertappte sich dabei, wie sie planlos einige Dinge auf dem Tisch hin- und herräumte, obwohl der schon perfekt eingedeckt war. Aber sie konnte einfach nicht still sitzen. Daher ging sie zum Kinderzimmer und blieb im Türrahmen stehen und beobachtete Simon, der mit seinen Kindern spielte.

Sie hatte sich vor Kurzem getraut, ihm die Befürchtung anzuvertrauen, dass sie das Herz der Kinder verlieren könnte, wenn sie Juliane als ihre Mutter kennenlernten. Simon hatte sein Bestes gegeben, doch ganz hatte er ihre Ängste nicht vertreiben können. Ihr Herz tat ihr weh, als sie Laura laut lachen hörte, als Simon sie kitzelte. Niemals würde sie es ertragen, ihr Glück loszulassen und Platz für Juliane zu machen.

Sie schalt sich als Egoistin. Schließlich standen die Kinder an erster Stelle. Sollte ihnen die Begegnung mit ihrer leiblichen Mutter guttun, dann wäre sie die Letzte, die den Kontakt unterbinden würde. So weh es auch tun würde, sie musste ihre eigenen Befindlichkeiten hintanstellen.

Als es klingelte, zuckte sie zusammen. Es war soweit. Juliane war gekommen.

Simon sah auf und trotz seiner Anspannung erhellten sich seine Züge, als er sie entdeckte. Kurz nahm er sich die Zeit, Helena beruhigend auf die Stirn zu küssen, bevor er zur Haustür ging, um Juliane zu begrüßen.

Kurz darauf betrat eine auffallend attraktive Frau das Wohnzimmer. Juliane war hochgewachsen und so schlank wie auf den Bildern. Ihre rötlich-braunen

Haare trug sie in einer modischen Bobfrisur, in der jedes Härchen perfekt saß. Die Souveränität, mit der sie auftrat, war beeindruckend. Sie bewegte sich im Haus, als würde sie dort seit Jahren leben.

„Dein Einrichtungsgeschmack hat sich im Laufe der Zeit nicht gravierend verändert. Es erinnert mich stark an unsere Münchener Wohnung", sagte sie gut gelaunt, während sie sich neugierig umsah.

Helenas Anwesenheit schien sie überhaupt nicht zu bemerken, die sich mittlerweile neben Simon gestellt hatte, nachdem die beiden das Wohnzimmer betreten hatten.

„Juliane, darf ich dir vorstellen? Das ist Helena." Simon sah so nervös aus, wie sie sich fühlte, und sie war ihm dankbar, dass er bemüht war, sie mit einzubeziehen.

„Ach, sind Sie das Kindermädchen? Es freut mich, Sie kennenzulernen." Juliane kniff die Lippen zusammen und sah alles andere als erfreut aus. Nachdem sie Julianes kurzer, aber verächtlicher Blick gestreift hatte, wandte sie sich wieder Simon zu.

Helena holte tief Luft, weil sie unversehens Wut überfiel. Aber bevor sie sich eine angemessene Antwort überlegen konnte, nahm Simon ihr diese ab.

„Helena ist meine Freundin, sie wohnt mittlerweile bei mir und den Kindern", stellte Simon ungerührt zu ihrer großen Überraschung klar. Helena ertappte sich dabei, dass sie breit grinste.

Juliane zog ihre Augenbrauen gekonnt in die Höhe und musterte sie kritisch. Helena fühlte sich zusehends unwohler unter ihrem vielsagenden Blick. Ihr war nur zu bewusst, welche Gedanken Juliane durch ihr hübsches Köpfchen schwirrten. Dieses Wissen trug nicht gerade zur Steigerung ihres Selbstbewusstseins bei. Sie fühlte sich hoffnungslos unterlegen neben dieser eleganten Schönheit.

„Im Gegensatz zu deinem guten Geschmack hinsichtlich der Einrichtung des Hauses, haben sich deine Vorlieben bei deiner Partnerwahl in den letzten Jahren aber deutlich verändert." Juliane bedachte erst Simon mit einem ungläubigen Blick, anschließend wurde Helena mitleidig betrachtet.

Helena verschlug es aufgrund dieser Unverschämtheit fast den Atem. Sie beschloss das Thema zu wechseln, bevor die Situation eskalierte. „Wollen wir nicht erst einen Kaffee trinken, bevor wir zu den Kindern gehen?", fragte sie höflich, froh, dass die Kinder immer noch im Kinderzimmer beschäftigt waren. Im selben Atemzug unterbrach Simon sie: „Juliane, es reicht! Ich dachte, du wärst ernsthaft an einem Treffen mit den Kindern interessiert. In diesem Fall würde ich dir empfehlen, ein wenig höflicher gegenüber deiner Gastgeberin zu sein."

Helena legte beschwichtigend eine Hand auf seinen Arm und er lächelte sie flüchtig an. Sie konnte erkennen, dass er unter einer immensen Anspannung stand, und dennoch war sie unendlich erleichtert, dass er sich auf ihre Seite stellte. Ohne Wenn und Aber. Ihre Sorge, er könnte noch etwas für Juliane empfinden, verpuffte.

„Sollte ich jemandem in meiner direkten Art zu nahegetreten sein, dann bitte ich das zu entschuldigen. Aber ich gebe dir recht, über Geschmack lässt sich nicht streiten“, erwiderte Juliane schnippisch und brachte ihren Unmut über Simons Behandlung durch ein schwungvolles Kopfschütteln bestens zum Ausdruck.

Während sie im äußerlichen Waffenstillstand Kaffee tranken, spürte Helena die Feindseligkeit, die Juliane ihr entgegenbrachte. Anscheinend gefiel ihr weder der Gedanke, dass Simon eine neue Freundin hatte, noch, dass Helena zu einer Art Ersatzmutter für ihre Kinder geworden war. Empört dachte Helena, welches Recht Juliane sich nahm, Forderungen zu stellen. Schließlich war sie es gewesen, die Simon von einem Tag auf den anderen, ohne Abschied zu nehmen, ohne Erklärung, ohne Entschuldigung, einfach im Stich gelassen hatte. Es war ihr doch die ganzen Jahre vollkommen egal gewesen, wie er mit der fast unerfüllbaren Aufgabe zurechtkam, die Kinder allein großzuziehen. Hatte sie auch nur einen Gedanken daran verschwendet, was sie von ihm verlangt hatte? Lieber hatte sie sich egoistisch auf die eigenen Bedürfnisse und Befindlichkeiten berufen, als ihr Verhalten zu reflektieren.

Nach einer Viertelstunde, die sie mit eher unbehaglichem Small Talk verbracht hatten, forderte Juliane: „Ich möchte jetzt gern meine Kinder sehen.“

Simon erhob sich, doch ehe sie sich zu den Kindern aufmachten, sah er Juliane scharf an. „Du erinnerst dich doch hoffentlich an unsere Abmachung. Kein Wort zu den Kindern, die auch nur andeuten, dass du ihre Mutter bist. Sonst siehst du sie nie wieder!“

Helena freute sich über seine klare Linie, doch sie erkannte den Zorn darüber in Julianes Gesicht.

„Aber sicher“, presste Juliane hervor.

Gemeinsam machten sie sich auf den Weg ins Spielzimmer. Als Simon die Tür öffnete, sahen die Kinder von ihrem Spiel auf. Leon lief sofort auf Helena zu und wollte von ihr auf den Arm genommen werden.

Simon stellte den Kindern Juliane, als eine alte Bekannte vor, die sie besuchen wollte.

Laura hielt sich im Hintergrund und schenkte ihrer Mutter keine besondere Aufmerksamkeit. Leon hingegen war offen und freundlich wie immer. Er hatte keinerlei Scheu vor Fremden. Im Gegenteil, er verhielt sich immer noch auffallend distanzlos. Noch war er zu klein, um ihm zu erklären, dass man sich Fremden nicht einfach ans Bein hing oder ihnen ein Küsschen gab. Auch heute ging er neugierig auf Juliane zu, nachdem ihn Helena wieder heruntergelassen hatte.

Als er auf Juliane zu getapst kam, sah Helena mit Entsetzen, wie seine Mutter sich verspannte, je näher er kam. Steif wie ein Stock nahm sie seine Umarmung hin. Simon schien ihre Unsicherheit zu bemerken und sagte behutsam zu Leon: „Magst du Juliane dein Lieblingsbuch zeigen?"

Währenddessen konnte Juliane den Blick kaum von ihrer Tochter abwenden. Auch als Leon zurückkam und ihre Aufmerksamkeit einforderte, schenkte sie ihm mehr als widerwillig Zuwendung. Ihr war das Unwohlsein anzusehen, das sie in Leons Gesellschaft empfand, und das brach Helena beinah das Herz. Sie hatte sich nicht wirklich geändert, wenn sie an Simons Erzählungen zurückdachte. Offensichtlich wollte sie sich nicht damit auseinandersetzen, dass er ihr Sohn war.

Helena beobachtete Juliane eindringlich; sobald Leon ihr zu nahe kam, wich sie zurück und es wirkte, als würde sie ihrem eigenen Sohn Abscheu gegenüber empfinden. Helena fand dafür keine Worte und wusste nicht, wie sie reagieren sollte. Am liebsten hätte sie Leon aus dem Umfeld seiner Mutter gerissen und ihm an ihrer Stelle das Buch vorgelesen, bei dem Juliane sich offensichtlich quälte. Deren Blick lag immer länger auf Laura und als sie das Buch beendet hatte, trat sie näher an ihre Tochter heran. Helena spürte ihre Sehnsucht und begriff, dass es für Juliane ein schwerer und zugleich bedeutsamer Moment war.

„Laura." Julianes Stimme klang brüchig.

Helena warf Simon einen besorgten Blick zu und sie sah ihm an, dass er sich bereitmachte, seine Tochter zu schützen. Das Mädchen betrachtete Juliane ausdruckslos, von ihren wahren Gefühlen war nichts zu bemerken. Konnte sie spüren, wer Juliane wirklich war? Fühlte sie eine Verbindung zu dieser fremden Frau?

Helena wusste nicht, ob es möglich war, dass sie im Unterbewusstsein noch Erinnerungen an ihre Mutter gespeichert hatte.

Juliane hatte sich wieder gefangen und fing ein unverfängliches Gespräch mit Laura an. Dabei schaffte sie es nach einer Weile, das Mädchen ein wenig aus der Reserve zu locken. Als Leon dazukam, wies sie ihn unfreundlich und scharf zurecht. Es blieb niemandem – nicht einmal den Kindern – verborgen, dass er ihr lästig war. Laura zog sich wieder zurück, und Juliane schien die Schuld dafür bei dem unschuldigen Jungen zu suchen. Helena versuchte zu intervenieren, indem sie Leon auf den Schoß nahm und mit ihm kuschelte.

Kurz darauf beendete Simon leise, aber bestimmt den Besuch.

Helena sah Juliane an, wie schwer es ihr fiel, Laura nicht näher gekommen zu sein.

Helena hatte das Gefühl, als würde ihr ein Felsbrocken vom Herz rutschen, als sie die Tür des Spielzimmers hinter sich geschlossen hatten und ins Wohnzimmer zurückkehrten. Sie sah Simon seine Anspannung an und die Wut, die unter der Maske gärte.

„Was sollte das, Juliane? Denkst du, wir haben nicht bemerkt, wie du mit Leon umgegangen bist? Wolltest du nicht deine beiden Kinder kennenlernen? Willst du das überhaupt noch?", fuhr Simon sie an und Helena drückte seine Hand, damit er ruhig blieb.

„Natürlich will ich die Kinder weiterhin sehen. Ich möchte, dass sie irgendwann erfahren, wer ihre Mutter ist", gab sie gekränkt zurück.

„Juliane, noch mal: Denkst du, wir haben nicht mitbekommen, wie wichtig dir Laura ist, aber dass du Leon immer noch nicht akzeptierst? Du hast nun einmal zwei Kinder, diese Tatsache kannst du nicht leugnen. Wie soll so ein Kennenlernen funktionieren?", gab er beherrscht zurück. „Es gibt nicht nur Laura, sondern entweder beide oder keines der Kinder. Das ist doch kein Wunschkonzert."

Helena fühlte mit ihm. Es war unfassbar schwer für ihn, mitansehen zu müssen, dass sich die leibliche Mutter für ihr eigenes Kind schämte.

Flehentlich sah Juliane Simon an: „Bitte gib mir doch wenigstens die Chance, meine Scheu vor Leon zu verlieren. Ja, es ist immer noch unglaublich schwer für mich, mit dieser Situation umzugehen. Irgendwann werde ich mich an seinen Anblick schon gewöhnen."

Helenas Herz stand in Flammen und sie konnte sich nicht mehr zurückhalten: „Wie können Sie nur so gemein über Ihren eigenen Sohn sprechen? Haben Sie überhaupt kein Herz? Leon ist ein wunderbarer, kleiner, liebenswerter Kerl, der etwas Besseres, als eine kaltherzige Mutter wie Sie verdient hat."

Juliane funkelte sie an und Helena hatte das Gefühl, dass sie zum ersten Mal überhaupt von ihr wirklich wahrgenommen wurde. „Was fällt Ihnen ein, sich ein Urteil über mich anzumaßen? Sie wissen nichts über meine Erkrankung, die es mir so schwermacht, mit diesem Schock umzugehen."

„Du bekommst die Chance, dich mit beiden Kindern vertraut zu machen", unterbrach Simon. „Sollte ich aber merken, dass du weiterhin bei deiner ablehnenden Haltung Leon gegenüber bleibst, werde ich es zum Wohl der Kinder unterbinden. Leon mag zwar behindert sein, aber dennoch ist er nicht blöd. Im Gegenteil, er ist ein besonders sensibles Kind und bemerkt sofort, wenn jemand ihm nicht wohlgesonnen ist. Er soll nicht unter deinem Unvermögen leiden, mütterliche Gefühle für ihn zu entwickeln."

***

Simon sah Helena erleichtert an, als er Juliane zur Tür gebracht hatte und wieder ins Wohnzimmer zurückgekehrt war. „Ich hatte ziemlich Bedenken vor diesem Treffen. Juliane ist einfach unberechenbar und einen Moment lang dachte ich wirklich, sie würde Laura die Wahrheit sagen."

Helena umarmte ihn und kuschelte sich in seine Arme. „Ich weiß nicht, was ich von ihr halten soll. Einerseits wirkt sie an Laura interessiert. Diese Gefühle sind bestimmt nicht gespielt. Andererseits verstehe ich nicht, wie sie Leon völlig ignorieren kann. Spürt sie überhaupt keine Verbindung zu ihm? Immerhin hat sie ihn neun Monate in ihrem Bauch getragen. Er kann ihr doch nicht gleichgültig sein, oder schlimmer noch, wie kann sie ihm mit Abscheu begegnen?"

Simon sah sie hilflos an. Genau dieselben Beobachtungen bereiteten ihm ebenfalls Kopfzerbrechen. Er ahnte, dass es seiner Ex-Frau schwerfallen würde, ihre Haltung zu ändern. Bevor er seine Gedanken äußern konnte, sprach Helena schon weiter.

„Wie soll es zukünftig weitergehen, wenn sie ihr Verhalten Leon gegenüber nicht ändern kann? Er wird merken, dass sie ihn nicht leiden kann. Sollten die Kinder irgendwann erfahren, dass Juliane ihre Mutter ist, wäre es für Leon sehr hart, damit zurechtzukommen, dass seine Mutter sich nur für seine Schwester interessiert."

Er zog hilflos die Schultern hoch und sagte: „Ich weiß es nicht. Die ganze Zeit habe ich mir darüber schon den Kopf zerbrochen. Dieses Szenario, was sich heute vor unseren Augen abgespielt hat, habe ich fast erwartet und befürchtet. Ich konnte mir einfach nicht vorstellen, dass Juliane sich geändert hat. Ihre heutige Haltung war typisch für sie. Am liebsten würde sie sich lediglich mit Laura beschäftigen, Leon ist ihr völlig gleichgültig."

Helena schüttelte einmal mehr über Julianes unverständliches Verhalten fassungslos den Kopf.

Simon wollte ihr gerade begreiflich machen, was Juliane damals bei Leons Geburt gefühlt haben musste, als Leon ins Wohnzimmer kam.

„Leon mag Essen."

Simon tauschte einen verschwörerischen Blick mit Helena und sie kamen stillschweigend zur Übereinkunft, dass ihr Gespräch warten musste.

Erst ein paar Stunden später, als die Kinder im Bett waren, kuschelte sich Helena zu Simon aufs Sofa. Nachdem sie einen Schluck Wein getrunken hatte, sah sie ihn eindringlich an.

„Magst du noch reden? Oder sollen wir es auf morgen verschieben?"

Simon setzte sich etwas aufrechter hin und lächelte ein wenig gezwungen.

„Ich habe damals wirklich versucht, mich in ihre Lage hineinzuversetzen und ihre Entscheidung zu respektieren."

Die letzten vier Jahre ohne Juliane hatte er ihr gegenüber vor allem negative Gefühle verspürt, dennoch hatte er manchmal Sehnsucht nach ihr gehabt und versucht, sie zu verstehen. Leise sagte er zu Helena: „Sie war psychisch schon immer etwas labil gewesen, aber niemals hätte ich gedacht, dass sie auf ihre Kinder verzichten würde. Sie war Laura eineinhalb Jahre lang eine wunderbare Mutter, bis zu jenem Tag, als Leon auf die Welt kam. Wie konnte ich mich nur so in ihr täuschen?" Simon schluckte und dachte an den Moment, als der Frauenarzt bei einer Ultraschalluntersuchung Anfang des vierten Monats den Verdacht auf das Down Syndrom geäußert hatte. Die ausgeprägte, dicke Nackenfalte galt als eindeutiges Indiz, mit einer Wahrscheinlichkeitsprognose von achtzig Prozent, dass ihr ungeborenes Baby diese Behinderung hatte. Lange hatten sie sich beratschlagt, wie sie mit diesem Schicksalsschlag umgehen sollten.

„Ja, das war ein riesiger Schock, aber wir waren uns schließlich beide einig, das Kind zu bekommen. Juliane hatte sich aus freiem Willen dafür entschieden. Natürlich habe ich ihr gesagt, dass ich das Kind will, aber dennoch versucht, sie nicht unter Druck zu setzen."

Helenas mitfühlender Blick tat ihm gut und sie nahm seine Hand.

„So einen Schock muss man natürlich erst mal verdauen. Bis dahin kann ich Juliane ja verstehen." Helena sprach leise, als ob sie sich unsicher war, ob sie ihn unterbrechen sollte.

„Da wir uns entschieden hatten, das Kind auf jeden Fall zu bekommen, verzichteten wir auf weitere Untersuchungen. Mir war aber nicht klar, dass Juliane es bis zur Geburt erfolgreich geschafft hatte, die Realität zu verdrängen. Sie hatte auf einen Irrtum des behandelnden Arztes gehofft." Simon schloss kurz die Augen und schüttelte den Kopf. Dann sah er Helena direkt in die Augen. „Kannst du dir das vorstellen? Obwohl wir oft darüber gesprochen haben, wie sich das Leben mit einem behinderten Kind verändern würde, hat Juliane sich heimlich an die geringe Wahrscheinlichkeit geklammert, ein gesundes Kind zu gebären." Simon seufzte.

„Natürlich hat es Juliane vollkommen den Boden unter den Füßen weggezogen, als sie Leon in den Armen hielt und die Behinderung wahr wurde. Gleich nach der

ersten Begegnung mit ihrem Sohn ist sie zusammengebrochen und wurde in eine psychiatrische Klinik eingewiesen. Sie hat Leon nur ein einziges Mal im Leben
gesehen und auf dem Arm gehalten. Anschließend befand sie sich vier Monate in stationärer Behandlung,
weil sie vollkommen am Boden zerstört war. Ein ums
andere Mal hatte sie es zutiefst bereut, nicht abgetrie-
ben zu haben."

„Simon, ich wusste zwar, dass du schwere Zeiten
durchgemacht hast, aber das ist wirklich unfassbar
traurig. Für alle Beteiligten."

Simon sah seiner Freundin an, dass sie das ernst
meinte.

„Natürlich war ich schockiert über ihren Wunsch,
habe aber dennoch immer zu ihr gestanden und gehofft, dass wir die schwere Zeit gemeinsam bewältigen.
Bis zu dem Tag, als sie nach zwei Monaten verlangte,
dass wir Leon in ein Heim geben." Simons Stimme versagte, und er erkannte, wie nahe ihm das auch heute
noch ging. Dieser Moment, an dem alles endete. Helenas Augen waren feucht und er beugte sich kurz vor,
um sie auf die Wange zu küssen.

„Da war mir klar, dass Juliane niemals ihren Sohn akzeptieren würde." Natürlich hatte er ihre Forderung
entrüstet von sich gewiesen. Leon war damals zwei Monate alt gewesen und er liebte ihn vom ersten Tag an
genauso sehr wie seine kleine, süße Tochter. Er hatte
die Welt nicht mehr verstanden.

„Da habe ich angefangen, mich innerlich von Juliane
zu distanzieren, und alles infrage gestellt, was wir bisher gehabt hatten."

Die Situation hatte ihn vollkommen überfordert. Zwei Kleinkinder, ein fordernder Beruf und eine Frau, die so labil war, dass er nicht wusste, ob sie jemals wieder gesundwerden konnte.

„Unsere Ehe brach auseinander. Ich wusste einfach nicht, wie ich mit Julianes Wunsch und ihrer Entscheidung umgehen sollte.“

„Das kann ich sehr gut verstehen“, warf Helena ein.

„Aber weißt du, was das Schlimmste war?“ Er fand Helenas Blick und ergriff ihre Hand. Sanft streichelte er über ihren Handrücken. „Es hat mich trotzdem extrem hart getroffen, dass Juliane nach ihrer Entlassung einfach verschwand.“ Er schüttelte den Knopf und schnaubte. „Erst hatte ich wirklich Angst, dass sie sich was antut, weißt du?“ Helena nickte ihm bestätigend zu. „Ich wollte sie sogar bei der Polizei als vermisst melden ... Doch kurz vorher kam ihr Brief.“

Mit Schaudern erinnerte er sich daran. Darin hatte sie ihm erklärt, dass sie sich ein gemeinsames Leben mit Leon nicht vorstellen konnte. Er sollte ihre Entscheidung akzeptieren und sie nicht suchen. Sie wollte sich ein neues Leben aufbauen.

Simon hatte es damals nicht fassen können. Er versuchte vergeblich, sie anzurufen. Nachdem er nicht aufgab, ließ Juliane sich überreden, am Telefon mit ihm zu sprechen, um ihm ein für alle Mal klarzumachen, dass es für sie keinen Weg zurück gab.

Auch danach glaubte er noch ein ganzes Jahr lang, dass sie irgendwann zu ihm zurückkehren würde. Erst als er sowohl an Leons, als auch an Lauras Geburtstag nichts von ihr hörte, musste er sich schmerzerfüllt mit der Tatsache abfinden, sie für immer verloren zu haben.

Schließlich versuchte er sie zu vergessen und sich auf ein Leben als alleinerziehender Vater einzustellen.

Helena kuschelte sich an ihn, stand schließlich auf und setzte sich auf seinen Schoß und küsste ihn sanft und zärtlich. Danach sagte sie leise: „Ich bewundere dich für deine Leistung. Wie hast du nur so viel Kraft gefunden, allem gerecht zu werden? Es muss dich unfassbar hart getroffen haben, als dich Juliane ohne Erklärung einfach verlassen hat. Trotzdem kann ich verstehen, dass du dir lange Zeit gewünscht hast, dass sie zurückkäme.“

Simon sah ihr tief in die Augen. „Ich hoffe, dir ist bewusst, dass dieser Wunsch lange verpufft ist. Das Treffen mit Juliane vor zwei Wochen, ihr Besuch heute, das alles hat mir deutlich vor Augen geführt, dass ich für sie überhaupt nichts mehr empfinde. Dennoch schafft sie es, in mir negative Emotionen wachzurufen. Ich kann nicht glauben, dass sie sich erneut eingeredet hat, sie käme nun mit der vorherrschenden Situation zurecht. Das haben wir doch schon vor vier Jahren durchlebt. Ich dachte wirklich, sie hätte aus ihren Fehlern gelernt. Aber anscheinend schafft sie immer noch, nur das zu sehen, was sie möchte, und das ist augenscheinlich Laura.“

„Und ihren Ex-Mann“, murmelte Helena leise, doch dann lächelte sie und Simon war froh, dass sie ihm inzwischen wieder vertraute.

„Du weißt, dass mir ihre Blicke egal sind, oder?“ Er küsste Helena sanft, was sie sofort erwiderte.

„Simon, so schwer es dir fallen wird, aber du musst ihr klarmachen, dass sie eine Entscheidung treffen muss. Entweder lässt sie sich auf beide Kinder ein oder du musst ihr den Kontakt vollständig verbieten, bevor es zu spät ist.“

Simon ließ seinen Blick abwesend durch den Raum schweifen. Die ungewissen Zukunftsaussichten ließen ihn nicht zur Ruhe kommen und ihm fiel es schwer, bei Helena zu bleiben und negative Gedanken auszusperren.

Er seufzte einmal tief auf und antwortete widerstrebend: „Wir sollten ihr noch ein wenig Zeit geben und sie nicht gleich vorverurteilen. Aber du hast definitiv recht, sollte es ihr nicht möglich sein, sich zu ändern, dann werde ich dafür sorgen, dass die Kinder unbeschwert, ohne ihre Anwesenheit aufwachsen. Wir sind bis jetzt hervorragend ohne sie ausgekommen und werden das auch zukünftig schaffen.“

Kapitel 58

Zukunftsvisionen

Timurcin hatte die letzten Tage keine Gelegenheit gehabt, Valerie in seine Pläne einzuweihen. Ständig kam entweder ihm oder ihr etwas dazwischen. Sie musste unerwartet noch einmal für ein paar Tage zu einem Treffen mit dem Produzenten aufbrechen, um kleine Änderungen in ihrem Drehbuch zu besprechen. Eigentlich wollte sie die Reise absagen, aber Timurcin hatte sie überredet, dass er auch einige Tage ohne sie zurechtkommen würde. Valerie musste nun auch einmal an sich und ihre Karriere denken. Er versprach, in ihrer Abwesenheit Emily zu besuchen. Von ihren anfänglichen Schwierigkeiten war nichts mehr zu spüren. Mittlerweile verstanden sie sich ziemlich gut.

Während er am Schreibtisch über seinen Unterlagen brütete, ging plötzlich die Tür zu ihrer Suite auf und Valerie betrat den Raum. Timurcin sprang überrascht auf und voller Freude über ihr Wiedersehen hob er sie hoch und drehte sie übermütig im Kreis.

Valerie lachte und er hielt in der Bewegung inne, um sie ausgiebig zu küssen. Erst danach stellte er sie vorsichtig auf die Füße.

„Du scheinst mich vermisst zu haben“, sagte sie lächelnd, während sie ihm in die Augen blickte. Timurcin konnte darin erkennen, dass es nicht nur ihm so ergangen war. Am liebsten würde er jede freie Minute mit ihr verbringen.

„Soll ich dir zeigen, wie sehr ich mich nach dir gesehnt habe?“, fragte er grinsend, während seine Hand unter ihrer Bluse verschwand.

Sie schloss die Augen und gab sich seinen Liebkosungen hin.

Bedauernd schob sie ihn kurz darauf ein Stück von sich.

Er sah sie aufmerksam an. „Nicht gut? Heißt das, du hast schon das Interesse an mir verloren?“

„Es gibt nichts, was ich augenblicklich lieber machen würde.“ Valerie zögerte kurz und deutete auf die Couch, während sie sagte: „Aber wir sollten endlich über unsere Zukunft reden. Die letzten Tage haben wir nie Gelegenheit gefunden, um ausführlich zu reden. Ich muss mich langsam darauf einstellen, wie es weitergehen soll.“

Timurcin kam ihrer Aufforderung nach und setzte sich zu ihr. „So schwer es mir fällt, aber du hast recht.“ Dabei grinste er frech, sodass es an seinen Absichten, die nach dem Gespräch fortgeführt werden sollten, nichts zu rütteln gab.

Valerie hob eine Augenbraue und bedachte ihn mit einem gespielt strengen Blick und er fuhr rasch fort: „Ich habe dir doch erzählt, dass ich Hotel Lilienhof übernehmen werde und es mein Traum war, ein eigenes kleines Hotel zu führen. Jetzt habe ich mir ein paar Gedanken zum Konzept gemacht.“

Während er mit Nervosität und zugleich Euphorie kämpfte, die ihn viel zu schnell sprechen ließen, lächelte Valerie nur souverän und meinte: „Du machst es spannend."

Hoffentlich gefiel ihr seine Zukunftsvision. Er holte tief Luft. „Ich würde gern ein Künstlerhaus daraus machen, in dem verschiedene künstlerische Angebote, mit wechselnden Kursleitern durchgeführt werden. Dafür benötige ich natürlich neben den Schlafräumen noch einige Seminarräume. Ich könnte mir vorstellen, selbst Seminare zu organisieren oder auch die Räumlichkeiten für Kurse zum Buchen anzubieten. Nebenbei können die Teilnehmer und Seminarleiter im Hotel übernachten." Sein Herz pochte ziemlich schnell, weil er so sehr hoffte, dass Valerie seine Pläne guthieß und sie nicht als Spinnerei abtun würde.

„Das klingt spannend. Ich kann mir das schon bildlich vorstellen. An was für Kurse hast du denn gedacht?" Valerie klatschte aufgeregt in die Hände und Timurcin durchflutete Erleichterung.

„Verschiedenste Künstler sollen sich in unserem Haus zusammenfinden, um voneinander zu profitieren. Egal, ob Maler, Musiker, Bildhauer oder Literaten." Erneut stoppte er, weil ihm die nächsten Worte zwar auf der Zunge lagen, es ihm aber dennoch schwerfiel, sie auch auszusprechen. „Ich will wieder mit dem Malen beginnen." Valerie drückte seine Hand und lächelte ihn an. Es wirkte, als hätte sie das schon immer gewusst. Vielleicht kannte sie ihn einfach besser als er sich selbst.

„Keine Ahnung, ob ich dazu bereit bin. Aber ich muss mich ja irgendwann meinen Ängsten stellen." Unbewusst zog er die Schultern hoch, wahrscheinlich waren seine Versagensängste doch tiefer in ihm verwurzelt, als ihm klar war. Valerie beugte sich zu ihm und küsste ihn sanft auf den Mund.

„Ich glaube an dich. Vielleicht klappt es nicht gleich beim ersten Anlauf. Aber irgendwann wirst du wieder kreativ sein. Da glaube ich ganz fest dran."

Sein ehemaliges Atelier, das vor vielen Jahren im Obergeschoss des Hotels nach allen Regeln der Kunst speziell für ihn eingerichtet worden war, gab es immer noch. Zwar vollkommen eingestaubt und seit Jahren ungenutzt, es wäre aber definitiv möglich, es wiederherzurichten, um es bis zum Umzug zu nutzen.. Sobald er etwas Zeit und Muße fand, wollte er sich der Herausforderung stellen. Obwohl ihm immer noch der Schweiß ausbrach, sobald er nur daran dachte, sich seiner Malblockade zu stellen, war er das erste Mal seit vielen Jahren zuversichtlich. Ohne Erfolgsdruck und Einengung seitens Galeristen, seiner Ex-Frau oder eines Managers würde er wieder lernen, Freude am Malen zu finden.

„Es geht mir auch gar nicht darum, meinen guten Ruf in der Szene wiederherzustellen. Erfolg und Anerkennung sind mir gleichgültig. Ich will einfach wieder Malen und dabei Spaß haben. Wahrscheinlich kann ich es sowieso nicht mehr." Er grinste ein wenig schief und Valerie stupste ihn in die Seite.

„Jetzt staple mal nicht so tief. Das verlernt man doch nicht. Dein Talent schlummert immer noch in dir."

„Du bist süß." Diesmal fiel der Kuss deutlich länger und leidenschaftlicher aus, als er seine Freundin zu sich heranzog.

Anschließend musste er kurz überlegen, worüber sie gerade gesprochen hatten. „Außerdem ist das nicht mehr so wichtig. Ich möchte gern Mal- und Zeichenkurse anbieten. Das sollte ich hinbekommen. Es macht bestimmt Spaß, sein Wissen weiterzugeben. Auch kann ich mir vorstellen, Zeichenkurse für Kinder anzubieten."

„Wow, ich sehe förmlich deinen Enthusiasmus aus dir sprühen. Das klingt sehr vielversprechend. Ich kann das Ganze in meiner Vorstellung schon bildlich sehen. Vor allem ist Berlin genau der richtige Ort für die Umsetzung deiner Vision. Dort gibt es genügend Künstler und solche, die es werden wollen. Außerdem kommen viele Kunstinteressierte nach Berlin, da gibt es bestimmt auch den einen oder anderen, der gern eines deiner Seminare besuchen wird. Vielleicht möchtest du auch irgendwann wieder Ausstellungen anbieten."

„Gute Idee, ich könnte dafür sorgen, dass Seminare auch von internationalen Künstlern geleitet werden. Ist schon notiert." Er tippte sich an die Schläfe. „Bald fahre ich nach Berlin, um mir ein Bild vom Zustand des Hotels zu machen. Ich habe schon vor einer Weile veranlasst, den laufenden Betrieb so schnell wie möglich zu stoppen. Es werden keine neuen Buchungen mehr angenommen, um baldmöglichst mit den Umbaumaßnahmen zu beginnen."

„Ich möchte dich unbedingt begleiten. Auf Gut Lilienhof bin ich schon sehr gespannt. Ich möchte es unbedingt mit eigenen Augen sehen. Vielleicht kann ich einige Ideen bezüglich der Innenausstattung beisteuern."
Valerie hopste vor Aufregung neben ihm auf der Couch.

Timurcin hielt das für eine gute Idee. Zwar wollte er zusätzlich eine Innenausstatterin beauftragen, aber Valeries gutem Geschmack vertraute er uneingeschränkt. Außerdem musste er einen Architekten engagieren. Eigentlich hätte er am liebsten Simon gefragt, aber er sah ein, dass es für ihn fast unmöglich war, laufende Projekte seinen Mitarbeitern zu überlassen, um sich in Berlin um den vergleichsweise kleinen Auftrag zu kümmern. Wahrscheinlich würde Simon ihn nur ungern enttäuschen und aus Pflichtgefühl zustimmen. Anderseits vertraute er seinem Kumpel und wusste, er konnte sich auf ihn und seine präzise Arbeit verlassen. Er beschloss, sich erst nach seinem Aufenthalt in Berlin zu entscheiden. Vielleicht konnte Simon ihm zumindest einen guten Kollegen empfehlen.

„Es wäre schön, wenn Emily mit uns fahren würde. Schließlich ist es ihr ernst mit ihrem Wunsch, bei uns zu wohnen. Da fände ich es wichtig, sie in unsere Entscheidungen miteinzubeziehen", verkündete Valerie.

„Frag sie doch, ob sie uns begleiten möchte. Steht denn ihr Entlassungstermin nun endlich fest?"

Valerie wusste es nicht, versprach Timurcin aber, sich gleich am nächsten Tag bei Emily zu erkundigen.

„Gibt es schon Pläne, wie es für Emily nach dem Aufenthalt weitergehen soll?", fragte Timurcin.

Valerie nickte. „Sobald Emily stabil ist, fahre ich mit ihr zu ihrer Mutter. Die Therapeutin meint, dass es für ihre Heilung hilfreich ist, sich mit ihrer Mutter auseinanderzusetzen.“

„Wie steht Emily dazu?“

„Es hat etwas gedauert, doch Emily hat schließlich zugestimmt. Sie hat eingesehen, dass sie ihre Mutter nicht ewig aus ihrem Leben streichen kann. Aber dennoch fällt ihr die Vorstellung unglaublich schwer, ihrer Mutter gegenüberzutreten.“

„Das kann ich verstehen, wahrscheinlich weiß sie nicht, was sie ihr sagen soll.“

„Natürlich benötigt Emily in Berlin weiterhin therapeutische Hilfe.“ Valerie seufzte und Timurcin erkannte, dass die ungewohnte Verantwortung sie beschäftigte.

„Wir finden bestimmt jemanden für Emily.“ Valerie lächelte, als er von *wir* sprach, und kuschelte sich an ihn. Er hätte noch ewig mit ihr so dasitzen und von der Zukunft träumen können.

Kapitel 59

Neue Wege

Seit der Beerdigung ihrer Mutter waren einige Wochen vergangen und nun wollte Justine ihr Leben vollständig entrümpeln. Dazu gehörte neben ihrem Entschluss, in die Scheidung einzuwilligen, die Trennung von Miguel. Weder empfand sie tiefgehende Gefühle für ihn noch hegte er ihr gegenüber große Sympathie. Seit einiger Zeit bemerkte sie, dass Miguel sich längst nicht mehr so engagierte wie zu Beginn ihrer Affäre und regelrecht erleichtert schien, wenn sie ihn versetzte. Anfänglich war sie über sein Desinteresse so verärgert gewesen, dass sie mit dem Gedanken spielte, ihm fristlos zu kündigen. Ahnungslos hätte sie ihn in eine Falle tappen lassen. Doch seitdem ihre Mutter gestorben war, hatte sich etwas verändert. Plötzlich empfand sie keine Freude und Hochgefühl mehr, Intrigen gegen ihre Widersacher zu planen.

Natürlich machte sich Justine keine Illusionen, denn sie würde sich nicht komplett ändern. Sie würde wohl niemals zur beliebtesten Vorgesetzten gewählt werden, der ihre Mitarbeiter Hochachtung und Wertschätzung entgegenbrachten.

Ihre Ziele verfolgte sie weiterhin mit Beharrlichkeit, Ausdauer und Ehrgeiz, um ihre Hotels noch erfolgreicher zu machen und in weitere Länder zu expandieren.

Früher waren ihr die Befindlichkeiten anderer egal gewesen. Heute sah sie es ein wenig anders. So hatte Miguel ihr eigentlich nie etwas getan. Lediglich sein Interesse, mit ihr ins Bett zu steigen, hatte rapide nachgelassen. Wollte sie ihn aus derart persönlichen Gründen um seinen Job bringen, den er hervorragend und zu ihrer vollsten Zufriedenheit erfüllte? Sie störte sich nicht daran, Seite an Seite mit ihrem ehemaligen Geliebten zu arbeiten. Sollte er ein Problem damit haben, dann musste er zusehen, wie er damit zurechtkam.

Deshalb überraschte sie sich selbst mit dem milden Urteil, Miguel zwar von der Bettkante zu stoßen, ihn aber weiterhin als stellvertretenden Direktor zu beschäftigen.

Als sie ihn zum Gespräch bat, konnte sie ihm seine Befürchtungen schon von Weitem ansehen. Ihm musste aufgefallen sein, dass Justine schon seit Wochen nicht mehr mit ihm hatte schlafen wollen.

„Schön, dass du es einrichten konntest, Miguel", empfing sie ihn, als er ihr Büro betrat. „Ich habe etwas Dringliches mit dir zu besprechen. Setze dich doch, ich bin gleich fertig."

Geschlagene zehn Minuten ließ sie ihn warten, bis sie sich seiner erbarmte und den Blick von ihrem Laptop abwandte und ihn mit ernster Miene ansah. Er rutschte unruhig auf seinem Stuhl umher. Von seiner gewohnten Souveränität und Selbstsicherheit war augenblicklich nichts mehr zu spüren.

„Wahrscheinlich kannst du dir denken, warum ich dich in mein Büro bestellt habe." Sie sah ihn bekümmert an und ihre Miene verhieß nichts Gutes.

Miguel brachte kein Wort über die Lippen und fuhr sich mit der Zunge abwesend über die Lippen.

„Entschuldige bitte meine Gedankenlosigkeit. Kann ich dir etwas zu trinken anbieten?", fragte sie liebenswürdig.

Miguel sah sie misstrauisch an und sie konnte genau hören, was ihm gerade durch den Kopf ging. Schließlich war sie sonst nie so freundlich zu ihm.

„Ein Wasser bitte", krächzte er angestrengt. Nachdem er sich mehrmals geräuspert hatte und einen großen Schluck genommen hatte, fand er seine Stimme wieder. „Ich weiß nicht genau, warum du mich zu dir bestellt hast. Ich kann mir irgendwie kaum vorstellen, dass du mit mir schlafen möchtest. Denn das wolltest du schon seit Wochen nicht mehr. Wahrscheinlich möchtest du unsere Affäre beenden."

Sie war ein wenig verwundert über seine Offenheit und zog eine Augenbraue nach oben. Gewöhnlich druckste er ewig herum, bis er seine eigentliche Meinung kundtat. Fast sah es so aus, als wolle er es hinter sich bringen.

„Der Kandidat hat hundert Punkte. Du hast es mir vorweggenommen. Ich denke, es wäre besser, wenn wir uns nicht mehr privat treffen."

Er erwiderte in die auftretende Stille nichts und sie fragte scheinbar arglos: „Nanu, ich höre gar keine Freudenrufe? Du müsstest doch über die Entscheidung erleichtert sein. Oder hast du etwa geglaubt, ich wäre so naiv und hätte nicht bemerkt, dass du zuletzt nicht wirklich gern mit mir geschlafen hast?", fragte sie gereizt und ihre Stimme schwoll an.

Miguel zuckte zusammen. Anscheinend hatte er wirklich geglaubt, diese offenkundige Tatsache vor ihr verborgen zu haben.

Justine lachte zynisch. „Für wie blöd hältst du mich eigentlich?"

„Justine, es tut mir wirklich leid", meinte Miguel leise und sah auf seine Hände. Er schien einen Moment zu überlegen, doch dann reckte er die Schultern und sah sie an. „Ich hätte nicht gedacht, dass ich zu der Sorte Mann gehöre, die den Sex mit einer Frau, die sie nicht lieben, nicht genießen können. Anfangs fand ich es wunderschön, aber mir hat zunehmend eine weitere gemeinsame Basis, außerhalb unserer sexuellen Komponente, gefehlt. Ich hoffe, du kannst meine Einstellung zumindest ein wenig nachempfinden." Mutig reckte er sein Kinn in die Höhe.

„Wenn ich meine Entscheidung, wie es mit dir weitergehen soll, nicht schon vorher getroffen hätte, dann wüsste ich es spätestens jetzt", erwiderte Justine naserümpfend. Ein wenig Schadenfreude durchfuhr sie dennoch, als sie sah, wie Miguel schlagartig erblasste. „Verdammt noch mal, Miguel. Du machst einen guten Job und ich habe mich entschieden, dich weiterhin als stellvertretenden Direktor zu behalten."

Miguel starrte sie an und seine bekümmerte Miene wechselte von Unverständnis in vorsichtige Freude.

„Was hast du gesagt? Kannst du das noch mal wiederholen?"

„Bist du jetzt neuerdings auch noch taub?" Langsam wurde es anstrengend. Noch mehr Freundlichkeiten wollte sie nicht an ihn verschwenden. „Ich will auf deine Kompetenz nicht verzichten. Zukünftig werde ich nicht mehr so häufig vor Ort sein. Ich habe mich um meine anderen Hotels zu kümmern. Da brauche ich jemanden, der hinter mir und meinen Entscheidungen steht. Eine Person, der ich vollständig vertraue und der ich zutraue, mich in meiner Abwesenheit kompetent und in meinem Sinne zu vertreten. Kurzum: Diese Person bist du.“

Miguel fiel die Kinnlade herunter. Justine war klar, dass das Lob ihn aus der Fassung brachte.

„Du hast mir gerade mit deiner ehrlichen Meinung ungeheuer imponiert“, schob sie hinterher. „Ich hätte dir nicht zugetraut, dass du den Mumm besitzt, mir ins Gesicht zu sagen, dass du mich niemals geliebt hast. Natürlich wusste ich das, aber dennoch war es mutig von dir.“

Miguel rutschte an den Rand des Stuhls und setzte sich kerzengerade hin. „Danke, Justine, es bedeutet mir ungemein viel, dass du ein derartiges Vertrauen in mich hast.“ Seine Augen strahlten. „Ich verspreche dir, ich werde dich nicht enttäuschen.“

„Das will ich dir auch geraten haben“, knurrte Justine. „Ist dir eigentlich klar, dass du der Erste meiner Liebhaber bist, den ich nicht gefeuert habe?“

Er sah sie verlegen an. „Das habe ich gehört. Leider erst, als unsere Affäre schon im vollen Gang war. Andererseits hätte ich nicht den Mut besessen, dich abzuweisen, und die Verlockung war wohl auch zu groß.“

Justine amüsierte sich zunehmend über das Gespräch mit Miguel. Gerade noch rechtzeitig schaffte sie es, ein Grinsen zu unterdrücken.

„Zukünftig konzentrieren wir uns nur noch auf geschäftliche Kontakte", beendete Justine das Thema. „Ruf bitte im Hotel de Attrait an und kündige mich für nächsten Donnerstag an. Ich muss dort unbedingt eine Bestandsaufnahme machen und mir Gedanken hinsichtlich Verbesserungsmöglichkeiten machen. Und danach besprechen wir, welche zusätzlichen Aufgaben du in meiner Abwesenheit übernehmen musst."

***

Es war schon nach zweiundzwanzig Uhr als Miguel endlich das Hotel verließ. Justine würde ihm wohl ein ewiges Rätsel bleiben. Letztlich fühlte er einfach nur eine unglaubliche Erleichterung.

Plötzlich bemerkte er, dass er sich unbewusst auf den Weg zu Susanna befand. Sehnsüchtig erinnerte er sich an ihre wunderschöne gemeinsame Zeit. Würde sie ihm verzeihen können? Er hatte einen großen Fehler gemacht. Erst als er Susanna verloren hatte, erkannte er, was sie ihm wirklich bedeutete. Warum hatte er seiner Karriere den Vorzug gegeben? Diese allein konnte ihn nicht glücklich machen.

Als Susanna die Tür öffnete, sah sie ihn erstaunt und zugleich defensiv an.

„Miguel, was machst du hier? Ist etwas passiert?"

„Ich muss unbedingt mit dir sprechen. Darf ich reinkommen?", bat Miguel. Susanna zögerte, aber als sie Miguels flehenden Blick sah, wurde sie weich und hielt ihm einladend die Tür auf.

Dankbar trat er ein. Zuerst wusste er auf ihren neugierigen Blick nicht, wie er beginnen sollte. Schließlich brach es aus ihm heraus: „Susanna, ich möchte mich bei dir entschuldigen, weil ich mich wie ein riesengroßes Arschloch benommen habe. Ich habe erst bemerkt, wie viel du mir bedeutest, als ich dich verloren habe. Ich weiß, dass es unverschämt von mir ist, dich überhaupt darum zu bitten. Aber ich möchte es wenigstens versuchen. Kannst du dir vorstellen, mir noch einmal eine Chance zu geben? Ich liebe dich und würde dich gerne zurückgewinnen."

Susanna sah ihn ungläubig an. „Das meinst du jetzt nicht wirklich ernst? Du hast mich fast ein Jahr lang wie Dreck behandelt und jetzt erzählst du mir, dass du mich liebst? Bist du von allen guten Geistern verlassen?" Vor lauter Fassungslosigkeit fing sie fast an zu weinen. Immer noch standen sie mitten im Wohnzimmer, weil sie ihm keinen Platz angeboten hatte. Er trat vorsichtig einen Schritt näher.

„Ich kann deine Vorbehalte verstehen. Aber ich war in meiner Affäre mit Justine hoffnungslos gefangen. Du weißt genau, sie hätte mich rausgeschmissen, wenn ich ihr klar gemacht hätte, dass sie als Geliebte für mich nicht mehr infrage kommt."

„Was sagt Frau von Hohenstetten denn dazu, dass du mich zurückwillst?", fragte Susanna skeptisch.

„Sie hat mich freigegeben. Ich weiß nicht, was in sie gefahren ist, vielleicht hat sie der plötzliche Tod ihrer Mutter milde gestimmt. Aber ich behalte meinen Job."

Susanna schüttelte verbittert den Kopf. „Ich hätte mir gleich denken können, dass du nicht den Mut hattest, die Beziehung zu beenden. Du wärst doch niemals zu mir gekommen, wenn sie dich nicht großzügigerweise freigegeben hätte", warf sie ihm traurig vor.

„Was spielt das für eine Rolle? Entweder liebst du mich noch oder nicht", meinte Miguel verständnislos.

„Du willst mich nicht verstehen. Manchmal reicht Liebe eben nicht aus. Es würde mir zumindest leichter fallen, wenn du die Affäre beendet hättest. Damit hättest du mir gezeigt, dass ich dir wichtiger bin als deine Karriere. Eigentlich hat sich zwischen uns überhaupt nichts geändert. Deine Karriere steht an erster Stelle und dann kommt lange nichts."

Miguel nahm vorsichtig ihre Hände in seine und er sagte inständig: „Ich habe mich verändert. Mir ist bewusst geworden, dass mir mein privates Glück wichtiger ist, als das große Geld zu verdienen. Ich würde niemals mehr den Fehler begehen, dich für eine wohlhabendere, einflussreichere Frau zu verlassen."

„Wie soll ich dir das glauben?" Susanna wirkte erstmals standhaft, was ihn irritierte. Die ganze Zeit war sie ihm hinterhergelaufen und jetzt sah es so aus, als würde sie ihm wirklich nicht verzeihen. Immerhin versprach sie, über seinen Wunsch, zu ihr zurückzukehren, nachzudenken.

Kapitel 60

Bedeutende Entscheidungen

Emilys Entlassungstag war endlich gekommen. Es stand nur noch das Abschlussgespräch mit der Therapeutin an, dann konnte sie Valerie und Timurcin anrufen, damit sie sie abholten. Darauf freute sich Emily ebenso wie auf die Reise, die sie mit den beiden nach Berlin unternehmen wollte. Die Hauptstadt zu besuchen und so ihrem gewohnten Umfeld zu entkommen, brachte eine große Erleichterung mit sich. Sie wusste überhaupt nicht, wie sie wieder Fuß fassen sollte. Deshalb kam ihr der Ortswechsel sehr gelegen. Es würde ihr guttun, noch einmal völlig neu zu beginnen.

Einerseits war sie erleichtert, dem beklemmenden, strukturierten Tagesablauf zu entkommen. Andererseits hatten ihr die Therapiesitzungen und die Möglichkeit auf permanente Hilfe wirklich geholfen, wieder zu sich selbst zu finden.

Es bereitete ihr ein mulmiges Gefühl, wie sie ohne die Therapeuten um sich herum zurechtkommen würde. Andererseits hatte ihre Ärztin sie darin bestätigt, auf bestem Wege zu sein, ihr Trauma zu überwinden. Außerdem hatte sie sich schon Empfehlungen von Berliner Therapeuten geben lassen. Sie wollte ihre Therapie ambulant weiterführen, denn sie hatte immer noch einen langen, beschwerlichen Weg vor sich und wollte keinesfalls einen Rückschlag riskieren.

Das Abschlussgespräch verlief entspannt und die Therapeutin versprach, die Entlassungspapiere schnell fertigzumachen. Emily packte den Rest ihrer Sachen zusammen und verständigte Valerie. Kurz nachdem sie alles von der Klinik beisammenhatte, trafen die beiden ein, und gemeinsam fuhren sie zurück ins Hotel. Am liebsten wäre es ihr gewesen, sie wären direkt nach Berlin aufgebrochen, weil sie sich fürchtete, sich den Gesprächen mit ihren Kollegen stellen zu müssen. Erleichtert stieß sie die angehaltene Luft aus, als sie unbehelligt in Valeries Suite ankamen.

Valerie hatte in der Küche Kaffee und Kuchen bestellt.

„Mmh, es erstaunt mich selbst, aber die Küche des Hotels habe ich vermisst." Emily aß seufzend noch ein weiteres Stück ihres Kuchens. „Kannst du eigentlich kochen, Valerie? Oder muss ich zukünftig vom Lieferservice leben?" Sie zwinkerte ihrer älteren Freundin zu.

Valerie blickte sie verlegen an. „Du glaubst nicht ernsthaft an meine Fähigkeiten im Haushalt. Und Timurcin hat ebenfalls seit Jahren nicht gekocht, da sollten wir uns überlegen, eine Köchin einzustellen."

„Oder Emily könnte einen Kochkurs belegen und uns anschließend verwöhnen." Timurcin lachte.

„Wenn du vergiftet werden willst, dann gerne. Sonst würde ich an deiner Stelle lieber den Vorschlag mit der Köchin akzeptieren", gab Emily ungerührt zurück.

Timurcin warf seiner Freundin einen schelmischen Blick zu. „Eigentlich dachte ich, du übernimmst die Hotelküche, dann würden wir uns Geld sparen."

Valerie boxte ihm in die Seite. „Das würde dir so passen. Wenn ich mit dir in deine Bruchbude einziehen soll, dann wirst du wohl oder übel für ein bisschen Luxus sorgen müssen. Vergiss nicht, dass du es mit einer kapriziösen Frau zu tun hast."

Er küsste sie auf die Wange und sagte grinsend: „Wahrscheinlich war das sowieso keine gute Idee. Ich möchte meine Gäste nicht sofort wieder vergraulen. Wir haben schließlich einen Ruf zu verlieren."

Valerie zwinkerte Emily verschwörerisch zu. „Sieht so aus, als sei die Köchin soeben beschlossene Sache geworden."

Emily sank gemütlich auf ihrem Kissen zurück und genoss es schweigend, den Neckereien von Timurcin und Valerie zu lauschen.

***

Früh am Morgen wollten sie aufbrechen. Sowohl Valerie als auch Emily waren schweigsam und schlecht gelaunt. Beide waren keine ausgewiesenen Frühaufsteher. Timurcin hingegen fühlte sich, als könnte er Bäume ausreißen. Er konnte es kaum erwarten, Hotel Lilienhof endlich in Augenschein zu nehmen.

Gerade als Timurcin die Tür aufhielt und seine Mädels antreiben wollte, fiel sein Blick auf den Boden.

Dort lag ein weißer Briefumschlag, der lediglich mit *Für Timurcin* beschriftet war.

Neugierig hob er ihn auf, um kurz darauf Valerie und Emily vorbeizulassen. Die beiden wirkten so verschlafen, dass sie gar nicht registrierten, was er in der Hand hielt.

„Ich komme gleich nach", rief er ihnen hinterher, während er sich kurz die Zeit nahm, um den Umschlag aufzureißen und den Inhalt zu lesen.

Timurcin,

ich wollte dir lediglich mitteilen, dass ich unsere Übereinkunft Herrn Dr. Niederberger übergeben habe. Er wird sie notariell beglaubigen lassen und danach steht der endgültigen Aufteilung des Erbes nichts mehr im Weg. Sobald ich sein offizielles Schreiben erhalten habe, sende ich es dir zur Unterschrift nach Berlin zu.

Ach noch etwas, ich habe außerdem die Scheidung eingereicht. Ich denke, wir können uns außergerichtlich einigen und überspringen das Trennungsjahr. Wir können wohl glaubhaft bezeugen, schon seit Ewigkeiten nicht mehr als Ehepaar zu leben.

Du wirst in Kürze von meinem Anwalt kontaktiert. Ich bin zu dem Entschluss gekommen, dass es meinen Karriereplänen nicht gerade dienlich ist, dich als lästigen Anhang mit durch mein Leben zu schleifen. Ich möchte frei sein, um mir einen angemessenen Ehepartner zu suchen. Einen, der repräsentativ an meiner Seite steht, mit einer eigenen erfolgreichen Karriere. Kurzum, genau das Gegenteil von dir. Viel Erfolg für dein Projekt.

Timurcin grinste. Dieser Brief klang ganz nach seiner Ex-Frau. Sie wollte ihn nicht spüren lassen, dass es ihre Art war, Danke zu sagen, indem sie ihn endgültig freigab. Lieber versteckte sie sich hinter ihrer beleidigenden Ausdrucksweise als zuzugeben, dass sie ihm einen Gefallen tun wollte.

Justine konnte Timurcin nicht täuschen. Er war froh, dass sie tatsächlich sanfter und umgänglicher wurde. Niemals hätte er es für möglich gehalten, im Guten mit ihr abzuschließen. Trotzdem war er erleichtert, zukünftig weit weg von ihr und Hotel Hohenstetten zu leben. Denn er wusste nicht, wie lange ihre Gutmütigkeit anhielt. Zu viele unschöne Erinnerungen verband er mit ihr und dem Anwesen. Timurcin würde Justine nicht vermissen.

Nachdem er sich kurz gestattet hatte, in Erinnerungen abzudriften, beeilte er sich, um zu Valerie und Emily aufzuschließen, die sich gerade einen Cappuccino servieren ließen.

„Ihr scheint es nicht gerade eilig zu haben, von hier fortzukommen."

Valerie zog gekonnt die linke Augenbraue hoch und erwiderte sarkastisch: „Da redet der Richtige. Wir haben geschlagene zehn Minuten auf dich gewartet. Als der Herr sich nicht bequemte, uns zu folgen, haben wir beschlossen, einen Kaffee zu trinken, um die Wartezeit zu überbrücken."

Timurcin sah ihr fest in die Augen. „Du lügst wie gedruckt. Ich bin gerade einmal zwei Minuten nach euch losgegangen. Gib es doch wenigstens zu, ihr seid schnurstracks Richtung Bistro abgebogen, um euch einen Kaffee zu gönnen.“

„Du hast uns durchschaut, aber zu dieser unchristlichen Zeit kannst du doch nicht ernsthaft erwarten, dass wir ohne Koffein in der Lage sind, auch nur einen einzigen vernünftigen Gedanken zu äußern“, gab sie ungerührt zurück.

Friedfertig ließ sie Timurcin einen großen Schluck nehmen, um danach endlich nach Berlin aufzubrechen.

Kaum saßen sie im Auto, fragte Valerie: „Warum hast du vorhin eigentlich so lange gebraucht?“

Er warf ihr einen schnellen Seitenblick zu, bevor er sich wieder auf den Verkehr konzentrierte und ihr von Justines Brief erzählte.

Valeries Augen funkelten und ihr Glück färbte auf ihn ab.

Timurcin wanderte mit leuchtenden Augen durch das alte Gemäuer, nachdem sie Berlin erreicht hatten. Mittlerweile war Hotel Lilienhof für den Umbau geschlossen und er konnte die Räumlichkeiten aus einem ganz eigenen Blickwinkel betrachten. Er sah nicht die abgenutzten Wände, er sah nicht die runtergekommenen Bodenbeläge des alten Dielenbodens, ebenso wenig schenkte er dem veralteten Mobiliar Beachtung. Nein, in seiner Fantasie begann er seine Pläne und Vorstellungen mit den Gegebenheiten abzugleichen und zu erweitern. Ihm war bewusst, dass massive Sanierungs- und Umbaumaßnahmen auf ihn zukamen, um das Projekt nach seinen Wünschen umzusetzen. Aber nachdem er den Lilienhof nun eigenhändig in Augenschein genommen hatte, war er mehr denn je von seiner Idee überzeugt.

Das Gebäude eignete sich perfekt. Im linken Trakt wollte er die Pension führen. Dort gab es genügend Zimmer, die an die Künstler und Gäste vermietet werden konnten. Außerdem gab es einen großen Speiseraum, der lediglich renoviert werden musste. Im rechten Gebäudeteil wollte er einige Wände einreißen, um große lichtdurchflutete Zimmer für die angebotenen Seminare zu gestalten. Die überdurchschnittlich hohen Decken des Altbaus sorgten für befreiende Gefühle und wenig Einschränkung im kreativen Schaffen. Im oberen Stockwerk eigneten die Räume sich für zukünftige Ateliers, die den Künstlern Freiraum ermöglichen sollten, um sich in Ruhe mit ihrer Muse auseinanderzusetzen.

Timurcin fühlte unendlich viel Adrenalin durch seine Adern strömen und er hätte am liebsten direkt mit den Umbauarbeiten begonnen.

Es kamen viele Aufgaben und Entscheidungen auf ihn zu, aber erstmals schreckte ihn der Gedanke daran nicht ab. Endlich vertraute er seinen Fähigkeiten und war sich sicher, seine Idee erfolgreich in die Tat umzusetzen.

***

Nachdem auch Valerie und Emily sämtliche Räumlichkeiten inspiziert hatten, begab Valerie sich in die Küche, in der Hoffnung, dort auf einen Kaffeeautomaten zu stoßen.

Erleichtert machten die beiden Frauen es sich in der gemütlichen, altmodischen Küche bequem.

Dort traf Timurcin sie schließlich an, als er seinen kreativen Rundgang beendet hatte.

„Ihr seid auch zu gar nichts zu gebrauchen. Immer wenn ich euch treffe, trinkt ihr gemütlich Kaffee." Kopfschüttelnd sah er seine Freundin an.

Valerie schmunzelte, da Timurcin vor lauter Enthusiasmus und Nervosität kaum still sitzen konnte.

„Du hast dir auch eine Pause verdient. Setz dich zu uns und erzähl, was du dir für Gedanken gemacht hast." Sie wies auf den freien Platz und erhob sich, um ihm ebenfalls einen Kaffee durchlaufen zu lassen.

Während er eine Tasse Kaffee trank und einige schon etwas trockene Kekse aß, erzählte er von seinen Umbauplänen.

„Lasst uns in den Bereich gehen, der unser Reich werden soll", sagte Timurcin, kaum dass Valerie ihre Tasse geleert hatte, und sprang auf. Valerie warf Emily einen verschwörerischen Blick zu und sie erhoben sich, um ihm zu folgen.

Emily suchte sich das Zimmer mit dem schönsten Ausblick auf den kleinen romantischen Garten aus. Lächelnd überließen sie ihr den Raum. Valerie war es einerlei, wo sie und Timurcin schlafen würden. Das Wichtigste, was sie zu ihrem vollkommenen Glück benötigte, war der Anblick des überglücklichen Timurcins. Seine Augen strahlten vor Lebendigkeit und Lebensfreude und Valerie konnte sich an seinem Anblick kaum sattsehen. Zusätzlich war es unglaublich schön mit anzusehen, wie sehr Emily aufblühte. Endlich waren sie an einem Punkt angelangt, an dem sie die größten Probleme und Widrigkeiten überwunden hatten, um zu einer kleinen Familie zusammenzuwachsen.

Valerie empfand es als unverfälschtes Glück, sich an der Freude derer, die sie so sehr liebte, zu erfreuen. Plötzlich war ihr altes, erfolgreiches Leben völlig nebensächlich. Niemals hätte sie es für möglich gehalten, welche Erfüllung und Zufriedenheit ihr dieses einfache, normale Familienleben geben konnte.

Sie konnte sich vorstellen, ihre Karriere aufzugeben und mit Timurcin das Hotel zu leiten, ihre beruflichen Ziele waren gerade zweitrangig.

Am dritten Tag ihres Berlin-Aufenthaltes kamen sie während des Frühstücks auf Emilys Zukunftspläne zu sprechen.

„Hast du schon eine Vorstellung, was du zukünftig machen möchtest? Ich kann mir kaum vorstellen, dass es dich über kurz oder lang zufriedenstellt, als Zimmermädchen zu arbeiten. Hast du dich schon einmal mit dem Gedanken auseinandergesetzt, deine Ausbildung zu beenden?", fragte Timurcin.

Valerie warf ihm einen hastigen Blick zu und hoffte, er würde ihn richtig deuten. Sie wollte nicht, dass er Emily unabsichtlich unter Druck setzte. Sie war der Meinung, dass Emily ihre Vorstellungen schon kundtun würde, sobald sie in der Lage wäre, sich ernsthaft damit zu befassen. Aber Valeries Sorgen waren unberechtigt.

Emily schob den Teller von sich und ihre Augen begannen zu funkeln. „Ich habe beschlossen, mich an einer Schauspielschule zu bewerben. Das Proben mit dir hat mir unendlich viel Freude bereitet." Sie sah Valerie an und lächelte. „Es waren in der Vergangenheit die einzigen lichten und fröhlichen Momente."

Valerie legte Emily einen Arm um die Schulter und stimmte ihr aufgewühlt zu: „Das ist eine gute Entscheidung. Du hast unglaublich viel Talent. Es wäre jammerschade, wenn du dieses Potenzial nicht ausschöpfen würdest."

Emily warf ihren Ersatzeltern einen dankbaren Blick zu.

„Ich bin froh, dass ihr mich unterstützt. Natürlich habe ich mich auch mit dem Gedanken befasst, meine Ausbildung zu beenden. Aber ich habe festgestellt, dass es nicht der richtige Weg ist. Außerdem ist dieser Beruf zu eng mit Carlas Tod verknüpft, ich werde es nie schaffen, darüber hinwegzukommen, wenn ich mich damit quälen würde, diese Ausbildung fortzusetzen."

„Du weißt schließlich am besten, was dir guttut, Emily. Außerdem war es von Beginn an meine heimliche Hoffnung, dass du dich für diesen Weg entscheiden würdest. Eigentlich wäre es sogar mein Wunsch gewesen, dich für die Rolle der Melanie vorzuschlagen. Ich weiß, dass es unüblich ist, einer vollkommen unerfahrenen Schauspielerin eine Hauptrolle zu vergeben. Aber ich bin mir sicher, du wärst genau die Richtige, um Melanie echt werden zu lassen. Ich wollte dir das schon länger sagen, aber dann kam dein Klinikaufenthalt dazwischen", entgegnete Valerie bewegt und ihre Stimme bebte dabei ein wenig.

Emily sah sie sprachlos an. Sie lehnte sich auf ihrem Stuhl zurück und schien Valeries Vorschlag erst einmal auf sich wirken zu lassen. Schließlich antwortete sie vorsichtig: „Es ehrt mich sehr, dass du in mir so viel

Talent siehst. Ich kann kaum glauben, dass du mir zutraust, ohne schauspielerische Erfahrung diese Rolle zu spielen." Sie schluckte, bevor sie bedauernd sagte: „Leider bin ich noch nicht soweit. Es würde mich momentan vollkommen überfordern, den Ansprüchen gerecht zu werden. Ich würde mich unter Druck setzen und könnte nicht mehr befreit spielen. Ich möchte die Schauspielerei von der Pike auf erlernen."

„Ich finde deine Entscheidung sehr vernünftig und auch mutig, dieses verlockende Angebot abzulehnen", pflichtete Timurcin ihr bei. „Ich kann dir aus eigener Erfahrung sagen, dass man unglaublich schnell unter Erfolgsdruck gesetzt wird, sobald in einem Potenzial gesehen wird. Damit kommt nicht jeder zurecht und dann ist deine Karriere vielleicht schon vorbei, kaum dass sie begonnen hat."

Valerie entgegnete bedächtig: „Es tut mir zwar leid, dass wir uns für Melanie nach jemand anderem umsehen müssen, aber ich sehe ein, dass du recht hast. Ich bin sehr stolz auf dich." Sie gab Emily einen Kuss auf die Wange. „Wenn du möchtest, bin ich dir bei der Auswahl einer geeigneten Schule behilflich", bot Valerie an.

Dankbar nahm Emily ihre Unterstützung an. Noch hatte sie bis zum nächsten Semesterbeginn ein wenig Zeit, aber die Schulplätze waren rar gesät und die renommierten Adressen hatten äußerst viel Zulauf. Aber Valerie hatte genügend Vertrauen in die Fähigkeiten ihres Mädchens, sodass sie keinerlei Bedenken hatte, dass Emily die Aufnahmeprüfung mit Bravour bestehen würde.

***

Timurcin erwachte mit dem untrüglichen Gefühl, dass er sich heute seiner Blockade stellen würde. Eigentlich hatte er sich vorgenommen, zu Hause in seinem alten Atelier einen Neuanfang zu starten. Nun war ihm unvermittelt aufgegangen, dass er diesen in seiner zukünftigen Umgebung machen musste.

Leise schlüpfte er aus dem Bett, zog sich an, suchte online nach einem passenden Fachgeschäft und ohne sich die Zeit für ein Frühstück zu nehmen, zog er los.

Als er nach seiner Rückkehr seinen Lieblingsraum im Hotel betrat, klopfte sein Herz bis zum Hals.

Der Raum war weder renoviert noch wurde er im Augenblick seinen Ansprüchen gerecht, aber er wusste, dass er in dieser warmen, behaglichen Atmosphäre künstlerisch werden konnte.

Timurcin schloss die Augen und atmete einige Male tief ein und versuchte sich an seine glückliche und sorglose Jugendzeit zurückzuerinnern, in der er lediglich aus einer tiefen, unverfälschten Freude heraus gemalt hatte. Aus seinen lang vergangenen Erinnerungen schöpfte er Kraft und Zuversicht und machte sich mit neu gefasstem Mut daran, seine Utensilien auszupacken.

Schließlich stand er vor der leeren Leinwand und starrte diese reglos an. Einen furchtbaren Augenblick empfand er in seinem Kopf dieselbe Leere, die er auf der Leinwand erblickte. Es war vorbei! Starr stand er da und konnte sich nicht rühren. Ihm fehlten Ideen. Seine Kreativität schien vollständig verschwunden zu sein. Wahrscheinlich hatte er sie unwiderruflich verloren.

Plötzlich überfiel ihn ein wohlbekanntes Zittern und er warf den Pinsel weit von sich und verließ aufgewühlt den Raum. Mit weichen Knien lehnte er sich gegen die Wand. Mit großer Mühe zwang er sich, ein wenig seines inneren Gleichgewichtes wiederzufinden. Vielleicht war er einfach noch nicht soweit. Zwar befand er sich eindeutig auf dem richtigen Weg, aber er war wohl zu ungeduldig mit sich.

Alles in ihm sehnte sich nach einem Drink. Obwohl er sich mit logischen Erklärungen zu besänftigen versuchte, überkam ihn das altbekannte Gefühl des Versagens. Er wollte unbedingt wieder künstlerisch aktiv werden. Die Umsetzung seines Projektes reichte ihm nicht aus, denn das wäre nicht die vollkommene Erfüllung seines großen Traumes.

Am liebsten hätte er sich erneut der Herausforderung gestellt. Aber ein kurzer Blick auf seine zitternden Hände machte ihm deutlich, dass dieses Unterfangen momentan hoffnungslos wäre. Deshalb begab er sich schweren Schrittes ins untere Stockwerk, um das Frühstück vorzubereiten.

Diese alltägliche profane Arbeit half ihm, etwas gelassener zu werden. Kurz darauf kam Valerie verschlafen in die Küche.

Sie gab Timurcin einen Kuss und sagte erfreut: „Du hast schon Frühstück zubereitet. Bist du heute aus dem Bett gefallen? Als ich aufgewacht bin, habe ich dich vermisst."

Timurcin sah sie liebevoll an. Er gab ihr einen Kuss und erwiderte: „Ich bin mit dem Gedanken aufgewacht, mich endlich wieder meiner Malerei zu widmen. Deshalb habe ich heute Morgen das Nötigste eingekauft und wollte mich voller Elan in meine Aufgabe stürzen.“ Er unterbrach seine Erzählung und sah Valerie beschämt an. Sie legte ihm aufmunternd die Hand auf den Arm und streichelte ihn zärtlich.

„Was ist dann passiert?“, fragte sie vorsichtig.

„Ich konnte es nicht.“ Hektisch fuhr er sich durch die Haare und zwang sich, seinen Blick nicht von Valerie abzuwenden. „Mir ist absolut nichts, aber auch überhaupt nichts eingefallen, was ich hätte malen können. Ich bin aus dem Raum geflohen. Zwar habe ich die Hoffnung nicht aufgegeben, aber trotzdem trägt dieses Erlebnis nicht gerade zu meiner Beruhigung bei“, gab er niedergeschlagen zurück.

Valerie umarmte ihn mitfühlend. „Setz dich nicht unter Druck. Du hast alle Zeit der Welt. Es ist doch schon ein positives Zeichen, dass du wieder Lust verspürt hast, zu malen.“

„Wahrscheinlich bin ich zu ungeduldig. Es fällt mir nicht leicht, zu akzeptieren, dass ich noch nicht so weit bin. Wahrscheinlich sollte ich mich erst einmal auf den bevorstehenden Umbau konzentrieren.“

Timurcin nahm sich entschlossen ein Brötchen, biss ein großes Stück ab und lächelte Valerie zu.

„Wo ist Emily? Schläft sie noch?“, fragte er schließlich.

„Sie wollte einen Spaziergang machen und die Umgebung erkunden.“

Timurcin nickte, es gefiel ihm, dass Emily immer weitere Fortschritte zu machen schien. Er nutzte die Gelegenheit, mit Valerie ein paar anstehende Aufgaben zu besprechen. Dabei fiel es ihm nicht leicht, sich darauf zu konzentrieren. Er legte das Brötchen beiseite und rutschte unruhig auf seinem Stuhl hin und her. Immer wieder musste Valerie Sätze wiederholen, weil er sie nicht gehört hatte. Plötzlich schob er so energisch seinen Stuhl zurück, dass dieser zu Boden fiel.

Während er ihn aufhob, entschuldigte er sich bei Valerie: „Es tut mir leid, aber ich habe den Kopf einfach nicht frei, um wichtige Entscheidungen zu treffen. Ich kann nur noch an mein provisorisches Atelier denken und obwohl es wahrscheinlich nicht besonders klug ist, muss ich es noch einmal probieren. Sonst drehe ich langsam, aber sicher durch." Er sah sie unsicher an.

Valerie schien einen Augenblick zu überlegen, dann antwortete sie: „Du bist der Einzige, der entscheiden kann, ob es dir guttut. Am besten hörst du auf dein Bauchgefühl. Ich werde in der Zwischenzeit einige Einrichtungsläden besuchen, um mir Anregungen für die Innenarchitektin zu holen. Dann kannst du ungestört arbeiten." Valerie ließ ihm keine Gelegenheit, eine Antwort zu geben, erhob sich, küsste ihn auf die Wange und verließ die Küche. Timurcin blickte ihr reglos hinterher, bis sie aus seinem Sichtfeld verschwunden war. Während er sich eine Tasse Kaffee einschenkte, war er gedanklich bei seiner Leinwand. Die schönsten Farben und Formen breiteten sich nach und nach darauf aus, bis das langweilige Weiß fast komplett verschwand.

Timurcins Zunge brannte und brachte ihn wieder zur Besinnung. Hastig stellte er die Tasse Kaffee ab, an der er sich gerade verbrannt hatte, und eilte Richtung Atelier, bevor er überhaupt wusste, was er da tat. Als er erneut vor der geschlossenen Tür stand, verbot er sich jeden skeptischen Gedanken und trat energischen

Schrittes ein. Er ging ohne Zögern auf die Leinwand zu, nahm einen Pinsel zur Hand und die Farbpalette auf.

Er rief sich ins Gedächtnis, dass er schließlich kein Meisterwerk abliefern musste. Es ging nicht um das Endergebnis, sondern lediglich um die profane Herausforderung, Farbe auf das weiße Papier aufzutragen.

Es konnte doch nicht so schwierig sein, den Pinsel zur Leinwand zu führen. Timurcin konnte vor Nervosität kaum seine Farbpalette festhalten. Mittlerweile verfluchte er sich, zuvor gefrühstückt zu haben, denn nun hatte er Angst, sich jeden Augenblick zu übergeben.

Trotzdem tauchte er entschlossen den Pinsel in das leuchtende Grün. Die Farbe der Hoffnung sollte ihm bei der erfolgreichen Umsetzung seines Unterfangens Glück bringen.

Timurcin zwang sich, den Pinsel zu heben, nah an die Leinwand heran, und er versuchte seinen Kopf frei von Ansprüchen und Forderungen zu halten. Zögerlich setzte er an und zog einen senkrechten Strich über die linke Bildhälfte. Als er die kräftige Farbe auf dem weißen Hintergrund leuchten sah, war seine Aufregung mit einem Schlag vorbei. Er konnte plötzlich den intensiven Farbgeruch wahrnehmen, den er einst so geliebt hatte.

Den zweiten Pinselstrich setzte er schon zielgerichteter an und mit einem Mal kam es ihm vor, als hätte er niemals mit der Malerei aufgehört. Vor seinem geistigen Auge entstanden bunte, abstrakte Bilder. Er konnte es kaum noch erwarten, diese auf Papier zu bringen.

Konzentriert und nur auf seine Aufgabe fokussiert, begann er seine Fantasievorstellungen umzusetzen und verlor sich in seinem Tun. Von seiner Umwelt hörte und sah er nichts mehr. Er wurde ruhig und gelassen und verspürte eine tiefe Ruhe in sich. Mit träumerischen Bewegungen zauberte er mit dem Pinsel wundersame Zeichnungen. Dabei schaltete er seine Gedanken, seine Empfindungen, seine Unsicherheit vollkommen aus, um für die Signale, die ihm sein Unterbewusstsein sendete, empfänglich zu sein.

Mit dem letzten Pinselstrich überkam ihn tiefe Erschöpfung. Er trat einen Schritt zurück und starrte staunend auf die Leinwand. Seine Knie zitterten, nachdem die Anspannung langsam von ihm abfiel. Seine kreative Arbeit beanspruchte ihn mehr, als er es im Gedächtnis hatte. Trotzdem überwog das Glücksgefühl.

Plötzlich spürte er, so stark wie nie, eine tiefe Verbindung zu Henriette. Dieses Gefühl war unglaublich intensiv, fast kam es ihm vor, als könnte er nach seiner Schwiegermutter greifen, so nahe fühlte er sich ihr in diesem magischen Moment. Rasch drehte er sich um und war beinahe enttäuscht, sie nicht zu sehen. Es hätte ihn nicht gewundert, sie zu erblicken. Aber er konnte sie vor seinem inneren Auge sehen, was für ihn, in seiner grenzenlosen Fantasie, fast auf das Gleiche herauskam. Der Raum erstrahlte in hellem Schein und Timurcin musste die Augen schließen, um sich von der Intensität des Lichtes nicht blenden zu lassen.

Henriette lächelte und zwinkerte ihm verschwörerisch zu und er konnte ihre geliebte Stimme hören, wie sie ihm zu seinem Mut gratulierte, sich dieser Herausforderung gestellt zu haben, schließlich hatte sie immer an ihn geglaubt.

Dankbar gedachte Timurcin seiner verstorbenen Schwiegermutter, der Person, die ihm in den vergangenen Jahren am nächsten gestanden und ihn bedingungslos geliebt hatte. Er wurde ganz ruhig, hörte tief in sich hinein und fühlte zum ersten Mal, dass er Henriette nicht verloren hatte. Sie würde ihn immer und unwiderruflich auf seinem gesamten Lebensweg begleiten. Die Euphorie, die durch seinen gesamten Körper strömte, beflügelte ihn so sehr, dass er beschloss, kurzerhand ein weiteres Bild zu kreieren.

Timurcin verlor sich vollkommen in der reinen, unverfälschten Freude, während der Ausübung seiner Leidenschaft. Wie hatte er es nur all die Jahre ausgehalten, ohne die geliebte Malerei zu leben? Niemals mehr würde er auf diese gottgegebene Gabe verzichten. Es würde kein Tag mehr vergehen, an dem er keinen Pinsel mehr in die Hand nehmen würde. Denn es kam ihm wie ein verlorener Tag vor, sollte er diesen nicht für seine Passion nutzen.

Er wusste nicht, wie viele Stunden er sich in seinem Atelier zurückgezogen und vollkommen den Bezug zu seiner Umwelt verloren hatte, da überkam ihn plötzlich das Gefühl, als wäre eine weitere Person im Raum anwesend. Timurcin drehte sich um und sah Emily, die ihn erwartungsvoll und zugleich siegessicher ansah.

„Ich wollte dich nicht stören." Sie trat neben ihn und er beobachtete, wie sie seine Werke betrachtete. „Aber nachdem wir stundenlang nichts von dir gehört haben, waren wir uns sicher, dass du deine Blockade überwunden hast. Valerie wollte dich nicht in deinem kreativen Schaffen unterbrechen. Ich bin nicht so rücksichtsvoll.

Meine Neugierde hat gesiegt", gab Emily unumwunden zu.

Timurcin lächelte und erwiderte: „Es hat tatsächlich funktioniert. Ich hätte es niemals für möglich gehalten, dass ich nichts verlernt habe." Er legte die Farbpalette beiseite und wischte sich mit einem Lappen die Hände notdürftig sauber. „Mir kommt es so vor, als hätte ich erst gestern die letzte Vernissage veranstaltet. Gut, ich fühle mich unglaublich erschöpft und ausgelaugt. Wahrscheinlich verhält es sich bei mir ähnlich wie bei einem Leistungssportler, der eine längere Zwangspause einlegen musste. Mit ein wenig Übung, wird die Ausdauer hoffentlich ebenfalls zurückkehren. Aber ich kann überhaupt nicht in Worte fassen, was es mir bedeutet, wieder meiner Leidenschaft nachzugehen."

Emilys Umarmung überraschte Timurcin und brachte ihn für einen Moment aus dem Gleichgewicht.

„Das ist so wundervoll, Timurcin", sagte sie, als sie sich von ihm löste und ihren Blick auf seine Bilder lenkte. „Zwar habe ich von Kunst absolut keine Ahnung, aber ich finde deine Bilder sehr gelungen." Sie neigte ihren Kopf, überlegte einen Moment und meinte: „Mir gefällt deine Art, zum Ausdruck zu bringen, was aus deinem Inneren heraus möchte. Ich würde deine Kunstwerke sofort in meinem Zimmer aufhängen."

Timurcin freute sich über Emilys Lob, das sein Herz wärmte. Es bedeutete ihm mehr, als das von Kunstkennern und Kritikern, die ihm früher eine großartige Karriere vorhergesagt hatten.

Kapitel 61

Machtkämpfe

Seit Julianes erstem Besuch bei Simon und Helena waren mittlerweile sechs Wochen vergangen und seither war sie regelmäßiger Gast.

Lediglich den Kindern zuliebe hatte Helena die Besuche ohne Nervenzusammenbruch überstanden. Denn Juliane verhielt sich ihr gegenüber zwar vordergründig zurückhaltend und höflich, dennoch spürte Helena die Feindseligkeit, die Simons Ex-Frau ihr entgegenbrachte. Bei ihrem letzten Besuch war dann die Maske gefallen und Juliane hatte ihr wahres Gesicht gezeigt, sobald Simon die beiden allein gelassen hatte, um die Kinder ins Bett zu bringen.

Nach einem Moment des unangenehmen Schweigens, während Helena ihr pflichtbewusst noch ein Glas Wasser eingeschenkt hatte, ergriff Juliane das Wort.

„Dir ist doch hoffentlich bewusst, dass Simon ausschließlich der Kinder wegen mit dir zusammen ist." Die Worte hatten einen Moment in der Luft gehangen, ehe Helena sie vollständig begriffen hatte. Doch Juliane war noch nicht fertig gewesen. „Ansonsten würde er dich nicht einmal bemerken. Praktisch denkt er ja.

Durch euer Arrangement erspart er sich das Kindermädchen. Simon besitzt Stil und Klasse und könnte jede Frau haben. Findest du es nicht selbst äußerst merkwürdig, dass er gerade dich genommen hat?"

Zwar fühlte Helena den fiesen Stich in ihrem Herzen, aber sie versuchte sich nicht anmerken zu lassen, was Julianes gemeine Worte in ihr auslösten. Helena verfügte über kein ausgeprägtes Selbstbewusstsein und ihr eigenes Spiegelbild war ihr nur zu gut bekannt. Da musste sie nicht erst dieses Supermodel auf ihre Mängel hinweisen. Aber sie wollte Juliane keineswegs die Genugtuung geben, sie gekränkt zu erleben. Sie versuchte Julianes hochmütigen Gesichtsausdruck nachzuahmen und antwortete scheinbar gelangweilt und souverän: „Wahrscheinlich ist dir während deines Egotrips noch gar nicht aufgefallen, wie sehr sich dein Mann während deiner Abwesenheit verändert hat. Er setzt mittlerweile andere Prioritäten."

Ihre Kontrahentin lachte höhnisch. „Glaubst du ernsthaft, dass du Simons Charakter beurteilen kannst? Schließlich kennst du ihn erst seit wenigen Monaten. Ich war jahrelang die Partnerin an seiner Seite, die ihm den Rücken gestärkt und ihn auf seinem vielversprechenden Karriereweg unterstützt hat. Und da maßt du dir allen Ernstes an – ein kleines bedeutungsloses Kindermädchen – mir zu erklären, wer mein Mann wirklich ist?"

„Ich brauche dich nur anzusehen, um mir klarzumachen, dass Simon vom egoistischen und karrieresüchtigen Macho eine große Wandlung durchgemacht hat. Denn sonst hätte er wohl kaum eine dermaßen oberflächliche, dumme Kuh wie dich geheiratet." Einerseits ärgerte sie sich, dass sie sich nun auf Julianes Niveau begab, andererseits erfüllte sie Genugtuung, sich zu wehren. „Werde glücklich mit deiner Vorstellung, du wärst mir überlegen, weil du hübscher und schlanker bist. Aber Aussehen ist nicht alles, ein wenig Verstand, Herz und Menschlichkeit würden dir gewiss nicht schaden."

Juliane kniff die Augen zusammen, doch Helena bemerkte sehr wohl, dass ihr verbaler Angriff überraschend für sie gekommen war.

„Ich wollte nur nicht, dass du enttäuscht bist, sollte Simon sich doch nicht als der Märchenprinz entpuppen, für den du ihn offenkundig hältst", erwiderte Juliane schließlich schnippisch.

Sie öffnete den Mund, doch auf der Treppe waren Schritte zu hören und Helena schluckte die Antwort hinunter.

Eigentlich hatte Juliane behauptet, noch etwas Dringendes mit Simon besprechen zu müssen, aber schlussendlich machte sie lediglich einen Termin aus, um in Ruhe alles Weitere zu klären. Helena war klar, dass sie einfach nur die Gunst der Stunde hatte nutzen wollen, um sie niederzumachen. Die pure Berechnung steckte dahinter. Noch eine halbe Stunde später fühlte sich Helena immer noch zittrig und aufgelöst über die Unverfrorenheit dieser unsympathischen Frau.

Heute Abend waren sie zu einem klärenden Gespräch verabredet. Simon hatte beschlossen, dass es sinnvoll wäre, dieses Treffen auf neutralem Boden abzuhalten. Seine Mutter hatte sich bereit erklärt, auf die Kinder

aufzupassen, damit ihr Sohn mit seiner Ex-Frau ungestört sprechen konnte. Helena hatte ihm Julianes fiese
Unterstellung verschwiegen, weil sie nicht wollte, dass
sich die Fronten noch mehr verhärteten. Mittlerweile
war sie sich seiner Liebe sicher und brauchte eine weitere Beteuerung seinerseits nicht. Schließlich ging es
um das Wohl der Kinder, was Juliane von ihr hielt, war
unwichtig.

Aber genau das machte Helena weiterhin Sorgen.
Denn sie hatte mit einer wachsenden Beunruhigung Julianes vollständige Fokussierung auf ihre Tochter
wahrgenommen. Ihre Abneigung Leon gegenüber versuchte sie hingegen nicht einmal mehr zu verbergen.

Helena wusste nicht, welche Absichten hinter Julianes Vorgehensweise steckten.

Da sie um das Gespräch mit dem Vater ihrer Kinder
gebeten hatte, schien sie eine Entscheidung getroffen
zu haben. Anscheinend wollte sie sich mit der vorherrschenden Situation nicht mehr begnügen.

Auch Simon zeigte sich über die ungünstige Entwicklung zunehmend besorgter. Zwar wollte er sich seine
Befürchtungen nicht anmerken lassen, aber Helena
spürte, dass er Angst vor Julianes weiteren Schritten
hatte. Obwohl bedrohliche Wolken über ihrem Fami-
lienglück schwebten, schweißte diese Not Helena und
Simon immer mehr zusammen. Es kam nicht mehr vor,
dass sie sich über Erziehungsfragen stritten oder Helena an seiner aufrichtigen Liebe zweifelte. Sie fühlte
sich in ihrer Beziehung geborgen, sicher und unglaublich glücklich. Lediglich Juliane konnte die gemeinsame sorglose Zeit trüben. Beide Kinder sahen Helena

mittlerweile als ihre Mutter an und Leon begann sie sogar manchmal Mama zu nennen. Helena hatte große Angst, dass die Offenbarung über Julianes wirkliche Identität die beiden vollkommen durcheinanderbringen würde. Nun befanden sie sich endlich inmitten eines sicheren, stabilen Familienkonstrukts, da musste ihnen Juliane das Leben schwer machen.

Helena könnte mit der Tatsache leben, dass Juliane als Mutter im Leben der Kinder eine bedeutende Rolle spielte, solange sie es mit beiden Kindern aufrichtig meinte. Aber Helena zerriss es jedes Mal das Herz, wenn sie mitansehen musste, wie groß Julianes Ablehnung Leon gegenüber war. Wie sollten sie ihm jemals erklären, dass seine Mutter ihn nicht lieben konnte?

Mittlerweile hatte Simons Ex-Frau genügend Zeit gehabt, sich an Leons Besonderheit zu gewöhnen. Immerhin kam sie regelmäßig ein- bis zweimal die Woche zu Besuch. Aber Helena und Simon hatten die Hoffnung längst begraben, dass Juliane ihren Sohn jemals so annehmen konnte, wie er war. Deshalb sahen beide der Begegnung mit Juliane mit gemischten Gefühlen entgegen.

***

Simon hatte schon die Getränkebestellung aufgegeben und sie stießen mit einem Glas Weißwein an. Von Juliane war weit und breit nichts zu sehen. Von Pünktlichkeit hielt sie scheinbar nicht sonderlich viel. Mittlerweile verspätete sie sich schon über eine halbe Stunde. Sie ließ Simon ihren mangelnden Respekt ihm gegenüber deutlich spüren, was seinen Magen mit Wut füllte. Simon sah Helena tief in die Augen und er fühlte die immense Anspannung, unter der sie stand. Er stellte sein Glas ab und griff über den Tisch nach ihrer Hand. Er führte sie zu seinem Mund und gab ihr einen zärtlichen Kuss auf den Handrücken.

„Du zitterst ja." Er streichelte sie sanft. „So schlimm wird es schon nicht werden." Obwohl er sich bemühte, wusste er, dass er so unsicher klang, wie er sich fühlte.

„Es ist wirklich lieb von dir, mich beruhigen zu wollen. Aber ich weiß, dass du dir selbst große Sorgen machst, was Juliane hinter unserem Rücken ausgeheckt hat", gab Helena bemüht gefasst zurück.

Er sah Richtung Eingang. „Wenn sie nicht gleich auftaucht, warten wir nicht länger mit der Bestellung auf sie. Dann muss sie eben allein essen", erwiderte Simon wütend und wechselte das Thema.

„Ich bezweifle, dass ich überhaupt einen Bissen hinunter bekomme", sagte Helena niedergeschlagen.

„Warum kann Juliane nicht einmal Rücksicht auf andere nehmen?" Simon ballte die Fäuste. „Sie kann sich doch denken, dass wir uns Gedanken über ihre Absichten machen. Anscheinend hat meine Ex sich wirklich keinen Deut geändert. Sie ist genauso egoistisch, narzisstisch und überheblich wie früher. Nur wollte ich damals ihre negativen Charakterzüge, im Gegenzug zu heute, nicht wahrnehmen." Simon fuhr sich durch die Haare. Er stand kurz davor, endgültig über die Unhöflichkeit seiner Ex-Frau zu explodieren.

Kurz darauf war es mit seiner Beherrschtheit vorbei und er beschloss, das Essen zu bestellen. Helena schloss sich seiner Auswahl an.

Weitere zwanzig Minuten später, die Simon und Helena mehr schweigend als mit Small Talk verbrachten, trat Juliane an ihren Tisch.

„Schön, dass ihr schon da seid. Ich hoffe, ihr wartet noch nicht allzu lange auf mich", begrüßte sie die beiden gut gelaunt, als ob sie sich lediglich einige Minuten verspätet hätte.

Simon sah sie konsterniert an und er musste sich unglaublich beherrschen, ruhig zu bleiben.

„Juliane, schön, dass du es einrichten konntest, uns deine wertvolle Zeit zu schenken." Simon winkte ab. „Und nein, wie kommst du nur darauf, dass wir auf dich warten mussten? Wir sitzen erst seit einer Stunde hier. Eine Stunde, die in der endlosen Weite des Universums in der Bedeutungslosigkeit verschwindet, sobald dein strahlender Glanz uns zum Leuchten bringt." Sein Tonfall war heiter und sorglos, seine bitterböse Miene hingegen verhieß nichts Gutes.

Juliane gab ihrem Ex-Mann einen Wangenkuss, den er angewidert wegwischte, und erwiderte ungerührt: „Simon, sei doch nicht so pathetisch, das steht dir nicht. Hauptsache, ich bin nun bei euch. Mir ist etwas Wichtiges dazwischengekommen, das konnte ich unmöglich verschieben."

„Was ist denn bitte wichtiger als die Zukunft von Laura und Leon?" Simon musste seine Stimme zügeln. „Deine Einstellung zeigt wieder einmal deutlich, wo du deine Prioritäten setzt." Simon beobachte Helena, die ihre Konkurrentin wütend anfunkelte. Julianes Impertinenz reizte sie offensichtlich bis aufs Blut.

Das konnte heiter werden. Wie sollten sie einige Stunden in Julianes Anwesenheit überstehen, wenn selbst

Helena sich schon nach den ersten Minuten nicht zurückhalten konnte? Sie warf Simon einen entschuldigenden Blick zu und er schenkte ihr ein Lächeln.

Juliane machte sich nicht einmal die Mühe, auf den Vorwurf einzugehen, was Simons Blut noch mehr zum Kochen brachte.

„Simon, ich bat dich um ein Treffen, um meinen zukünftigen Umgang mit Laura zu regeln. Ich verstehe ehrlich gesagt nicht, warum du diese Person mitgebracht hast." Juliane brachte es nicht einmal über sich, Helena anzusehen, und Simons Hände krallten sich an der Tischkante fest, damit er nicht gleich die Beherrschung verlor und aufsprang. „Ich bin der Meinung, unsere Vereinbarung geht nur uns als Eltern etwas an, da hat eine Außenstehende überhaupt nichts verloren."

Simon hatte sich geschworen, auf Julianes provokante Äußerungen nicht einzugehen. Auch ihre unverschämte Art mit Helena umzugehen, als wäre diese Luft, hatte er um des Frieden willens ignoriert und zähneknirschend toleriert. Aber nun war das Maß voll.

Nun sprang er doch unbeherrscht auf und rief: „Schluss jetzt mit diesen Unverschämtheiten. Was bildest du dir eigentlich ein, wer du bist? Du befindest dich nicht in der Position, um Bedingungen zu stellen. Während du dich deinen Befindlichkeiten und deinem emotionalen Ungleichgewicht gewidmet hast und jahrelang in deiner Selbstfindungsphase verschollen warst, habe ich die Kinder allein aufgezogen. Ich war Tag und Nacht für sie da. Glaubst du, ich hatte es leicht?" Er nagelte Juliane mit seinem Blick fest und zog anschließend den Stuhl wieder heran, um sich darauf fallen zu lassen. Die Blicke der anderen Gäste ignorierte er, senkte dennoch seine Stimme. „Du stellst es ständig so dar, als wäre die Situation für dich so unglaublich schwierig und unerträglich, und wir haben gefälligst Verständnis und Mitgefühl für dich zu aufzubringen. Glaubst du allen Ernstes, für mich war es einfach, als du mit einem Mal weg warst und mich hoffnungslos überfordert mit einem Kleinkind und einem Säugling hast sitzen lassen?"

Simon rang nach Atem und Juliane holte zum Gegenschlag aus.

„Hast du dich schon einmal gefragt, warum ich gegangen bin? Glaubst du tatsächlich, ich bin nur wegen Leon gegangen? Vielleicht warst du nicht der perfekte Ehemann, für den du dich immer gehalten hast. Du hast mich erdrückt und eingeengt. Ich hätte es auch ohne Leons Behinderung nicht mehr lange an deiner Seite ausgehalten. In deiner Anwesenheit habe ich keine Luft zum Atmen mehr bekommen." Julianes selbstgerechter Vorwurf schlug wie eine Bombe ein. Simon hielt in der Bewegung inne und bemerkte wie Helena die Hand vor den Mund schlug.

„Wie kannst du es nur wagen, Simon weitere Schuldgefühle einzureden?" Zu Simons Überraschung erholte sich Helena schneller von Julianes Anschuldigung als er. „Du hast die Entscheidung getroffen, ihn im Stich zu lassen. Also was fällt dir eigentlich ein?"

Juliane schnaubte und ehe sie etwas erwidern konnte, fuhr Simon dazwischen.

„Und jetzt, nachdem ich endlich eine Frau gefunden habe, der ich bedingungslos vertraue und die ich über alles liebe, da kommst du zurück und stellst völlig überzogene Forderungen. Wer hat mich denn in den letzten

Monaten unterstützt und ist den Kindern eine Ersatzmutter geworden? Das warst nicht du, Juliane. Das war Helena! Sie war da, als du es vorgezogen hattest, deine Bedürfnisse vor die der Kinder zu stellen. Im Gegenzug zu dir, hat sie sich für die Belange und Interessen der Kinder interessiert. Und nun wagst du es auch noch, zu fragen, was sie bei unserem Treffen verloren hat?" Simon stützte die Hände auf den Tisch, beugte sich vor und fixierte Juliane mit hartem Blick. „Wahrscheinlich ist es besser, wir beenden nun dieses sinnlose Gespräch. Wir können uns treffen, wenn du dir Gedanken zu deinem Auftreten gemacht hast." Simon wollte schon den Kellner zur Bezahlung heranwinken, als Helena ihn zu beschwichtigen versuchte.

„Ich bin der Meinung, wir sollten uns etwas beruhigen und versuchen, vernünftig miteinander zu sprechen. Wir sollten uns den Kindern zuliebe ein wenig zusammenreißen. Immerhin steht für uns alle hoffentlich das Wohl der Kinder im Vordergrund und nicht verletzte Eitelkeiten oder unausgesprochene Meinungsverschiedenheiten." Helena sah Simon bittend an, der mit sich rang. „Bitte, Simon, lass es uns wenigstens versuchen."

Er warf Helena einen schnellen, zerknirschten Blick zu. Dann wandte er sich seiner Ex-Frau zu. „Ich entschuldige mich, dass ich die Beherrschung verloren habe", erwiderte er.

Juliane sah ihn hochmütig an. „Ob ich deine Entschuldigung annehme, kann ich momentan noch nicht beurteilen, das kommt ein wenig auf deine Kooperationsbereitschaft an."

Wenn es nicht um seine Kinder gehen würde, dann hätte er sich Julianes Unverschämtheiten keinen Augenblick länger angehört. Nun musste er wohl oder übel seine Zunge im Zaum halten. Es kam ihm gelegen, dass der Kellner einen erneuten Anlauf unternahm, um ihnen das Essen zu servieren, nachdem er vorhin geflüchtet war, als die Stimmung eskalierte. Simon nahm einen Bissen und schob danach den Teller von sich. Sein Appetit war ihm gründlich vergangen.

Er sah Juliane fest in die Augen und fragte direkt und unumwunden: „Was möchtest du?"

„Kannst du dir das nicht denken? Du bist doch immer der Ansicht, meine Absichten so gut einschätzen zu können. Mit diesem Wissen müsste es dir doch ein Leichtes sein, meine Forderungen zu kennen." Juliane sah ihn lächelnd an und Simon unterdrückte ein Würgen bei so viel Falschheit.

„Ich warne dich, treibe es nicht zu weit. Du hast mich um dieses Gespräch gebeten, jetzt sprich bitte Klartext."

Juliane griff nach Simons Gabel und probierte von seinem fast unberührten Teller.

„Das schmeckt wirklich fantastisch. Warum isst du denn nichts davon?" Spielerisch kreiste sie mit der Gabel über dem Teller.

Simon warf Helena einen hilfesuchenden Blick zu und sie versuchte ihm zu signalisieren, ruhig und gelassen zu bleiben. Er sollte keinesfalls auf ihre Provokationen eingehen. Mühevoll bemühte er sich, ihren Ratschlag zu befolgen. „Du darfst gern davon essen, wenn es dir dabei hilft, endlich zum Punkt zu kommen. Ich habe nämlich nicht den ganzen Abend Zeit. Helena und ich wissen etwas Besseres mit unserer Zweisamkeit anzufangen." Der forsche Blick, den er Helena zuwarf, ließ an seinen Absichten keine Zweifel offen.

Juliane konterte mit einer Retourkutsche. Sie musterte Helena vielsagend und erwiderte kaltschnäuzig: „Danke für dein Angebot, aber ich lehne ab. Ich möchte nämlich nicht irgendwann so aussehen wie deine Freundin. Ich besitze nämlich genügend Disziplin, um diesem bemitleidenswerten Schicksal zu entgehen."

„Das ist mir jetzt zu blöd." Simon erhob sich und der Stuhl scharrte über den Boden. „Mit dir ist nicht vernünftig zu reden. Helena, ich hätte mich gern gütlich mit Juliane geeinigt, aber das funktioniert nicht. Bitte lass uns gehen."

Juliane hatte sich lässig zurückgelehnt und beobachtete Simon und Helena, die sich ihre Jacken anzogen. Gerade als sie gehen wollten, hielt sie die beiden mit einer Äußerung zurück, die Simon das Blut in den Adern gefrieren ließ.

„Eigentlich wollte ich dich nur in Kenntnis setzen, dass ich das Sorgerecht für Laura beantragen werde. Wie du richtig erkannt hast, habe ich keinerlei Interesse an Leon. Aber ich bin nicht willens, auf meine Tochter zu verzichten. Ein Kind benötigt seine Mutter, und ich bin mir sicher, dass ein Gericht mir das Recht zusprechen wird."

Simon war erstarrt stehen geblieben. In Zeitlupe drehte er sich zu seiner Ex-Frau herum und sagte tonlos: „Das kannst du nicht ernst meinen."

„Ich habe vier Jahre auf meine Tochter verzichtet. Diese verlorene Zeit gibt mir niemand mehr zurück. Nun möchte ich, dass Laura bei mir wohnt."

Simon trat wie betäubt an den Tisch zurück und stützte die Hände darauf ab. Er kam Juliane ganz nah, die sich zu seiner Freude in ihren Stuhl zurücklehnte.

„Du stellst es gerade so hin, als hätte ich dir den Kontakt zu den Kindern verboten. Es war schließlich deine Entscheidung zu gehen." Er fühlte sich, als ob ihm jemand in den Bauch geboxt hätte. Angst schnürte ihm die Kehle zu. Würde es Juliane tatsächlich wagen, ihm seine Tochter wegzunehmen?

„Das streite ich auch nicht ab." Juliane verschränkte die Arme vor der Brust. „Aber dennoch bin ich zu der Überzeugung gelangt, dass es mir nun zusteht, mich um mein Kind zu kümmern. Du bist doch immer auf das Wohl der Kinder bedacht. Willst du ihr das Recht nehmen, mit ihrer Mutter zu leben?" Juliane schien vollkommen von der Richtigkeit ihres Unterfangens überzeugt zu sein.

„Du willst mir Laura wegnehmen? Du willst die Geschwister trennen?" Es nur auszusprechen, tat unglaublich weh. „Das kannst du Laura nicht antun. Bitte, Juliane überlege dir doch, was das für die Kinder bedeutet. Glaubst du, Laura wäre glücklich ohne ihren kleinen Bruder? Sie liebt ihn über alles. Und auch wenn du Leon nicht lieben kannst, versetze dich doch wenigstens in seine Lage. Wie muss er sich fühlen, wenn er erfährt, dass ihn seine Mutter nicht wollte?" Simon versuchte inständig und verzweifelt an Julianes Vernunft zu appellieren.

Sie sah ihn verständnislos an. „Hast du vergessen, dass Leon behindert ist? Er bekommt doch überhaupt nicht mit, dass ich seine Mutter bin. Ich glaube nicht, dass er jemals bemerkt, dass ich ihn nicht liebe. Außerdem bin ich überzeugt, es wäre für Lauras Entwicklung förderlich, von seinem negativen Einfluss befreit zu werden. Er hemmt sie doch durch seine permanente Anwesenheit in der freien Entfaltung ihrer Persönlichkeit."

Aus dem Augenwinkel nahm Simon noch wahr, wie Helena an den Tisch trat. Sekunden danach kippte sie Juliane ihr beinah unberührtes Wasserglas ins Gesicht.

„Ich glaube, dir bekommt eine kleine Abkühlung gut. Vielleicht hilft es dir, deinen Verstand wiederzufinden. Du redest dermaßen Bullshit, das ist nicht zum Aushalten."

Juliane sprang kreischend auf und Simon verließ mit Helena den Tisch. Hastig legte Simon im Vorübergehen ein paar Geldscheine auf die Theke und warf dem Kellner einen entschuldigenden Blick zu.

„Du hörst von meinem Anwalt", rief Juliane ihnen noch hinterher, bevor sie das Restaurant verließen und Simon beinah die Straße entlangrannte. In einer Seitenstraße wandte Helena sich ihrem Freund zu und sagte außer Atem: „Es tut mir leid, hoffentlich habe ich es mit meinem impulsiven Auftreten nicht noch schlimmer gemacht. Aber ich habe Julianes furchtbare Reden einfach nicht mehr ausgehalten."

Simon blieb stehen und nahm Helena in den Arm. So standen sie für einige Minuten da, ohne ein Wort zu sprechen.

„Meinst du, sie hat wirklich Chancen, das Sorgerecht zugesprochen zu bekommen?", fragte Helena schließlich bedrückt.

Simon zuckte hilflos mit den Schultern. Er fühlte sich wie erschlagen. Sein gesamtes Leben schien aus den Fugen zu geraten. Seine Augen spiegelten seine Pein, seine Qual wieder, die seine Ängste in ihm auslösten. Er konnte den Gedanken, seine Tochter zu verlieren, nicht ertragen. Er liebte seine Kinder über alles. Nun lebte er seit vier Jahren mit ihnen unter einem Dach und konnte sich ein Leben ohne sie nicht mehr vorstellen. Der Gedanke, dass Laura zukünftig nicht mehr bei ihnen wohnen könnte, vernebelte sein Gehirn. Seine Sorgen ließen ihn nicht mehr klar denken. Es war Fakt, dass in einem Sorgerechtsstreit nur in seltenen Fällen dem Vater das alleinige Sorgerecht zugesprochen wurde.

Aber hatte Juliane unter den gegebenen Voraussetzungen eine Chance? Er wusste es nicht. Sie war drauf und dran, seine Familie zu zerstören. Das konnte er nicht zulassen.

„Ich werde mich gleich morgen nach einem kompetenten Familienanwalt erkundigen", meinte er schließlich mit rauer Stimme. „Dann werden wir Genaueres erfahren. Es bringt nichts, den Teufel an die Wand zu malen. Lass uns nach Hause gehen und eine Nacht darüber schlafen."

Er wusste genau wie Helena, dass er kein Auge zubekommen würde. Sie mussten den morgigen Tag und die Beratung durch einen Fachanwalt abwarten.

Kapitel 62

Dämonen der Vergan-
genheit

Seit Fahrtbeginn hatte Emily kein Wort mehr gesprochen.

Valerie warf Emily einen unauffälligen Blick zu. Das Mädchen saß blass und zitternd neben ihr, das komplette Gegenteil zu der Emily, die sie in Berlin erlebt hatte. Zwar versuchte sie es zu unterdrücken, aber das war ein Ding der Unmöglichkeit.

Ein ungutes Gefühl breitete sich in Valeries Magengegend aus und sie musste sich zusammenreißen, um nicht die nötige Ruhe zu verlieren. Hatte sie Emily mit der Forderung, sich einer Begegnung mit ihrer Mutter zu stellen, zu sehr bedrängt? Vielleicht war sie dieser Aufgabe noch nicht gewachsen.

Valerie fand, es wäre eine gute Gelegenheit während ihres Berliner Aufenthaltes, um nach Düsseldorf zu zu fahren, damit Emily sich mit ihrer Mutter aussprechen konnte. Immerhin hatte auch ihre Therapeutin geraten, sich dieser Herausforderung zu stellen. Auch wenn es Emily schwerfiel, hielt Valerie es für eine gute Idee, sich mit ihrer Mutter auseinanderzusetzen, um das Trauma vollständig zu überwinden. Valerie wollte Emily unbedingt unterstützen, aber vielleicht wäre es besser gewesen, Emily das Tempo bestimmen zu lassen. Ob sie sich nur ihr zuliebe auf ein Treffen eingelassen hatte?

Jetzt hatten sie sich bei Frau Schwarz angekündigt und Valerie hielt es für kontraproduktiv, den Besuch unverrichteter Dinge abzubrechen. Wer konnte schon wissen, ob Emily sich noch einmal überwand, um auf ihre Mutter zuzugehen?

Valeries Verunsicherung wuchs. Es hatte einige Zeit gedauert, ehe Emily überhaupt darauf reagiert hatte, ihre Mutter zu besuchen, und sie war immer ausgewichen, wenn Valerie sie darauf angesprochen hatte.

„Ich habe Angst vor ihrer Reaktion", hatte sie irgendwann zugegeben. Schließlich hatte sie zugestimmt, aber es dann nicht einmal geschafft, ihre Mutter selbst anzurufen, und letztlich nach mehreren abgebrochenen Versuchen, die Nummer zu wählen, Valerie gebeten, ihre Mutter über den Besuch zu informieren.

„Was, wenn ich falsch reagiere? Wenn ich ihr einfach nicht verzeihen kann?"

Valerie hatte versucht, Emily zu beruhigen.

„Ein Schritt nach dem anderen. Du musst es einfach auf dich zukommen lassen, aber es wird dir sicherlich guttun, mit deiner Mutter zu sprechen."

Wieder warf Valerie Emily einen Blick zu, die ganz in Gedanken versunken schien, und zweifelte erneut an ihrem Vorhaben.

***

Emily starrte aus dem Fenster und sah doch nichts von der Landschaft, die rasch an ihnen vorbeizog. Ihr Magen war ein einziger Eisklumpen, je näher sie dem Ziel kamen. Sie konnte nicht einmal benennen, was sie sich von dieser Begegnung erhoffte. Wollte sie lediglich die Herausforderung bewältigen, sich mit ihrer Mutter und den damit verbundenen Emotionen auseinanderzusetzen, oder wollte sie sich mit ihr versöhnen? Gab es noch eine gemeinsame Zukunft für Mutter und Tochter? Emily konnte sich momentan einfach nicht vorstellen, dass Carlas Tod irgendwann nicht mehr zwischen ihnen stehen würde.

Auf der anderen Seite vermisste sie ihre Mutter. Sie hatten immer ein gutes Verhältnis zueinander gehabt und Emily war ihrer Mutter dankbar gewesen, dass sie ihr weder Vorwürfe gemacht hatte, als sie damals schwanger wurde, noch hatte diese sie bei der Betreuung des Kindes jemals im Stich gelassen. Damals war sie ihr unglaublich dankbar gewesen, heute wurde dieses wärmende Gefühl schon so lange von ihrem Hass überlagert, dass sie sich nicht mehr erinnerte, was es in ihr ausgelöst hatte.

Die Sehnsucht nach ihrer Mutter stand im Widerspruch zu ihren unversöhnlichen Hassgefühlen, die sie ihr entgegenbrachte. Schon während ihrer Therapie war sie gezwungen gewesen, sich damit auseinanderzusetzen. Ihr Verstand sagte ihr, sie musste sich ihren Ängsten endlich stellen. Aber es ging über ihre Vorstellungskraft, wie sie diese Herausforderung bewältigen sollte.

Doch die Zeit war gekommen, sich den Dämonen der Vergangenheit zu stellen. Valerie und die Therapeutin hatten recht. Deshalb hatte sie schließlich zögerlich einer Verabredung zugestimmt. Unter der Voraussetzung, dass Valerie sie begleitete.

Doch wie sollte sie den Tag bei ihrer Mutter schaffen? Als Valerie mit ihr telefoniert hatte, war sie spazieren gegangen.

„Emily, alles klar?" Obwohl Valerie leise gesprochen hatte, riss es sie augenblicklich aus ihren Gedanken und ihr Kopf schnellte zu ihrer Freundin.

Sie nickte zögerlich. „Ich war nur gerade in Gedanken an dein Telefonat." Sie stoppte und hatte das Gefühl, keine Luft mehr zu bekommen, weil es ihr den Hals zuschnürte. „Nicht mal das habe ich hinbekommen, wie soll ich den Besuch überstehen?"

Valerie legte ihr kurz die Hand auf die Schulter und die Berührung tat ihr gut. Sie schloss die Augen und versuchte sich zu entspannen.

„Deine Mutter war zwar erst reserviert, aber dann hat sie sich sehr über deinen Vorschlag gefreut. Sie vermisst dich. Ich verstehe deine Angst, aber zieh dich bitte nicht wieder zurück."

Das leichte Zittern in Valeries Stimme verdeutlichte ihr, dass sie sich um Emily sorgte. Seitdem sie dem Besuch zugestimmt hatte, war sie Valerie und Timurcin aus dem Weg gegangen und hatte sich abgekapselt. Aber sie konnte einfach nicht so tun, als wäre alles in Ordnung. Manchmal kam sie sich wie betäubt vor.

Auch jetzt fand sie einfach keine Worte, denn sie konnte Valerie einfach nicht versprechen, dass jetzt alles gut werden würde. Sogar das Radio hatte sie nach kurzer Zeit ausgeschaltet, weil sie die fröhlichen Stimmen nicht ertrug.

„In einer halben Stunde sind wir da", sagte Valerie schließlich.

Emily reagierte auf Valeries Hinweis nicht mehr. Es schien, als ob sie wieder für niemanden erreichbar wäre.

„Mir ist übel. Ich glaube, ich muss mich übergeben."
Valerie warf ihr einen schnellen Blick zu.

„Soll ich anhalten?"

Emily nickte nur und Valerie hielt am nächstgelegenen Parkplatz an. Sobald der Wagen stand, riss Emily die Tür auf und stürzte aus dem Wagen. Sie rannte in die Büsche und übergab sich.

Als sie kurz darauf zu Valerie zurückkehrte, konnte sie sich kaum noch auf den Beinen halten. Sie fühlte sich zittrig, schwach und fiebrig. Vielleicht wurde sie krank. Zumindest fühlte es sich genauso an. Wortlos reichte Valerie ihr eine Wasserflasche und sie trank dankbar einige Schlucke, um den unangenehmen Geschmack wegzuspülen.

„Du siehst gar nicht gut aus. Fühlst du dich überhaupt in der Lage, deiner Mutter zu begegnen?", fragte Valerie schließlich. Emilys Sichtfeld war verschwommen und sie fühlte sich einer Ohnmacht nahe. Als sie wieder klarer sehen konnte, bemerkte sie, wie Valerie einen unauffälligen Blick auf ihre Uhr warf. Automatisch tat sie es ihr nach.

Mittlerweile erwartete ihre Mutter sie schon seit einigen Minuten. Bis zu ihrem Heimatort war es nicht mehr weit.

Emily sah auf und fand Valeries Blick. Erschrak darüber, wie diese zusammenzuckte. Emily war klar, dass es ihr nicht mehr gelang, ihre Gefühle hinter einer Maske zu verstecken.

„Der Gedanke, gleich meiner Mutter gegenüberzustehen, belastet mich sehr. Aber noch viel schlimmer ist die Vorstellung, das Haus zu betreten, in dem mich alles an Carla erinnert." Diesen Gedanken hatte sie bisher nicht zugelassen. „Immerhin habe ich mit ihr über zwei Jahre im Haushalt meiner Mutter gelebt. Dieses Gebäude steht für mich für die schönste und zugleich schlimmste Zeit meines Lebens. Jedes Zimmer ist gnadenloser Zeuge der gemeinsamen Zeit mit meiner Tochter. Es tut mir so leid, aber ich kann das nicht."

„Ich bin so ein Rindvieh." Valerie raufte sich die Haare und sah anschließend ein wenig derangiert aus. „Daran habe ich gar nicht gedacht. Entschuldige bitte, Liebes." Sie nahm Emily in die Arme und strich ihr tröstend über die Wange. Emily begann zu weinen. Sie schloss die Augen und gab sich voll und ganz ihrem Kummer hin. Wie lange sollte sie diesen Schmerz noch aushalten, bis es endlich besser wurde?

„Ich rufe jetzt deine Mutter an und informiere sie, dass es für dich noch zu früh ist, sich mit ihr zu treffen." Emily löste sich abrupt von Valerie, die gerade nach ihrem Handy in ihrer Handtasche suchte.

„Wird sie nicht unglaublich enttäuscht sein, wenn ich nun einen Rückzieher mache?" Emily zog die Schultern hoch und wusste selbst nicht, was sie tun sollte. „Sie hat jahrelang mit dem Gedanken gelebt, ihre Tochter verloren zu haben. Wahrscheinlich hat sie sich mittlerweile daran gewöhnt. Aber jetzt habe ich in ihr Hoffnungen geweckt, dass es für eine Versöhnung nicht zu spät ist. Es muss hart für sie sein, wenn ich das Treffen absage."

***

Valerie sah ihre Ersatztochter nachdenklich an und ihre Gedanken rasten. Ein Blick auf Emily sagte ihr in aller Deutlichkeit, dass sie momentan nicht in der Lage war, die Fahrt fortzusetzen, auch wenn Emily es sich wünschte. Wie sollte sie die richtige Entscheidung treffen? Valerie und Timurcin hatten geplant, in wenigen Tagen nach Oberstdorf zurückzukehren, da ihr Freund Simon um Rat fragen wollte, bezüglich geplanter Umbaumaßnahmen. Außerdem musste Valerie ihre Münchner Wohnung auflösen und einen Makler für die Vermietung beauftragen, da sie sie behalten wollte. In spätestens einem Monat wollten sie nach Berlin übersiedeln, um die Sanierungsarbeiten vor Ort zu überwachen. Wenn Valerie Emily zu ihrer Mutter begleiten sollte, dann blieb ihr nicht mehr viel Zeit für weitere Versuche. Einen gesamten Monat zu warten, erschien ihr in Anbetracht von Emilys schuldbewusster Miene ebenfalls keine gute Lösung.

Schließlich fragte sie: „Was hältst du von dem Vorschlag, dass du dich mit deiner Mutter auf neutralem Boden triffst? Ich glaube, für heute beenden wir unseren Versuch. Du bist viel zu aufgewühlt und durcheinander. Aber wir könnten deine Mutter doch bitten, uns in Berlin zu besuchen, und du kannst entscheiden, ob sie zu uns ins Hotel kommt oder ob wir uns in einem Café treffen sollen.“

Emily überlegte einen Moment und Valerie erkannte erleichtert, dass sie sich ein wenig entspannte. „Das ist eine gute Idee. Auf vertrautem Boden fühle ich mich sicherer, und falls die Begegnung eskalieren sollte, muss ich mich nicht noch auf den Heimweg machen.“

„Dann rufe ich sie an und teile ihr unsere Entscheidung mit“, erwiderte Valerie energisch.

„Danke“, flüsterte Emily und ließ sich auf den Beifahrersitz sinken.

Valerie wählte die Nummer und wartete, bis sich Emilys Mutter meldete. Sie warf einen kurzen Blick auf Emily, die im Wagen sitzen blieb.

Anscheinend kam es für Frau Schwarz nicht überraschend, dass ihre Tochter doch nicht in der Lage war, sich mit ihr zu treffen. Trotzdem schien sie sich über Valerie Vorschlag zu freuen, sie in Berlin zu besuchen. Hieß dieser Schritt doch, dass Emily bereit war, sie zu sehen.

Emily hatte sich nach dem gescheiterten Versuch, sich der Begegnung mit ihrer Mutter zu stellen, vollkommen von der Außenwelt abgeschottet. Valerie nahm diesen negativen Verlauf besorgt zur Kenntnis. Sie war sich unsicher, wie sie auf Emilys erneuten inneren Rückzug reagieren sollte.

Valerie konnte sich nicht vorstellen, wie Emily das morgige Aufeinandertreffen mit ihrer Mutter bewältigen sollte.

Sie beschloss, Emilys Wunsch auf völlige Abgeschiedenheit zu ignorieren. Deshalb begab sie sich entschlossen auf den Weg zu Emilys Zimmer.

Auf ihr mehrmaliges Klopfen reagierte das junge Mädchen nicht. Vorsichtig öffnete Valerie die Tür und lugte hinein, ob Emily überhaupt anwesend war. Das Bild, was sich ihr bot, kam ihrem schlimmsten Albtraum gleich.

Valerie schlug die Hand vor den Mund, um keinen Schreckenslaut von sich zu geben. Hatte ihr ungutes Gefühl, sie doch nicht getäuscht. Emily stand mit dem Rücken zu ihr, schien gedankenverloren in den Garten zu starren, doch Valeries Blick blieb an der Rasierklinge in ihrer Hand hängen. Sie musste sich mehrmals geschnitten haben. Aus einigen Wunden an ihrem Arm trat das Blut ungehindert aus und tropfte auf den Fußboden. Emily schien nicht einmal für den Schmerz ihrer Verletzungen empfänglich zu sein. Reglos wie eine Statue stand sie da.

„Emily!", rief Valerie zutiefst erschrocken. Sie musste sich erst einmal aus ihrer Schockstarre lösen, um auf Emily zuzugehen. Bis zu diesem Zeitpunkt war sie noch niemals Zeuge dieser schockierenden Handlung gewesen. Schwindelgefühl erfasste sie und es zog ihr augenblicklich den Boden unter den Füßen weg, nachdem sie sich schmerzlich eingestehen musste, dass Emily noch lange nicht geheilt war.

Nicht einmal auf ihren entsetzten Ausruf zeigte Emily eine Reaktion. Erst als Valerie ihr die Hand auf die Schulter legte, schreckte sie scheinbar aus ihrer tiefen

Versunkenheit auf. Sie blickte Valerie verwirrt an, vielleicht wusste sie nicht einmal mehr, was sie sich vor wenigen Minuten angetan hatte.

„Warum hast du das getan?“ Valerie hatte Mühe zu sprechen. „Du kannst doch jederzeit mit mir und Timurcin reden, falls es dir nicht gut geht.“ Sie konnte sich nicht zurückhalten und schüttelte Emily hilflos an den Schultern, als ob sie das Mädchen durch diese rüde Behandlung zur Vernunft bringen konnte.

Emily folgte ihrem Blick und als sie den blutigen Arm wahrnahm, verdunkelten sich ihre Augen.

„Spionierst du mir etwa nach?“, fuhr Emily sie an und ihr Gesicht verzog sich wütend. Valerie wich zurück. „Warum könnt ihr mich nicht einfach in Ruhe lassen? Ist das denn zu viel verlangt?“

Unter Emilys anklagenden Worten zuckte Valerie verletzt zusammen. Trotzdem versuchte sie Emilys Vorwurf nicht persönlich zu nehmen, auch wenn ihr Herz schwer wurde.

Wortlos eilte Valerie aus dem Raum, sie musste sich erst um die Verletzung kümmern, bevor sie sich um Emilys Gefühlszustand sorgen konnte. Sie schaffte es, sich zusammenzureißen und den Erste Hilfe Koffer zu finden, der noch vom Hotelbetrieb übrig war.

Emily stand noch an derselben Stelle, an der sie sie zurückgelassen hatte. Wortlos nahm sie Emilys Hand und verband den Arm notdürftig, um den drohenden Blutverlust einzudämmen.

Ausgerechnet heute Nachmittag war Timurcin zu einem Treffen mit einer Baufirma aufgebrochen. Valerie fühlte sich wieder einmal maßlos überfordert mit dem manchmal aussichtslos scheinenden Unterfangen, Emily beizustehen. Am liebsten würde sie gerade einfach nur weglaufen.

Als sie fertig war, sagte Emily so leise, dass sie es kaum verstehen konnte: „Danke, Valerie."

Sie sah von Emilys verletztem Arm auf und ihr Blick traf sich mit Emilys traurigen, hoffnungslosen Augen. Wortlos nahm sie dieses zutiefst verzweifelte Mädchen in ihre Arme.

Sie drückte ihr einen Kuss auf die Stirn und entgegnete vorsichtig: „Ich möchte dir helfen. Aber wie kann ich dir beistehen, wenn du mich nicht lässt? Bitte sprich mit mir, wenn es dir nicht gut geht. Ich möchte nicht irgendwann dein Zimmer betreten und dich in deinem eigenen Blut liegen sehen. Bitte tu mir das nicht noch einmal an." Valerie war bewusst, dass ihr indirekter Vorwurf erneut Schuldgefühle in Emily wecken musste, aber sie wusste sich einfach nicht anders zu helfen.

Bevor Emily antworten konnte, fuhr sie rasch fort: „Wir fahren jetzt schnell in die Notaufnahme." Auf Emilys abwehrenden Blick sagte sie streng und rigoros: „Es tut mir leid, aber einige der Schnitte müssen sicherlich genäht werden."

Emilys Widerstand schien gebrochen zu sein, denn sie ließ zu, dass Valerie sie unterhakte und zum Taxi führte, das sie zuvor gerufen hatte.

In der Notaufnahme mussten sie zum Glück nicht lange warten, sicherlich fielen dem Arzt die alten Narben auf, aber er sagte dazu nichts.

Nach der Behandlung beließ er es bei einer Warnung: „Sie sollten zukünftig besser auf sich aufpassen. Vielleicht denken Sie darüber nach, sich in psychologische Behandlung zu begeben."

Emily nickte lediglich und machte sich nicht die Mühe, ihm ihre Vorgeschichte zu erklären. Überhaupt sprach sie kein Wort.

Als die Frauen wieder zu Hause waren, strich Valerie ihr liebevoll über die Wange und sagte bestimmt: „Ich werde den Besuch deiner Mutter absagen. Es ist einfach zu früh. Es tut mir unendlich leid, dass ich dich dahingehend so sehr bedrängt habe. Du hattest schlussendlich keine andere Wahl, als mir zuzustimmen. Bitte verzeih mir."

Emily zuckte zusammen und entzog sich der Umarmung. „Bitte mach das nicht." Sie holte hörbar Luft. „Natürlich ist es unglaublich belastend für mich. Aber es wird immer schwer sein. Morgen, in einem Monat oder auch erst in einem Jahr. Ich glaube, meine Ängste werden mit jedem Tag, den ich ungenützt verstreichen lasse, immer mehr. Ich muss mich der Herausforderung stellen."

Valerie dachte einen Augenblick darüber nach. „An deiner Einstellung ist bestimmt viel Wahres dran. Aber ich kann diese große Verantwortung nicht übernehmen. Ich würde mir niemals verzeihen, wenn du unter dem Druck zusammenbrichst."

Emily legte ihre Hand auf Valeries. „Ich verspreche dir, dass ich zukünftig mit dir über meine Sorgen sprechen werde. Bitte gib mir deine Unterstützung. Ich weiß, dass ich es ohne deine Hilfe niemals bis hierhin geschafft hätte."

Valerie konnte Emily ihre eindringliche Bitte nicht abschlagen. Sie seufzte hilflos auf. Kopf gegen Herz. Sie war nun mal nicht der Typ, der kopflos handelte.

„Okay", sagte sie schließlich. „Ich werde deine Mutter nicht anrufen. Aber nur unter einer Bedingung." Emily sah sie neugierig an. „Du wirst dich nicht mehr in dein Schneckenhaus zurückziehen und dir von mir und Timurcin helfen lassen." Emily nickte und Valerie fuhr fort. „Ich werde dich bis morgen kontrollieren und nicht aus den Augen lassen. Denn deinen ehrlich gemeinten Worten zum Trotz, bin ich mir nicht sicher, ob ich ihnen Glauben schenken kann."

„Tu, was du nicht lassen kannst. Ich bin mit allem einverstanden. Ich möchte es endlich hinter mich bringen."

Eine unerklärliche Ruhe überkam Valerie. Emily würde das schaffen und ihre Hilfe zulassen.

Ob eine Versöhnung wirklich möglich und realistisch war, darüber wollte Valerie momentan nicht nachdenken. Nun galt es einzig und allein, Emily in dem Wunsch, sich ihrer Angst zu stellen, zu unterstützen und beizustehen.

Kapitel 63

Eine schier unüberwindliche Hürde

Es klingelte an der Haustür, und Emily stellte so hastig die Kaffeetasse auf dem Unterteller ab, dass sie bedenklich klirrte. Ihre angsterfüllten Augen waren auf Valerie gerichtet.

Diese legte ihr beruhigend die Hand auf die Schulter. „Du brauchst dir keine Sorgen zu machen. Timurcin und ich sind doch da und stehen dir bei. Sobald es dir zu viel wird, sagst du Bescheid und wir brechen den Besuch ab. Du hast es in der Hand zu entscheiden, wie wir weiter vorgehen sollen."

Valerie stand auf, um Frau Schwarz zu begrüßen. Bevor sie die Küche verließ, drehte sie sich nochmals um und sah, dass Emily wortlos Timurcin ansah, der ihr aufmunternd zulächelte. Bei Timurcin war sie gut aufgehoben, er würde sicherlich ihre Nervosität abfedern.

Valerie wollte Frau Schwarz zunächst allein sprechen, um sie einschätzen zu können und sie über die letzten Monate zu unterrichten. So war es mit Emily abgesprochen.

„Frau Schwarz, schön, dass Sie es einrichten konnten. Ich freue mich, Sie kennenzulernen." Vor ihr stand eine relativ kleine, ausgemergelte Frau, deren Gesicht Zeuge einer schweren Zeit war. Selten hatte sie eine derart gebrochene und traurige Gestalt gesehen. Ihre Intuition am Telefon hatte sie nicht getäuscht.

Tränen schimmerten in den Augen von Emilys Mutter und sie griff nach Valeries Hand.

„Ich konnte es kaum fassen, als Sie mich angerufen haben. Meine Tochter habe ich vor so langer Zeit verloren geglaubt. Ich hätte niemals damit gerechnet, dass sie es überhaupt in Erwägung zieht, mir jemals zu verzeihen. Es bedeutet mir unglaublich viel, dass sie nun bereit ist, mich zu sehen."

Valerie erkannte, dass dieses Treffen nicht nur für Emily, sondern ebenfalls für ihre Mutter ein schwieriges Unterfangen darstellte, was ihre und Timurcins Vermittlerrolle noch gewichtiger erscheinen ließ. Sie spürte, wie ihr der Schweiß ausbrach. Daher schlug sie vor, durch den Garten zu spazieren. Somit erhielt Emily die Gelegenheit, ihre Mutter erst einmal aus sicherer Entfernung zu beobachten, da der Garten von der Küche aus einsehbar war.

Während sie schweigend, aber zumindest äußerlich einträchtig nebeneinander herliefen, ergriff Frau Schwarz schließlich das Wort. Sie blieb stehen und sah Valerie an. „Darf ich Sie fragen, wie viel Sie über Emily und ihr Verhältnis zu mir wissen und in welcher Beziehung Sie zu meiner Tochter stehen?"

Valerie warf ihr einen mitfühlenden Blick zu. „Ich glaube, ich weiß nahezu alles. Emily und ich haben uns vor einiger Zeit, während ihrer Arbeit in einem Hotel, angefreundet. Sie hat im Laufe der Monate Vertrauen zu mir entwickelt. Über ihr Schicksal hat sie jedoch niemals mit mir gesprochen. Aber mir fiel ihre unfassbar große Traurigkeit auf und mir wurde schnell bewusst, dass sie Probleme hat. Von Carlas Tod, Emilys Schuldgefühlen und Ihrer Rolle bei diesem tragischen Unglück erfuhr ich erst, als Emily versuchte, sich das Leben zu nehmen."

Bei diesen drastischen Worten wurde Frau Schwarz leichenblass. Einen gefürchteten Augenblick lang glaubte Valerie, sie würde in Ohnmacht fallen.

Beruhigend legte sie ihr die Hand auf die Schulter. „Sie brauchen sich keine Sorgen zu machen. Emily war drei Monate in stationärer Behandlung und mittlerweile beginnt sie sich ihrer Vergangenheit zu stellen und diese langsam aufzuarbeiten."

Sie brachte nun Emilys Mutter behutsam die Erlebnisse ihrer Tochter während der letzten Jahre näher. Als sie schließlich endete, trat ein hoffnungsloser Ausdruck in das Gesicht von Frau Schwarz.

„Wie soll Emily mir nur jemals verzeihen? Ist das nicht ein Ding der Unmöglichkeit? Ich bin nicht nur schuld daran, dass Carla die Möglichkeit genommen wurde, ein erfülltes Leben zu führen, sondern habe auch das Leben meiner Tochter unwiderruflich zerstört. Wie soll sie ohne Carla jemals wieder glücklich werden?" Sie schlug sich die Hände vors Gesicht und es dauerte einen Moment, bis sie sich wieder fing. „Können Sie sich vorstellen, wie oft ich mir in den letzten Jahren die quälende, zermürbende Frage gestellt habe, warum ich in diesem Moment auf das Gespräch mit meinem Nachbarn überhaupt eingegangen bin? Warum habe ich ihm nicht erklärt, keine Zeit zu haben, da ich mich um meine Enkelin kümmern musste? Warum musste Carla allein zum Wasser gehen? Warum hat sie niemand gesehen? Warum musste sie sterben?"

Frau Schwarz versuchte, die Tränen zu unterdrücken.

„Können Sie sich vorstellen, wie schwer es für mich war, den Kummer meiner Tochter ertragen zu müssen, in dem grauenhaften Wissen, dass ich dafür verantwortlich war? Ich kann nur zu gut verstehen, dass sie mir nicht verzeiht, aber dennoch tut es immer noch unfassbar weh."

Valerie wies auf eine Sitzgruppe unter einem Baum und Frau Schwarz schien dankbar zu sein, sich setzen zu dürfen. Valerie nutzte den Moment, um sich selbst zu sammeln. Wie sollte sie diesen vor Kummer zerstörten Menschen nur helfen? Erneut schwitzte sie, als sie sich vorstellte, wie das Aufeinandertreffen ablaufen könnte. Sie fühlte sich nicht befähigt, dafür die Verantwortung zu übernehmen. Es gab kein Schwarz oder Weiß. Diese Geschehnisse waren zu komplex, um Frau Schwarz die alleinige Schuld am tragischen Tod von Carla zu geben. Natürlich war es Tatsache, dass sie nicht aufgepasst hatte, aber wie viele Eltern verloren ihre Kinder tagtäglich kurzzeitig aus den Augen und es geschah ihnen nichts?

Schließlich war es nicht so, als ob Frau Schwarz ihrer Aufsichtspflicht nicht nachgekommen wäre. Im Gegenteil, sie hatte sich bis zu diesem schrecklichen Tag rührend und liebevoll um das Wohl ihrer Enkelin gekümmert. Nun wurde ihr diese kleine Verfehlung zum Verhängnis.

Andererseits konnte sie nachvollziehen, dass Emily
kein Verständnis für ihre Mutter aufbringen konnte.

Valerie hoffte inständig, dass Emilys Therapie ihr soweit geholfen hatte, sich mit den Schuldgefühlen und
dem Kummer ihrer Mutter befassen zu können.

„Ich glaube, Emily ist wirklich bemüht, Ihnen zu verzeihen." Sie lächelte Frau Schwarz aufmunternder an,
als sie sich fühlte. Kurz schwiegen sie und Emilys Mutter ließ ihren Blick gedankenverloren durch den blühenden Garten schweifen.

„Fühlen Sie sich soweit, Emily gegenüberzutreten?
Ich würde sie nur ungern noch länger warten lassen."

***

Ein schmerzhafter Stich hatte Emilys Herz durchbohrt, als sie ihre Mutter an Valeries Seite durch den
Garten laufen sah. Diese vielfältigen Emotionen, die sie
in diesem Augenblick durchfuhren, konnte sie nicht in
Worte fassen. Es war ihr nicht einmal möglich zu begreifen, was es in ihr auslöste, ihre Mutter nach drei
Jahren wiederzusehen.

Das erste Mal seit Wochen glaubte sie, keine Luft zu
bekommen, und panisch sah sie Timurcin an.

„Ich weiß nicht, ob ich es schaffe", stieß sie atemlos
hervor.

Timurcin legte ihr einen Arm um die Schulter und
versuchte ihr allein durch seine bloße Anwesenheit Sicherheit und Halt zu geben.

„Denk daran, dass du das Treffen jederzeit beenden kannst. Aber nun bist du schon so weit gekommen, gib jetzt nicht auf und bringe dich um die Chance, Frieden mit deiner Mutter zu schließen."

„Ich habe sie so lange nicht mehr gesehen. Sie sieht müde und viel älter aus, als ich sie in Erinnerung hatte", meinte Emily nachdenklich, während sie ihre Mutter beobachtete.

„Die letzten Jahre waren für sie wahrscheinlich ebenfalls alles andere als einfach", warf Timurcin ein.

Emily bedachte ihn mit einem scharfen Blick. Aber es entsprach Timurcins Wesen, seine Meinung auszusprechen, auch wenn es vielleicht nicht das war, was Emily in diesem Augenblick hören wollte.

Schließlich seufzte sie laut auf. „Lange Zeit wollte ich den Gedanken, dass meine Mutter unter der Situation genauso leidet wie ich, nicht zulassen. In meinen regelmäßigen Gesprächen mit Frau Dr. Weiss wurde ich gezwungen, mich endlich damit auseinanderzusetzen. Trotzdem fällt es mir noch unglaublich schwer, ihr gegenüber Mitgefühl zu zeigen. Denn es ändert nichts an der Tatsache, dass meine Tochter tot ist."

„Aber du befindest dich auf einem guten Weg, Emily. Lass diese positiven Gefühle deiner Mutter gegenüber zu", insistierte Timurcin einfühlsam.

Mit traurigen Augen blickte sie ihn an. „Ich habe die ganze Zeit das Gefühl, ich würde Carla verraten, sollte ich meiner Mutter verzeihen. Denn sie wurde durch deren Unachtsamkeit um ihr Leben gebracht. Ich habe das Gefühl, es meiner Tochter schuldig zu sein, meinen Zorn auf meine Mutter aufrechtzuerhalten. Wahrscheinlich mag sich das in deinen Ohren merkwürdig und verworren anhören, aber es ist schwer, gegen diese Eindrücke anzukommen, die mich gefangen halten." Emily sprang auf und trat näher ans Fenster heran.

Timurcin trat neben sie und ihre Schultern berührten sich.

„Ich verstehe dich wirklich. Aber es bringt dir deine Tochter nicht zurück und ich glaube kaum, dass Carla gewollt hätte, dass du mit deiner Mutter unwiderruflich brichst. Schließlich hat sie ihre Oma doch sehr gern gehabt, oder?"

„Das sagt mir meine Vernunft auch, aber sie wurde von meinen Emotionen jedes Mal übertrumpft. Nun fühle ich mich langsam bereit, diese Tatsache anzunehmen. Deshalb habe ich dem Treffen überhaupt zugestimmt." Emily bemühte sich, ihre Beherrschung nicht zu verlieren. Sie straffte die Schultern und richtete sich energisch auf. Sie musste ihrer Tochter zuliebe Stärke zeigen. Denn Timurcin hatte recht. Carla hatte ihre Oma über alles geliebt. Sie hätte niemals gewollt, dass Emily ihre Mutter so schlecht behandelte.

Plötzlich ging die Küchentür auf und Valerie betrat mit ihrer Mutter den Raum. Emily schoss nur ein Gedanke durch den Kopf. *Zu schnell. Es geht viel zu schnell.* Sie fühlte sich überhaupt noch nicht bereit.

Die Anwesenheit ihrer Mutter schien den gesamten Raum auszufüllen. Es blieb kein Platz für die anderen. Im selben Augenblick, als sie ihre Mutter sah, überkamen sie die wohlbekannten, erdrückenden Gefühle, die sie jahrelang gehegt hatte.

Ihre Schultern sackten nach unten und sie hielt sich mühsam auf den Beinen. Es hatte sich nichts an dieser vertrackten Situation geändert. Sie würde ihrer Mutter niemals verzeihen können.

Diese Frau nahm ihr jegliche Luft zum Atmen. Es stürzten so viele Bilder in Sekundenschnelle auf sie ein. Sie sah sich und ihre Mutter kurz nach Carlas Geburt in freudetrunkener Eintracht beieinandersitzen. Sie konnte drei glückliche Menschen beobachten, die ihren Dreigenerationen-Haushalt wunderbar gestalteten. Aber diese schönen vergangenen Bilder wurden unvermittelt von den grauenhaften Erinnerungen an den Tag von Carlas Tod überlagert.

Emily meinte diese Bilder, diese Gedanken keinen Augenblick länger zu ertragen und wollte schon den Raum verlassen, als ihr Blick unvermittelt die Augen ihrer Mutter einfing. Es traf sie wie ein Blitzschlag, als sie den grenzenlosen Kummer, aber auch die vorsichtige Hoffnung auf einen Neuanfang in den Augen ihrer Mutter lesen konnte.

Sie wusste nicht, woher mit einem Mal ihr Verständnis kam, aber plötzlich schien sie empfänglich für den Schmerz ihrer Mutter zu sein. Wahrscheinlich hatte ihr die wochenlange Therapie dabei geholfen, über ihren Verlust hinwegsehen zu können.

Die Liebe, die ihr entgegenschlug, machte es Emily unmöglich, ihre Hassgefühle aufrechtzuerhalten. Unerwartet überfiel sie Mitgefühl. Es war für ihre Mutter ebenfalls unmöglich gewesen, Carlas Tod zu verarbeiten. Diese Tatsache erfüllte sie mit Erstaunen, aber auch Entsetzen. Daran hatte sie niemals gedacht. Im Gegenteil, sie glaubte, Marianne würde irgendwann an Herberts Seite diesen Schicksalsschlag überwinden.

Ihre Mutter streckte ihr bittend die Hände entgegen und sagte erstickt: „Emily, ich freue mich so sehr, dich zu sehen. Ich konnte kaum glauben, dass du mich tatsächlich sehen willst. Du kannst dir nicht vorstellen, wie viel mir deine Bereitschaft bedeutet. Emily, ich vermisse dich so sehr." Eine einzelne Träne lief ihr über die Wange und Emily wollte ihr antworten, aber sie bekam kein Wort über die Lippen. Ihr Hals fühlte sich trocken an und sie musste sich erst einmal räuspern. Schließlich brachte sie lediglich ein „Hallo Mama", hervor.

Nachdem Emily weiterhin stumm blieb, ergriff Timurcin die Initiative und stellte sich erst einmal vor. Danach bot Valerie ihrer Mutter eine Tasse Kaffee an, welche diese dankbar annahm. Nachdem sie sich an den Tisch gesetzt hatten, fragte Timurcin, wie die Fahrt verlaufen war. Anscheinend wollte er die Situation entschleunigen.

Emily nutzte die Ruhepause, um ein wenig ihres verloren gegangenen Gleichgewichtes wiederzufinden. Sie war über die schlichte Tatsache froh, es im selben Raum mit ihrer Mutter auszuhalten. Das hätte sie sich vor wenigen Tagen noch nicht ausmalen können.

Das hatte sie vor allem der beruhigenden und Trost spendenden Anwesenheit von Timurcin und Valerie zu verdanken. Sie gaben ihr unglaublich viel Rückhalt. Die beiden würden sie auffangen, sollte das Gespräch mit ihrer Mutter nicht den gewünschten Erfolg zeigen.

Nachdem der Small Talk beendet war und Valerie den Kaffee serviert hatte, trat ein erdrückendes Schweigen auf. Zu viele unausgesprochene Dinge standen im Raum. Wie sollten sie unter dieser Voraussetzung miteinander kommunizieren? Emily wusste nicht, was sie ihrer Mutter sagen sollte.

Schließlich fragte ihre Mutter vorsichtig: „Emily, wie geht es dir? Ich bin unglaublich froh, dass du so liebe Menschen getroffen hast, die für dich da sind. Ich habe mir große Sorgen um dich gemacht."

Emily konnte dem Blick ihrer Mutter nicht standhalten und starrte auf ihre Kaffeetasse.

„Mir geht es mittlerweile besser. Wahrscheinlich hat dir Valerie erzählt, dass ich in Therapie war. Dort habe ich viele verborgene und verdrängte Erinnerungen aufgearbeitet." Sie zwang sich aufzusehen, bevor sie fortfuhr: „Nur deshalb ist es mir möglich, mich der Begegnung mit dir zu stellen."

Ihre Mutter zuckte zusammen, erwiderte aber mit ruhiger Stimme: „Es ist gut, dass du bereit bist, dir helfen zu lassen. Nachdem ich es nicht konnte."

„Ohne Valerie und Timurcin hätte ich es niemals geschafft. Hat Valerie dir erzählt, dass sie mir das Leben gerettet hat? Ich bin beiden sehr dankbar, dass sie mich mit meinen ganzen Problemen und Launen bei sich aufgenommen haben." Sie warf Valerie einen warmherzigen Blick zu, unter dem diese verlegen, aber auch gerührt rot wurde.

Als Emily den Blick ihrer Mutter Marianne wiederfand, sah sie, wie sehr sie sich beherrschen musste, ihre Betroffenheit über den Selbstmordversuch ihrer Tochter zu verbergen.

„Lebst du noch mit Herbert zusammen?", fragte Emily schließlich in die wiederauftretende Stille hinein.

Frau Schwarz schien sich zu winden und gab schließlich schuldbewusst zu: „Ich weiß, dass du ihn niemals leiden konntest, und ich verstehe, dass du auf ihn nicht gut zu sprechen bist. Denn er hat sich dir gegenüber nicht fair verhalten. Es tut mir unglaublich leid, dass ich mich damals nicht auf deine Seite gestellt habe. Aber ich war in meinem eigenen Schmerz und Kummer so sehr gefangen, dass ich nicht einmal realisiert habe, was er dir in seiner Hilflosigkeit vorgeworfen hat. Trotzdem war er der einzige Mensch, der bedingungslos zu mir stand. Nachdem ich so viel Schuld auf mich geladen hatte, war er der einzige Halt, der mir noch geblieben war."

„Mama, du musst dich nicht vor mir rechtfertigen", beeilte sich Emily zu sagen. „Ich habe niemals verlangt, dass du dich von ihm trennen sollst. Auch wenn ich nicht verstehen kann, was du an ihm findest. Andererseits ist dieser Umstand für mich nichts Neues. Eigentlich alle Frauen, die ich kenne, verlieben sich in völlig unmögliche, nicht akzeptable Männer." Mit einem schnellen Seitenblick in Timurcins Richtung korrigierte sie ihre Feststellung. „Mit einer einzigen Ausnahme, ich kann Valerie zu ihrer getroffenen Wahl nur gratulieren."

Timurcin erwiderte trocken: „Danke, du hast mein angeschlagenes Selbstwertgefühl wiederaufgebaut."

Zum ersten Mal seit der Ankunft ihrer Mutter wurde die Stimmung etwas lockerer und die Anspannung, die alle Beteiligten verspürten, ließ sichtbar nach.

Sie unterhielten sich eine Weile über unwichtige Dinge und Emily berichtete ihrer Mutter sogar von der Bewerbung an einer Filmhochschule.

„Emily, das ist wirklich wundervoll. Es freut mich, dass du etwas gefunden hast, was dich erfüllt", sagte Marianne und Emily war erleichtert, dass sie sich über den Zuspruch ihrer Mutter freuen konnte.

Kurz darauf verabschiedete sich Emilys Mutter. Als sie aufstand, konnte sie sich nicht zurückhalten und strich ihrer Tochter zärtlich über die Wange.

Bis dahin hatten beide jeglichen Körperkontakt vermieden. Emily verursachte die Liebkosung ihrer Mutter am gesamten Körper eine Gänsehaut. Sie musste sich eisern beherrschen, nicht zurückzuzucken. Noch war sie nicht soweit, ihre Mutter so nahe an sich heranzulassen. Vielleicht war es eine Schutzhaltung ihrerseits, falls der Versöhnungsversuch nicht das erhoffte Resultat brachte.

„Ich hoffe, wir sehen uns bald wieder." Emily hörte Sehnsucht in Mariannes Stimme.

Emily nickte und erwiderte: „Wir werden in ungefähr vier Wochen endgültig nach Berlin ziehen. Wenn der Umzug vorüber ist, können wir uns vielleicht häufiger sehen."

In Mariannes Augen trat ein lang vermisster Glanz, als sie Emilys versöhnliche Worte hörte.

Valerie ließ es sich nicht nehmen, Emilys Mutter zur Tür zu bringen.

Kaum hatten sie den Raum verlassen, schloss Emily für einen Moment die Augen. Sie fühlte sich völlig ausgelaugt, als hätte sie einen Marathon hinter sich. Zugleich fühlte sie aber auch ein warmes Gefühl der Freude.

„Das ist doch ganz gut gelaufen."

Emily öffnete die Augen und sah zu Timurcin. Bevor sie antworten konnte, kehrte Valerie zurück und ihr blieb nur kurz Zeit, ihm zuzunicken, bevor seine Freundin sie an sich drückte. „Ich bin sehr stolz auf dich. Das hast du wirklich gut gemacht."

Beschämt sah Emily sie an. „Wahrscheinlich hätte ich das schon viel früher machen sollen. Meiner Mutter geht es alles andere als gut und ich bin daran nicht gerade unschuldig. Ich war über ihren Anblick richtiggehend erschrocken. Sie sieht mindestens zehn Jahre älter aus."

Eindringlich mischte Timurcin sich ein: „Du bist nicht schuld daran, dass es deiner Mutter nicht gut geht, aber du bist maßgeblich daran beteiligt, dass es ihr nach dem heutigen Tag besser geht."

Emily lächelte und sagte gerührt: „Ich bin euch so dankbar, dass ihr für mich da seid. Ohne euch wäre ich hoffnungslos aufgeschmissen." In ihren Augen schwammen Tränen, die sie hastig wegblinzelte.

„Und wir ohne dich, denn wie sollte ich mit den Kapriolen und Forderungen dieser Frau zurechtkommen? Ich wäre überfordert mit dem aussichtslosen Unterfangen, ihren Ansprüchen zu genügen. In deiner Anwesenheit hält sie sich zumindest ein wenig zurück", gab Timurcin frech von sich.

Emily musste über Valeries empörten Gesichtsausdruck lachen und Valerie sagte beleidigt: „Das Kompliment kann ich zurückgeben. Diesen Idioten würde ich keinen Tag allein ertragen."

Timurcin zog Valerie versöhnlich auf seinen Schoß und gab ihr einen langen Kuss.

„Ich glaube, ich werde euch nun allein lassen. Denn all euren Beteuerungen zum Trotz, momentan könnt ihr gut auf meine Anwesenheit verzichten." Übermütig grinsend verließ Emily die Küche. Sie fühlte sich von einer großen, erdrückenden Last befreit und war erleichtert, die richtige Entscheidung getroffen zu haben.

Auch wenn sie es vermieden hatten, über Carlas Tod und die Beteiligung ihrer Mutter an diesem Unglück zu sprechen, sah sie zuversichtlich in die Zukunft. Das angespannte Verhältnis würde sich normalisieren. Wahrscheinlich wäre es unmöglich, an den damaligen vertrauten Umgang anzuknüpfen, aber Emily reichte schon die beruhigende Gewissheit, wieder in Kontakt mit ihrer Mutter zu stehen. Ihr war bei der Begegnung aufgegangen, dass sie nach drei einsamen Jahren tatsächlich in der Lage zu sein schien, ihr verzeihen zu können. Dieses Gefühl gab Emily eine tiefe, sichere Zufriedenheit, in die sie sich ohne Angst fallenlassen konnte. Irgendwann würde sie das eigene Schicksal annehmen, ohne den allgegenwärtigen Drang zu verspüren, dagegen ankämpfen zu wollen.

Nun galt es Geduld zu beweisen und alles Weitere abzuwarten, was der Lauf der Dinge mit sich bringen würde.

Kapitel 64

Es werden Zukunftspläne geschmiedet

Kurz nachdem Emily sich der Begegnung mit ihrer Mutter gestellt hatte, kehrten sie nach Oberstdorf zurück.

In den nächsten Wochen wollte Timurcin seinem Projekt konkrete Züge geben und den Haushalt in Oberstdorf auflösen. Es gab nicht viel, was er aus seinem alten Leben mit nach Berlin nehmen wollte. Eines der geschmackvollen Gemälde, welches das ehemalige gemeinsame Wohnzimmer von Justine und Timurcin schmückte, hatte Henriette ihrem Schwiegersohn zu seinem fünfunddreißigsten Geburtstag geschenkt. Einer wunderschönen antiken Kommode wollte er ebenfalls einen Stammplatz im Hotel einräumen. Dennoch würde es nicht besonders viel Zeit beanspruchen, den Umzug zu organisieren. Timurcin kam dieser Umstand entgegen, so konnte er sich voll und ganz auf seine Gespräche mit Architekten und Innenausstattern konzentrieren.

Bei Valerie sah das Ganze ein wenig komplizierter aus. Es würde einige Wochen in Anspruch nehmen, ihr Penthouse aufzulösen. Sie überlegte, ob es sinnvoller wäre, es möbliert zu vermieten. Deshalb wollte sie sich in den folgenden Tagen mit einem Münchner Maklerbüro in Verbindung setzen.

Für den Abend hatte Timurcin sich mit Simon verabredet. Er wollte ihn endlich fragen, ob er sich des Projektes annehmen oder ihm zumindest einen Kollegen empfehlen konnte.

Zuvor stand aber ein Besuch an Henriettes Grab an. Timurcin hatte seine Schwiegermutter nicht vergessen und er vermisste sie immer noch sehr. Es verging kein Tag, an dem er nicht mit Wehmut an sie dachte. Trotzdem hatte er ihren Tod akzeptiert und versuchte sich mit der Umsetzung seiner Träume von den traurigen Gedanken an Henriette ein wenig abzulenken. Er war unglaublich froh, dass Valerie und Emily seine Welt nun bereicherten. Sonst sähe es in seinem Leben sehr traurig aus.

Außer zu Simon pflegte er kaum Kontakt zu weiteren Bekannten. Durch Simon entstand in der letzten Zeit eine Freundschaft zu Yannick, aber ob diese über die Distanz Bestand hielt, wusste er nicht. Es gab nur wenige Menschen, denen er ehrliche Herzlichkeit und Sympathie entgegenbrachte. Er hielt nichts von oberflächlichen Bekanntschaften. Und seiner Meinung nach gab es nicht besonders viele Personen, die seinen Ansprüchen zu genügen schienen.

So hatte es Zeiten gegeben, in denen Timurcin seine Freizeit lediglich mit Henriette teilte. Im Laufe der Jahre war dadurch eine innige Vertrautheit zwischen ihnen entstanden. Seit Henriettes Beerdigung vor fast drei Monaten hatte Timurcin nur ein einziges Mal ihr Grab besucht. Er musste nicht neben ihrer sterblichen Hülle stehen, um sich ihr nahe zu fühlen. Das war ihm spätestens seit dem magischen Moment in seinem provisorischen Atelier bewusst geworden.

Bei seinem letzten Besuch hatte er sich vergewissert, dass für die Pflege ihrer letzten Ruhestätte liebevoll gesorgt wurde. Es war ihm wichtig, dass ihr Grab nicht in Vergessenheit geriet, indem sich niemand für das Instandhalten zuständig fühlte. Da er kaum glaubte, dass sich Justine – ihrer positiven Veränderung zum Trotz – um die Pflege kümmern würde, hatte er den Gärtner gut bezahlt, um Henriette diese letzte Ehre zu erweisen.

Doch am Morgen hatte er plötzlich das Bedürfnis verspürt, Henriette zu besuchen. Er wollte in Ruhe mit ihr sprechen, um ihr von den Entwicklungen der letzten Wochen zu erzählen.

Gerade als er die Hotellobby durchquerte, geriet Justine in sein Blickfeld. Seine Noch-Ehefrau war gerade dabei, ein Zimmermädchen unfreundlich auf deren Verfehlungen hinzuweisen.

„Wir sind ein Fünf-Sterne-Betrieb, wir können es uns nicht leisten, solche unentschuldbaren Fehler zu begehen. Sollte dies noch einmal vorkommen, werde ich mich gezwungen sehen, Ihnen fristlos zu kündigen. Sie sollten sich einmal mit dem Gedanken befassen, ob Sie wirklich ausreichend qualifiziert sind, um in einem

Hotel unseres Standards zu arbeiten." Herablassend sah Justine von oben auf das arme Mädchen herab, das überhaupt nicht wusste, wie ihr geschah.

Timurcin beobachtete diese Szene kopfschüttelnd, manche Dinge würden sich wohl nie ändern. Kurzzeitig überlegte er, ob er sich einmischen sollte. Nach kurzem Ringen mit seinem Gewissen entschied er sich schließlich dagegen, wahrscheinlich würde er dem Mädchen keinen Gefallen tun.

Außerdem ging ihn der Hotelbetrieb nichts mehr an. Er hatte mit Justine und den damit verbundenen geschäftlichen Belangen abgeschlossen.

Im selben Moment, als er sich heimlich an Justine vorbeischleichen wollte, drehte sie sich um und rief sarkastisch: „Nanu, was müssen meine Augen voller Schrecken erblicken? Ich dachte, ich wäre dich endlich auf Nimmerwiedersehen los."

Timurcin verdrehte die Augen und erwiderte seufzend: „Justine, ich freue mich ebenfalls, dich zu sehen. Ich hoffe, dir geht es gut. Falls du es noch nicht bemerkt hast, ich bin noch nicht ausgezogen. Ein wenig wirst du dich noch gedulden müssen. Aber ich verspreche dir, du bist mich in spätestens vier Wochen endgültig los."

Justine kam ein paar Schritte näher und sah ihn skeptisch an. „Auf deine Versprechungen ist noch nie Verlass gewesen. Aber ich bemühe mich, dir zu vertrauen. Ich hätte aber zumindest erwartet, dass du den Anstand besitzt, dich bei mir blicken zu lassen."

Timurcin sah seine Frau ungläubig an. Meinte sie das tatsächlich ernst? Manchmal gelang es Timurcin auch nach all den Jahren nicht, zu erkennen, ob sie wirklich meinte, was sie aussprach. Zuzutrauen wäre es ihr allemal. Dennoch kam er zu der Überzeugung, dass sie wohl versuchte, das Ganze von der lustigen Seite zu sehen.

Ebenfalls ein neuer Zug an Justine, erkannte er schlagartig.

Er ging auf das Spiel ein und legte seine Hand theatralisch aufs Herz: „Wenn ich gewusst hätte, welchen Schaden ich mit meiner Unachtsamkeit an deiner sensiblen Seele anrichte, wäre ich sofort zu dir geeilt. Und nein, ich gehe dir nicht bewusst aus dem Weg. Ich wollte gerade zu Henriettes Grab und habe es eigentlich eilig. Es hat also ausnahmsweise rein gar nichts mit dir zu tun.“

Justine war bei der Erwähnung ihrer Mutter schlagartig ernst geworden und ihre Miene verschloss sich.

Zuerst wog Timurcin ab, ob er fragen sollte, wie sie mit dem Tod ihrer Mutter zurechtkam. Andererseits standen sie sich schon seit Langem nicht mehr nahe genug, um derart persönliche Befindlichkeiten auszutauschen. Und eigentlich wollte er sich auch überhaupt nicht mit ihren Problemen und Sorgen belasten. Der Wunsch, ihr beizustehen und zu helfen, gehörte einer fernen Vergangenheit an. Deshalb verabschiedete er sich kurz darauf von ihr und machte sich auf den Weg zum Friedhof.

Er konnte Justines bohrenden Blick in seinem Rücken spüren, bis er das Hotelgebäude verließ. Was in ihr vorging und welche Gefühle sie ihm entgegenbrachte, wusste Timurcin nicht, aber eigentlich war es ihm egal.

*****

„Wie geht es mit deinem Hotelprojekt voran?", fragte Simon neugierig, nachdem er seinen Freund begrüßt hatte.

„Ich glaube, es wird ein voller Erfolg werden. Leider wird es noch einige Monate dauern, bis ich das Hotel eröffnen kann. Die Umbauarbeiten werden sich wohl länger hinziehen, als ursprünglich vorgesehen. Es habe mir vor Ort einen ersten Eindruck erschafft, um abzuschätzen, wann ich beginnen kann, für mein Projekt zu werben."

Während Timurcin enthusiastisch über seine Zukunftspläne sprach, beobachtete Simon seinen Freund verstohlen.

Timurcin war in den vergangenen Monaten ein völlig neuer Mensch geworden. Er strotzte vor Lebensfreude, Energie und Vitalität. Die Beziehung zu Valerie schien ihm zu einer Stärke und Willenskraft verholfen zu haben, die er lange Zeit in den Tiefen seines selbstmitleidigen Sumpfes verloren hatte. Nun hatte er wieder zu seiner Persönlichkeit zurückgefunden, die Simon aus früheren Zeiten nur zu bekannt vorkam.

Simon war fasziniert über das großartige Phänomen, was die Liebe und bedingungslose Unterstützung einer Frau auszurichten vermochte. Ohne Valerie an seiner Seite hätte Timurcin vielleicht niemals die Energie aufgebracht, sich einem solch anspruchsvollen Projekt zu widmen. Es musste ihm viel bedeuten, aus eigener Kraft ein erfolgreiches Unternehmen zu gründen.

Aber nicht nur sein selbstbewusstes Auftreten war kaum wiederzuerkennen. Auch äußerlich hatte Timurcin sich völlig verändert. Er sah gesund, athletisch, aber dennoch kräftig aus. Er war wieder der attraktive Mann vergangener Tage geworden.

„Dein Projekt und das gemeinsame Familienleben mit Valerie und Emily scheinen dir ausgesprochen gut zu bekommen", meinte Simon schließlich, als Timurcin mit seinen Ausführungen geendet hatte. Er musste das Kompliment einfach loswerden.

Timurcin sah ihn lachend an. „Du hast recht, so gut habe ich mich seit Urzeiten nicht mehr gefühlt. Das letzte Mal, als ich mich so wohl gefühlt habe, war zu Beginn meiner Karriere. Endlich sehe ich mich wieder in der Lage, mich meiner großen Leidenschaft zu widmen. Das bedeutet mir unglaublich viel."

Simon bemerkte, dass Timurcin ihn nun prüfend ansah. „Das Kompliment kann ich allerdings nur bedingt zurückgeben. Du siehst angespannt und übernächtigt aus. Was ist los mit dir? Macht dir Juliane immer noch das Leben schwer?"

„Du hast den Nagel auf den Kopf getroffen." Simon rollte mit den Augen. „Juliane hat eine Anwältin eingeschaltet. Sie möchte das Sorgerecht für Laura beantragen."

„Scheiße, das kann sie doch nicht machen." Timurcin schüttelte entsetzt den Kopf.

„Und ob sie das kann. Ich begreife nicht, wie eine Mutter so gefühllos und kalt sein kann. Ich erkenne diese Frau nicht wieder. Ist es dieselbe Frau, in die ich einmal unsterblich verliebt war? Wahrscheinlich muss ich einsehen, dass ich mich in meiner gesamten Ehe einer Illusion hingegeben habe. Nicht sie hat sich in den letzten Jahren verändert, sondern meine Wahrnehmung ist nun eine andere."

Timurcin bedachte ihn mit einem mitleidigen Blick. „Glückwunsch zu deiner Erkenntnis. Nun brauchst du Juliane wenigstens keine Träne mehr nachzuweinen. Immerhin hast du dir jahrelang gewünscht, sie würde zu dir zurückkehren. Ich denke, dieses Thema hat sich nun endgültig für dich erledigt." Er klopfte Simon aufmunternd auf die Schulter. „Ich kann dich besser verstehen, als du dir vorstellen kannst. Schließlich habe ich mich vor nicht allzu langer Zeit an genau demselben Punkt befunden. Ich habe mir ebenfalls vorgemacht, dass Justine und ich noch eine gemeinsame Zukunft hätten. Die Angst, mir eingestehen zu müssen, dass uns überhaupt nichts verbunden hat, war zu groß. Ich wollte mein Versagen nicht erkennen. Denn was wäre mir noch geblieben, wenn ich meine langjährigen Illusionen aufgegeben hätte, an die ich mich so heftig geklammert hatte? Erst, als ich Valerie kennengelernt habe, hat sie mir durch ihre Liebe geholfen, dass ich mich selbst wiederfinde, um somit bereit zu sein, mit meiner hoffnungslosen Ehe abzuschließen."

Simon nickte zustimmend. „Mir geht es mit Helena genauso. Ich schäme mich immer noch über meine hirnlose, oberflächliche Einstellung. Helena ist die perfekte Frau für mich. Sie schenkt mir so viel, ich möchte ihr gern ein wenig davon zurückgeben, aber bei all unseren Problemen bleibt die Zweisamkeit, die ruhigen Momente, in denen nur wir beide von Bedeutung sind, ein wenig auf der Strecke. Wahrscheinlich ist es das Los eines Familienvaters, aber manchmal wünschte ich mir ein wenig mehr Zeit für Helena."

Timurcin trank einen Schluck und schien zu überlegen. „Ich hätte eine wunderbare Lösung für euer Problem.“

Auf Simons neugierige Nachfrage unterbreitete er seinem Freund den Vorschlag, dass dieser als leitender Architekt sein Projekt betreuen könnte.

Timurcin machte ihm in aller Deutlichkeit klar, dass er niemanden finden würde, der ihm in Sachen Kompetenz und Erfahrung auch nur annähernd das Wasser reichen würde.

„Du schmeichelst mir wirklich sehr mit deinem Angebot.“ Simon lächelte und konnte nicht verhindern, dass er sich kurz ausmalte, wie er und Helena gemeinsam Zeit in Berlin verbrachten. „Aber es wird schwierig werden, das Projekt über den gesamten Prozess zu begleiten. Ich kann die Kinder nicht so lange bei meinen Eltern lassen. Dieser Umstand würde Juliane nur in die Hände spielen.“ Simon hob hilflos die Hände, aber schließlich rutschte ihm über die Lippen, bevor er näher darüber nachdenken konnte: „Ich mache dir einen Vorschlag. Was hältst du davon, dass ich mir vor Ort ein Bild über mögliche Umbaumaßnahmen mache, und die weiteren Schritte an meine Angestellten delegiere? So würde ich ein Auge auf die anschließenden Bauschritte haben.“

Timurcin rieb sich zufrieden die Hände. „Das klingt in meinen Ohren nach einem guten Deal. Wann hättet ihr denn Zeit, nach Berlin zu kommen, und wie lange könntet ihr bleiben? Mir wäre es wichtig, so bald wie möglich mit den Umbauten zu beginnen. Aber ich nehme auf deine familiäre Situation natürlich Rücksicht.“

Simon versprach nach Rücksprache mit seiner Mutter und Helena ihm baldmöglichst Bescheid zu geben. Simon war sich sicher, dass es Helena und ihm als Paar guttun würde, einmal ungestört Freiraum für ihre eigenen Bedürfnisse zu haben. Seit Beziehungsbeginn hatten sie lediglich einige Stunden und selten eine Nacht ohne Kinder im Haus verbracht.

Es wäre wichtig, einmal die Partnerschaft in den Vordergrund zu stellen. Das war in ihrem alltäglichen, normalen Umfeld nicht möglich. Sobald das gemeinsame Leben durch Kinder bereichert wurde, standen diese unangefochten an erster Stelle.

Nun spürte er erstmals, wie sehr er sich nach einer Auszeit von seinen Pflichten als Vater sehnte. Er konnte es kaum erwarten, nach Hause zurückzukehren und Helena seinen Plan zu unterbreiten.

Kapitel 65

Die Wogen werden geglättet

„Es ist schön, wieder nach Hause zu kommen.“

Simon drehte sich zu seiner Freundin um und lächelte sie zustimmend an. Nach einem flüchtigen Kuss sperrte er die Haustür auf und stellte erleichtert den schweren Koffer im Flur ab.

Helena und er kehrten von ihrer wohlverdienten Auszeit aus Berlin zurück. Sie hatten dort unbeschwerte und ausgelassene sieben Tage verbracht. Länger wollte Simon seine Kinder nicht in der Obhut seiner Eltern lassen. Er war mit Helena übereingekommen, dass eine Woche ausreichend sei, um Geschäftliches sowie Privates miteinander zu vereinbaren. Helena war über seine Bereitschaft, mit ihr in den Urlaub zu fahren, wunschlos glücklich gewesen. Sie hätte auch akzeptiert, wenn er lediglich bereit gewesen wäre, über das Wochenende zu verreisen, da sie wusste, dass es Simon nicht leichtfiel, Hilfe anzunehmen. Außerdem wollte er normalerweise nur ungern seine Kinder zurücklassen. Helena hatte von Beginn an gewusst, was es für sie und ihre

Beziehung bedeutete, sich auf einen alleinerziehenden Vater einzulassen. Die Kinder hatten in seinem Leben Vorrang und genau diese selbstlose Einstellung war wiederum der Auslöser gewesen, warum sie sich schließlich in ihn verliebt hatte. Aus diesem Grund wusste sie seine Bereitschaft, sich ausschließlich Zeit für seine Freundin zu nehmen, besonders zu schätzen.

Es zeigte ihr, wie sehr er sich geändert hatte, es war ihm ein Bedürfnis, durch kleine Gesten und Aufmerksamkeiten seine Liebe zu zeigen.

Helena folgte Simon ins Haus. Sie trug einen Korb im Arm, der ihr die Sicht versperrte. Auf dem Korb hatte Helena sehr gewagt, ihren noch nicht ausgetrunkenen Coffee to go abgestellt, um sich einen weiteren Gang zu ersparen. Zwar hörte sie, wie Simon den Koffer im Flur fallenließ, doch sie sah ihn nicht. Geradewegs rannte sie in Simon hinein, der restliche Kaffee schwappte über und kippte Simon über den Rücken.

Simon drehte sich um und bedachte Helena mit einem skeptischen Blick.

Helena kicherte und nachdem sie den Korb abgestellt hatte, stemmte sie ihre Hände in die Hüften. „Du brauchst mich überhaupt nicht so herablassend ansehen. Wer war denn so blöd und ist einfach mitten im Raum stehen geblieben?"

„Und wer ist so ein ungeschickter Trampel, dass er nicht einmal einen Kaffeebecher tragen kann, ohne andere zu gefährden?"

„Du bist echt bescheuert." Helena lachte, obwohl sie eigentlich eine empörte Miene hatte beibehalten wollen. „Wie lange willst du mir diese alte Geschichte eigentlich noch bei jeder sich bietenden Gelegenheit aufs Butterbrot schmieren?"

Simon grinste sie dermaßen unverschämt an, dass sie ihm am liebsten eine gescheuert hätte. Er würde sie mit ihrer ersten unerfreulichen Begegnung wahrscheinlich noch bis in alle Ewigkeiten aufziehen.

„So lange bis du gelernt hast, nicht immer wie der berühmte Elefant im Porzellanladen aufzutreten", gab er selbstgefällig zurück.

Nun brodelte es doch in Helenas Magen. Provozierend baute sie sich vor ihrem Freund auf und sah ihm fest in die Augen. „An deiner Stelle wäre ich nun ganz vorsichtig, was du als Nächstes von dir gibst. Wenn du es dir mit mir nicht ganz verscherzen willst, solltest du dir schleunigst etwas einfallen lassen, wie du mich wieder besänftigen kannst, sonst ..."

Ihr drohender Blick schien ihn zu ihrem Leidwesen sehr zu belustigen. Zugegeben, sie befand sich auch auf verlorenem Posten; da sie ihren Prinzipien treu blieb und auf hochhackige Schuhe weitgehend verzichtete, war Simon über zwanzig Zentimeter größer als sie und konnte deshalb von oben herab auf sie hinuntersehen.

„Sonst? Was passiert dann? Ich bekomme es schon langsam mit der Angst zu tun", scherzte Simon.

Helena packte ihn am Kragen seines Hemdes und zog ihn zu sich heran. Sie sah ihn aufreizend an und hauchte ihm einen Kuss auf den Mund. Ihre Lippen berührten sich gerade so kurz, um ihm einen Vorgeschmack auf mehr zu geben. Als er sich erneut zu ihr hinunterbeugen wollte, um den angefangenen Kuss fortzusetzen, schubste Helena ihn von sich, sodass er fast das Gleichgewicht verloren hätte, als er über den Koffer stolperte.

Mit Schadenfreude nahm sie seinen perplexen Gesichtsausdruck wahr. Sie lächelte lasziv und wisperte mit leiser Stimme: „Sonst wirst du in naher Zukunft auf der Couch nächtigen. Du solltest dir also gut überlegen, ob du nicht ein wenig galanter und zuvorkommender mit der Frau deines Herzens umgehst."

Simon zwinkerte ihr zu und erwiderte herausfordernd: „Deinen Androhungen zum Trotz, glaubst du allen Ernstes, du hättest auch nur den Hauch einer Chance gegen mich? Was willst du halbe Portion denn schon ernsthaft gegen mich ausrichten?"

Helena freute sich ungemein über seine Aussage, sie sei eine halbe Portion. Zwar hatte sie ihre Minderwertigkeitskomplexe seit geraumer Zeit im Griff, aber das änderte nichts an der Tatsache, dass sie gerne einige Kilogramm weniger wiegen würde.

„Darauf lasse ich es ankommen", erwiderte sie schließlich. Als Simon diese Herausforderung annahm und forsch auf sie zu ging, wollte sie sich spaßeshalber seinem Griff entwinden. Natürlich hielt er Wort und sie konnte ihm nichts entgegensetzen. Helenas ohnehin nur wenig ausgeprägte Widerstandsfähigkeit verschwand vollends, als Simon sie leidenschaftlich küsste. Sie schlang ihre Arme um seinen gut gebauten Körper und ohne die Lippen voneinander zu lösen, begannen sie sich eng umschlungen auf den Weg ins Schlafzimmer zu machen. Bis dahin war es ihnen schlussendlich zu weit. Schon im Wohnzimmer entledigte sich Simon seines Hemds und zog Helena ihr Kleid über den Kopf. Schließlich gab Helena ihrem

Freund einen kleinen Schubs und er ließ sich auf die Couch fallen. Sie setzte sich rittlings auf ihn und ihr Mund wanderte verheißungsvoll an seinem nackten Oberkörper entlang, hinunter zu seinem Schoß.

Beide wollten die verbleibenden ungestörten Momente der Zweisamkeit bis aufs Letzte auskosten. Sobald die Kinder wieder ihre ungeteilte Aufmerksamkeit einfordern würden, wäre es vorbei mit der uneingeschränkten Möglichkeit, sich ihren Bedürfnissen hinzugeben.

Glücklich kuschelte Helena sich in Simons Arme und genoss die ruhigen, intimen Momente mit ihm. Die geschenkten Tage in Berlin hatten ihre Beziehung weiterhin gefestigt und sie fanden zu einer bis dahin noch nicht gekannten Vertrautheit und Innigkeit.

Es war ihrer Partnerschaft sehr zuträglich gewesen, sich einmal ungestört und eigennützig auf ihre Bedürfnisse als Liebespaar zu fokussieren, ohne Rücksicht auf die Kinder nehmen zu müssen.

Beide hatten es vermieden, die unbeschwerte Zweisamkeit mit ihren ausstehenden Sorgen und Nöten bezüglich Julianes Androhung zu belasten. Berlin stand für Helena sinnbildlich für ihre Liebe. Es war ihr so vorgekommen, als gäbe es auf der gesamten Welt nur sie beide.

Trotzdem freute sie sich sehr auf Laura und Leon. So schön die Zeit mit Simon gewesen war, so sehr Helena seine vollkommene Aufmerksamkeit genossen hatte, so stark hatte sie die Kinder vermisst. Sie konnte sich ein Leben ohne die beiden überhaupt nicht mehr vorstellen. Ihr Leben an Simons Seite war ohne Leon und

Laura unvollständig. Trotzdem hatte Simon ihr versprochen, dass sie ihre Bedürfnisse als Paar ausleben konnten. Schließlich waren sie jeden einzelnen Tag im Jahr Eltern. Da konnten sie sich ohne schlechtes Gewissen eine oder zwei Wochen im Jahr für ihre persönlichen Bedürfnisse stehlen.

Dennoch war Helena ungemein erleichtert über ihre Fähigkeit, seine Kinder wie ihre eigenen zu lieben. Sie wusste nicht, ob Simon und sie gemeinsame Kinder haben würden. Darüber hatten sie bisher noch nicht gesprochen. Überhaupt vermieden sie es aus den unterschiedlichsten Gründen, über ihre Zukunft zu sprechen. Da sie von Beginn an mit Widrigkeiten zu kämpfen hatten, zogen sie es vor, im Hier und Jetzt zu leben und alles Weitere auf sich zukommen zu lassen.

Helena wusste nicht einmal, ob Simon es sich überhaupt vorstellen konnte, noch weitere Kinder zu bekommen. Sie hatte sich lange mit diesem einschneidenden Gedanken befasst. Schließlich war sie nach reiflicher Überlegung zu dem Schluss gekommen, dass sie zwar gern eigene Kinder hätte, aber es nicht zwangsläufig zu einer erfüllten Lebensplanung gehörte, da sie Laura und Leon mittlerweile als ihre Kinder ansah.

Helena wandte sich seufzend ihrem Freund zu und meinte bedauernd: „Wenn wir uns nicht von deiner Mutter erwischen lassen wollen, sollten wir langsam aufstehen. In einer Stunde wollte sie die Kinder vorbeibringen und ich dachte, wir könnten deine Eltern zum Essen einladen.“

„Vergiss das Essen, ich weiß, wie wir diese geschenkte Stunde sinnvoller verbringen können.“ An seinen Absichten ließ er keine Zweifel, als er begann, mit seiner

Zunge vorsichtig ihre Brüste zu umkreisen. Helena wölbte vor Lust den Rücken und streckte ihm einladend ihren Körper entgegen.

Sie flüsterte ihm ins Ohr: „Du bist wirklich unersättlich. Du bekommst nie genug, oder?"

„Von dir, niemals!", gab er leidenschaftlich zurück.

***

Frau Berger lieferte ihre Enkel pünktlich zur vereinbarten Zeit ab. Simon und Helena hatten es gerade rechtzeitig geschafft, zu duschen und sich etwas anzuziehen, bevor es auch schon an der Tür klingelte.

Simon log seine Mutter schamlos an, indem er behauptete, sie wären gerade erst vom Flughafen zurückgekommen.

Helena überredete Simons Mutter, zum Essen zu bleiben, weil sie sonst den Abend alleine verbringen musste, da ihr Mann zu seinem allwöchentlichen Pokerabend aufgebrochen war.

Zu Helenas großer Erleichterung verstand sie sich ausgezeichnet mit Barbara. Sie hatte große Sorge gehabt, als Julianes Nachfolgerin vor ihren strengen Augen nicht zu bestehen. Ihre Befürchtungen hatten sich nach der ersten Begegnung in Wohlgefallen aufgelöst. Beide waren sich auf Anhieb sympathisch gewesen und Simon hatte Helena anschließend erzählt, dass seine Mutter ihm zu seiner Wahl gratuliert hatte.

Während Helena ein schnelles Abendessen zauberte, half ihr Barbara bei der Zubereitung. Die Kinder spielten zwischenzeitlich in ihrem Spielzimmer.

„Gibt es schon Neuigkeiten wegen Julianes Antrag auf das Sorgerecht?", fragte Barbara vorsichtig.

Helena warf Simon einen hastigen Blick zu und sah, wie er mitten in der Bewegung innehielt – er war gerade dabei den Tisch zu decken –, und plötzlich schien es, als hätte es die ausgelassene, fröhliche Stimmung, welche bis zu diesem Zeitpunkt geherrscht hatte, nie gegeben.

„Entschuldige bitte, ich wollte nicht neugierig erscheinen. Aber als Großeltern machen wir uns um das Wohl unserer Enkelin große Sorgen. Ich hatte gehofft, du könntest mir beruhigende Nachrichten überbringen." Barbara warf Helena einen niedergeschlagenen Blick zu.

Simon trat zu ihr und legte ihr beruhigend die Hand auf die Schulter. „Mach dir keine unnötigen Sorgen. Helena und ich haben vor unserer Reise mit einer Anwältin für Familienrecht Rücksprache gehalten. Die Beratung hat mich beruhigt. Denn sie ist sich sehr sicher, dass Juliane unter den vorherrschenden Bedingungen wohl kaum das Sorgerecht zugesprochen bekommt." Er atmete hörbar durch. „Jahrelang hat sie kein Interesse an ihren Kindern gezeigt, während ich mich als liebevoller, fürsorglicher Vater präsentiert habe. Zudem würde kein Gericht der Welt die Geschwister absichtlich trennen. Ich habe von Lauras Therapeutin ein Gutachten ausgestellt bekommen, in dem bestätigt wird, dass es für ihre soziale-emotionale Entwicklung äußert bedenklich wäre, sie aus dem gewohnten Umfeld zu reißen und sie von ihrem Bruder zu trennen. Außerdem lebe ich in einer festen Partnerschaft, Juliane hingegen wäre als alleinerziehende Mutter auf sich gestellt."

Simon holte kurz Luft und nahm sich die Zeit, Helena ein Wangenküsschen zu geben, bevor er weitersprach. „Trotzdem hat uns die Anwältin darauf vorbereitet, dass Juliane zumindest das Umgangsrecht zugesprochen werden wird. Wie wir das geregelt bekommen wollen, kann ich mir momentan beim besten Willen nicht vorstellen. Aber wir haben beschlossen, dass es uns nicht weiterhilft, uns schon im Vorhinein durch diese Erschwernisse verrückt zu machen. Es gibt für jedes Problem eine Lösung, wir müssen sie nur finden."

Barbara legte das Messer beiseite und drückte Simons Hand. „Simon, ich freue mich, dass ihr euch euer glückliches Familienleben nicht durch diese impertinente Person zerstören lasst. Ich bin mir sicher, ihr werdet euch mit Juliane einigen. Außerdem dürft ihr nicht vergessen, dass die Kinder mittlerweile Helena als ihre Mutter ansehen."

Sie schenkte Helena ein zuversichtliches Lächeln. „Die gesamte Woche haben beide ständig von dir gesprochen. Auch wenn Juliane ihre leibliche Mutter ist, ich glaube fest daran, dass die Bindung zwischen dir und den Kindern immer größer und inniger bleiben wird."

Helena wurde ganz warm, als sie diese Worte hörte, und ein Lächeln stahl sich auf ihr Gesicht.

***

Gleich am nächsten Tag wollte Simon die unliebsame Aufgabe nicht noch länger aufschieben und rief seine Ex-Frau an.

Schließlich brachte es langfristig nichts, die Augen vor der Realität zu verschließen. Er musste endlich wissen, welche Maßnahmen Juliane ergreifen wollte.

Schlussendlich machte er ihr zwei Vorschläge. Entweder bemühten sie sich ihrer Tochter zuliebe, sich im Guten zu einigen, oder sie ließen das Treffen unter Aufsicht ihrer Anwälte stattfinden.

Simon hoffte, dass Julianes Anwalt ihr von einer Klage abraten würde. Denn eigentlich musste er sie darauf hinweisen, dass ihre Chancen zu gewinnen, denkbar schlecht standen. Andererseits war seine Ex-Frau stur, er konnte sich vorstellen, dass sie allein aus Prinzip diesen Prozess anstreben wollte. Wahrscheinlich war sie zu stolz, um zuzugeben, dass sie sich in etwas verrannt hatte.

Anfänglich verhielt Juliane sich reserviert und ablehnend, zum Schluss konnte sie seiner inständigen Bitte, sich noch einmal in Ruhe mit ihm zusammenzusetzen, nichts entgegensetzen. Anscheinend war ihr ebenfalls daran gelegen, die Fronten nicht noch weiter zu verhärten. Lediglich ihrer Forderung, dass sie und Simon unter vier Augen sprachen, stimmte er nicht zu. Trotzdem machte er ihr das Zugeständnis, zuerst mit Helena über den Wunsch zu sprechen.

Eigentlich war Simon sich sicher gewesen, dass Helena verständnisvoll reagieren würde, aber es war ihm ein Anliegen gewesen, sie nicht einfach zu übergehen.

Sie hatte vorgeschlagen, mit den Kindern auf den Spielplatz zu gehen, damit Simon und Juliane ungestört sprechen konnten.

Simon sah ihr an, wie schwer es ihr fiel, ihn mit Juliane allein zu lassen, aber er versicherte Helena, dass sie von ihr nichts zu befürchten hatte.

„Wir gehen jetzt auf den Spielplatz." Simon sah von seinen Notizen auf, die er sich sicherheitshalber gemacht hatte. „Ich habe den Kindern versprochen, dass wir anschließend ein Eis essen werden. Wir sind bestimmt zwei Stunden weg. Meinst du, das ist ausreichend für euer Gespräch?", fragte Helena und wirkte dabei angespannt

„Ich habe nicht vor, mit Juliane zu diskutieren." Simon strich sich durch die Haare und setzte seinen unnachgiebigen Gesichtsausdruck auf. „Ich werde ihr meinen Vorschlag unterbreiten und hoffen, dass sie darauf eingehen wird."

Nach außen zeigte er sich bestimmt und zuversichtlich, in seinem Inneren sah es etwas anders aus. Und der Knoten in seinem Magen zog sich immer mehr zu, je näher der Termin rückte.

Helena nickte. „Sicherheitshalber werde ich dich kurz anrufen, bevor wir zurückkommen. Denn es wäre für die Kinder nicht gut, wenn wir unter Umständen in einen Streit hineinplatzen würden."

Simon teilte ihre Ansicht, erhob sich und küsste erst Helena und dann die Kinder zum Abschied.

„Wünsch mir viel Glück", flüsterte er Helena ins Ohr, als er sie zur Tür begleitet hatte.

Eindringlich sah sie ihn an. „Du schaffst das schon. Lass dich nicht von ihr unter Druck setzen und geh auf ihre Provokationen bloß nicht ein." Aufmunternd nickte sie ihm zu.

Simon ließ nur zögerlich ihre Hand los, die er immer noch festhielt. Unvermittelt ging ihm auf, wie sehr er sich gewünscht hätte, dass Helena ihm bei der schwierigen Unterredung beistand. Wehmütig blickte er seiner Familie hinterher, bis sie um die Ecke aus seinem Blickfeld entschwand. Was würde er dafür geben, Helena und die Kinder begleiten zu können.

Er versuchte seine Wut auf Juliane zu unterdrücken, während er in die Küche ging, um ein Glas Wasser zu trinken. Es wäre dem Gespräch bestimmt nicht sehr zuträglich, wenn er seinen Zorn nicht zügeln konnte. Da es an der Tür klingelte, hatte er keine Zeit mehr, sich weiter auf sein Gespräch vorzubereiten.

Nachdem er Juliane hereingebeten hatte, setzten sie sich an den Tisch und Schweigen breitete sich aus. Den Kaffeetassen schenkten beide keine Beachtung. Anscheinend war nicht nur er nervös, auch Juliane schien sich alles andere als wohl in ihrer Haut zu fühlen. Sie sah ihm nicht in die Augen, sondern hielt den Blick krampfhaft auf die Hände gesenkt. Die Stille dehnte sich unangenehm aus.

Simon atmete einige Male tief ein und aus und versuchte seinen schnellen Herzschlag zu beruhigen. Seine gesamte Zukunft hing von seiner Fähigkeit ab, an Julianes Gewissen und Mitgefühl zu appellieren.

„Ich möchte ehrlich zu dir sein", durchbrach er endlich die Stille. „Ich habe mich über dein unerwartetes Erscheinen nicht besonders gefreut. Du bringst mein gesamtes Familienleben aus dem gewohnten Rhythmus. Außerdem habe ich Angst, dass deine plötzliche

Anwesenheit als Mutter die Kinder verstört. Anderseits ist mir bewusst, dass sowohl du als auch die Kinder ein Recht darauf haben, euch wieder aneinander zu gewöhnen." Juliane sah auf und er erkannte, dass sie erstaunt wirkte. Bevor sie allerdings antworten konnte, fuhr er hastig fort: „Aber deiner Forderung, das Sorgerecht für Laura zu erhalten, werde ich niemals nachgeben. Ich hoffe inständig, dass wir eine Lösung finden, die uns beide und die Bedürfnisse der Kinder zufriedenstellt." Simon hoffte, zu Juliane durchzudringen.

Juliane sah ihn kühl an und nun konnte er in ihrer Miene keine Gefühle ablesen. Entweder hatte sie sich im Griff oder sie konnte tatsächlich nichts fühlen.

Schließlich ergriff sie das Wort. „Ich verstehe immer noch nicht, warum es für Laura schädlich sein sollte, bei ihrer Mutter zu wohnen. Ich würde doch gar nicht von heute auf morgen verlangen, dass sie bei mir einzieht. Natürlich würde ich ihr genügend Zeit geben, mich wieder kennenzulernen."

Bevor Simon wütend auffahren konnte, hob sie bestimmend die Hand und rief scharf: „Lass mich bitte ausreden. Ich kann es nicht leiden, wenn du mir ins Wort fällst." Sie knetete ihre Hände. „Wie du dir wahrscheinlich denken kannst, habe ich mich ausführlich durch meine Rechtsberatung über meine Möglichkeiten informiert. Ich bin weder weltfremd noch naiv und mir ist bewusst, dass meine Chancen nicht besonders gut stehen. Dennoch kannst du Laura nicht den Kontakt zu ihrer Mutter verwehren. Was willst du ihr später einmal sagen, wenn sie dir vorwirft, ihr die Möglichkeit genommen zu haben, ihre Mutter kennenzulernen? Glaubst du allen Ernstes, sie würde dir diesen Umstand jemals verzeihen?"

Simon konnte die Selbstgerechtigkeit seiner Frau kaum ertragen. Vor lauter Wut über ihren ungerechten Vorwurf sah er rot und verlor die Kontrolle: „Das sagt genau die Richtige. Was willst du deinem Sohn später einmal sagen, wenn er dich fragt, warum du ihm keinerlei Beachtung geschenkt hast und nur Liebe für seine Schwester übrig hast? Ach, ich vergaß, du bist ja der Ansicht, dass er zu blöd ist, um zu verstehen, dass du seine Mutter bist. Wahrscheinlich unterstellst du ihm sogar, als behinderter Mensch keine Gefühle zu verspüren."

„Seit wann bist du so zynisch und eindimensional geworden? Glaubst du wirklich, für mich ist es leicht zu verkraften, dass ich meinen Sohn nicht so lieben kann, wie ich es tun sollte? Auch mich belastet meine Gefühlskälte Leon gegenüber. Ich mache das doch nicht aus Berechnung oder mit voller Absicht. Vielleicht ist es mir sogar irgendwann möglich, mich ihm ein wenig anzunähern, aber bestimmt nicht, solange du mich derart unter Druck setzt."

Obwohl er unglaublich wütend auf seine Ex-Frau war, konnte er ihrer Aussage nicht gänzlich widersprechen. Er rieb sich kurz über die Augen. Wie sollten sie in dieser verworrenen Geschichte jemals auf einen gemeinsamen Nenner kommen? Simon stand auf und trat ans Fenster. Obwohl er das hübsche Bild des Gartens vor Augen hatte, war er für die Schönheit blind. Er bemerkte weder die Schmetterlinge, die vor dem Glas

aufgeregt auf und ab flogen, noch sah er die bunten
Blumen, die in ihrer vollen Pracht blühten.

Schließlich hatte er sich ein wenig beruhigt und sagte
tonlos: „Warum streiten wir uns schon wieder? Es
bringt doch überhaupt nichts, uns gegenseitig Vorwürfe zu machen. Wahrscheinlich sind wir beide ein
wenig im Unrecht und zugleich im Recht." Er trat einen
Schritt auf sie zu, auch wenn es ihn Überwindung kostete. „Ich habe dir einen Vorschlag zu machen. Bitte hör
ihn dir wenigstens an und lass ihn dir in Ruhe durch
den Kopf gehen. Du brauchst dich auch nicht gleich zu
entscheiden."

Seine Ex-Frau legte ihren Kopf in den Nacken und
fuhr sich durch das offene Haar.

„Ich bin ganz Ohr", erwiderte sie herablassend.

„Ich habe in jedem Fall vor, das alleinige Sorgerecht
zu behalten." Nun war es an ihm, beschwichtigend die
Hände zu heben, damit Juliane ihn nicht unterbrach.
„Aber ich möchte dir zweimal die Woche die Gelegenheit geben, Laura zu sehen. Erst einmal weiter unter
Aufsicht und dann auch allein." Juliane kam ein leises
Stöhnen über die Lippen, doch Simon ließ sich nicht
aus dem Konzept bringen. „Wenn Laura irgendwann
möchte, darf sie gern ein oder zweimal im Monat bei
dir übernachten." Er räusperte sich. „Und ich bin dafür,
den Kindern baldmöglichst zu sagen, wer du bist."

„Aber?", warf Juliane dazwischen, der nicht entgan-
gen war, dass Simon noch etwas auf dem Herzen lag.

„Ich würde mir wünschen, dass du dich bereit erklärst, dir wenigstens ab und zu ein wenig Zeit für Leon
zu nehmen, um ihm zumindest ein wenig das Gefühl zu
vermitteln, dass er dir wichtig ist."

Juliane schien verblüfft über seine Zugeständnisse zu sein. Trotzdem ließ sie sich Zeit, bevor sie sich äußerte. Simons Nerven waren bis zum Zerreißen gespannt. Wie würde sie auf seine Vorstellungen reagieren?

„Ich finde deinen Vorschlag großzügig", meinte sie schließlich und Simons Puls beschleunigte sich nochmals. „Wenn ich ehrlich bin, hätte ich nicht erwartet, dass du mir so entgegenkommst." Sie pausierte und Simon wagte kaum, zu atmen. „Ich bin damit einverstanden. Trotzdem möchte ich, dass wir unsere Übereinkunft schriftlich festhalten. Ich möchte dir keine schlechten Absichten unterstellen, aber es wäre mir dennoch lieber, ich bekomme die Sicherheit, dass du dein Angebot nicht nach Lust und Laune widerrufst."

Simon stieß die angehaltene Luft aus und setzte sich wieder zu Juliane an den Tisch.

„Es geht mir ausschließlich um Lauras Wohl. Wir können einen Anwalt mit dieser Sache betreuen, wenn du mir nicht vertraust. Aber dir ist hoffentlich klar, dass mein Zugeständnis an Bedingungen geknüpft ist."

„Das hätte ich mir gleich denken können", gab Juliane verkniffen von sich.

„Ich möchte mich lediglich absichern, so wie es deinem Wunsch entsprach. Solltest du gegen Lauras Bedürfnisse handeln, werde ich weiteren Kontakt unterbinden. Laura ist immer noch in therapeutischer Behandlung, und ich halte mit der Psychologin regelmäßig Rücksprache über ihre Entwicklung. Sobald sie feststellen sollte, dass Laura der Umgang nicht guttut oder sogar schadet, werde ich Maßnahmen ergreifen. Es liegt in deiner Hand, ob du eine Beziehung zu deiner Tochter aufbauen kannst."

Er bemerkte, dass Juliane das nicht in den Kram passte. Sie nickte lediglich mit zusammengepressten Lippen und erhob sich. Simon hielt sie am Arm fest und fragte: „Was ist mit Leon?"

Erneut ließ Juliane ihre starre Maske fallen und er konnte ihr ansehen, dass sein bittender Tonfall sie erreichte. Sie war doch nicht so kalt, wie sie vorgab zu sein. Er wusste, dass sie immer noch darunter litt, dass Leon nicht das gesunde Kind war, das sie sich beide gewünscht hatten. Juliane schien einen inneren Kampf mit sich auszutragen. Schließlich setzte sie sich wieder und legte eine Hand auf seine.

„Simon, eigentlich wünsche ich mir doch nichts sehnlicher, als dass wir es noch einmal miteinander versuchen." Ihre Worte überrumpelten Simon und er war sprachlos. Verwirrt suchte er ihren Blick und als er sah, dass in ihren Augen Tränen glitzerten, fühlte er sich wie im falschen Film. Was hatte er gerade verpasst? „Ich bin mir sicher, mit deiner Unterstützung würde ich auch einen Zugang zu unserem Sohn finden. Wir könnten es doch wenigstens den Kindern zuliebe probieren. Ich habe niemals aufgehört, dich zu lieben. Es hat mir damals das Herz zerbrochen, dich mit den Kindern im Stich zu lassen. Aber ich konnte einfach nicht anders, ich wäre an Leons Anblick kaputtgegangen. Nicht einmal meine Gefühle für dich waren stark genug, meine Depression in den Griff zu bekommen. Nun aber bin ich geheilt und mit jedem Treffen spüre ich, wie sehr ich dich vermisse. Ich hatte mir unseren Neubeginn anders vorgestellt. Niemals hätte ich damit gerechnet, dass du mir derart hasserfüllte Gefühle entgegenbringst. Darauf war ich nicht vorbereitet. Wenn ich dich in der Vergangenheit ungerecht und anmaßend behandelt habe, dann tut mir das sehr leid." Sie klimperte mit ihren Wimpern und verstärkte den Druck auf seine Hand. „Bitte, Simon, ich kann dir doch nicht völlig gleichgültig sein. Du hast mich früher angebetet. Ich war dein Leben, das kannst du doch nicht vollständig vergessen haben." Die Worte waren aus Juliane herausgesprudelt, Simon hatte gar keine Chance gehabt, sie zu unterbrechen. Abrupt entzog er ihr nun seine Hand.

„Juliane, du weißt genau, dass ich mit Helena liiert bin, und auch wenn du es dir nicht vorstellen kannst, ich liebe sie über alles." Juliane schien in sich zusammenzusinken. „Es stimmt, auch dich habe ich einmal sehr geliebt, aber das ist lange vorbei. Gäbe es die Kinder nicht, hätte ich keinerlei Kontakt zu dir. Sei doch ehrlich, uns verbindet doch überhaupt nichts mehr. Wir haben keine gemeinsame Zukunft. Wir werden uns lediglich sehen, wenn du Laura triffst. Bitte finde dich damit ab, sonst ist unser Abkommen von vornherein zum Scheitern verurteilt."

„Helena muss wirklich ungeahnte Fähigkeiten besitzen", erwiderte Juliane und die Verbitterung in ihrer Stimme war nicht zu überhören. „Denn es kann kaum ihr Aussehen sein, das dich derart um den Verstand bringt. Aber keine Sorge, ich werde mich in Anwesenheit dieses Mauerblümchens ein wenig zurückhalten, um deine Angebetete nicht in ihrer sensiblen Seele zu verletzen. Aber was findest du bloß an ihr? Sie spielt doch überhaupt nicht in deiner Liga und ist deiner nicht wert."

Simon zwang sich, ruhig zu bleiben. „Juliane, das ist doch unter deinem Niveau. Es gibt eben mehr im Leben als die perfekte Frisur, das unbezahlbare Outfit oder die monatliche Maniküre. Dir fiel es schon immer schwer, über deinen begrenzten Horizont hinauszuschauen. Aber meine Beziehung soll nicht deine Sorge sein. Ich bin auch nicht bereit, weiterhin über meine Freundin mit dir zu diskutieren. Bis nächste Woche, schönen Tag wünsche ich dir noch." Energisch schob er den Stuhl weg, erhob sich und Juliane tat es ihm gleich.

Vor der Haustür besaß sie die Dreistigkeit, sich noch einmal zu ihm zu beugen, um ihm ins Ohr zu hauchen: „Schlaf eine Nacht drüber."

Er machte sich nicht die Mühe zu antworten. Nachdem er die Haustür hinter ihr zugeschlagen hatte, seufzte er erleichtert auf. Denn eigentlich konnte er mit dem Ergebnis des Gespräches zufrieden sein.

Er nahm das Telefon, um Helena anzurufen. Kurzerhand beschloss er, in die Eisdiele nachzukommen, um Zeit mit seiner Familie zu verbringen.

Kapitel 66

Frühlingsgefühle im Sommer

Emily nutzte die letzten Tage in Hohenstetten, um ihre Freunde zu sehen, und kam gerade von einer Verabredung zu Kaffee und Kuchen mit Helena und Andrea. Sie hatte ihre Freundin schon seit geraumer Zeit nicht mehr gesehen. Ihr schlechtes Gewissen hatte ihre Wiedersehensfreude getrübt. Helena war immer auch in ihren dunkelsten Stunden für sie da gewesen. Nun hatte sie erst heute von ihrer Freundin erfahren, wie viele Probleme sie mit Simons Ex-Frau hatte. Wenigstens anrufen hätte sie doch können. Emily hatte gespürt, dass es Helena schwerfiel, mit der Tatsache zurechtzukommen, dass sie innerhalb kürzester Zeit ihre beste Freundin sowie Yannick verlieren würde. Es musste sie hart treffen, dass beide sie verließen. Zwar war Berlin nicht aus der Welt, aber dennoch würde es zukünftig schwierig werden, sich regelmäßig zu treffen.

Auch Emily war traurig, zukünftig auf ihre Freundin zu verzichten. Denn sie war sich bewusst, dass es für sie schwierig werden würde, in ihrer neuen Heimat eine so gute und vertraute Freundin zu finden. Sie war kein einfacher Charakter und konnte sich nur schwer auf fremde Menschen einlassen. Es dauerte geraume Zeit, bis sie bereit war, sich zu öffnen.

Dennoch, unter Berücksichtigung aller schönen Momente und Erlebnisse in Oberstdorf, war Emily froh, ein völlig neues Leben an einem ihr bis dahin unbekannten Ort beginnen zu können. Oberstdorf war für sie unwiderruflich mit der schwersten Zeit ihres Lebens verbunden. Auch wenn sie die letzten Monate nachträglich nicht missen mochte, wäre es für sie nahezu unmöglich gewesen, an dem Ort ihres Selbstmordversuches zu leben. Als sie ihr Zimmer aufsperrte, das ihr Frau von Hohenstetten komischerweise bisher nicht gekündigt hatte, sah sie sich nachdenklich um. Ein Ort, um zu schlafen und irgendwie einen Tag nach dem anderen hinter sich zu bringen, mehr aber auch nicht. Ihr karges Zimmer würde sie sicherlich nicht vermissen. Sie warf sich auf ihr Bett und schloss die Augen.

Zum Glück hatten sich Valerie und Timurcin für Berlin entschieden, was ein völlig anderes Leben bedeutete. Einen Neuanfang, den sie benötigte, denn Berlin war für sie ein Buch, dessen Seiten noch völlig unbeschrieben waren. Sie konnte es mit ihren Wünschen, Hoffnungen und Vorstellungen zum Leben erwecken. Erstmals seit Carlas Tod fühlte sie sich befähigt, ihre Zukunft selbstständig zu planen und zu gestalten und sie aus eigener Kraft in wünschenswerte Bahnen zu lenken. Sie hatte gelernt, Verantwortung zu übernehmen und ihre Bedürfnisse in die Realität umzusetzen.

Mit Valeries Hilfe hatte sie ihr Bewerbungsschreiben fertiggestellt und wollte sich nun an einer renommierten Schauspielschule bewerben. Emily war zuversichtlich, dass ihr Traum in Erfüllung gehen würde. Valeries Zuspruch hatte ihr viel Selbstbewusstsein gegeben. Valerie hegte keinen Zweifel, dass Emily nach dem Vorsprechen sofort aufgenommen werden würde. Immer wenn sie betonte, dass es nur selten solche Ausnahmetalente wie Emily gab, wurde sie verlegen. Noch war sie ein Rohdiamant, aber mit ein wenig Schliff würde sie eine exzellente Schauspielerin werden.

Für Emily hatte sich endlich eine Möglichkeit aufgetan, mit der Vergangenheit abzuschließen, um sich ganz und gar ihrer weiteren Zukunft zu öffnen. Trotzdem würde sie ihre Wurzeln niemals vergessen. Carla lebte in ihrem Herzen weiter und die vorsichtige Kontaktaufnahme zu ihrer Mutter trug das Übrige bei.

Heute hatte sie die unbeschwerten Momente mit Helena genossen. Ihre gute Stimmung konnte noch nicht einmal Andreas' Anwesenheit trüben. Auch wenn sie ein nettes, sympathisches Mädchen war, Emily war nie wirklich warm mit ihr geworden. Dennoch war sie erleichtert, dass Helena wenigstens eine Freundin erhalten blieb.

Unruhe überfiel sie und sie öffnete die Augen. Vielleicht sollte sie sich noch ein wenig die Beine vertreten. Denn trotz aller Euphorie verspürte sie auch eine gehörige Portion Angst vor den neuen Herausforderungen.

Kurz vor dem Dienstbotenausgang, den sie immer noch wie selbstverständlich benutzte, hörte sie jemanden ihren Namen rufen. Überrascht drehte sie sich um und sah Dennis, der sie schüchtern betrachtete.

„Hallo, Emily, schön, dich wiederzusehen. Ich … ich dachte, du wärst schon umgezogen", brachte er stockend hervor. Fast schien es, als habe er Angst vor einer unfreundlichen Reaktion.

Eigentlich hatte sie Dennis während ihrer Zeit im Hotel kaum wahrgenommen. Meistens war er zu schüchtern gewesen, um sie überhaupt anzusprechen. Hatte er es einmal gewagt, seine Ängste zu überwinden, verwies sie ihn meist rüde in seine Schranken.

Emily ging mit einem Mal auf, dass sie oftmals sehr unfreundlich und ungerecht mit ihren Mitmenschen umgegangen war. Schließlich konnte keiner von ihnen etwas für das harte Schicksal, mit dem sie leben musste. Dennis hatte sich ihr gegenüber immer freundlich und fair verhalten. Trotz seiner Zurückhaltung hatte er aus seiner Zuneigung für Emily nie einen Hehl gemacht.

Heute bedauerte sie ihre abwertende, ignorante Haltung ihm gegenüber. Eigentlich war er ein wirklich netter Kerl, der lediglich Schwierigkeiten hatte, auf andere zuzugehen und seine Schüchternheit zu überwinden.

„Hallo, Dennis. Ich bin noch nicht endgültig nach Berlin gezogen. Valerie und Timurcin haben vor Ort noch einiges zu erledigen. Wenn es nach mir gegangen wäre, hätte ich gleich in Berlin bleiben können."

Dennis zuckte unter den unbedachten Worten zusammen.

Verdammt, da bemühte sie sich einmal, freundlich zu bleiben, und schon bekam er es wieder in den falschen Hals.

Hastig fügte sie hinzu: „Ich meinte damit nicht, dass ich es kaum mehr erwarten kann, das Hotel endlich hinter mir zu lassen, sondern dass ich kaum etwas nach Berlin mitnehmen werde. Lediglich einige Erinnerungsstücke an vergangene Tage werden mich begleiten, sämtliche Altlasten möchte ich zurücklassen."

„Das kann ich verstehen. Trotzdem freue ich mich, dich nochmals zu sehen." Während er versuchte ihrem Blick standzuhalten, wurde er rot. „Wahrscheinlich hättest du dich sowieso nicht von mir verabschiedet." Nun war es an Emily, verlegen zu zwinkern. „Aber du bedeutest mir wirklich viel und es tut mir wirklich aus tiefstem Herzen leid, was dir passiert ist. Ich hätte dir gern beigestanden, aber du hast mich immer von dir weggeschubst. Anscheinend konntest du in deiner Trauer niemanden an dich heranlassen."

Emily sah ihn betroffen an. War das wirklich Dennis, der mit einem Mal so tiefsinnig und mitfühlend mit ihr sprach?

Während sie ihn nachdenklich betrachtete, nahm sie ihn plötzlich mit völlig anderen Augen wahr. Sie sah nicht mehr den unauffälligen, unbeholfenen jungen Mann, der bei ihrem Anblick regelmäßig zu stottern begann und keinen vernünftigen Satz mehr von sich geben konnte.

Emily sah sein gutes, reines Herz. Sein inständiger Wunsch, ihr beizustehen, berührte sie sehr. Warum hatte sie alle Menschen, die es gut mit ihr meinten, beharrlich von sich gestoßen?

„Es tut mir leid, dass ich dich manchmal so herablassend behandelt habe." Sie zuckte bedauernd mit den Achseln und zwang sich, ihn anzusehen. „Ich meinte es niemals böse, aber es überstieg meine Kräfte, mich auch noch mit meinen Mitmenschen abzugeben. Bitte nimm meine ablehnende Haltung dir gegenüber nicht persönlich."

Dennis sah sie verblüfft an. Erneut wurde er rot und sah verschämt zu Boden.

Emily fand es eigentlich ganz süß, als er derart verlegen reagierte.

Dann atmete er tief durch, reckte sich ein wenig und fragte schnell: „Würdest du dich mit mir noch auf ein Glas Wein treffen, bevor du Oberstdorf verlässt? Ich würde mich sehr freuen."

Zu ihrer Verblüffung fühlte sie Freude. „Gerne, wollen wir uns gleich heute Abend treffen? Ich weiß nicht, ob ich die nächsten Tag Zeit finden werde."

Dennis' strahlender Gesichtsausdruck wärmte ihr Herz und ließ es schneller schlagen. Seine offenkundige Freude berührte sie zutiefst.

Abends trafen sie sich in der Hotelbar. Dennis, ganz der galante Kavalier, fragte nach ihrem Wunsch und bestellte ihr das gewünschte Glas Rotwein.

„Zum Wohl. Auf einen hoffentlich gelungenen Abend", sagte Emily vergnügt, während sie mit Dennis anstieß.

Von Beginn an fühlte sie sich in seiner unkomplizierten, unaufdringlichen Gesellschaft wohl. Vor ihm musste sie keine Rolle spielen. Sie konnte ganz Emily sein, mit all ihren Ecken und Kanten, von denen es bekanntlich einige gab, wie sie zu ihrem eigenen Leidwesen gestehen musste.

Dennis erkundigte sich nach ihren Zukunftsplänen und sie erzählte ihm von dem Traum, Schauspielerin zu werden.

Während sie begeistert erzählte, war von ihrer früheren Zurückhaltung und Reserviertheit nichts mehr zu spüren.

Ihr entging nicht, wie Dennis sie während des Gesprächs ansah, und sie wusste, wie sehr sie aufblühte, sobald sie von ihrer Leidenschaft berichtete.

Emily genoss die schöne Zeit in seiner Gesellschaft und mit Erstaunen verriet ihr ein zufälliger Blick auf die Uhr, dass sie schon über zwei Stunden beisammensaßen. Ihren ursprünglichen Plan, sich nach spätestens einer Stunde durch einen Vorwand zurückzuziehen, hatte sie ganz vergessen. Nun erkannte sie perplex, dass sie keine Eile hatte, ihn zu verlassen. Im Gegenteil, sie fürchtete sich fast davor, dass er sich bald von ihr verabschieden würde.

Plötzlich ging ihr auf, dass sie sich an demselben Platz befand, an dem sie vor über einem halben Jahr mit Simon gesessen hatte. Was war innerhalb dieser Monate nicht alles passiert? Emily kam es vor, als habe dieses Treffen einer fremden, fernen Zeit angehört, an die sie sich kaum mehr zu erinnern vermochte.

Wie anders verlief ihre heutige Verabredung mit Dennis. Seit Carlas Tod hatte sie sich mit keinem Mann mehr getroffen. Ihre einzige und letzte Beziehung war die zu Carlas Vater gewesen. Und dieser hatte nichts Besseres zu tun, als sie schwanger sitzen zu lassen. Danach hatte sie beschlossen, sich auf keinen Mann mehr einzulassen oder ihm gar zu vertrauen.

Emily spürte, wie sehr sie sich in der vergangenen Zeit verändert hatte. Trotzdem oder auch gerade deswegen fühlte sie, dass sie noch nicht bereit war, sich auf eine Partnerschaft einzulassen.

Nachdem sie die größte Trauer überwunden und damit begonnen hatte, ihr Leben in die richtigen Bahnen zu lenken, wollte sie endlich ihren eigenen Bedürfnissen nachgehen. Sie wollte sich voll und ganz auf die Schauspielausbildung konzentrieren. Momentan gab es an ihrer Seite keinen Platz und Raum für einen Freund. Auch wenn sie Dennis mochte und es sich vorstellen konnte, in ihm einmal mehr als einen guten Freund zu sehen, war es zu früh, sich darüber Gedanken zu machen. Deshalb war sie erleichtert, dass es Dennis' Zurückhaltung und Schüchternheit ihm scheinbar verbot, sich auf unsicheres Terrain zu begeben.

Nachdem Dennis sie zu ihrem Zimmer begleitet hatte und sie vor der verschlossenen Tür standen, bedankte Emily sich bei ihm für den wunderbaren Abend. Kurz entstand eine Pause, in der wohl keiner wusste, wie sie voneinander Abschied nehmen sollten. Also übernahm diesmal sie die Initiative. „Yannick möchte übernächsten Samstag eine große Abschiedsparty geben. Ich bin auch dort, um mich von meinen Freunden zu verabschieden, und ich würde mich wirklich sehr freuen, wenn wir gemeinsam hingehen könnten."

Dennis war vor lauter Freude und Überraschung so sprachlos, dass er lediglich nickte.

„Wir sehen uns spätestens zu der Party wieder. Ich werde in den nächsten Tagen zu Valerie nach München fahren, um ihr beim Packen zu helfen."

Dennis verabschiedete sich ein wenig umständlich mit Handschlag von ihr, und Emily war ihm sehr dankbar für seine Schüchternheit. Denn sie hätte nicht gewusst, ob sie den Körperkontakt hätte zulassen wollen.

Es gab Angewohnheiten, die sich nur schwer ändern
und ablegen ließen.

Kapitel 67

Der schönste Tag in Helenas Leben

Sie hätte sich gleich denken können, dass aus ihrem gemütlichen Abend mit Simon nichts werden würde. Es wäre auch zu schön gewesen, wenn endlich einmal etwas ohne Probleme vonstattengegangen wäre.

Helena versuchte, ihren Ärger auf Frau von Hohenstetten nicht mit nach Hause zu nehmen. Es hatte sie schon von Beginn an gestört, dass sie von ihrer Chefin regelmäßig im Servicebereich eingesetzt wurde. Ausgerechnet heute kam die Baroness kurz vor Dienstschluss auf sie zu und befahl ihr kurzerhand eine ausgefallene Kellnerin zu ersetzen.

Helena versuchte, ihr zu erklären, dass sie eine Verabredung hatte, aber Frau von Hohenstetten wollte von ihrem Privatleben überhaupt nichts wissen. Kurz angebunden wies sie Helena darauf hin, falls sie gedenke ihren Job zu behalten, sollte sie der Aufforderung unverzüglich Folge leisten. Natürlich war ihr nichts anderes übriggeblieben, als die unliebsame Zusatzaufgabe zu übernehmen. Leider kam sie deshalb fast drei Stunden später als geplant nach Hause.

Sie hatte ihren Freund nicht erreicht, so konnte sie ihm nur auf die Mailbox sprechen. Helena hatte sich so sehr auf ungestörte Stunden mit Simon gefreut.

Die Kinder schliefen heute Nacht bei den Großeltern und sie wären allein. Leider machte ihnen die Baroness einen gehörigen Strich durch die Rechnung.

Seit ihrem Aufenthalt in Berlin war es der erste Abend, den sie ohne Kinder verbrachten. Es kam selten vor, dass Leon und Laura bei Simons Eltern übernachteten.

Aus diesem Grund konnte Helena ihre Wut nicht einfach hinunterschlucken. Eigentlich hatte sie geplant, ein schönes Abendessen zu kochen. Daraus wurde nun nichts mehr. Statt bei ihrem gewohnten Arbeitsende um achtzehn Uhr, kam sie nun erst nach einundzwanzig Uhr nach Hause.

Hoffentlich war Simon nicht allzu enttäuscht. Schließlich hatte er es extra eingerichtet, früher Feierabend zu machen.

Heute vor genau einem halben Jahr war aus ihnen ein Paar geworden. Sie wollten ihr Jubiläum ausgiebig feiern. Nun wurde daraus nichts mehr. Helena fühlte sich müde, ausgelaugt und wollte am liebsten sogleich schlafen gehen.

„Diese blöde, aufgetakelte Tussi kann mich einmal gernhaben", schimpfte sie lautstark vor sich hin, als sie die letzten Meter mit dem Fahrrad nach Hause fuhr.

In den letzten Wochen ging es ihr sowieso nicht besonders gut. Jeder Tag, der Emilys und Yannicks Abschied näher rücken ließ, machte sie trauriger.

Ohne Simon und die Kinder hätte sie überhaupt nicht gewusst, wie sie mit dem doppelten Verlust umgehen sollte.

Jetzt konnte Helena es kaum erwarten, endlich nach Hause zu kommen, um alle Probleme und Störfaktoren außen vor zu lassen und sich unter der Bettdecke zu verkriechen.

Vielleicht hatte Simon Lust, ihr Gesellschaft zu leisten.

Über dieser angenehmen Aussicht hob sich ihre Laune sichtlich.

Sie sperrte die Haustür auf und rief: „Simon, es tut mir wirklich leid, dass ich dich habe warten lassen. Aber nun bin ich endlich da." Es kam keine Reaktion und erst jetzt nahm Helena die völlige Dunkelheit im Haus wahr. Es schien, als sei ihr Freund nicht zu Hause. Als sie das Wohnzimmer betrat, fiel ihr Blick auf einen Zettel.

Ich musste noch einmal in die Arbeit. Es tut mir leid. Ich werde erst spät heimkommen. Warte nicht auf mich. Simon.

Ungläubig las Helena seine Mitteilung. Hatte er ihr Jubiläum vergessen? Sie hätte sich gleich denken können, dass Simon nicht besonders romantisch veranlagt war. Anscheinend war ihm dieser Tag nicht besonders wichtig, sonst wäre er doch nicht ausgerechnet heute noch einmal ins Büro gefahren.

„Verdammt, warum habe ich mich überhaupt so beeilt, nach Hause zu kommen?" Obwohl es kindisch war, stampfte sie mit dem Fuß auf. „Und ich blöde Kuh habe auch noch ein schlechtes Gewissen gehabt, ihn zu versetzen."

Enttäuscht machte Helena ihrem Unmut Luft. Manchmal war selbst die größte, innigste Liebe desillusionierend. Vielleicht erwartete sie einfach zu viel. Sie wusste, dass Simons Erfolg als Architekt ein wichtiger Bestandteil seines Lebens war. Es gab bestimmt einen triftigen Grund, warum er heute noch einmal nach dem Rechten sehen musste.

Sie versuchte, nicht allzu enttäuscht zu sein. Nachdem sie sich auf die Couch gesetzt hatte, fühlte sie sich einsam und verlassen. Sie war es nicht mehr gewohnt, alleine zu sein. Normalerweise war das Haus von Trubel und Lautstärke geprägt. Trotzdem nahm sie sich fest vor, Simon keine Vorwürfe zu machen, sobald er nach Hause käme.

Helenas Magen knurrte, denn sie hatte seit Mittag nichts mehr gegessen, da sie schließlich ursprünglich ein schönes Menü zubereiten wollte. Nun hatte sie keine Lust zu kochen und nahm sich die Schokolade, die einladend auf der Kücheninsel lag.

Sie wunderte sich ein wenig darüber, denn Simon legte viel Wert darauf, seinen astreinen Körper zu erhalten, und aß so gut wie keine Süßigkeiten und als Helena heute Morgen aus dem Haus gegangen war, hatte die Verlockung noch nicht dagelegen.

Eigentlich war es ihr auch egal, wie das Naschzeug dahin gekommen war. Es handelte sich um ihre Lieblingsschokolade und sie wollte sie genüsslich vor dem Fernseher verzehren.

Hoffentlich kam wenigstens ein guter Film.

Als sie die Schokolade öffnete, kam zu ihrem Erstaunen ein Blatt Papier zum Vorschein, welches um die Schokolade gewickelt war.

„Was ist das denn?“, murmelte Helena vor sich hin. Neugierig faltete sie den Brief auseinander.

Hallo, Helena, anscheinend lag ich mit meiner Vermutung richtig, dass du der Versuchung nicht widerstehen kannst und die Schokolade isst. Schließlich kenne ich dich besser, als du denkst. Ich habe dir im Videorekorder eine DVD hinterlassen, damit du dich nicht allzu sehr langweilst, während ich dich warten lassen muss. Ich hoffe, sie gefällt dir. In Liebe Simon

Nun plagten Helena Gewissensbisse, dass sie Simon für unsensibel gehalten hatte. Es war doch ziemlich aufmerksam von ihm, ihr die Wartezeit so angenehm wie möglich zu machen, und dies auch noch auf eine originelle Art und Weise.

Neugierig schaltete sie den DVD-Player an und als sie auf *Start* drückte, tauchte zu ihrem großen Erstaunen Simon auf dem Bildschirm auf.

„Ich hoffe, du hast nicht ernsthaft geglaubt, ich hätte unseren Jubiläumstag vergessen. Wahrscheinlich warst du bis gerade ziemlich wütend auf mich. Hoffentlich kann ich dich nun wieder ein wenig besänftigen. Ich habe mir gedacht, dass besondere Momente besonderer Ereignisse bedürfen. Deshalb habe ich mir etwas ausgedacht. Ich habe im gesamten Haus Buchstaben versteckt. Bitte suche sie und setze sie zu einem Lösungswort zusammen. Danach darfst du diese DVD weiter anschauen.

Helena, ich kenne dich. Du wirst nicht schummeln. Auch wenn ich dir ansehen kann, dass du überhaupt keine Lust auf dieses kleine Spiel hast. Bitte, tue mir den Gefallen.“

Woher wusste er denn schon wieder, dass sie eigentlich überhaupt keine Energie mehr hatte, sich auf sein Spiel einzulassen? Was sollte das Ganze überhaupt? Wo war er in diesem Augenblick wirklich? Helena glaubte nicht mehr daran, dass er im Büro war.

Seufzend, aber dennoch neugierig machte sie sich auf die Suche. Sie hatte tatsächlich mit dem Gedanken gespielt, diesen Teil zu überspringen. Aber dann brachte sie es nicht übers Herz. Immerhin hatte er sich wirklich viel Mühe gegeben. Dies wusste sie zu würdigen. Sie war ihm schon dankbar für seinen Hinweis, dass es sich um zwölf Buchstaben handelte.

Zu ihrer Erleichterung waren sie nicht besonders schwer versteckt und es dauerte lediglich wenige Minuten, bis sie alle gefunden hatte. Auch das Lösungswort hatte sie schnell zusammengelegt. *Ich liebe dich.*

Simon konnte richtig romantisch sein, wenn er nur wollte.

Helena betrachtete glücklich seinen Liebesbeweis.

Kurz darauf ging sie zum Fernseher zurück, um seine weitere Botschaft anzuhören. Sie sah ihren Freund, der mit einem riesigen Strauß Rosen dastand und in die Kamera grinste.

„Ich wollte dir sagen, dass ich dich über alles liebe. Du bist neben meinen Kindern das Wichtigste für mich und ich würde alles für dich tun.

Viel zu selten habe ich dir gesagt, was du mir bedeutest. Es fällt mir schwer, in Worte zu fassen, wie wichtig du mir bist. Deshalb habe ich diesen Weg gewählt. Irgendwie ist es einfacher, in diese Kamera zu sprechen, als dir dabei in die Augen zu sehen. Vielleicht ist es mir peinlich, meine Gefühle vor dir auszubreiten und mich dadurch verletzbar zu machen.

Dennoch möchte ich es dir noch einmal persönlich sagen und den Blumenstrauß würde ich dir gerne überreichen. Bitte komme in die Berghütte, in der wir meinen Geburtstag gefeiert haben. Ich erwarte dich."

Helena schlug sich die Hand vor den Mund und musste den Kloß unterdrücken, der unversehens in ihrem Hals aufstieg. Vor lauter Rührung begann sie fast zu weinen. Sie war glücklich, dass Simon ihren Halbjahrestag nicht vergessen hatte. Im Gegenteil, er hatte sich sogar die Mühe gemacht, sie zu überraschen.

Hastig zog Helena eine Jacke über und machte sich rasch auf den Weg. Sie konnte es kaum mehr erwarten, ihren Freund in die Arme zu schließen und sich bei ihm für seine liebevolle Überraschung zu bedanken. Außerdem wollte sie ihm ebenfalls sagen, wie sehr sie ihn liebte.

Es stimmte, sie waren kein Paar, das sich ständig bestätigte, dass sie sich liebten. Deshalb hatten diese drei magischen Worte einen besonderen Stellenwert und Bedeutung für sie.

Mit klopfendem Herzen kam sie bei der Hütte an. Von außen war sie eher unscheinbar, innen aber stylish auf Partys ausgelegt. Die Tür wurde von zwei brennenden Fackeln umrahmt, die für ein stimmungsvolles Licht sorgten. Da sie nur etwas außerhalb von Oberstdorf lag, war sie wenigstens schnell dort, nachdem er schon so lange auf sie warten musste. Sie pochte leise an die Tür, um Simon von ihrer Ankunft zu unterrichten.

„Komm rein", rief er von drinnen und Helena drückte die Türklinke hinunter und betrat mit weichen Knien die Hütte.

Was sie dort zu sehen bekam, hätte sie sich in ihren kühnsten Träumen nicht ausgemalt. Ungläubig sah sie sich im Raum um und zu guter Letzt blieben ihre Augen an ihrem Freund hängen. Simon stand mitten im Raum und hielt den großen Blumenstrauß in der Hand. Er hatte das gesamte Zimmer mit roten Rosen dekoriert, die wunderbar dufteten, und zahlreiche Kerzen entzündet, die ein stimmungsvolles Licht zauberten. Der Holztisch war festlich gedeckt und mit allerlei Köstlichkeiten ausgestattet.

Simon kam langsam auf sie zu und blieb kurz vor ihr stehen.

Er nahm ihre Hand und drückte ihr einen Kuss darauf und überreichte ihr anschließend die Blumen.

Helena versteckte ihre Nase darin und fühlte einfach nur reines, unverfälschtes Glück.

„Schön, dass du da bist." Er legte den Kopf schief. „Aber warum hast du mich so lange warten lassen? Du hast meine Geduld ziemlich strapaziert und ich dachte schon, du hättest mich versetzt oder die Schokolade verschmäht. Aber ich hoffe, meine Überraschung ist mir gelungen." Mit erwartungsvollen, leuchtenden Augen blickte er sie gespannt an.

„Das kannst du laut sagen", platzte es aus Helena heraus, der es bisher die Sprache verschlagen hatte. Was ging hier gerade vor? Um sich abzulenken, erklärte sie ein wenig abwesend: „Sorry, ich musste mal wieder im Restaurant einspringen. Hast du etwa meine SMS nicht bekommen?"

Simon zuckte mit den Schultern. „Akku leer." Helena sah ihn zweifelnd an, aber bevor sie nachhaken konnte, hielt er es wohl nicht länger aus und es brach förmlich aus ihm heraus.

„Helena, du bist die Frau meines Lebens und ich kann mir überhaupt nicht mehr vorstellen, wie ich früher ohne dich an meiner Seite leben konnte." Er nahm ihr den Strauß aus der Hand, legte ihn auf den Tisch und ergriff ihre Hände. „Ich liebe dich über alles. Mit jedem Tag, den wir gemeinsam verbringen, wächst meine Liebe noch ein Stück mehr. Ich möchte heute nicht nur unseren Jubiläumstag feiern. Mir ist es ein Bedürfnis, dir zu zeigen, wie groß meine Gefühle für dich sind. Mein Herz schlägt nur für dich." Simon ging auf die Knie und Helena konnte nicht fassen, was gerade geschah. „Liebe Helena, ich möchte dich bitten, mich zu heiraten."

Helena starrte ihn aus großen Augen an. Hatte sie gerade richtig gehört? Sie konnte nicht antworten, zu groß war ihre Angst, sich verhört zu haben. Ihr Puls raste und sie konnte gerade noch verhindern, nach Luft zu schnappen.

Das Schweigen wuchs an und Simon sah sie erwartungsvoll an.

Schließlich brachte sie krächzend hervor: „Was hast du gerade gesagt?"

Simons angespannte Miene veränderte sich und er grinste. „Ich habe gesagt, dass ich dich liebe." Er erhob sich und schlang einen Arm um ihre Taille.

„Und weiter?"

„Ich weiß nicht, wovon du sprichst. Meinst du, dass meine Liebe jeden Tag noch ein wenig wächst?" Sogar in diesem magischen Moment konnte er es nicht unterlassen, sie ein wenig zu foppen.

„Simon!", rief sie aufgebracht aus. Aber sein Lächeln ließ sie dahinschmelzen.

„Helena, ich wünsche mir nichts sehnlicher, als dass du meine Frau wirst. Möchtest du mich heiraten?", fragte er noch einmal mit rauer Stimme, die ihr deutlich machte, dass ihn dieser Moment ebenfalls alles andere als kalt ließ.

Helena liefen Tränen über die Wangen, und wenn Simon sie nicht blitzschnell zu sich herangezogen hätte, wären ihr die Beine weggesackt.

Sie konnte nur leise ein „Ja, ich will", hauchen. Danach hinderte Simons stürmischer Kuss sie am Weitersprechen.

Nachdem er jede einzelne Träne weggeküsst hatte, fand er seine Sprache wieder, auch wenn seine Stimme ebenfalls leicht zitterte. „Du machst mich zum glücklichsten Mann auf dieser Erde."

Helena sah, dass seine Augen verdächtig glitzerten. Nicht nur sie bewegte dieser magische, traumhaft schöne Moment.

„Und ich bin die glücklichste Frau", ergänzte Helena.

Sanft zog Simon sie auf das Rosenbett vor dem brennenden Kaminfeuer.

Am nächsten Morgen weckte Simon seine Freundin mit einer Tasse frisch aufgebrühten Kaffees.

Als Helena sich verschlafen umblickte, stellte sie überrascht fest, dass Simon es sich nicht hatte nehmen lassen, Frühstück vorzubereiten. Scheinbar hatte er an alles gedacht.

Er kam ihr entgegen und sagte leise: „In der Aufregung habe ich gestern ganz vergessen, dir das hier zu überreichen." Simon hielt ihr eine kleine Schachtel hin, in der sich ein wunderschöner, schlichter Diamantring befand.

Helena schlug sich die Hand vor den Mund, als sie den kostbaren Ring erblickte.

„Simon, er ist wunderschön", entgegnete sie fassungslos.

„Ich habe mich ewig beim Juwelier beraten lassen. Denn kein Schmuckstück war mir für dich gut genug. Wahrscheinlich habe ich ihn mit meinem nervigen Verhalten zur Weißglut gebracht. Ich fand, dass dieser Ring am besten zu dir passt und dir annähernd gerecht wird. Ich freue mich, dass er dir gefällt", entgegnete er erleichtert. Denn Helena trug normalerweise selten Schmuck. Diesen Ring hingegen würde sie niemals ablegen, das schwor sie sich. Sie ließ sich ehrfürchtig von Simon das Schmuckstück über den Finger schieben. Er passte wie angegossen. Helena umfasst sein Gesicht mit ihren Händen und küsste ihn dankbar.

„Manchmal habe ich Angst, eines Morgens aufzuwachen und festzustellen, dass alles nur ein wunderschöner Traum war. Ich kann nicht glauben, dass mir das wirklich passiert. Seit ich mit dir zusammen bin, fühle ich mich wie eine Prinzessin. Und dann denke ich, dass ich es überhaupt nicht verdient habe, so unverschämt viel Glück zu haben", gab sie leise zu.

Simon zwang Helena, ihn anzusehen.

„Warum hast du immer noch Angst, dass du für mich nicht gut genug bist?", raunte er. „Was soll ich denn noch machen, um dich davon zu überzeugen, dass du die Einzige bist, dass du die Frau bist, mit der ich alt werden will? Du bist diejenige, der ich all meine Sorgen und Ängste anvertrauen kann. Bei der ich sein kann, wer ich bin. Du bist die Einzige, mit der ich die schönsten Momente meines Lebens teilen möchte. Helena, bitte vergiss alles, was ich früher mal gesagt habe. Ich hatte doch keine Ahnung. Glaub mir bitte!"

Helena löste sich von ihm und trat einen Schritt zurück. „Es ist nicht so, als würde ich dir nicht glauben. Ich weiß, dass du es wirklich ernstmeinst. Du würdest mir niemals einen Heiratsantrag machen, wenn es nicht dein größter Wunsch wäre, dass ich deine Frau werde. Dennoch ist es manchmal schwierig zu verstehen, was du an mir findest." Sie sah ihn lange an und fuhr dann fort: „Du bist einfach perfekt. Du hast klassische, markante Gesichtszüge, die dich unglaublich gut aussehend und attraktiv machen. Zudem hast du einen super athletischen Körper – der mich, wie du weißt, regelmäßig um den Verstand bringt –, außerdem bist du beruflich auf der Erfolgsspur. Deine zwei extrem süßen Kinder sind natürlich auch noch zu erwähnen. Welche Frau würde sich nicht in dich verlieben?" Helena sah ratlos aus.

„Du hast vergessen, meinen vorbildlichen Charakter, meine Herzensgüte und meine Menschlichkeit zu erwähnen." Simon schmunzelte, wohl in dem Versuch, die Situation ein wenig aufzulockern. Doch dann wurde er wieder ernst. „Ich bin sicherlich nicht perfekt, Helena. Gerade du müsstest das am besten wissen. Stell mich bitte nicht auf einen Sockel. Ich habe mich dir gegenüber wie ein riesengroßes Arschloch aufgeführt und du warst diejenige, die mich zum Umdenken gebracht hat." Er schloss die Lücke und küsste sie auf die Stirn. „Ich sollte dankbar sein, dass eine so großzügige, warmherzige, extrem attraktive Frau mich, den arroganten, selbstverliebten Schnösel, möchte. Wann wirst du endlich beginnen, dich mit meinen Augen wahrzunehmen? Anscheinend sehe ich eine vollkommen andere Frau als du."

Eindringlich sah er seine Freundin an und bat inständig, als sie weiterhin stumm blieb: „Bitte glaube an meine Liebe, bitte glaube an uns."

Helena umarmte ihn und flüsterte: „Ich werde versuchen, mich zu bessern, ich möchte unsere Beziehung nicht durch meine Unsicherheit gefährden."

Helena ließ sich in seinen Armen fallen und schaltete ihre Gedanken komplett aus. Sie fühlte seine Stärke und beneidete ihn um seine völlige Sicherheit, das Richtige zu tun.

Nach einer Weile löste er sich vorsichtig aus der Umarmung und meinte schmunzelnd: „Ich bekomme langsam Hunger, ich befürchte, wenn wir nach dem verpassten Abendessen nun auch noch das Frühstück auslassen, wird es zu einer Hochzeit nicht mehr kommen, da ich zuvor den Hungertod gestorben bin."

Helena boxte ihn in die Seite und sagte vorwurfsvoll: „Jetzt weiß ich, wo deine Prioritäten liegen. Gib es doch wenigstens zu, du willst mich doch nur heiraten, um dir das Geld für deine Haushälterin zu sparen."

Simon unterdrückte sein Lachen und sagte: „Jetzt hast du mich doch durchschaut. Ich hatte gehofft, dich zumindest bis zu unserer Trauung täuschen zu können."

Sie boxte ihm gegen die Schulter. „Das sieht dir ähnlich. Ich wusste doch, dass es an der ganzen Geschichte einen Haken gibt.“

Simon nahm sie schmunzelnd in den Arm und ihr geplantes Vorhaben, endlich zu frühstücken, drohte erneut zu scheitern.

Diesmal war es Helena, die bedauernd den Kuss unterbrach. „Ich kann es nicht verantworten, dass du verhungerst. Lass uns endlich essen. Außerdem habe ich auch Hunger.“

Sie nahm eine der verführerisch rot leuchtenden Erdbeeren und hielt Simon die Frucht einladend hin. Dieser ließ sich nicht lange bitten und biss davon ab.

Den Rest steckte Helena sich in den Mund.

„Also satt bin ich davon nun wirklich nicht geworden“, protestierte Simon.

Lachend gab sie ihm eine weitere Erdbeere ab. Einträchtig saßen sie beisammen. Helena hatte ausnahmsweise kaum Appetit. Sie war von den Ereignissen der letzten Stunden immer noch vollkommen überwältigt. Gedankenverloren betrachtete sie abwechselnd Simon und ihren wunderschönen Verlobungsring. Sie beschloss, sich ihr Glück nicht selbst kaputtzumachen. Sie hatten es geschafft, sämtlichen Widrigkeiten zu trotzen. Und nun schuf sie künstliche Probleme, die es überhaupt nicht gab. Noch zeigte Simon Verständnis für ihre Zweifel. Irgendwann würde er genervt reagieren und letzten Endes würden sie sich nur noch streiten. Sie musste lernen, ihm und vor allem sich selbst zu vertrauen, und sie war fest entschlossen, ihr Glück festzuhalten.

Kapitel 68

Abschiede und Neuanfänge

An einem regnerischen, kühlen Julitag fand Yannicks Abschiedsparty statt. Übermorgen würde er zu seinem Abenteuer nach Dubai aufbrechen. Heute wollte er Abschied von seinen Freunden, Arbeitskollegen und seiner Arbeitsstelle nehmen, an der er es länger als gewöhnlich ausgehalten hatte. Was nicht an seiner Chefin gelegen haben konnte, dachte er schmunzelnd, als er sich das herrische Auftreten von Frau von Hohenstetten ins Gedächtnis rief. Schlimmer konnten die Vorgesetzten in dem Luxusresort in Dubai nun wahrlich nicht mehr werden.

Obwohl es ihm leidtat, Menschen zurückzulassen, die ihm sehr am Herzen lagen, müsste er lügen, wenn er sagen würde, er bereue seine Entscheidung. Eigentlich konnte er es kaum noch erwarten, sich endlich der neuen Herausforderung zu stellen. Zumal sich sein Neuanfang um zwei Monate verschoben hatte. Ursprünglich hatte er geplant, schon zum 1. Juni anzufangen, aber das Hotel war wegen Umbauten länger als gedacht geschlossen gewesen und deshalb begann sein Arbeitsvertrag erst zum 1. August. Frau von Hohenstetten hatte großzügigerweise seinen Vertrag verlängert. Sie hatte es dargestellt, als wäre es für sie eigentlich nicht tragbar, ihn weitere zwei Monate anzustellen, in Wahrheit hatte sie ihn mit Kusshand behalten. So hatte er Zeit, seinen Nachfolger in Ruhe einzuarbeiten, um den hohen Standard der Küche beizubehalten.

Durch diese Verzögerung waren Yannicks Sehnsucht und Fernweh bis ins Unermessliche gestiegen. Aus diesem Grund wurde ihm nun der Abschied von seinen Freunden erleichtert.

Dennoch wusste er, sobald er Helena weinen sehen würde, wäre es um seine stoische Ruhe bestimmt nicht mehr gut bestellt.

Doch bevor es dazu kam, wollte er erst einmal seine eigene Abschiedsparty in vollen Zügen genießen. Da der Umzug der Neu-Berliner auf denselben Zeitraum fiel, hatte er sich kurzerhand mit Timurcin zusammengetan und beschlossen, die Party gemeinsam auszurichten. Er hatte sich bereit erklärt, für die kulinarischen Genüsse zu sorgen, und Timurcin kümmerte sich um die Räumlichkeiten sowie Getränke.

Timurcin hatte sich bei der Einladung seiner Gäste vornehm zurückgehalten, Valerie hingegen hat einige Bekannte und Arbeitskollegen aus alten Zeiten eingeladen und auch Yannick hatte es sich nicht nehmen lassen, sämtliche Freunde einzuladen. Sogar zwei Hotelgäste, die schon seit einigen Wochen im Hotel weilten, wurden kurzerhand dazu gebeten, als sie sich neugierig über den Grund ihrer Vorbereitungen erkundigt hatten. Das junge Pärchen befand sich auf seiner Hochzeitsreise. Da sie sich vor einigen Jahren im Skiurlaub in Oberstdorf kennengelernt hatten, verbrachten sie ihre Flitterwochen nun an dem Ort, an dem alles begann.

Yannick hatte sich mit Timurcin eine halbe Stunde vor Beginn der Feier verabredet, um für den letzten Feinschliff zu sorgen. Während er die Sektgläser füllte, erkundigte er sich nach Timurcins Frauen. „Wo bleiben eigentlich Valerie und Emily? Sie hätten uns wirklich helfen können."

Timurcin zog eine Augenbraue nach oben und fragte spöttisch: „Ich dachte, du wärst hier im Raum der geborene Frauenkenner? Dann müsste dir doch bekannt sein, dass Frauen zum einen niemals pünktlich sind und zum anderen Stunden im Badezimmer verbringen, bis sie sich schön genug finden, um endlich als Mittelpunkt jeder Party aufzutrumpfen."

Yannick lachte gutmütig. „Du hättest sie doch nur eine Stunde früher zum Schminken schicken müssen, dann wären sie nun fertig. Aber ich verzeihe ihnen noch einmal, dass sie sich vor dem Helfen drücken. Hauptsache, wir bekommen gleich zwei wunderschöne Frauen zu sehen. Das wiegt alles wieder auf."

„Finger weg von meinen Mädels." Timurcin hob drohend seinen Zeigefinger.

„Das würde ich niemals wagen, ich hänge schließlich an meinem kümmerlichen Leben. Aber ansehen wird hoffentlich erlaubt sein", feixte Yannick.

Während er Timurcins Lachen auffing, ging ihm auf, dass er neben Simon auch Timurcin sehr vermissen würde. In den letzten Monaten hatte sich zwischen ihnen eine vertraute Beziehung entwickelt.

Timurcin war ein feiner Kerl, der es verdient hatte, in Valerie die Frau seines Lebens gefunden zu haben. Yannick gönnte ihm sein Glück aus vollem Herzen.

„Können wir euch noch behilflich sein?", zwitscherte eine ausgelassene Stimme in sein Ohr, während er umarmt wurde.

Er erwiderte die Umarmung und drückte Helena liebevoll an sich. „Hallo, Helena. Ich wusste, dass du die Erste sein wirst."

Helena warf einen strengen Seitenblick auf Simon und betonte jedes einzelne Wort überdeutlich: „Ich wäre schon vor einer Stunde hier gewesen, aber wie du dir wahrscheinlich denken kannst, hat dieser Herr an meiner Seite Ewigkeiten das Bad blockiert."

Yannick blickte Timurcin triumphierend an: „Du siehst, deine These entspricht nicht immer der Realität."

„Ausnahmen bestätigen die Regel." Yannick lachte und warf Simon einen Seitenblick zu. „Es stimmt, Simon ist einer der wenigen Männer, die so eitel sind, dass sie niemals vor einer Stunde das Badezimmer verlassen würden. Was er dort betreibt, wird mir jedoch ein ewiges Rätsel bleiben. Ich kann verstehen, dass Frauen Zeit benötigen, um ihr Haar zu richten und sich zu schminken. Aber was machst du so lange?", fragte Timurcin.

Simon blickte seine Kumpels beleidigt an. „Da scheinen sich zwei gegen mich verbündet zu haben. Wollt ihr mir den Abschied von euch erleichtern?“

Yannick und Timurcin stießen sich vor Erheiterung prustend gegenseitig an. „Findest du, dass Simon anders aussieht, als am Morgen nach einer durchwachten Partynacht? Ich kann irgendwie keinen Unterschied erkennen“, rief Yannick spöttisch aus.

Timurcin betrachtete Simon prüfend und entgegnete dann: „Vielleicht fehlen heute die dunklen Augenringe, aber sonst muss ich dir recht geben. Ich kann keine Veränderung feststellen. Weder zum Positiven noch zum Negativen, wie ich betonen möchte.“

„Ihr seid echt unmöglich, Jungs. Jetzt lasst den armen Simon in Ruhe“, warf Helena lachend ein, während sie mit wachsendem Vergnügen die Neckereien der drei Freunde verfolgte.

„Jetzt muss er sich schon von seiner Freundin verteidigen lassen“, brachte Yannick unter ersticktem Lachen hervor.

Simon setzte eine würdevolle Miene auf und verteidigte sich: „Ihr seid doch nur neidisch auf meinen Adoniskörper. Nun gebt es doch wenigstens zu. Außerdem ist es eigentlich ein Kompliment für mich, wenn ihr der Meinung seid, ich habe es im Gegenzug zu euch nicht nötig, mich zu verschönern.“ Triumphierend blickte er seine Freunde an.

„Du warst schon immer selbstverliebter, als es dir bekommt, Simon. Aber nichtsdestotrotz werde ich dich wirklich vermissen.“ Yannick umarmte seinen Kumpel und klopfte ihm auf die Schulter.

„Ich werde deine Boshaftigkeiten ebenfalls vermissen. Und wie soll ich ohne Timurcins künstlerischen, träumerischen Geist klarkommen?"

Simon wurde unvermittelt ernst und Yannick schluckte nicht zum ersten Mal an diesem Abend. Beide Freunde hatten es sich zur Gewohnheit gemacht, regelmäßig in der Hotelküche vorbeizuschauen, um ihm einen Besuch abzustatten. Das war bald Vergangenheit.

Helena warf ihm einen mitfühlenden Blick zu. Sie konnte nur zu gut nachempfinden, was er in diesem Augenblick fühlte.

„Ja, ganz schön viele Veränderungen", meinte Simon seufzend und die Stimmung drohte zu kippen. Wenigstens würden Timurcin und Simon sich nicht so schnell aus den Augen verlieren. Simon übernahm das Hotelprojekt nun doch selbst, nachdem sich die Schwierigkeiten mit Juliane weitgehend geklärt hatten.

„Und du hörst hier doch nur auf, weil du es ohne mich nicht aushältst", sagte Yannick und zwinkerte Helena zu, die zu seiner Erleichterung wieder lächelte und Simon einen verträumten Blick zuwarf.

***

Helena hatte ihren Job im Hotel gekündigt. In Absprache mit Simon hatte sie sich schlussendlich zu diesem Schritt entschieden. Ihre unregelmäßigen Schichten ließen sich langfristig kaum mehr mit dem Familienleben vereinbaren.

Sobald sie aus Berlin zurückkehrten, wollte sie sich um eine Halbtagsstelle in einem Kindergarten bewerben. So konnte sie vormittags ihrem Beruf nachgehen und hätte genügend Zeit, um sich nachmittags den Kindern zu widmen.

„Helena träumst du?", rief Yannick ein wenig spöttisch aus, als er ihren glückseligen, in sich gekehrten Gesichtsausdruck wahrnahm.

Sie zuckte zusammen und entschuldigte sich kleinlaut.

Zu ihrem Erstaunen stellte sie fest, dass sich während ihrer geistigen Abwesenheit der Raum mit Gästen gefüllt hatte. Sie sah Valerie und Emily auf sich zukommen. Nachdem sich alle begrüßt hatten, zog Helena ihre Freundin aufgeregt zur Seite.

„Ich muss dir unbedingt etwas erzählen." Neugierig ließ Emily sich von ihr in eine ruhige Ecke lotsen. Auf deren erwartungsvollen Blick begann Helena glücklich zu berichten: „Simon hat mir einen Heiratsantrag gemacht."

Emily blickte sie erst ungläubig und schließlich strahlend an. Sie nahm ihre Freundin in den Arm und drückte sie liebevoll an sich.

„Helena, ich freue mich so sehr für dich. Wenn jemand so viel Glück verdient hat, dann bist du das." Sie drückte Helena so fest an sich, dass diese lachend ausrief: „Du zerquetschst mich gleich. Kaum zu glauben, dass in so einer zierlichen Person so viel Kraft und Power stecken."

Emily ging auf ihre Aussage nicht ein, sondern sagte kopfschüttelnd: „Ich muss ehrlich zugegeben, das hätte ich Simon nicht zugetraut. Verstehe mich bitte nicht falsch. Ich kann sehen, dass er dich wirklich liebt. Aber dass er dir schon nach dieser kurzen Zeit einen Heiratsantrag macht, versetzt mich in Erstaunen. Vielleicht muss ich jetzt endlich mal meine Meinung über ihn überdenken. Nachdem er schon eine Scheidung hinter sich hat, wird er sich dieses Vorhaben gut überlegt haben. Für ihn muss klar sein, dass er sein gesamtes Leben mit dir verbringen will."

Helena freute sich über Emilys einfühlsame Worte. Sie war erleichtert, dass ihre beste Freundin langsam begann, ihre Vorbehalte Simon gegenüber ein wenig aufzugeben. Es war ihr größter Wunsch, dass Emily endlich erkannte, wer Simon wirklich war.

„Entschuldige bitte, da ist jemand gekommen, den ich gern begrüßen will", entschuldigte sich Emily plötzlich bei Helena, die ihr hinterher sah, wie sie auf Dennis zuging, der verloren und sich sichtlich unwohl fühlend, inmitten der Menge stand.

Andrea, die ebenfalls gerade auf der Bildfläche erschienen war, wollte sich des armen Dennis' annehmen, aber Emily war schneller.

„Was ist denn mit Emily los? Seit wann ist sie so nett zu Dennis?", fragte Andrea, als sie Helena erreichte.

Gerade, als sie ihrer Freundin antworten wollte, verschaffte Simon sich Gehör über das Mikrofon des Sängers der engagierten Band.

Alle Anwesenden unterbrachen ihr Gespräch und verstummten. Helena dachte entsetzt, dass Simon es nicht wirklich wagen würde, ihre Verlobung auf diesem Weg publik zu machen. Helena wollte am liebsten im Erdboden versinken. Sie konnte es nicht leiden, im Mittelpunkt zu stehen.

„Meine lieben Freunde, eigentlich stehen heute Yannick, Valerie und Timurcin im Vordergrund, die uns einfach hier zurücklassen wollen." Empörtes Raunen von Yannick, was Simon überhörte. „Und obwohl es mir wirklich schwerfällt mit der Vorstellung zu leben, mich nicht mehr tagtäglich von ihnen in den Wahnsinn treiben zu lassen ..." Simon musste seine Ansprache kurz unterbrechen, da das Gelächter zu groß war.

Yannick brüllte lautstark: „Hört, hört, das spricht genau der Richtige", und das Gelächter wurde noch ein wenig lauter.

„Klappe, Yannick. Du bist jetzt nicht an der Reihe", wies ihn Simon gespielt streng in seine Schranken. „Wünsche ich euch dennoch von Herzen alles Gute. Ich weiß, dass ihr die richtige Entscheidung zugunsten eurer unterschiedlichsten Lebensträume und Leidenschaften getroffen habt. Irgendwann erreicht man im Leben einen Punkt, an dem es Zeit für eine Änderung wird, um seinen Horizont zu erweitern. Ihr werdet mit dem eingeschlagenen Weg glücklich werden, da bin ich mir sicher. Aber auch wenn ein Hauch von Wehmut zurückbleibt, möchte ich euch dennoch eine freudige Botschaft mitteilen, die mein bescheidenes Privatleben betrifft."

Helena, die neben Yannick stand, platzte heraus: „Yannick, kannst du ihn nicht irgendwie stoppen?"

Yannick fragte ein wenig abwesend: „Warum sollte ich das tun? Ist doch nett, dass er eine Abschiedsrede hält."

„Das ist keine Abschiedsrede, oder zumindest nur zum Teil. Er soll sofort aufhören. Yannick, jetzt unternimm gefälligst etwas."

Nun hatte sie Yannicks ungeteilte Aufmerksamkeit. Verblüffung zeichnete sich auf seinem Gesicht ab und

Helena wusste, dass das an ihrer aufgelösten Art lag. „Was ist denn genau dein Problem?“

„Mein Problem ist Simon. Er wird unser Privatleben vor versammelter Mannschaft ausplaudern und du weißt genau, wie ich es hasse, im Mittelpunkt zu stehen.“ Helena packte ihn am Arm und sah ihn flehentlich an.

Gerade als er den Mund öffnete, sprach Simon weiter und Helena stöhnte frustriert auf.

„Ich werde ihm den Kopf abreißen“, murmelte sie unterdrückt vor sich hin.

„Wenn es so schlimm ist, dann würde ich dir raten einen kleinen Ohnmachtsanfall vorzutäuschen“, rief Yannick und zwinkerte ihr zu. Scheinbar hatte er nur wenig Mitleid mit ihr.

„Du bist noch schlimmer als er. Da haben sich wirklich zwei Prachtkerle gefunden“, schimpfte Helena.

Yannick beschränkte sich auf ein vergnügtes Grinsen und wandte sich erneut Simon zu.

„Helena, wo bist du? Komm doch bitte zu mir auf die Bühne!“, rief Simon zwischenzeitlich.

Helena sah sich entsetzt im Saal um. Sie würde sich unter keinen Umständen vor versammelter Mannschaft auf die Bühne begeben. „Wie kann er mir das nur antun? Ich werde auf gar keinen Fall zu ihm kommen“, offenbarte sie lautstark.

Sie verschränkte die Arme und blinzelte Yannick drohend an.

„Helena, wo bleibst du denn?“ Auf Simons erneute Aufforderung begannen sämtliche Anwesenden zu klatschen.

Helena bemerkte die aufmunternden Blicke der umstehenden Gäste und hätte am liebsten auf der Stelle fluchtartig den Raum verlassen.

„Jetzt lass doch den armen Kerl nicht so lange warten. Du machst ihn ja vollends lächerlich, wenn du dich so zierst“, versuchte Yannick seine Freundin zu überreden.

„Das hat er sich selbst zuzuschreiben. Ich habe ihn nicht darum gebeten, mich derart zur Schau zu stellen.“ Simon konnte etwas erleben, sobald sie alleine wären.

„Schluss jetzt mit dem Unsinn. Du kommst sofort mit.“

Zu ihrem Entsetzen hatte Yannick ihren Arm gepackt und zog sie unerbittlich Richtung Bühne. Helena sträubte sich dagegen. Da sie allerdings ein merkwürdiges Bild abgeben mussten, gab sie auf und nahm widerspruchslos ihr Schicksal hin. Sie versuchte ein Lächeln in ihr Gesicht zu zaubern, zischte aber durch ihre zusammengebissenen Zähne: „Wir sind geschiedene Leute, Yannick. Das wirst du mir büßen.“

Yannick grinste sie unverschämt an. „Da trifft es sich ja gut, dass ich übermorgen nach Dubai fliege. Bis dorthin wird mich deine erbarmungslose Rache hoffentlich nicht verfolgen.“

„Warum tust du mir das an?“, jammerte Helena weiter.

Sie waren fast an der Bühne angekommen, als Yannick unvermittelt stehen blieb. Er sah sie verständnislos an und hob ratlos die Arme. „Ehrlich gesagt, verstehe ich dein Problem nicht. Die ganze Zeit hast du dich beschwert, dass Simon nicht zu dir steht und du dir seiner Liebe unsicher bist. Nun will er aller Welt beweisen, wie sehr er dich liebt, und dann ist es dir auch wieder nicht recht. Verstehe einer die Frauen. Ich kann es nicht. Sorry.“

Beschämt erwiderte Helena seinen Blick und flüsterte leise: „Du hast recht, an und für sich finde ich seine Aktion total süß, aber ich hasse es, im Mittelpunkt zu stehen. Mir wird schlecht, wenn ich nur daran denke, dass mich gleich alle Leute erwartungsvoll ansehen und ich keine Ahnung habe, was ich sagen soll. Ich bin nicht besonders schlagfertig oder geistreich.“

„Du denkst viel zu kompliziert. Du brauchst überhaupt nichts zu sagen, wenn du nicht möchtest. Nun geh schon.“

Yannick gab ihr noch einen aufmunternden Schubs und die letzten Schritte brachte sie alleine hinter sich. Als sie in Simons strahlende Augen blickte, die ihr die Wahrheit über sein großes Glück, sie gefunden zu haben, erzählten, war es plötzlich ganz einfach. Sie nahm seine Hand und er half ihr die Stufen hinauf auf die Bühne.

„Du hast mich ganz schön ins Schwitzen gebracht. Ich dachte, du lässt mich wie einen Deppen dort alleine stehen“, flüsterte Simon, als er sie in seine Arme nahm.

„Verdient hättest du es“, raunte sie zurück. „Aber du hast es Yannick zu verdanken, dass ich hier bin.“

Simon legte ihr einen Arm um die Schultern und wandte sich wieder dem Publikum zu.

„Es tut mir leid, euch so lange warten zu lassen. Aber Helena muss unterwegs eingeschlafen sein oder sie hat schon zu viele Drinks intus, um noch den Weg zur Bühne zu finden.“

Wieder gab es einige Lacher und Helena musste sich mit aller Macht beherrschen, Simon nicht von der Bühne zu schubsen.

„Da sie nun endlich neben mir steht, wollen wir euch nicht länger auf die Folter spannen. Wir möchten euch mitteilen, dass diese wunderbare, bezaubernde Frau meinen Heiratsantrag angenommen hat. Helena, ich liebe dich über alles und du hast mich zum glücklichsten Mann gemacht."

Sämtliche Freunde und Bekannte begannen zu klatschen und schienen sich aufrichtig mit ihnen zu freuen.

„Du solltest lieber aufpassen, dass du es dir nicht vollkommen mit mir verscherzt, sonst kannst du den Anwesenden gleich von unserer Trennung berichten", grollte Helena, aber ihre Augen begannen zu funkeln, denn sie konnte kaum verheimlichen, wie sehr sie sich über Simons Liebesbeweis freute. Er küsste sie leidenschaftlich und ihre Lippen klebten aneinander, als sie die Bühne verließen. Helena mit verschämt hochrotem Gesicht und Simon mit seiner beneidenswerten Selbstsicherheit, trotz des Gelächters, das ihre Leidenschaft hervorrief.

***

„Hast du etwa davon gewusst? Warum weiß ich mal wieder nicht Bescheid?", raunzte Andrea Yannick an, als sie neben ihm auftauchte.

Schmunzelnd nahm Yannick sie in seine Arme und drückte ihr einen Kuss mitten auf die Lippen.

„Sei nicht beleidigt. Ich habe es auch nicht gewusst. Simon versteht es einfach, sich eindrucksvoll in Szene zu setzen. Er wollte sich scheinbar diese günstige Gelegenheit nicht entgehen lassen."

Andrea seufzte erleichtert auf und Yannick hatte Mitleid mit ihr. Sie fühlte sich oft genug ausgeschlossen.

Sie kuschelte sich an Yannicks Schulter und versicherte: „Ich freue mich für die beiden, dass sie zueinandergefunden haben. Sie sind wirklich ein wunderschönes Paar."

Yannick sah ihr tief in die Augen. „Anscheinend sind wir beide nicht dafür geboren, eine kontinuierliche Beziehung zu führen."

„Wahrscheinlich lieben wir die Aufregung, den Reiz des Neuen, der schnell verfliegt, sobald man sich näher kennengelernt hat. Ich genieße mein Singleleben in vollen Zügen. Es ist schön, auf niemanden Rücksicht nehmen zu müssen", gab Andrea überzeugt zurück.

Yannick küsste sie erneut. Diesmal war es kein freundschaftlicher Kuss gewesen.

„Gut, dass wir uns einig sind", entgegnete er leise.

Andrea schüttelte lächelnd den Kopf. „Nein, mein Lieber, auch wenn es ein wundervoller Gedanke ist, wir können deine Party nicht jetzt schon verlassen. Aber die Nacht ist noch lang." Verheißungsvoll überzeugte sie ihn von ihren Absichten.

***

Susanna hatte mit einem leichten Stich im Herzen die rührende Szene beobachtet. Wie glücklich musste sich Helena schätzen, derart geliebt zu werden.

Seit Miguels Geständnis, dass er sie immer noch liebte und erneut eine Beziehung mit ihr eingehen wollte, fühlte sie sich völlig durcheinander. Ihre Gefühle fuhren Achterbahn und sie konnte sich einfach nicht entscheiden, ob sie wirklich bereit war, einen Neuanfang mit ihm zu wagen.

Er hatte sie bis ins Innerste verletzt. Konnte sie ihm überhaupt noch einmal trauen? Sie wusste es nicht.

Obwohl sie es lange Zeit nicht wahrhaben wollte, liebte sie Miguel noch immer. Er war die Liebe ihres Lebens. Aber würde sie an seiner Seite tatsächlich glücklich werden?

Sie hatte Helenas Gesicht intensiv studiert, als Simon ihr seine Liebe vor allen Menschen bestätigte. Dieses vollkommene Glück, diese tiefgehenden Gefühle, die sie ihm entgegenbrachte, diese einzige, wahre, reine Liebe um ihrer selbst willen, hatte Susanna in ihrer Beziehung zu Miguel niemals verspürt.

Seufzend blickte sie sich im Raum um und fand sich unversehens Miguels Blick ausgesetzt.

Er lachte und zwinkerte ihr verschwörerisch zu. Danach warf er ihr eine Kusshand zu. Seine Miene war siegessicher und er ließ keinen Zweifel offen, davon überzeugt zu sein, dass Susanna seinem Charme niemals widerstehen würde.

Susanna traf die Erkenntnis, dass Miguel sich niemals ändern würde, wie ein kleiner Stromschlag. Mit einem Mal war sie sich vollkommen sicher, wie ihre Entscheidung aussehen würde. Es gab keinen Zweifel. Denn sie würde niemals mit ihm glücklich werden. Wahrscheinlich würde es nicht lange dauern, dann enttäuschte er sie erneut. Susanna war überzeugt, etwas Besseres verdient zu haben.

Diesen Entschluss würde sie ihm jetzt mitteilen. Es würde sich gut anfühlen, ihm in seiner selbstgefälligen Überheblichkeit einen empfindlichen Dämpfer zu erteilen. Sie freute sich schon auf sein dummes Gesicht. Zuversichtlich und beschwingt begab sie sich auf den Weg, um unwiderruflich mit ihm abzuschließen.

***

Während Helena eng umschlungen mit Simon zu der langsamen Kuschelmusik tanzte, bemerkte sie erstaunt, dass Emily mit Dennis tanzte. Normalerweise ließ sich Emily kaum von jemandem berühren und Dennis war für solch eine Zurschaustellung eigentlich viel zu schüchtern. Anscheinend ergänzten sich die beiden wunderbar auf ihre ganz eigene Art und Weise.

Helena würde sich unbändig für ihre Freundin freuen, wenn sie in der Liebe ebenfalls ihr Glück finden würde.

Aber so richtig glaubte sie nicht daran. Emily war wahrscheinlich noch nicht soweit, sich einem Mann vollkommen zu öffnen. Eigentlich passten die beiden optisch nicht zusammen. Aber letztendlich gab es keine Gewissheit, die Liebe ging manchmal seltsame Wege. Sie und Simon waren schließlich das beste Beispiel. Wenn es nach ästhetischen Gesichtspunkten gehen würde, wären Simon und Emily sowie Helena und Dennis das passendere Paar. Helena musste über ihre verworrenen Gedankengänge schmunzeln. Eigentlich sahen Emily und Dennis ganz passabel aus, während sie miteinander tanzten.

***

„Es kommt mir wie ein Traum vor, dass ich dich tatsächlich in meinen Armen halte", meinte Dennis und Emily sah ihn zweifelnd an.

„Bilde dir bloß nichts darauf ein."

Dennis wurde rot und sah an ihr vorbei.

Emily tat es schon wieder leid. Dennis war weder schlagfertig noch wortgewandt. Er konnte mit ihrer direkten Art nichts anfangen.

„Eigentlich finde ich es ebenfalls schön", offenbarte sie nach einer Minute des Schweigens.

Dennis sah sie überrascht an und blieb plötzlich mitten auf der Tanzfläche stehen. Simon und Helena konnten den plötzlichen Stopp nicht absehen und rempelten sie an.

„Entschuldigt bitte, aber ihr solltet euer Gespräch lieber auf den Rand der Tanzfläche verschieben", sagte Simon lachend.

Emily zog den erstarrten Dennis mit sich. Wieder blieb er stehen und irritierte Emily, die sich nach ihm umsah. „Emily, ich liebe dich schon seit Ewigkeiten." Er wurde knallrot und Emily stockte der Atem. „Auch wenn du mir nicht dieselben Gefühle entgegenbringst, muss ich dir das mit auf deine Reise nach Berlin geben."

Dennis überraschte sie immer wieder. Woher hatte er diesen Mut? Sie musste ihm wirklich sehr viel bedeuten, dass er so offene Worte fand.

Sie überlegte sich ihre nächsten Worte sehr gut. Schließlich lag ihr nichts ferner, als ihn zu verletzen.

„Ich fühle mich sehr geehrt, dass ich dir so viel bedeute. Ich mag dich auch. Ich weiß, das klingt immer so abgedroschen. Keine Angst, es kommt auch nicht der Satz, ich würde gern mit dir befreundet sein." Sie schenkte ihm ein Lächeln. „Momentan kann ich dir einfach überhaupt nichts versprechen. Ich weiß nur eins: In deiner Gesellschaft fühle ich mich unglaublich gut. Aber ich bin für eine Beziehung noch nicht bereit. An erster Stelle stehen meine Schauspielausbildung und die Fortsetzung meiner Therapie." Sie griff nach seiner Hand. „Du bedeutest mir wirklich viel, aber ich kann deine Liebeserklärung im Moment leider nicht erwidern. Ich hoffe, du bist mir nicht böse."

Dennis schluckte einige Male, bevor er antwortete: „Das ist viel mehr, als ich mir jemals erhofft hätte. Ich freue mich, dass ich dir nicht gleichgültig bin. Mit allem anderen kann ich leben."

Emily drückte sanft seine Hand. „Ich würde mich sehr freuen, wenn du mich in Berlin besuchen kommst. Gib mir ein wenig Zeit."

Dennis umarmte sie, hob sie ein Stückchen hoch und drehte sich mit ihr übermütig im Kreis.

Emily fiel in sein ansteckendes Lachen ein.

„Ich werde warten, bis du bereit bist, dich überhaupt mit dem Gedanken zu befassen, dir eine Partnerschaft vorzustellen. Wir haben alle Zeit der Welt. Gern komme ich dich besuchen. Wir sollten uns erst besser kennenlernen."

Obwohl Emily keine Ahnung hatte, ob sie sich wirklich in Dennis verlieben könnte, sah sie hoffnungsvoll in die Zukunft. Vor Kurzem hätte sie niemals daran geglaubt, sich einem Mann noch einmal öffnen zu können. Dennis' Gesellschaft tat ihr ausnehmend gut. Und sie wollte alles, was ihr guttat, bis aufs Letzte auskosten.

Gegen ein Uhr morgens begann die Gesellschaft sich zu lichten und zum Schluss blieben nur noch Helena und Simon, Valerie und Timurcin, Yannick und Andrea und Emily und Dennis zurück. Eigentlich gehörte Dennis nicht zu diesem vertrauten Kreis, aber Emily hielt ihn energisch zurück, als er sich verlegen verabschieden wollte.

Zukünftig würden sie sich hoffentlich regelmäßig sehen und es war an der Zeit, dass er die Menschen, die ihrem Leben einen Sinn gaben und die ihr ans Herz gewachsen waren, besser kennenlernte. Es war ihr ein inneres Bedürfnis, dass er bei ihrer Abschiedsfeier bis zum Ende an ihrer Seite daran teilnahm.

Einträchtig hatten sie es sich mit einem letzten Glas Wein gemütlich gemacht und sprachen über vergangene Zeiten.

„Ich kann es kaum glauben, dass aus dieser Runde lediglich Dennis und ich dem Hotel erhalten bleiben. Sogar Helena hat beschlossen, uns im Stich zu lassen", meinte Andrea ein wenig geknickt.

„Im Gegenzug zu unseren treulosen Freunden bleibe ich wenigstens vor Ort", widersprach Helena vehement.

„Ich bin nur neidisch. Denn ich würde auch gerne der grauenvollen Baroness entkommen." Als ihr Blick auf Timurcin fiel, wurde sie ein wenig rot.

Immerhin war er Justines Noch-Ehemann. Aber er winkte gutmütig ab. „Ich glaube, jeder hier im Raum hat schon seine ganz eigenen Erfahrungen mit Justine gemacht. Und es gibt keinen, der nicht besser wüsste als ich, was für eine unmögliche Chefin sie ist."

Andrea stieß Helena den Ellenbogen in die Rippen und entgegnete selbstmitleidig: „Du darfst wenigstens Simon nach Berlin begleiten und musst dich nicht gleich von Emily verabschieden."

Andrea ließ zu, dass Helena ihr einen mitfühlenden Kuss auf die Wange drückte. Auch Yannick warf ihr einen warmherzigen Blick zu, bevor sich seine Miene aufhellte.

„Ich habe eine Idee. Was haltet ihr davon, wenn wir heute in dieser Stunde, in der alle Freunde beisammensitzen, einen Pakt schließen?" Gespannt blickte er in die Runde und pure Lebensfreude blitzte in seinen Augen auf.

Sämtliche Augenpaare waren auf ihn gerichtet und Simon ließ ungeduldig verlauten: „Mach es doch nicht so spannend."

„Du bist doch nur neidisch, weil ausnahmsweise einmal nicht du im Mittelpunkt des Interesses stehst", behauptete Yannick frech.

„So toll wird dein Plan auch wieder nicht sein. Bilde dir mal nichts darauf ein", entgegnete Simon spöttisch.

Timurcin verdrehte die Augen und sagte: „Könntet ihr eure kindischen Machtkämpfe auf später verlegen? Valerie und ich wollen ins Bett ..." Dieser Satz brachte ihm Pfiffe von Simon und Yannick ein. Emily grinste, als sie sah, wie Timurcin erneut die Augen verdrehte. „Sag uns einfach, was du willst."

„Mir schoss gerade eine Idee durch den Kopf“, sagte Yannick und er rieb sich die Hände. „Je länger ich darüber nachdenke, desto mehr Gefallen finde ich daran. Wie wäre es, wenn wir uns einmal im Jahr, am heutigen Datum, in Oberstdorf treffen? Sonst werden wir uns im Laufe der Zeit aus den Augen verlieren und ich habe Angst, dass unsere Freundschaft im Sande verläuft.“ Mit einem Seitenblick auf Simon fügte er vergnügt an: „Simons Haus ist schließlich groß genug, da wird er uns schon alle unterbringen.“

Helena klatschte begeistert in die Hände und sprang auf. „Das halte ich für eine wunderbare Idee. Ein festes Datum ist wichtig, sonst werden wir niemals einen Termin finden, an dem alle Zeit haben.“

Emily freute sich über die Begeisterung von Helena und zum ersten Mal seit langem fühlte sie eine ähnliche Freude.

Auch die anderen fanden Yannicks Idee gut. Timurcin fügte hinzu: „Wir könnten im Winter noch einen weiteren Termin ausmachen und uns dann in Berlin treffen. Einmal im Jahr ist mir zu wenig, all meine Freunde glücklich vereint zu sehen.“

Plötzlich redeten alle durcheinander und es dauerte eine geraume Zeit, bis sie sich auf ein Datum im Januar einigen konnten.

Yannick streckte eine Hand in die Mitte und sagte bestimmt: „Lasst uns darauf schwören, dass wir uns größte Mühe geben werden, unsere Treffen durchzuführen, und dass alle daran teilnehmen werden.“

Jeder der Anwesenden legte seine Hand ohne Zögern auf Yannicks, und auch Dennis wurde von Emily, durch einen aufmunternden Stoß, dazu genötigt, an dem Pakt teilzunehmen.

„Wir schwören, dass wir uns unter Einsatz unseres Lebens bemühen werden, an jedem Treffen teilzunehmen. Einer für alle, alle für einen. Für immer!", sagte Yannick theatralisch.

Emily ließ ihre Augen über diese glücklich vereinte Gruppe gleiten. Die Menschen, die an diesem Pakt teilnahmen, konnten unterschiedlicher kaum sein. Dennoch war Emily von Herzen froh, jeden Einzelnen kennengelernt zu haben. Denn jeder hatte ihr auf seine ganz eigene Art und Weise dabei geholfen, ein Stück ihres alten Lebensgefühls zurückzubekommen. Man musste nur bereit sein, sich ihnen gegenüber zu öffnen, um die angebotene Hilfe anzunehmen. Emily hatte es nur durch die liebevolle, beharrliche Unterstützung ihrer Freunde geschafft, an den Punkt zu gelangen, an welchem sie ihr Herz der Warmherzigkeit, der Güte, des immens großen Verständnisses seitens Valeries und Helenas nicht länger verschließen konnte. Plötzlich war sie bereit gewesen, jegliche Gefühle, die sie lange Zeit unter der verschlossenen, ruppigen, spröden Oberfläche verborgen hielt, zuzulassen. Ihre tiefgehende Dankbarkeit konnte sie nicht in Worte fassen, um dieser wirklich gerecht zu werden. Denn es erschien ihr wie ein großes Wunder, was die Freundschaft und die bedingungslose Liebe zu leisten vermochte. Ihr war ein neues Leben geschenkt worden.

Manchmal wachte sie in der Früh auf und es dauerte eine geraume Zeit, bis sie wirklich begriff, wie tiefgreifend sich ihr Leben in den letzten Monaten geändert hatte.

Sie hatte wieder gelernt, Lebensfreude zu verspüren. Sie hatte eine hoffnungsvolle berufliche Zukunftsperspektive und durfte zwei wunderbare Menschen, Timurcin und Valerie, ihre Ersatzeltern nennen.

Sie freute sich schon auf jedes einzelne Treffen, an dem sie die Möglichkeit bekam, alle Personen, die ihren Lebensweg geprägt hatten, wiederzusehen. Sie, die früher jegliche Menschenansammlungen gemieden hatte, fühlte sich unter ihren Freunden so wohl wie schon lange nicht mehr.

Unfassbare Glücksgefühle, von denen sie lange und schmerzlich geglaubt hatte, sie niemals mehr zu verspüren, durchfuhren sie, und Emily genoss in vollen Zügen die unbeschwerten, unbezahlbar wertvollen Momente im Kreise ihrer Lieben.

Emily legte den Kopf in den Nacken und schloss die Augen. In diesem Augenblick, in dem sie ihren Gedanken Einhalt gebot und die schmerzhafte Vergangenheit mit all ihren Schuldzuweisungen und Vorwürfen endlich zur Ruhe kam, konnte sie frei und unbeschwert zum ersten Mal seit Jahren das Gesicht ihrer Tochter klar und gestochen scharf erkennen. Seit Carlas Tod war es ihr unmöglich gewesen, Bilder ihres Kindes anzusehen, ohne in Tränen auszubrechen. Endlich konnte sie Carla mit allen Sinnen wahrnehmen, als ob sie sich im selben Raum befinden würde. Sie streckte ihre Hand aus und berührte vorsichtig mit den Fingerspitzen die seidenweiche Haut der Dreijährigen. Es fühlte sich vollkommen vertraut an, als hätte sie ihr Kind gerade erst im Arm gehalten.

Auch Carlas typischer Kleinkindgeruch stieg unvermittelt in ihrer Nase auf. Sie atmete einige Male tief aus und ein und wünschte sich die heilende Fähigkeit, diesen Geruch noch viele Jahre zum Leben erwecken zu können.

Als Carlas glockenhelles Lachen die Luft versüßte, brachte dieser wohlbekannte Klang Emilys Sinne endgültig zum Vibrieren. Schließlich winkte das kleine Mädchen ihrer Mutter übermütig zu.

Und Emily? Für Emily kam dieser letzte Gruß ihres Kindes einer Absolution gleich. Ihre Tochter hatte ihr verziehen. Endlich konnte sie die Tatsache, keine Schuld an diesem verhängnisvollen Unglück zu tragen, als Wahrheit annehmen.

Emilys Gesichtszüge entspannten sich und wurden weich und zugänglich. Während sie ruhig und im Herzen erwärmt, in Erinnerungen an ihre wundervolle Zeit mit Carla schwelgte, stieg mit einem Mal ein wehmütiges, aber zugleich kristallklares Verlangen in ihr auf. Eines, das Licht und Schatten gleichermaßen in sich trug. Ein Verlangen, das Emily einerseits ängstigte, aber zugleich unglaublich ruhig und gelassen machte. Endlich fand sie zu ihrer eigenen Mitte zurück, die ihr zu einem emotionalen Gleichgewicht verhalf. Denn Eines hatte Emily während ihres langwierigen, beschwerlichen Bewältigungsprozesses gelernt: Aus Schmerz und Leid konnte große Stärke entstehen. Diese entwickelte Kraft hatte ihr geholfen, wieder gesund zu werden. Denn ohne Leiden gab es kein Leben, ohne Leiden war es unmöglich, die wunderbaren, herzberührenden Gefühle und Momente des Lebens wirklich wahrzunehmen und in sich aufzunehmen. Nur wer durch das tiefe Tal des Leidens gegangen war, war fähig, die Welt in ihren großartigen, atemberaubenden Facetten und Reichtümern mit allen Sinnen zu erleben. Das Leiden trug maßgeblich dazu bei, dass Emilys zerbrochene Seele wieder zu heilen begann.

Diese Erkenntnis, diese Prophezeiung, gab ihr ein unbeschreiblich erlösendes Vermächtnis mit auf ihren Weg.

Sie wollte das Grab ihrer Tochter besuchen.